U0095137

# 架构演变实战

## 从单体到微服务再到中台

潘志伟 编著

电子工业出版社
Publishing House of Electronics Industry
北京·BEIJING

## 内 容 简 介

本书从搭建单体架构遇到的瓶颈开始，通过真实案例介绍从单体架构转型为微服务架构及中台架构过程中遇到的困难、问题与具体解决方法。全书共计 9 章，前 3 章以案例和原理为基础，介绍微服务的优劣势及其使用场景；第 4～6 章描述如何基于单体架构搭建和优化微服务架构；第 7～8 章介绍如何掌握测试、部署交付流程等软件工程中的各个关键环节和核心要素；第 9 章讲解在多元化业务场景下如何构建中台架构，以实现通用能力的下沉，从而形成共享服务，达到资源利用率的最大化。

本书适合技术管理者、架构师和有一定开发基础的技术人员阅读，尤其适合已进入或即将进入微服务架构和中台架构领域的相关人员阅读。希望本书能够为读者提供一些技术路线上的启发和指引，帮助其少走弯路。

**图书在版编目（CIP）数据**

架构演变实战：从单体到微服务再到中台 / 潘志伟编著. —北京：电子工业出版社，2022.7
ISBN 978-7-121-43612-3

Ⅰ. ①架… Ⅱ. ①潘… Ⅲ. ①网络服务器 Ⅳ.①TP368.5

中国版本图书馆 CIP 数据核字（2022）第 091202 号

责任编辑：张国霞
文字编辑：李云静
印　　刷：天津千鹤文化传播有限公司
装　　订：天津千鹤文化传播有限公司
出版发行：电子工业出版社
　　　　　北京市海淀区万寿路 173 信箱　　邮编 100036
开　　本：787×980　　1/16　　印张：26.25　　字数：540.5 千字
版　　次：2022 年 7 月第 1 版
印　　次：2022 年 7 月第 1 次印刷
印　　数：4000 册　　定价：128.00 元

凡所购买电子工业出版社图书有缺损问题，请向购买书店调换。若书店售缺，请与本社发行部联系，联系及邮购电话：(010) 88254888，88258888。

质量投诉请发邮件至 zlts@phei.com.cn，盗版侵权举报请发邮件至 dbqq@phei.com.cn。

本书咨询联系方式：(010) 51260888-819，faq@phei.com.cn。

# 推荐序

与潘老师相识多年，曾听他饱含真情地分享设计经验，如今喜闻其大作即将面世，又得作序之邀，荣幸之至。

软件工程系统的构建殊非易事，项目多毁于沟通。敏捷项目人士常说"团队规模最好符合'两个比萨饼'原则"，想必他们受够了沟通之苦。但是，并没有方法能够很好地规避这一难题。尤其是随着企业的成长，各种问题会日益突出。这些问题反映到架构上，就是如何遵循一定的原则处理结构和关系，尽管这些原则极有可能并非"一定"要遵循。这些原则需要团队、企业自己逐渐磨合、领悟，这也是企业自己逐渐形成方法论、形成架构观的过程。本书正反映了这样的过程。

经验学习并非都来自成功案例，更重要的是对失败的总结：避免重复犯错才是成功的开始。本书第 1 章就将一次"翻车"的微服务改造案例生动地呈现给读者，这是最好的代入方式。毕竟，所有的架构学习就像学习骑自行车一样，肯定是从"摔跟头"学起的。从"摔跟头"中找到平衡感，才是逐渐习得服务划分、规范设计的路径，才是架构师逐渐知道何以自处，以及整个团队知道架构应当何以处之的过程。

本书基于潘老师自己的经验，对中台架构及其实现做了很客观的阐述，利弊解释都颇富"实感"。没有完美的架构，也没有完美的方法，顾"此"极有可能失"彼"，这也再度验证了很多人对架构的看法。架构即平衡之道，架构即取舍之道。架构理论有共性，架构实施则充满个性，需要在实施中时刻提醒自己，在别人的经验和自己的环境中做好取舍，在别人的能力和自己的限制之间做好平衡。不然，本书第 1 章的"翻车"事故，就有可能在你实践本书第 9 章的设计时重现。大的成功不是很容易复现，大的失败却很容易再临。

《企业级业务架构设计：方法论与实践》
《聚合架构：面向数字生态的构件化企业架构》作者　付晓岩

# 前　言

## 本书概要

如今，各行业都在步入数字化经济时代，并通过数字化技术与实体经济深度融合，以现代信息网络为重要载体，不断提高传统产业数字化、智能化的水平，随之而来的是注册用户量、用户数据等信息也处于井喷式增长趋势，企业信息系统架构也由单体架构纷纷向分布式架构转型。但是，大部分企业架构师缺乏分布式架构的设计能力，其潜意识中认为引入目前流行的微服务开发框架就能完成分布式架构的设计。企业架构师对引入分布式架构给整个研发体系带来的挑战预估不足，以致产品在开发、测试、上线阶段出现前所未有的种种问题，其结果是研发效率和产品质量不升反降，企业的数字化转型之路异常艰辛。

## 本书结构

第 1 章以企业一次失败的从单体架构转型为分布式架构事件为蓝本，以真实案例的方式介绍在单体应用遇到性能瓶颈后通过快速优化升级来暂时解决当前问题，以及匆忙转型微服务架构后最终失败的原因。

第 2 章首先通过复盘分析架构转型失败的原因，明确企业在转型为微服务架构前需要先在技术及组织架构上做出改变；其次在服务拆分环节通过介绍多个实用方法来说明如何正确地拆分服务；最后介绍如何利用工具来保障拆分后每个工程结构的一致性，且命名符合规范。

第 3 章介绍服务治理的概念，并结合常用的 RPC 框架，以 Dubbo 为例，从原理开始，到核心代码分析，最后结合实际案例介绍在项目中如何使用该框架。

第 4 章、第 5 章重点介绍如何将单体应用一步一步地转型为微服务架构。例如，如何将单体项目平滑迁移到微服务架构并实现流量无损上线，在架构升级过程中如何使用多级缓存、消息队列、并行调用机制、熔断与降级等技术手段来保障接口的高并发和低延迟特性。

第 6 章介绍微服务的统一入口 API 网关，从零开始介绍如何搭建高性能 API 网关。API 网关在微服务架构中起着至关重要的作用，本章介绍如何采用异步模式来提高 API 网关的吞吐量，并集成熔断与降级功能来实现 API 资源隔离及接口的高可用。

第 7 章介绍对微服务架构下的企业应用该如何高效地测试。通过讲述测试模型的迭代过程来引出契约测试平台的需求，并介绍如何搭建满足要求的契约测试平台。为了提高系统的稳定性，简单的业务功能测试肯定不能满足要求。因此，在最后的测试环节又引入了混沌实验来模拟各种异常场景。

第 8 章介绍比较容易被忽视的系统容量预估和服务上线的流程。在面向终端用户的互联网产品上线后，通常应尽可能地避免产生线上问题。本章介绍如何在产品发布环节引入灰度发布机制来提前发现和解决问题，在容量预估环节采用了目前比较成熟的全链路压测方案来预估线上系统的实际处理能力。

第 9 章介绍企业在面临多业务线同时运营时，如何把业务线中共性、可复用的能力下沉，形成通用能力来给外部系统调用，减少重复造轮子的工作。本章以实际案例为出发点，讲解如何自顶向下地创建业务中台，包括如何识别共性需求、如何创建中台团队等。万事有利必有弊，中台的确对具备多业务线的企业有利，但是弊端也很明显。本章最后讲解了企业在推行中台建设过程中存在的弊端。

希望读者能通过本书快速地对微服务架构所涉及的方方面面有一个基本认识，理解其优点和不足，并进一步试用和评估。

## 本书读者对象

本书适合技术管理者、架构师和有一定开发基础的技术人员阅读，尤其适合已进入或即将进入微服务架构和中台架构领域的相关人员阅读。希望本书能够为读者提供一些技术路线上的启发和指引，帮助其少走弯路。

## 致谢

本书的写作持续了两年多，基本上是利用平时的晚间，以及包括周末在内的节假日进行的。在此感谢我的家人，是他们所给予的包容和全力支持让我得以专心写作。

感谢博文视点的虾米编辑（张国霞）、李云静编辑和相关工作人员为本书的出版所付出的努力。

## 读者服务

微信扫码回复：43612

◎ 获取本书典型示例配套源码

◎ 加入本书读者交流群，与作者互动

◎ 获取【百场业界大咖直播合集】（持续更新），仅需 1 元

# 目 录

# 第 1 章

# 从单体架构开始

　　微服务是互联网界很热门的话题，它的出现也是互联网技术发展的必然结果。它提倡将单一的应用程序划分成一组独立的服务，服务之间互相协调、互相配合，形成分布式调用，为用户提供最终的价值。与单体架构应用相比，使用分布式调用会有很多副作用，比如服务器宕机、网络丢包、重试等。因此，微服务概念的提出者 Martin Fowler 做了这样的强调：分布式调用的第一原则就是尽量不要分布式调用，意思是说，使用单体应用能解决的，尽量不要使用分布式调用来解决。那么，当系统的业务量和活跃用户数急剧增加时，到底要不要将单体架构转为微服务架构呢？创业公司是否在项目启动阶段就要实施微服务架构呢？从本章开始，我们将以 A 公司从单体架构到微服务架构再到中台架构的架构演变为例，逐步探讨在不停机的状态下，如何将一个庞大的单体应用架构重构为微服务架构，最终形成中台架构。

# 1.1　单体应用优化之路

　　A 公司在创业初期的研发人力和技术储备有限，因此，首先选择一个易维护的简单技术架构来快速实现业务需求，从 0 到 1 实现产品。该公司的技术栈选型和所有创业型公司基本类似：开发语言用 Java，框架用 Spring，中间件用 MyBatis，数据库用 MySQL，运行容器用 Tomcat。其整体架构非常简单，如图 1-1 所示。

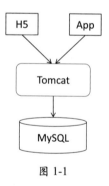

图 1-1

　　随着注册用户数、业务量以及产品经理人数的不断增加，产品需求迭代的频率达到每周一次，固定每周四将迭代的内容统一发布上线。A 公司的技术人员把每周四都设定为"黑色"星期四，因为在这个"黑色"星期四发布新版本时需要重启业务系统，但是信息流的广告投放计划并不能立刻暂停。当业务系统重启时，App 访问服务器端接口就会返回 404 错误，广告投放带来的新用户在注册时就会出现注册失败的情况，大部分用户就会放弃注册。这导致流量浪费，获客成本飙升。于是，技术人员将发布新版的时间调整为夜间用户量少的时候进行。由于项目刚刚启动，没有完善的监控措施，因此，只能通过查看 Tomcat 打印的日志信息来判断当前用户量。一旦发现 Tomcat 打印的日志量有所减少，技术人员就立即准备发布新版本。这种新版本发布流程持续了一段时间后，大家都接受不了这种模式，因此必须做系统重构。目标是日间也可以发布新版本，而且在发布新版本期间不影响线上用户的正常使用。

## 1.1.1　应用无状态

架构师在做第 1 次系统重构时引入了 Nginx 做反向代理和负载均衡，在 Nginx 的 upstream 中增加了两组应用服务器，以达到负载均衡和解决单点问题。但是，在测试过程中出现了新的问题，已经登录的用户在操作过程中会突然变成未登录状态。经过分析后才发现，导致该问题的原因如下：用户成功登录后将 session 信息存放在应用服务器的内存中，在只有一个应用服务器节点的情况下，用户的所有操作请求都是由这个节点进行响应和处理的，虽然 session 信息保存在内存中，但是也能保持用户登录状态。但是增加了 Nginx 之后，Nginx 会根据配置的负载均衡策略把每次的请求都发送到不同的服务节点，从而导致已登录的用户在访问 App 的某个功能时要求再次登录的情况。

最终解决方案是，把用户登录后的 session 信息从本地缓存转移到 Redis 缓存中，并在应用层增加拦截器处理用户的 session 信息。在用户成功登录后，拦截器把用户的信息写入 Redis，从而实现多台服务器共享用户的 session 信息。重构后的版本架构如图 1-2 所示。

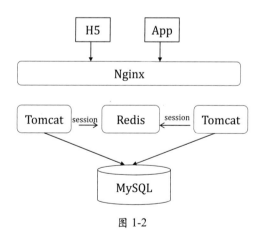

图 1-2

运维人员在发布新版本时需要手动逐个更新并重启 Tomcat。由于部署了多个应用实例，且多个实例之间的 session 信息共享，因此在发布新版本过程中不会中断用户的操作，基本做到了发布新版本的过程对用户来说是无感知的。

## 1.1.2　数据读/写分离

　　随着业务的快速发展，用户注册量及访问量极速增长。如此一来，应用实例横向扩展的方案很快无法满足性能需求，每次请求的响应时间越来越长。用户活跃度高峰期时打开 App 首页的请求响应时间从最开始的 800ms 直接飙升到 2s，甚至有时页面直接报错。这时，查看 Tomcat 服务器的资源利用率就会发现，CPU 负载不高，内存占用率也不高，GC（Garbage Collection，垃圾回收）日志显示正常，但是 MySQL 数据库服务器的 CPU 占用率却高达 98%，在 MySQL 客户端执行 show full processlist 命令，查询结果出现了大量的慢查询 SQL 语句，原本很简单的 SQL 查询也一直处于等待执行状态。数据库显然已成为系统的瓶颈。

　　本次架构调整的目标是降低 MySQL 服务器的 CPU 占用率，将 MySQL 数据库由单机模式调整为主从模式，将业务系统的读操作和写操作分离到不同的数据库，在主数据库服务器进行写操作时，不会影响从数据库服务器的查询性能。数据库读/写分离架构可以降低阻塞、提高系统并发量，整体架构如图 1-3 所示。在技术方案上，使用 MyBatis 进行多数据源配置，由业务端通过拦截器来控制查询或写入的目标数据库。

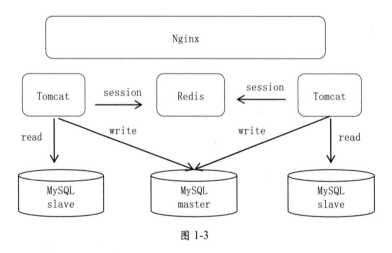

图 1-3

　　实现读/写分离后，数据库的压力减小了许多，数据的 CPU 占用率也在正常的 30%范围内，慢 SQL 语句的数量减少了很多，使用读/写分离架构的优势主要有以下两点。

　　◎ 减轻主数据库压力：互联网的业务主要来源于读操作，在数据库读/写分离后，查询数据操作从主数据库转移到从数据库，这样主数据库的压力就降低了很多。

◎ 从数据库横向可扩展：因为数据库的压力主要由高并发的读/写操作所致，因此将原系统架构从独立数据库模式调整为主从数据库模式，通过增加数据库从节点的数量来缓解因高并发读而导致的数据库压力。

数据读/写分离虽然暂时解决了数据库的瓶颈，但引出了因主从数据库同步延时导致数据暂时不可见的问题。典型的场景是在用户下单后业务系统将订单数据写入主数据库，用户此刻进入订单列表中查看订单时，查询请求会被业务系统路由到从数据库查询。由于存在主从数据同步延时的问题，因此需要等主从同步完成后，才能显示用户订单数据。此时会出现，前端提示用户下单成功，但是订单中心却没有该笔订单记录的情况。通过日志测算可知，在高峰期时，主从同步延时的间隔约 15～30s，为此我们通过如下方法来解决数据的同步延时问题。

◎ 提高硬件配置：提高 MySQL 主、从服务器的硬件配置，尽可能降低因硬件性能不佳而导致的主从同步延时问题。

◎ 读/写业务开关：用户向数据库写入数据的同时再向 Redis 写入一条数据，同时设置数据的过期时间为 20s。当用户执行查询时，先查询 Redis 是否有数据标记。如果 Redis 有数据标记，则说明用户执行写入操作后又立刻执行了查询操作。因为可能存在主从同步延时的问题，所以当前查询操作直接路由到主数据库，这样就基本解决了主从同步延时的问题。

◎ 强制读主数据库：在某些业务场景下插入数据后需要立刻读取插入的数据，不允许有数据延时的情况出现。这时，可以将该业务场景调整为强制读主数据库。

## 1.1.3　分库分表

虽然数据库读/写分离暂时缓解了线上数据库压力过大的问题，但是随着业务的爆发式增长，数据库写入操作的压力没有得到有效缓解。例如，用户信息表已经有 2000 万左右的数据，数据库的 I/O 问题逐步显现。若要彻底解决该问题，就必须分而治之：把单个数据库按规则拆分成多个数据库，同时把大表按一定的规则拆分成多个小表；数据写入形式由单个数据库单个表写入，变成多个数据库多个表写入。

分库分表常见的方案有垂直切分和水平切分。其中，垂直切分包含垂直分库和垂直分表两种类型。垂直分库就是根据业务的耦合性，将关联度低的不同表存储在不同的数据库中，如图 1-4 所示。

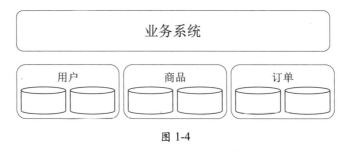

图 1-4

垂直分表是基于数据库中的"列"进行的。例如，若某个数据表的字段较多，则可以新建一个扩展表，将不经常用或字段长度较大的字段拆分到扩展表。垂直分表如图 1-5 所示。

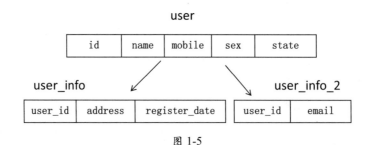

图 1-5

水平分表指的是，根据数据内在的逻辑关系，将同一个表内的数据按照不同的条件分散到多个数据库或多个表中，在每个表中只包含一部分数据。这样单个表的数据量会变小，以达到分布式的效果，如图 1-6 所示。

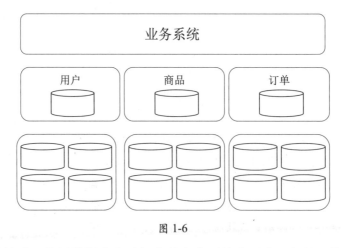

图 1-6

根据业务的性质，使用数据库水平切分的方案更符合要求。但是，按照数据库水平切分的方案重构业务系统时，在改动代码的过程中有一个难题：因为在 MyBatis 的配置文件中充斥着大量的多表 join 查询 SQL 语句，甚至某些业务实现都是通过 SQL 语句完成的，所以要求研发人员在短时间内将这些使用多表 join 的 SQL 语句全部修改为单表查询，同时还要求测试人员将业务功能全部测试一遍，这几乎不可能实现。因此，分库分表方案不适合在这个阶段执行，架构师在当前阶段所能做的只能是优化 SQL 语句。

## 1.2　比性能更可怕的问题

随着 A 公司技术团队人员规模的快速扩张，App 端承载的业务覆盖面比之前大了很多，各业务方的需求量也增加了很多。技术负责人按功能维度、系统维度把产品技术团队划分成多个小组，本以为增加开发人员数量并按小组划分就能并行推进产品研发进度，缩短交付周期，但实际上并非如此。例如，在著名的项目管理课程 PMP（Project Management Professional）中有这样的描述，"项目中干系人的潜在沟通渠道总量=$N \times (N-1)/2$"。其中，$N$ 就是项目的干系人数。通过这个公式可以发现，增加团队成员数量会导致沟通成本增加，因为沟通不及时不仅导致产品的迭代周期比之前慢了很多，而且生产环境出现的 Bug 数量也比之前多了。通过观察团队成员的工作流程，可发现如下的新问题。

◎ 代码冲突加剧：多个人或者一个团队一起维护一个模块，共同开发，提交代码时会发生大量冲突，导致每次提交版本测试或者发布新版本，都需要花费大量的时间来解决代码冲突的问题。随着团队规模的增大及产品复杂度的提高，代码冲突的现象越来越严重。有些开发人员在提交代码时为了减少合并代码的时间，甚至直接覆盖了别人的代码。

◎ 模块耦合严重：模块之间通过接口或者数据库相互依赖，耦合的情况越来越严重。另外，不同的人写代码的风格不一样，代码质量也不一样。因此，产品迭代上线前需要协调多个团队，因为任何模块的异常都会导致整个产品发布失败。

◎ 产品质量下降：所有的代码都在一个工程里面，做一次需求改动，可能会牵一发而动全身。模块之间耦合严重会导致测试覆盖范围不充分，经常出现没有更改的模块在线上突然出现的问题。这类事故的原因是，由于工程师为了实现迭代需求而不小心做了某种改动，但是测试用例并没有覆盖该改动。

◎ 团队效率下降：团队成员花费了大量时间处理代码冲突。测试人员为了提高产品质量，不得不在每次发布新版本之前都做全方位的回归测试。任何一次小的迭代发布都会将产品的发布周期拉得很长。

◎ 性能达到瓶颈：单纯通过提高服务器的硬件性能已经解决不了系统运行过程中出现的各种异常，比如 GC 卡顿，CPU 长时间高负荷运转，数据库的 CPU 占用率过高，存在大量执行时间比较长的 SQL 语句，用户访问系统时经常出现超时现象。

◎ 运维手段匮乏：面对系统中的各种性能问题，运维人员只能在系统出现问题时重启服务，但系统启动过程中又会导致大量的请求超时，严重影响用户体验。

综上所述，现有单体应用架构已经不能满足产品快速迭代、快速上线的要求。当尝试通过增加研发人员数量、提高服务器硬件配置等方式都无法解决产品在迭代、发布过程中出现的各种问题时，那么是时候去拥抱微服务架构了。

## 1.3 微服务框架选型

实施微服务的首要条件就是选择适合团队的微服务框架。目前市场上微服务的框架，不管是开源的还是收费的，都有很多，比如 Dubbo、Spring Cloud、Tars、Helidon、SOFAStack、gRPC、Thrift、Brpc、Motan 等。在选择框架时需要考虑如下技术点。

◎ 服务发布订阅：是自动发现注册，还是手动在线注册。

◎ 服务路由形式：框架中支持的服务路由（比如常用的随机路由）是否满足我们的需求，或者是否支持自定义路由。

◎ 集群容错：集群容错所支持的方式，比如快速失败、失败自动切换等常用的容错方式。

◎ 调用方式：服务的调用方式是否支持同步、异步以及并行调用。

◎ 通信协议：通信协议是否满足业务需求，是否支持自定义协议。

◎ 序列化方式：框架所支持的序列化方式是二进制序列化还是文本方式序列化。

在框架选择上，A 公司团队的内部出现了较大的分歧，主要纠结于到底是采用 Dubbo，还是采用 Spring Cloud。

Dubbo 是阿里巴巴（即阿里巴巴集团）开源的一款高性能、轻量级的开源优秀 Java 版 RPC 框架，可使应用通过高性能的 RPC 实现服务的输出/输入功能，可以和 Spring 框架无缝集成。Dubbo 有三大核心能力：（1）面向接口的远程方法调用，（2）提供容错和多种负载均衡策略，（3）服务自动注册和发现功能。Spring Cloud 是 Spring 家族的产品，专注于企业级开源框架的研发，它利用 Spring Boot 的开发便利性巧妙地简化了分布式系统基础设施的开发。比如，服务发现注册、配置中心、消息总线、负载均衡、熔断器、数据监控等特性都可以用 Spring Boot 风格做到一键部署和启动。下面我们从总体架构及编程方式方面对 Dubbo 和 Spring Cloud 进行详细对比，以便确定到底采用哪种框架。

## 1.3.1 总体架构对比

### 1. Dubbo 架构

Dubbo 架构的概况如图 1-7 所示，由 Consumer、Provider、Registry、Container 和 Monitor 这 5 部分组成。

◎ Consumer：调用远程服务的服务消费方（或称为服务消费者）。

◎ Provider：暴露服务的服务提供方（或称为服务提供者），可以通过 jar 或者容器的方式启动服务。

◎ Registry：服务注册中心和发现中心。

◎ Container：运行服务的容器。

◎ Monitor：调用时间监控中心，统计服务和调用次数。

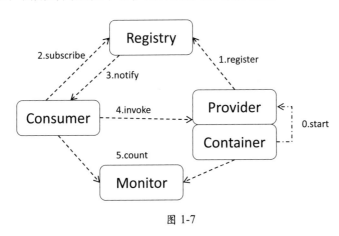

图 1-7

### 2. Spring Cloud 架构

Spring Cloud 架构的概况如图 1-8 所示，由 Consumer、Provider 及 Eureka Server 这 3 部分组成。

◎ Provider：暴露服务的提供方。

◎ Consumer：调用远程服务的服务消费方。

◎ Eureka Server：服务注册中心和服务发现中心。

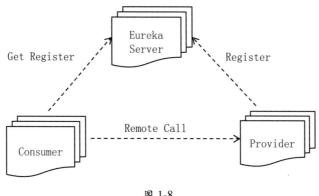

图 1-8

## 1.3.2　编程方式对比

Dubbo 的服务发布和调用流程如下。

（1）先定义接口及 DTO 参数对象。

（2）实现接口中所定义的方法。

（3）通过 XML 或者注解方式发布 Dubbo 服务。

（4）服务消费者在 Maven 中依赖接口的 jar 包，通过接口调用服务。

Spring Cloud 的服务发布和调用流程如下。

（1）定义 API 接口文档以及 Feign 的接口。

（2）服务提供者发布 Rest 接口。

（3）服务消费者组织接口文档中的参数，通过 Feign 完成接口调用。

## 1.4　第一次失败的微服务重构

A 公司确定以微服务架构方式重构老系统的目标后，业务架构师梳理了现有系统的功能模块，且以每个人目前所负责的模块为拆分粒度，定义了本次微服务改造拆分后的服务，并开始做系统架构设计。由于本次改造的工作量较大，改造周期却较短，因此在架构设计方面也只是粗略地定义了部分核心接口，而其他接口以及服务之间的依赖关系都是研发人员在开发过程中边开发边讨论后确定的。另外，本次将单体架构重构为微服务架构，只是把系统内部接口调用替换成 RPC 方式调用，业务逻辑并没有改变。技术团队计划一个半月完成代码的重构工作。当时的产品整体改造计划如下。

◎ 系统设计：一周。
◎ 服务化改造：半个月。
◎ 服务联调：半个月。
◎ 测试：一周。

整个团队就这样开始了微服务架构之旅。在系统架构调整阶段，团队成员不仅需要完成高强度的需求迭代、线上 Bug 处理，还需要重构自己所负责的功能。半个月后，当服务与服务之间准备接口联调时却出现了以下问题：有些服务所提供的接口开发任务还没有完成，有些接口根本不具备远程调用功能，而且服务之间的调用关系混乱，甚至重构后有些服务又变成了一个新的单体应用。总的来说就是，已经完成开发的服务并不具备联调条件。最后通过梳理和汇总代码重构阶段所暴露的问题，技术团队得出了如下结论：从宏观层面来看，这是由组织架构缺陷、认知错误、过度依赖这三种情况造成的；从微观层面来看，这是由相关人员的技术水平有限和技术规范不完善造成的。

### 1. 宏观层面

具体包括以下几点。

◎ 组织架构缺陷：如康威定律所描述的，什么样的组织架构决定了什么样的系统架构。在当前组织架构从上到下的分层管理模式下，架构师承担着服务拆分、接口设计以及项目组沟通工作。这种组织架构很容易导致部分服务又变成了单体应用。
◎ 认知错误：架构师完成了微服务框架的选型，再加上研发人员对自己所负责的功能非常熟悉，因此导致部分研发人员想当然地认为单体架构重构为微服务架构很简单，可以一次性完成所有代码重构工作。但实际结果却是仅把内部接口调用换成了 RPC 调用，服务与服务之间的依赖关系却变成了蜘蛛网般的形式。
◎ 过度依赖：团队成员习惯性地依赖架构师的设计去编码，这使得整个项目的进度缓慢。另外，项目成员没有接触过微服务架构，从服务拆分到服务测试再到服务上线，都由架构师负责规划，架构师背负了太多压力。

### 2. 微观层面

微观层面主要表现为相关技术人员的技术水平有限和技术规范不完善。

主要包括以下几点。

◎ 接口参数全靠猜：查看开发人员发布的接口后就会发现，接口的入参和出参存在多种参数类型，比如 Map 类型、JSONObject 类型等，具体要传入哪些参数，需要找到对应的开发负责人才能知晓，有时甚至需要查询源码才能确定参数的意义。

◎ PO 对象透传：VO（Value Object，值对象）、PO（Persistent Object，持久层对象）、DTO（Data Transfer Object，数据传输对象）概念混淆。部分开发人员在定义 API 时虽然使用了对象作为入参，但是入参却是 PO 对象。这种设计方式存在很大的隐患，因为一旦数据库的字段发生变动，就会导致接口发生改变。

◎ API 依赖包太大：部分研发人员提供的 API 中依赖了大量的第三方包，比如 MyBatis、ZooKeeper、Spring 等，服务消费者容易出现 jar 包冲突，导致服务启动失败。

◎ 服务拆分错误：部分研发人员把自己负责的模块中的所有接口，都按接口粒度划分成单独的服务，每个接口对应一个服务，导致服务消费者实现的业务需求过于复杂。

◎ 代码风格各异：每个服务的代码风格迥异，完全看不到哪里是程序启动的入口、哪里是调用外部服务的模块、哪里是发布服务的模块。

◎ 存在大量的 join 查询：服务提供者表面上虽然提供了 API 接口，但是在实现具体业务逻辑时依然使用了大量的 SQL join 查询语句。

◎ 不清楚如何交付 API：部分程序员没有系统学习过 Maven，不清楚如何使用 Maven 的多模块方式构建项目，更不清楚在微服务中如何交付 API。

### 3. 失败总结

A 公司的第一次集成测试以失败而告终，第一版的微服务重构也以失败而告终。到底是什么问题导致了它的失败呢？从整个过程的结果分析来看，主要有以下几方面的问题。

◎ 组织架构问题：应该把整个部门划分成多个小的团队，由各团队负责具体服务拆分和接口设计工作，而不是由架构师负责该工作。实施微服务架构之前需要向公司高层说明重构存在的潜在风险，申请可以试错的机会，以减轻团队的压力。

◎ 服务拆分问题：拆分的颗粒度存在问题。有些服务拆分得过于笼统，有些服务又拆分得过于细致。

◎ 缺乏统一的代码结构：在历史代码重构启动时，没有确定重构后工程的代码结构。比如，没有明确服务应该分几个模块、每个模块放置哪些内容、如何启动服务等具体约定。

◎ 缺乏统一的规定：没有事先明确开发要求，如禁止 Map、JSONObject 类型作为接口参数，以及禁止多表关联查询。

◎ 缺乏系统的培训：在开发之前没有针对研发人员做系统性培训。比如，没有对接口参数的定义、如何发布服务等内容进行人员培训。

# 第 2 章

# 服务拆分与工程划分

## 2.1 实施微服务架构的前置条件

第 1 章复盘了 A 公司第一版微服务架构实施失败的原因。我们需要反思：创业型公司是否需要微服务架构？实施微服务架构到底需要做哪些准备？

微服务概念提出者 Martin Fowler 提到，实施微服务架构的 3 个先决条件如下。

◎ 能快速配置：能在很短的时间内配置好一台服务器。

◎ 能实现基本监控：在生产环境中，很多相互依赖的服务协作起来容易出现问题，这些问题在测试环境中或线上有隐蔽性，需要通过有效的监控机制，才能快速检测出来。

◎ 能快速部署：涉及管理的服务太多，需要尽快将这些服务部署到各种环境中。

当然，我们还需要了解团队成员所担心和被困扰的问题。比如，有些老程序员习惯在单体应用架构下进行开发，不懂如何在分布式架构下进行开发。他们甚至偏激地认为优化执行效率低的 SQL 语句，再增加几台机器就能解决当前系统所面临的问题，完全没有必要实施微服务架构。事实上，微服务架构的学习成本过高，也可能导致他们产生抵触情绪。

所以，结合团队现状，我们总结出快速实施微服务架构的四大前置条件：思想统一、充分培训、标准化的工程及自动化部署。

### 2.1.1 思想统一

实施微服务架构的首要条件就是获得高层的认可，因为在实施微服务架构过程中会涉及组织结构的调整及后续人力资源的增补。比如在单体应用中，其组织结构包括开发部、测试部、UI（User Interface，用户界面）部、运维部、DBA 部，每个部门各司其职，由高层统一指挥，如图 2-1 所示。这种组织结构看起来是非常合理的，但是在产品迭代过程中进行跨部门沟通时却会花费大量时间，容易形成功能"孤岛"。

在实施微服务架构时，必然需要各部门协作，以达到快速交付的目的。如果仍需要多次跨部门协同处理问题，那么很难凸显"微"的好处。微服务架构下的组织结构应该如图 2-2 所示，目的是使每个团队都能独立承担项目。如果没有高层参与，那么组织结构很难根据微服务架构的需要而做调整。

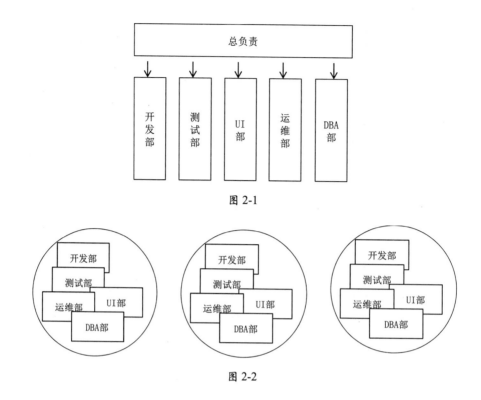

图 2-1

图 2-2

## 2.1.2　充分培训

微服务架构下的开发人员要具备"精、气、神"的特质，否则在后续发展阶段一定会出现各种问题。

◎　精：熟悉业务，熟悉选型的开发框架。

◎　气：大家对项目或产品的思想认知一致，能够在一个"频道"上对话。

◎　神：了解理论知识，明白为什么需要这样做，而不是那样做。

因此，在微服务架构下进行设计和开发时尤其需要关注以下几点。

◎　一份基准代码多份部署：程序部署要做到和环境无关，无须改动任何一行代码。如果将构建好的制品（将源码转换成一个可使用的二进制程序，被称为制品）从开发环境转移到测试环境（或者从测试环境转移到预发环境），都需要对代码进行修改或调整，它就不能算是制品了，也达不到微服务架构下基准代码和环境无关的要求。对微服务架构下基准代码的要求如图 2-3 所示。

◎ 显式声明依赖关系：通过依赖清单，明确声明所有依赖项（比如 Maven 依赖），简化环境配置流程，明确是"做产品"，而不是"做项目"。

◎ 在环境中存储配置：所要求的代码和配置严格分离，配置可以完全不一样，但是代码必须一样，配置和代码无关。

◎ 把后端（或称为服务器端）服务当作资源：后端服务指的是程序运行所需要的通过网络调用的各种服务（数据库、MQ、缓存等）。例如，在不进行任何代码改动的情况下，将 MySQL 数据库换成第三方服务。

◎ 严格分离构建和运行：在构建阶段会将代码仓库转化为可执行包；在发布阶段会将构建的结果和当前部署所需的配置相结合，并能够立刻在运行环境中投入使用，比如回滚；在运行时将针对选定的发布版本，在执行环境中启动一系列应用程序进程。

◎ 应用程序无状态运行：在运行环境中，应用程序通常以一个或多个进程，采用无状态形式运行，运行过程中所产生的任何需要持久化的数据都要被存储在后端服务（比如数据库）中。

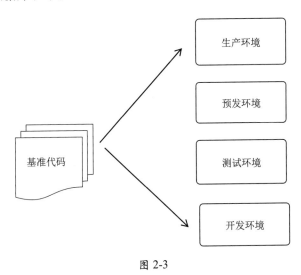

图 2-3

## 2.1.3　标准化的工程

在微服务架构下，我们希望把重复性的事物和概念都标准化，比如将创建工程、代码命名方式、工程启动方式等标准化，减少研发人员对项目认知和了解的时间，以提高开发效率。但是，在单体应用中为什么没有标准化的工程定义呢？因为在单体应用中，所有功能都被聚集在一个工程里面，研发人员在有新需求或者新迭代时，都清楚需要对哪个工程新增或者修改代码。但是在微服务架构下，单体应用被拆分为多个工程，每个拆分后的功能都是由不同的小项目组负责的。单体应用拆分后的示意图如图2-4所示。总体来说，标准化的工程主要有以下优势。

◎ 提高工程的可靠性、可维护性和可移植性。

◎ 提高软件人员的技术水平，提高其编码效率和项目质量。

◎ 提高项目人员之间的沟通效率，减少差错和误解情况，缩短项目的开发周期。

◎ 有利于项目管理，可以降低后续项目的运行成本和维护成本。

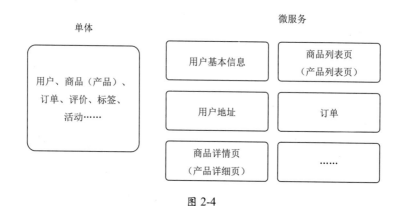

图 2-4

在标准化的工程中，所有工程的命名方式统一、类的命名方式统一、入参的命名方式统一，比如用"工程名-service"格式表示具体的服务名称，用"TableName(Read/Write) Service"格式定义类名。例如，需要开发产品服务，那么工程名称就是 product-service；ProductReadService 类提供读的服务；ProductWriteService 类提供写的服务；ProductDTO 是传输参数的对象；ProductPO 是数据库对象。这种命名规范就基本达到了见名知意的要求。

## 2.1.4 自动化部署

在单体应用阶段，新版本的发布和上线非常简单。运维人员只需把已经测试通过的 war 包直接复制到线上，覆盖老版本的 war 包后重启服务即可。但是在微服务架构阶段，单体应用被拆分成了多个不同的服务。如果还是采用传统手动方式发布服务，那么发布效率既得不到保障，在发布过程中也容易出现低级事故。所以，亟须采用自动化部署方案。

当然，在微服务转型的初级阶段，团队可能不具备自动化部署能力。这时，可以通过写 Shell 脚本命令的方式批量地自动发布服务。相关脚本如下。

```
deploy () {
    scp -P $SSH_PORT basics-user.zip root@$HOST:/root/install/basics-user.zip
        ssh -p $SSH_PORT root@$HOST "bash -l -c \"
        /opt/install/install-basic-user.sh /opt/install/basics-user.zip\"
}
```

以上脚本解释如下。

◎ SSH_PORT：表示目标服务器的端口。
◎ HOST：表示目标服务器的 IP 地址。
◎ install-basic-user.sh：包含将新版本服务覆盖老版本服务，然后重启服务的脚本。

完成上述步骤后，可以知晓微服务的优势大致如下。

◎ 复杂度降低：原来耦合在一起的复杂业务被拆分为单个服务，避免复杂度无止境地积累，让每个微服务都提供单一的功能，并通过定义良好的接口清晰地表述服务边界。
◎ 可独立部署：由于微服务具备独立的运行进程，因此每个微服务都可被独立地部署，在进行业务迭代时只需发布相关服务的迭代即可，在降低测试工作量的同时降低了服务发布的风险。
◎ 容错：在微服务架构下，当某一组件发生故障时，故障会被隔离在单个服务中，比如通过限流、熔断等方式缩小故障影响面，保障核心业务正常运行。
◎ 可扩展：在微服务架构下，对每个服务都可以根据实际需求进行独立扩展。

## 2.2　服务拆分的角度和原则

服务拆分的方式没有明确标准，每个人对于服务拆分的理解程度和拆分尺度都可能不一样，甚至有些团队按每个接口一个服务的方式进行服务拆分。虽然没有直接的方法来立刻佐证这种拆分方式是否正确，但是若服务拆分得过细的话，会导致服务数量呈爆炸式增长，以致每开发一个业务功能，都需要和多个服务提供者的开发人员去沟通。这不仅增加了开发的复杂度，而且增加了运维的复杂度。但是，如果拆分得太粗，则又会因服务提供的接口频繁变更，致使一次需求迭代影响众多服务，使故障范围变大。那么，在服务化架构中如何拆分服务才是最合理的呢？一般来说，我们在进行服务拆分时会结合理论知识和拆分原则进行综合考虑。

## 2.2.1　服务拆分的角度

接下来我们会从团队规模、产品交付周期、变更影响范围以及吞吐量大小 4 个角度来看如何做服务拆分。

### 1. 团队规模

如果服务拆分的粒度太细，而且团队人数过少，那么会导致跨团队沟通频繁、工作效率低下。只有合理拆分，尽可能使业务功能独立化，在需要变更服务之间的接口时再进行跨部门沟通，才能降低跨部门沟通的成本。如果服务拆分的粒度太粗，而且团队人数过多，则会导致团队成员在频繁提交代码时出现代码冲突问题，无法做到快速迭代和发布新版本。那么，几个人一个团队比较合适呢？可以参考两个比萨原则（如果两个比萨不足以"喂饱"一个项目团队，那么这个团队的规模就可能太大了），一般 5 ~ 7 个人一个团队比较合适。这样做的话，沟通效率和团队的可扩展性都能得到保障。如果团队的人数过少，则可能导致本来设计好的服务拆分逻辑最后都合并在一个工程上，这样就失去了实施微服务架构的意义。

### 2. 产品迭代交付周期

在实施微服务架构的过程中，应该尽可能缩短产品迭代交付周期，把需要频繁变更的功能尽量做成独立的服务。这样才能保证产品的新版本快速迭代、上线。即使产品的新版本在线上运行的过程中出现了问题，也能随时回滚。其目的是缩短产品迭代交付周期，使产品发布的风险变小、系统的稳定性提高。比如，以产品相关的功能为例，若一开始在设计阶段就按业务功能做服务拆分，将与产品展示相关的功能如产品列表页、产品详情页等都纳入产品服务（产品详情页是平台的核心功能，产品经理后续会基于产品详情页做大量的需求迭代）中，则在交付测试时不仅要验证产品详情页的功能，还要回归验证产品列表页的功能。这样不仅浪费了测试资源，还延长了产品迭代交付周期。可以在产品服务里将产品详情页拆分为一个独立的服务，关于产品详情页的需求迭代都基于该服务来做。这样不仅能减少测试范围，还能缩短需求迭代、上线的时间。

### 3. 变更影响范围

尽量不要将一个业务迭代的功能点分布到多个微服务中，应该将关联的实体对象存于一个服务中，避免多个服务之间的调用关系依赖引发分布式事务。还要根据"二八法则"来评估变更范围。比如，抽离 20%经常发生需求变动的部分，对这部分进行单独部署和管理；将 80%不经常变动的部分划分到另外一个独立的服务中。

### 4. 吞吐量大小

尽量将访问频繁、吞吐量大的功能或接口做成独立的微服务。这样既方便扩容，也能够有效提升资源的利用率。

## 2.2.2　服务拆分的原则

下面从高内聚与低耦合、业务模型、按读/写模式拆分、演进式拆分、阶段性合并这些角度介绍一下服务拆分的原则。

### 1. 高内聚、低耦合

高内聚、低耦合是软件工程中的概念。在软件设计中通常用耦合度和内聚度作为衡量模块独立程度的标准。这个标准在服务拆分中同样适用。从功能粒度来看，高内聚指的是每个服务尽可能只完成一件事（最大程度地聚合）；低耦合指的是减少外部服务依赖，尽量避免一个服务因实现某个功能而调用多个服务。从数据库角度来看，每个服务都需要使用独立的数据库。如果外部的服务需要使用该服务的数据，则必须通过接口方式来调用，杜绝外部服务通过直连数据库的方式获取数据。

### 2. 业务模型

有了高内聚、低耦合的前提，就可以通过业务模型维度来做服务拆分，比如将用户、商品、订单、评论都拆分为独立的服务，把相关的业务都聚合在同一个服务中。这样不仅可以避免跨数据库所引发的数据一致性问题，还可以减少调用外部服务的次数。这种服务拆分方式在初期阶段的粒度会较粗，后续可以通过评估服务的迭代频率或吞吐量大小的方式来衡量这些粒度较粗的服务是否需要继续拆分。

### 3. 按读/写模式拆分

当业务量达到一定阶段时，就需要考虑按读/写模式拆分服务，即把同一类型服务的读和写操作拆分到不同的服务上。比如，在正常情况下，User 表会被划分为用户服务（user-service），提供用户信息查询接口（UserReadService）和用户信息写入接口（UserWriteService）。假设线上用户服务读/写比例差距非常大，有 90%的读操作和 10%的写操作时可以考虑把 UserReadService 和 UserWriteService 分别拆分为独立的服务发布，同时增加 UserReadService 的副本数量，以保障服务的稳定性。

### 4. 演进式拆分

服务拆分是不可能一气呵成的，需要根据业务的发展来持续拆分和演进，即进行演进式拆分。在演进过程中，一定要积极了解业务及公司的发展方向。比如，在微服务重构的初级阶段，App 首页的产品列表和搜索页的产品列表由同一个服务提供。在后续需求迭代中，App 首页的产品列表需求迭代非常频繁，仅仅将产品列表需求拆分成首页列表服务和搜索页列表服务是不行的，因为在后续迭代中需要将首页列表服务做成个性化（即千人千面）的风格。所以，可以将产品列表服务拆分为如表 2-1 所示的服务。

表 2-1　产品列表服务拆分表

| 服务名称 | 功能描述 |
| --- | --- |
| 首页列表 | 个性化显示列表信息 |
| 搜索页列表 | 根据搜索结果组合列表信息 |
| 产品排序 | 根据用户的基本信息、行为、兴趣偏好等，对产品列表做个性化排序 |

### 5. 阶段性合并

大家可能都很关注服务拆分，但很少关注服务合并。为什么需要服务合并呢？因为每个阶段的需求、使用场景及运营侧重点都会有所变化，所以需要团队每隔一段时间就要反思和复盘当前的服务拆分是否合理，比如哪些服务已经很少被调用，服务副本是否需要减少或与其他服务进行合并。

经过多次梳理后，就可以在微服务架构实施的初级阶段梳理出系统的功能结构图，以帮助团队很清晰地了解系统当前由多少个服务组成，以及自己所在服务组的情况，如图 2-5 所示。

图 2-5

# 2.3　服务拆分案例剖析

在经历了一次失败的微服务架构重构之后，A 公司对待微服务便格外谨慎。但是，微服务重构的工作还要继续推进。技术团队经历过理论培训后必须要实战了。在做第一次服务拆分时有两种声音：一种声音是坚持先拆分非核心服务，若架构设计有问题，也不会影响业务主流程；另一种声音是坚持先拆分核心业务，因为其迭代频率高，所以若微服务架构设计有问题，则可尽早暴露问题。最后，大家选择了先拆分核心业务，将产品详情页按功能进行拆分，因为其需求迭代频繁、访问量最大，也最容易出问题。为此，在针对产品详情页做服务拆分时设定了如下流程：

（1）邀请产品经理重新讲解业务背景及功能点。

（2）确认服务开发和维护的责任人。

（3）梳理产品服务所依赖的表。

（4）梳理依赖产品表的其他模块接口。

（5）按功能维度做服务拆分。

（6）按照工程标准化约束的要求开始编码。

### 1. 功能点描述

用户可以在 App 首页点击产品的名称，进入产品详情页。该页展示的产品详情包括产品名称、产品介绍、可申请期数、产品标签、利率、促销活动、评论信息、申请人数、产品所需的用户资料信息、点击次数。

### 2. 服务责任人

将原来最熟悉此功能的开发人员定为服务责任人。

### 3. 梳理产品服务所依赖的表

产品服务所依赖的表梳理如下。

◎ product：产品基础信息表，包含产品名称、产品介绍、可申请期数、利率。
◎ product_tag：产品标签表，包含产品标签信息。一个产品可以有多个标签。
◎ promotion_active：促销活动表，包含促销活动，比如打折、满减等活动。
◎ user_order：用户订单表，包含用户的订单信息。
◎ click_count：点击次数（计数）表，包含产品的点击次数记录。
◎ product_comment：产品评论表，记录用户对产品的评论情况。

理论知识大家都懂，但由理论转变为交付物却有一定难度。比如，看似简单的产品详情页竟然需要这么多表中的数据的支持。按照前面所述的服务拆分原则，产品详情页需要如图 2-6 所示的服务支持。

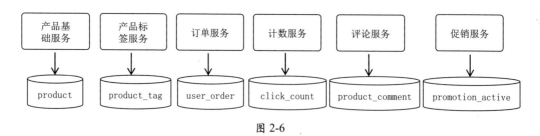

图 2-6

### 4. 梳理依赖产品表的其他模块

在老单体项目中，订单、评论等模块均依赖 product 表、product_tag 表，有些模块通过调用接口的方式获取数据，有些模块则使用多表联合查询方式获取数据。一旦按如图 2-6 的方式为每个服务都配置独立的库、独立的表进行拆分，那么老工程里面的代码必须要做同步修改，把内部接口调用换成 RPC 调用，还要把 SQL 的 join 查询拆分为单表查询，在业务系统中做数据合并操作。先不谈工作量的大小，这种操作明显存在以下两个问题。

◎ 未知风险过高：在老的单体应用工程中修改代码，万一商品详情页（或称为产品详情页）的服务有问题，就是严重的线上事故，因为没有版本可以回滚。

◎ 数据不一致：比如，在用户针对某个商品进行评价后，数据仍被写入之前的 product_comment 表，不会进入新表。

为解决上述两个问题，最后采用了如图 2-7 所示的一种折中办法：按照微服务的标准格式拆分服务，但所有的服务仍连接同一个数据库执行查询或者新增操作，在后续迭代中再逐步做分库的改造。我们称之为"半微服务"状态。

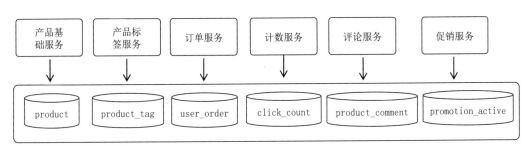

图 2-7

### 5. 编码实现

经过半个月的研发工作，商品详情页的服务终于被提交测试了，但是在进行 Code Review（代码评审）时，相关人员发现其仍然存在如下问题。

◎ 虽然已进行服务拆分，但是数据库连接仍是同一个。虽然 SQL 的 join 查询在业务逻辑上没有问题，但为后续的分库留下了隐患。

◎ 文档制度很难约束程序员。虽然约定了工程、类和方法的命名规范，但仅通过文档很难约束所有程序员的行为。

◎ 项目进度比预期的慢，因为程序员花了较多的时间做框架搭建、写业务增删改查逻辑等基础工作。

# 2.4　项目框架自动化

既然工程是标准化的，那么是否可以通过某种工具来生成项目框架及通用代码呢？程序员的重点工作是做业务开发，而不是做重复性的基础工程框架搭建工作。

## 1. 工程多模块

我们通过使用 Maven 将一个工程划分为多个模块。多模块 Maven 项目（Multi-Module Maven Project）适用于一些较大的项目。它通过合理的模块拆分来实现代码复用，便于进行代码的开发、维护和管理。具体操作流程如下。

（1）打开 IDEA 开发工具，选择 File→New→Project 选项，在打开的窗口中点击 Maven 菜单，无须勾选 Create from archetype 复选框，如图 2-8 所示。

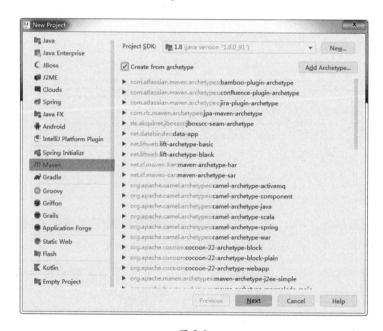

图 2-8

（2）点击 Next 按钮，打开如图 2-9 所示的窗口。输入自定义的 GroupId 和 ArtifactId。

◎　GroupId：项目组织的唯一标识符，实际对应 Java 包的结构，比如 org.apache.tomcat。

◎　ArtifactID：ArtifactID 项目的唯一标识符，实际对应项目的名称，比如 user-service。

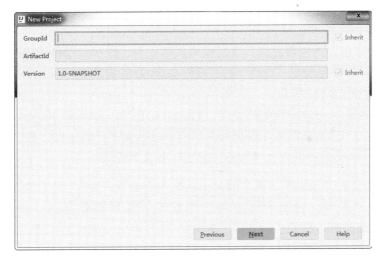

图 2-9

（3）点击 Next 按钮，直到结束。创建成功后，删除项目中的 src 目录，完成 Parent Module 的创建。

（4）创建 Module。选择 New→Module→Maven 选项，在打开的窗口中勾选 Create from archetype 复选框，之后点击 Next 按钮，打开如图 2-10 所示的窗口。输入 ArtifactID，比如 user-api，继续点击 Next 按钮，直到完成 user-api Module 的创建。

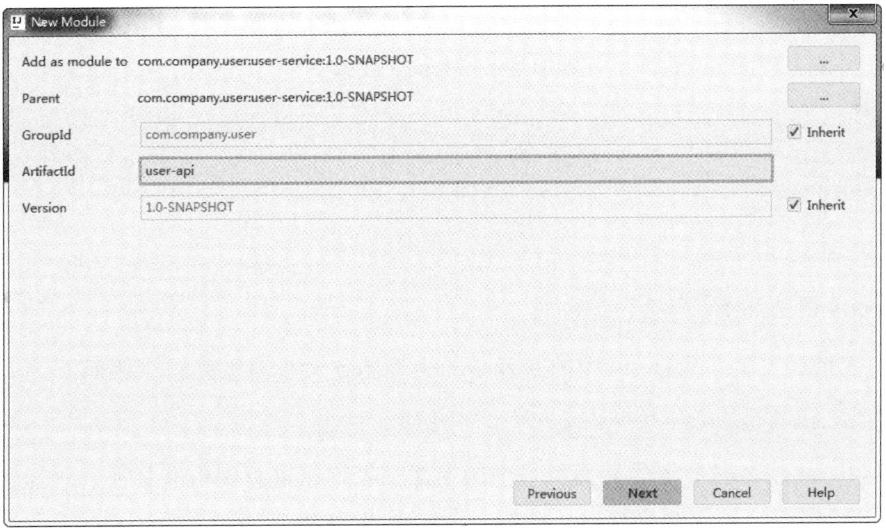

图 2-10

根据架构设计提供的骨架样例，工程采用 Maven 的多模块方式创建。工程包括以下模块。

◎ api：接口层。外部服务依赖该接口提供的服务，该接口层依赖 model 模块。

◎ service：接口实现层，实现 API，同时包含 DTO 和 PO 互转的方法。其依赖 api、business 和 facade 模块。

◎ business：涉及与数据相关的处理，包含 MyBatis 的 sqlMap 的配置文件和 PO 对象。

◎ model：定义 DTO 对象，根据数据库表字段的描述自动增加注释。

◎ facade：如果需要调用外部服务，则统一在此调用。

在明确每个工程必须包括的模块及每个模块的职责后，就可以通过工具来快速生成代码结构，减少工程师创建工程骨架的工作量了。在目前开源的代码生成工具中，mybatis-generator 虽然比较流行，但其仅能生成 DAO 及 mapper 文件，而且生成的 SQL 语句过于灵活。比如，在产品研发规范中规定禁止使用 like 方式查询数据，但是在框架生成的代码中仍然可以使用 like 方式查询，所以该工具不满足我们的要求，我们只能通过自研的方式来做。最后选择通过 Velocity 模板来生成 Java 代码、MyBatis 的 mapper 文件及工程文件。

### 2. 工程结构的模板化

Apache Velocity 是一个基于 Java 的模板引擎（Template Engine），可以使用简单的模板语言（Template Language）来生成 Java 代码、MyBatis 的 mapper 文件，而且其语法非常简单。例如在 Velocity 中，所有关键字都以#开头，所有变量则以$开头。在使用 Velocity 之前，需要在工程的 pom 文件中增加 dependency 依赖：

```
<dependency>
    <groupId>org.apache.velocity</groupId>
    <artifactId>velocity</artifactId>
    <version>1.7</version>
</dependency>
```

Velocity 语法如下。

（1）变量的定义。Velocity 中的变量是弱类型的，大小写敏感，示例如下。

```
#set($name="velocity")
```

当使用 set 指令时，等号后面引号中的字面字符串将进行解析和替换，比如在出现以$开头的字符串时，将做变量替换。例如，下面将为$hello 赋值 "hello velocity"：

```
#set($hello="hello velocity")
```

（2）变量的使用。在模板文件中可以通过$name 或者${name}使用定义的变量。推荐使用${name}这种格式，因为可能在模板中同时定义了类似$name 和$names 这样的两个变量。如果不选用大括号，引擎就无法正确识别$names 这个变量了。对于一个复杂对象类型的变量，比如$person，可以使用${person.name}来访问 person 的 name 属性。值得注意的是，这里的${person.name}并不直接访问 person 的 name 属性，而是访问 person 的getName()方法，所以${person.name}和${person.getName()}是一样的。

（3）循环语句，示例如下。

```
#set($list=["velocity","freemarker","jsp"])
#foreach($element in $list)
$This is ${element}
#end
```

（4）条件语句，示例如下。

```
#if($condition > 1)
condition > 1
#elseif($condition == 1)
condition = 1
#else
condition < 1
#end
```

接下来根据定义的标准生成项目结构和项目代码，流程如图 2-11 所示。首先从数据库中获取表名、字段名及字段类型；然后通过 Velocity 模板引擎生成 Java 代码、pom.xml文件和 MyBatis 文件；最后将生成好的代码导入 IDEA，即可进入开发阶段。

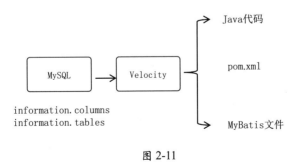

图 2-11

整体执行流程如下。

（1）查询 MySQL 系统表中的 tables 表，查询需要生成的表的基本信息，包括表的名称及注释。

（2）查询 MySQL 系统表中的 columns 表，查询指定表中列的名称、注释、列的类型，生成 DTO 及 PO 对象。

```
select
column_key,extra,table_schema,table_name,column_name,data_type,column_comment,
character_maximum_length,is_nullable from columns where table_schema = ? and
table_name = ?
```

（3）根据每个接口指定的模板文件内容生成具体的 Java 代码。

### 3. 代码生成工具实战

例如，需要定义一个 UserReadService 接口类型的 Java 文件，在该文件代码中实现根据用户 ID 获取的用户名称。如果手动编写代码，则 Java 代码如下。

```
package com.company;
public interface UserReadService {
    public  String getUserName(String id);
}
```

如果需要自动化生成 UserReadService.java 代码，则需要先创建一个模板文件，例如 readService.vm 文件，代码如下。

```
package com.company;
public class ${tableName}ReadService {
    public void get${tableName}Name(String id);
}
```

其中，tableName 是在 MySQL 中获取的表名称。生成的 Java 代码如下。

```
public class CodeCreator {
    public static void main(String[] args) throws IOException {
        VelocityEngine ve = new VelocityEngine();
        ve.setProperty(org.apache.velocity.runtime.RuntimeConstants.
        RESOURCE_LOADER, "classpath");
        ve.setProperty("classpath.resource.loader.class",
        ClasspathResourceLoader.class.getName());
        ve.init();
        Template template = ve.getTemplate("/readService.vm");
        VelocityContext ctx = new VelocityContext();
        ctx.put("tableName", "User");
```

```
        StringWriter sw = new StringWriter();
        template.merge(ctx, sw);
        String r = sw.toString();
        File file = new File("d:/UserReadService.java");
        FileWriter fileWriter = new FileWriter(file);
        fileWriter.append(r);
        fileWriter.flush();
        fileWriter.close();
    }
}
```

若要生成 MyBatis 的 mapper 文件和 pom.xml 文件，则都按上述方式操作。注意，以上代码 ctx.put("tableName", "User")中的 User 指的是表名称。该名称可以从数据库中获取。

项目的标准结构如下。

```
basics-userservice
basics-userservice-api
basics-userservice-business
basics-userservice-façade
basics-userservice-model
basics-userservice-service
```

## 2.5　微服务的数据请求模型

Spring MVC 的请求模型大致可分为以下 3 部分。

◎ Model（模型）：一个存取数据的对象或 Java POJO。
◎ View（视图）：模型数据的可视化。
◎ Controller（控制器）：作用于模型和视图，控制数据流向模型对象，并在数据发生变化时更新视图，使视图与模型分离。

结合 Spring MVC 的请求模型，我们在微服务架构中把请求模型拆分为两层，分别是聚合层和原子服务层，如下所示。

（1）聚合层：可将其理解为客户端提供统一接口的服务层。比如，前面讲到的产品详情页所提供的接口就属于聚合层的职责。其作用是在接收了客户端的请求后，编排该接口所需要依赖的原子服务，并向原子服务发送请求，根据约定的接口协议组装原子服务层返回的结果，最终将组装好的报文返回给客户端。这样进行一次 HTTP 请求，即可完成所有服务调用。如果没有产品详情页的聚合层，那么客户端必须调用产品服务、标签服务等多个服务，然后在客户端聚合结果，这显然会带来诸多问题。首先，客户端需要多次请求不同的微服务，这增加了客户端的通信复杂性和认证复杂性；其次，每个服务都要对客户端请求进行认证，执行效率不高；最后，在客户端聚合结果不仅增加了客户端开发的复杂度，而且还不利于接口的重复利用。

针对聚合层工程所包含的模块做如下划分。

◎ web：接收网关转来的请求。
◎ business：业务处理模块。调用外部服务所返回的结果，在这里做聚合。
◎ facade：外部服务调用的统一出口。所有需要调用外部服务的代码都写在该模块中。
◎ model：定义与 VO 相关的字段。

（2）原子服务层：屏蔽数据库操作，提供 RPC 接口，对数据进行增、删、改、查操作。在设计原子服务时需要注意以下几点。

◎ 单表原则，禁止对两张以上的表做 join 查询。
◎ 不要包含任何业务系统的逻辑。
◎ 对外屏蔽分库分表操作。
◎ 关注接口的性能。

下面针对聚合层和原子服务层的调用关系做如图 2-12 所示的说明。

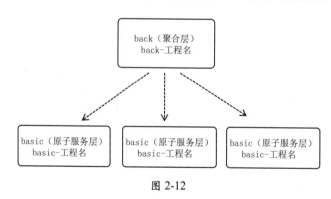

图 2-12

从宏观层面来看，在我们设计的微服务架构下，系统的调用逻辑如图 2-13 所示。大量的业务逻辑都聚集在业务聚合层，该聚合层无须关注所调用的原子层使用的是哪种数据库、按哪种规则做的数据分片、使用哪种缓存框架等具体技术问题。原子服务层对外屏蔽底层的数据操作，并提供了高效的 RPC 接口来操作数据。

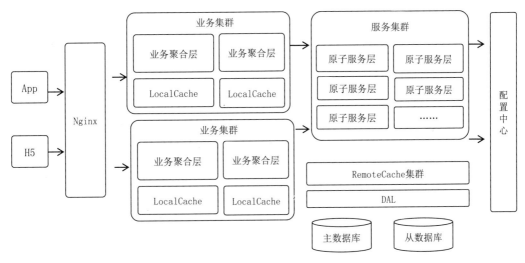

图 2-13

# 2.6　日志收集和控制

微服务架构虽然能解决很多问题,但引发的副作用也很多,比如存在日志查询难等问题。在微服务架构下,用户的每次请求不再由某个系统独立完成,而是变成了由聚合层调用多个原子服务层,原子服务又会调用数据库,也有可能调用其他原子服务,形成一个复杂的调用链。在这种情况下,一旦请求接口出现异常,逐个登录每台服务器查询日志并分析问题,就犹如大海捞针一样,不仅效率低,而且极有可能查询不到问题。所以,技术人员希望将分散的日志聚合在一起,只通过关键词查询就能得到相关日志结果。

## 规范日志

日志记录的详细程度直接关系到系统在出现问题时定位问题的速度。对日志进行观察、分析和统计,也可以帮助相关人员提前发现系统风险,避免发生线上事故。对于服务器端开发人员来说,对线上日志的监控尤其重要。但是在实施微服务架构之前,必须先确定日志规范,以便进行后面的日志采集、处理和分析。

### 1. 统一的日志格式

在编码阶段就要对日志格式有明确的要求,以便进行后续的问题排查、实时日志分析、业务告警触发。日志格式约定如下。

| 时间|事件名称|traceID|耗时时间|用户 ID|设备唯一标识|设备类型|App 版本|访问 IP|自定义参数 |

各选项的含义如下。

◎ 时间：日志产生时系统的当前时间，格式为 YYYY-MM-DD HH:MM:SS。

◎ 事件名称：预先定义好的枚举值，比如 Login、Logout、search 等。

◎ traceID：当前请求的唯一标识符。

◎ 耗时时间：当前事件执行完成所消耗的时间。

◎ 用户 ID：当前登录用户的唯一 ID，非登录用户为空。

◎ 设备唯一标识：当前设备的唯一标识。假如某用户在登录前开始操作 App，在这个时间记录下设备的唯一标识后，可以通过该标识关联到具体用户。

◎ 设备类型：当前设备的类型，比如安卓或 iOS。

◎ App 版本：当前访问的 App 版本号。

◎ 访问 IP：当前设备的 IP 地址。

◎ 自定义参数：参数之间使用&分隔，比如 pid=108&ptag=65。

## 2. 明确记录内容

具体内容如下。

◎ 服务的初始化信息：服务的启动参数需要在日志中以 INFO 级别的信息进行记录。比如在服务初始化时，需要远程加载一些信息，需要把加载的信息明细及条数描述清楚。

◎ 异常信息记录：捕获的异常是系统在当时状态下的一种快照，使用 ERROR 级别记录，以便出现问题后能通过日志快速定位问题，明确记录入参信息、报错堆栈信息。

◎ 核心流程记录：系统中核心角色触发的业务动作是需要记录的，也是衡量系统是否正常运行的重要指标，对这些内容（比如用户注册信息、用户登录信息、用户下单信息等）以 INFO 级别的日志进行记录。

◎ 第三方调用：对于第三方服务的远程调用，要求打印请求参数、响应结果及具体的调用耗时，以便在出现问题时通过日志快速定位到是哪一端出现了异常。

## 3. 统一记录日志工具

目前记录日志的第三方库有很多，为了标准统一，推荐使用 Slf4j。这是因为 Slf4j 是日志门面模式，并不是日志系统的具体实现。Slf4j 只提供日志接口和获取具体日志对象的方法，调用端只需打印日志，由适配层决定使用哪一种日志系统打印日志。

例如，slf4j-simple、logback 都是 Slf4j 的具体实现。需要注意的是，log4j 并不直接实现 Slf4j，需要有专门的一层桥接 slf4j-log4j12 来实现 Slf4j。

在代码中统一使用 lombok，因为 lombok 是一个 Java 库。lombok 能自动插入编辑器并构建工具，减少 Java 开发代码量，通过添加注解的方式自动生成代码，而无须为类编写 getter 或 setter 方法。在代码中可以直接使用@Slf4j 注解来获取日志实例，在需要记录日志的地方直接使用 log 对象即可记录日志，还可以使用参数化形式{}来占位。在 pom.xml 中引入下面的依赖即可在工程中引入 lombok：

```
<dependency>
    <groupId>org.projectlombok</groupId>
    <artifactId>lombok</artifactId>
    <scope>provided</scope>
</dependency>
```

在需要打印日志的程序文件上方直接使用@Slf4j 注解，并在具体记录日志的地方使用 log 即可记录日志。具体实现代码如下。

```
@Slf4j
public class UserManagerServiceImpl implements UserManagerAPIService {
    public UserManagerDTO getUserDTOByUserID(String id) {
      log.info("根据用户 id{}获取用户信息",id);
      // 业务代码
    }
}
```

### 4. 开源的日志收集平台

日志收集平台包括日志采集、日志存储及日志查询三部分。日志采集一般使用 Logstash、Flume、Filebeat 等工具，日志存储可以选用 Hive 或者 ElasticSearch。Hive 主要基于日志做分析，不适合用于实时查询；ElasticSearch 主要为开发人员提供实时查询服务。

ELK 是目前比较流行的开源分布式日志收集工具。其工作原理是，通过 Logstash 把分散在每个服务器上的相互独立的日志汇聚到 ElasticSearch 中，用户通过 Kibana 提供的 Web 界面根据条件来检索日志的内容。其技术架构如图 2-14 所示（注意，图 2-14 中的 ES 是 ElasticSearch 的简写）。

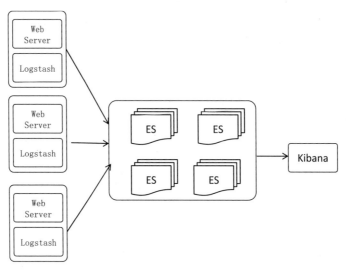

图 2-14

ELK 中每个模块的功能简介如下。

◎ ElasticSearch——开源的分布式搜索引擎，提供搜集、分析、存储数据三大功能。它具有分布式、零配置、自动发现、索引自动分片、多数据源、自动搜索负载等特点，并具有索引副本机制和 RESTful 风格的接口。

◎ Logstash——日志搜集、分析及过滤工具，支持大量的数据获取方式。其一般工作方式为 C/S（Client/Server）架构：Client（客户）端安装在需要收集日志的主机上；Server（服务器）端负责将收到的各节点日志进行过滤、修改等操作，再一并发送到 ElasticSearch。

◎ Kibana——一款开源的数据分析和可视化平台，可以为 Logstash 和 ElasticSearch 提供友好的日志分析 Web 界面，可实现汇总、分析和搜索等功能。

ELK 架构的优点是搭建简单、易上手。但由于其没有消息队列缓存，导致 ElasticSearch 负载过高，存在数据丢失隐患，而且缺失了自定义的监控报警功能。

### 5. 自定义日志处理平台

虽然 ELK 架构能满足大部分日志查询需求，在分析日志时通过结合 traceID 也能把相关日志很方便地串联起来，但其并不能满足个性化的业务报警和业务预警需求。因此，需要针对现有的日志平台架构进行重新调整，增加 Kafka 消息队列并引入流式计算技术，支持根据配置规则触发告警或预警，如图 2-15 所示。A 公司将该系统称为"神鹰系统"。

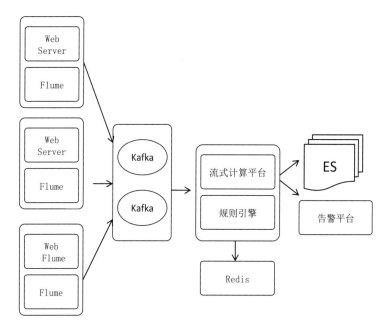

图 2-15

其系统架构组成如下。

（1）Flume：它是 Cloudera 提供的一个高可用、高可靠、分布式的海量日志采集、聚合和传输系统，支持在日志系统中定制各类数据发送方，用于发送数据；它同时提供对数据进行简单处理，并写到各种数据接受方（可定制）的能力，主要由 Source、Channel 及 Sink 三大组件组成，架构如图 2-16 所示。

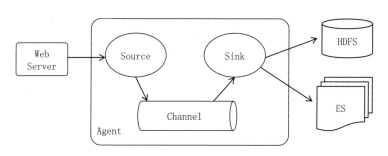

图 2-16

◎　Source（源端数据采集）：Flume 提供了各种各样的 Source，同时还提供了自定义的 Source 接口。

◎ Channel（临时存储聚合数据）：Channel 分为 Memory Channel 和 File Channel（推荐生产环境使用）。在生产环境中，Channel 的数据需要时刻被监控，以防止 Sink 端写入过慢或者因 Sink 异常，导致 Channel 异常。

◎ Sink（将 Channel 数据移动到目标端）：如 HDFS、Kafka、DataBase 以及自定义的 Sink。

（2）Kafka：分布式消息队列，具有高性能、持久化、多副本备份、横向扩展的能力。生产者向队列里写消息，消费者从队列里取消息并进行业务逻辑处理。其一般在架构设计中起着解耦、削峰、异步处理的作用。

（3）流式计算平台：专为大规模数据处理而设计的快速、通用的计算引擎。Spark Streaming 是构建在 Spark 上处理 Stream 数据的框架。其基本原理是将 Stream 数据分成小的时间片段（几秒），以类似 batch（批量处理）的方式来处理这一小部分数据。

（4）规则引擎：通过 Groovy 脚本编写的相关规则代码，计算的中间结果被存储于 Redis 中。

该系统的工作流程如下。

（1）在聚合层及原子服务层中都需要预先安装好 Flume，Flume 将所收集的应用日志写入 Kafka 集群中。

（2）流式计算平台消费 Kafka 的数据，将这些数据解析成格式对象后存入 ElasticSearch（ES）平台。

（3）流式计算平台消费 Kafka 的数据，根据规则引擎所配置的规则进行告警或者预警通知。

总体来说，神鹰系统的工作原理很简单：先将非格式化的日志格式化，再将格式化后的日志写入 Kafka 消息队列，消息队列的消费者根据设定的规则执行实时计算。若规则计算结果已经达到阈值，则触发相关预警或告警。

假设用户登录时的日志格式如下。

```
2019-12-20_10:32:01|userLogin|login_215205852674674673367448|android|9.4.5|
194.156.157.189|ua=Apache-HttpClient/4.4 (Java 1.5 minimum)&area=45
```

为了防止"羊毛党"批量登录，可以设置如下规则：userLogin 事件在同一个 IP 地址下 1 分钟发生 10 次以上就告警，同样的事件在 30 分钟内不要重复告警，以防发生告警风暴。业务人员在收到告警后可以根据事件发生的类型和时间，查询该段时间下通过 194.156.157.189 登录的用户列表，并有针对性地进行处理。

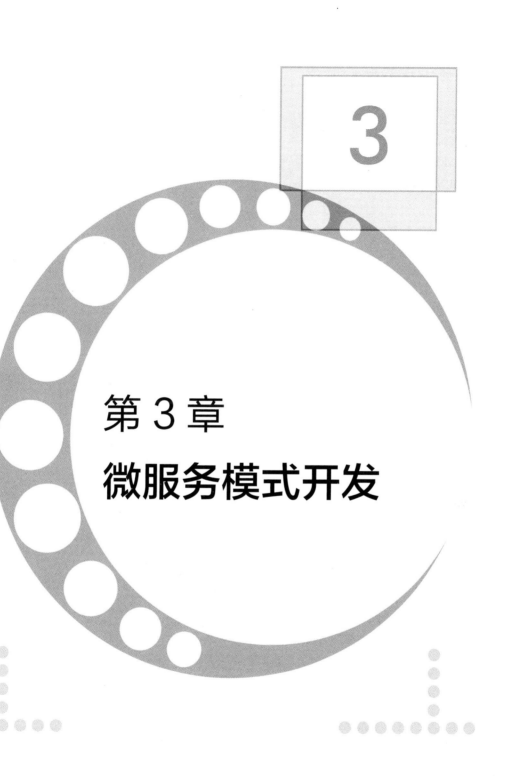

3

第 3 章

微服务模式开发

## 3.1　服务治理的核心概念

我们在分布式开发中经常听到的一个词就是"服务治理"。在理解"服务治理"的概念之前让我们先理解什么是分布式系统，分布式系统之间如何通过 RPC（Remote Procedure Call，远程过程调用）方式通信，以及如何解决 RPC 框架存在的问题，这样才能真正地理解服务治理的核心思想。

### 3.1.1　分布式系统

分布式系统指的是通过网络连接让多台计算机协同解决单台计算机所不能解决的计算、存储等问题，多台计算机之间通过 RPC 方式通信。在使用分布式系统前，首要解决的问题是如何拆解当前面临的问题。通过使用多台计算机分布式解决问题，让分布式系统中的每台机器都负责解决原问题的一个子集。一般来说，可以使用横向拆分法或者纵向拆分法对复杂的系统进行拆分。

◎ 横向拆分：在无状态系统中多部署几个实例，通过负载均衡方式协调每个实例所负载的计算量。

◎ 纵向拆分：将一个大应用拆分为多个小应用（例如，将系统拆分为用户、商品、订单服务），每个小应用都负责处理一部分业务。

然而，虽然通过拆分法解决了计算或存储的问题，但是使用分布式技术进行开发会引发比单体应用更多的问题，比如网络异常、数据一致性及分布式系统性能等。因此，在使用分布式架构开发系统前，需要先深入理解分布式系统的概念和可能存在的异常。

#### 1. 分布式系统中的常见异常

分布式系统中的常见异常如下。

◎ 服务器宕机：服务器宕机是分布式架构下最常见的异常之一。任何服务器都有可能发生故障，而且故障发生的类型、时间都不尽相同。所以，分布式系统一般允许部分服务器发生故障，但要求在部分服务器发生故障时不影响整个系统的正常使用。

◎ 网络异常：服务器与服务器之间通过网络通信，若在通信过程中出现消息丢失，则两个节点之间无法进行通信，会出现网络分化、消息乱序等网络问题。

◎ 分布式系统的三态：如果某个节点向另一个节点发起 RPC 请求，比如节点 A 向节点 B 发送一个消息，节点 B 根据收到的消息完成某些操作，并将操作的结果通过消息返回给节点 A，那么这个 RPC 请求的执行结果可能有三种状态：成功、失败、超时（未知）。我们将这三种状态称为分布式系统的三态。在设计架构时需要考虑成功、失败、超时（未知）这三种状态的处理方式。

◎ 存储的数据丢失：对于有状态节点来说，数据丢失意味着状态丢失。通常只能从其他节点读取、恢复该存储数据的状态。

### 2. 分布式系统的副本分类

分布式系统的副本指的是在分布式系统中为数据或服务提供的冗余。该副本可分为服务副本和数据副本两种类型。

◎ 服务副本：多个节点提供某种相同的服务，这种服务不依赖本地节点的存储状态，是一种无状态服务。

◎ 数据副本：在不同的节点上持久化同一份数据。当出现某一个节点存储的数据丢失时，可以从其他副本上读取该数据。数据多副本是分布式系统解决数据丢失异常的唯一方法，因为数据被分散或者复制到不同的机器上，所以如何保证各台主机之间数据的一致性，成为一个难点。

对于分布式系统而言，服务副本非常容易控制，由于服务本身具备无状况特性，运维人员可以动态增加或者减少服务副本的数量，而不会影响服务接口返回数据的正确性。数据副本分布在不同的计算机上，从技术角度来看，数据的一致性面临着巨大的挑战。数据副本的一致性通常具有以下几种情况。

◎ 强一致性：任何时刻任何用户或节点都可以读到最近一次成功更新的副本数据。这是程度最高的一致性要求，也是实践中最难实现的一致性。

◎ 弱一致性：系统并不保证进程或者线程在任何时刻访问数据都会返回最新的更新过的值。系统在数据成功写入之后，不承诺立即读到最新写入的值，也不承诺最终多久之后可以读到最新值。

◎ 最终一致性：数据一旦更新成功，各个副本上的数据最终将达到完全一致的状态，但需要一定的时间。

然而，分布式系统也存在一些复杂特性，比如分布式系统的三态性、异构性、透明性、并发性、可扩展性等。我们在应用分布式系统的过程中要仔细斟酌这些特性的优势和副作用。

### 3. 分布式系统的设计原则

分布式系统的设计原则如下。

◎ 异构性：由于分布式系统基于不同的网络、操作系统、计算机硬件和编程语言，因此必须考虑采用一种通用的网络通信协议来屏蔽异构系统之间的差异。开发人员一般选择中间件来屏蔽这些差异。

◎ 透明性：分布式系统中任意组件的故障及主机的升级或迁移，对用户来说都是透明的。

◎ 并发性：应用分布式系统的目的是更好地共享资源，所以系统中的每个资源在并发环境下都必须是安全的。

◎ 可扩展性：随着业务量的增加，系统必须具备可扩展性，以应对因业务量增长而增加的外部流量。

◎ 故障独立性：任何计算机都有可能发生故障，而且各计算机发生的故障类型不尽相同，发生故障的时间也各不相同。所以，分布式系统一般允许发生部分故障，而不影响整个系统的正常使用。

◎ 数据一致性：因为数据被分散或者复制到不同的机器上，所以需要保证各台服务器之间数据的一致性。

◎ 负载均衡：由于分布式系统是多机协同工作的系统，因此为了提高系统的整体效率和吞吐量，必须考虑最大化地发挥每个节点的作用，以最大化地利用资源，避免某个节点过载或者浪费资源。

### 4. 分布式系统的衡量指标

分布式系统的衡量指标如下。

◎ 系统的性能：系统每秒的事务处理能力，通常用 TPS（Transactions Per Second）来衡量。

◎ 系统的可用性：系统在面对各种异常时可以正确提供服务的能力。该指标可以用系统停服的时间与正常服务时间的比例来衡量，也可以用某功能的失败次数与成功次数的比例来衡量。系统的可用性是分布式系统的重要指标，是系统容错能力的体现。

◎ 系统的可扩展性：分布式系统通过扩展集群的机器规模来提高系统性能（增大接口吞吐量、降低接口延时、增大接口并发量）、存储容量、计算能力的特性。

## 3.1.2 RPC 框架

RPC（Remote Procedure Call，远程过程调用）是一种进程间通信方式，也是一种技术思想。使用 RPC 技术时，允许本地程序通过网络调用另一台服务器上的函数或者方法，具体调用过程一般由 RPC 框架实现，不用编码实现。即无论是调用本地函数还是调用远程函数，我们编写的调用代码在本质上基本相同。

### 1. RPC 框架的工作原理

RPC 框架要向服务调用方和服务提供方屏蔽各类复杂性操作，比如负载均衡、序列化和反序列化、网络重试、超时等，主要由客户端、服务器端和注册中心 3 种角色构成，整体架构如图 3-1 所示。

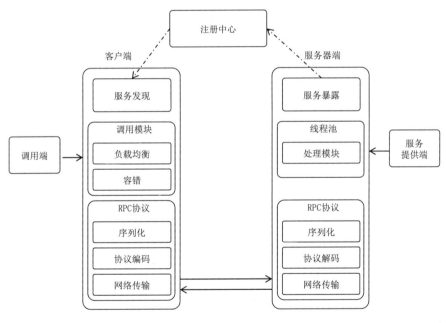

图 3-1

◎ 客户端（Client）：调用远程服务的服务消费方。客户端调用远程服务就像调用本地函数一样，客户端负责序列化、反序列化、连接池管理、负载均衡、故障转移、超时管理、异步管理等。

◎ 服务器端（Server）：暴露服务的服务提供方。服务器端如同实现一个本地函数一样来实现远程服务提供，服务器端需要做收发包队列、I/O 线程、工作线程、序列化及反序列化等工作。

◎ 注册中心：服务注册与发现的注册中心。

### 2. RPC 调用说明

一次 RPC 调用流程主要由 5 部分组成，分别是客户端、客户端存根、服务器端存根、服务提供端和网络传输，其调用流程如图 3-2 所示。

◎ 客户端：服务调用方。

◎ 客户端存根：用于存放服务器端的地址信息，将客户端的请求参数等信息打包成网络消息，再通过网络传输发送给服务器端。

◎ 服务器端存根：接收客户端发送过来的请求消息并解包，然后调用本地服务处理。

◎ 服务提供端：服务的真正提供者。

◎ 网络传输：底层数据传输，可以是 TCP 或 HTTP。

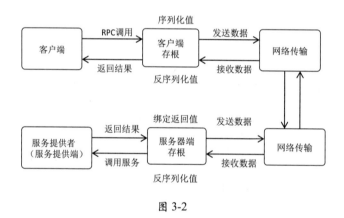

图 3-2

## 3.1.3　服务治理

业务在刚开始时都是单体应用，随着用户量和访问量的增加，在架构层面会发生变化，逐步由单体应用开发转为分布式应用开发，比如把单体应用中的每个模块都按照特定的方法拆分成一组独立的服务，服务与服务之间通过 HTTP 或者 RPC 方式调用。随着业务量的逐步增加，服务的数量也逐步增加。这时维护服务的 URL 地址就变得非常麻烦，所以需要设计一套系统来统一管理每个服务所对应的 URL 地址。这套系统就叫作注册中心。当有多个服务时，消费者需要根据规则来调用相关服务，实现软负载均衡，以达到资源利用率最大化的目的。因此，服务注册、服务发现、负载均衡、流量削峰、版本兼容、服务熔断、服务降级、服务限流等方面的问题，都是因服务拆分所引发的一系列问题。如何解决这些问题，让服务更稳定地运行，就叫作服务治理。

总体来说，服务治理指的是企业为了确保事情顺利完成而实施的内容，包括最佳实践、架构原则、治理规程、规律及其他决定性的因素。下面针对服务治理过程中的各个环节做相关说明。

（1）服务：它是分布式架构下的基础单元，包括一个或一组软件功能，其目的是不同的客户端通过网络获取相应的数据，而不用关注底层实现的具体细节。以用户服务为例，当客户端调用用户服务的注册功能时，注册信息会被写入数据库、缓存并发送消息来通知其他关注注册事件的系统，但是调用方并不清楚服务的具体处理逻辑。

（2）注册中心：它是微服务架构中的"通讯录"，记录了服务和服务地址的映射关系，主要涉及服务的提供者、服务注册中心和服务的消费者。在数据流程中，服务提供者在启动服务之后将服务注册到注册中心；服务消费者（或称为服务消费方）在启动时，会从注册中心拉取相关配置，并将其放到缓存中。注册中心的优势在于解耦了服务提供者和服务消费者之间的关系，并且支持弹性扩容和缩容。当服务需要扩容时，只需要再部署一个该服务。当服务成功启动后，会自动被注册到注册中心，并推送给消费者。

（3）服务注册与发布：服务实例在启动时被加载到容器中，并将服务自身的相关信息，比如接口名称、接口版本、IP 地址、端口等注册到注册中心，并使用心跳机制定期刷新当前服务在注册中心的状态，以确认服务状态正常，在服务终止时将其从注册表中删除。服务注册包括自注册模式和第三方注册模式这两种模式。

◎ 自注册模式：服务实例负责在服务注册表中注册和注销服务实例，同时服务实例要发送心跳来保证注册信息不过期。其优点是，相对简单，无须其他系统功能的支持；缺点是，需要把服务实例和服务注册表联系起来，必须在每种编程语言和框架内部实现注册代码。

◎ 第三方注册模式：服务实例由另一个类似的服务管理器负责注册，服务管理器通过查询部署环境或订阅事件来跟踪运行服务的改变。当管理器发现一个新的可用服务时，会向注册表注册此服务，同时服务管理器负责注销终止的服务实例。第三方注册模式的主要优势是服务与服务注册表是分离的，无须为每种编程语言和架构都完成服务注册逻辑。相应地，服务实例是通过一个集中化管理的服务进行管理的；缺点是，需要一个高可用系统来支撑。

（4）服务发现：使用一个注册中心来记录分布式系统中全部服务的信息，以便其他服务快速找到这些已注册的服务。其目前有客户端发现模式和服务器端发现模式这两种模式。

◎ 客户端发现模式：客户端从服务注册服务中查询所有可用服务实例的地址，使用负载均衡算法从多个服务实例中选择一个，然后发出请求。其优势在于客户端知道可用服务注册表的信息，因此可以定义多种负载均衡算法，而且负载均衡的压力都集中在客户端。

◎ 服务器端发现模式：客户端通过负载均衡器向某个服务提出请求，负载均衡器从服务注册服务中查询所有可用服务实例的地址，将每个请求都转发到可用的服务实例中。与客户端发现一样，服务实例在服务注册表中注册或者注销。我们可以将 HTTP 服务、Nginx 的负载均衡器都理解为服务器端发现模式。其优点是，客户端无须关注发现的细节，可以减少客户端框架需要完成的服务发现逻辑；客户端只需简单地向负载均衡器发送请求。其缺点是，在服务器端需要配置一个高可用的负载均衡器。

（5）流量削峰：使用一些技术手段来削弱瞬时的请求高峰，让系统吞吐量在高峰请求下可控，也可用于消除毛刺，使服务器资源的利用更加均衡、充分。常见的削峰策略有队列、限频、分层过滤、多级缓存等。

（6）版本兼容：在升级版本的过程中，需要考虑升级版本后新的数据结构能否理解和解析旧的数据，新协议能否理解旧的协议并做出预期内合适的处理。这就需要在服务设计过程中做好版本兼容工作。

（7）服务熔断：其作用类似于家用的保险丝。当某服务出现不可用或响应超时的情况时，已经达到系统设定的阈值，为了防止整个系统出现雪崩，会暂时停止对该服务的调用。

（8）服务降级：在服务器压力剧增的情况下，根据当前业务情况及流量对一些服务和页面有策略性地降级，以此释放服务器资源，保证核心任务的正常运行。降级时往往会指定不同的级别，面对不同的异常等级执行不同的处理。

（9）服务限流：服务限流可以被认为是服务降级的一种。它通过限制系统的输入和输出流量来达到保护系统的目的。一般来说，系统的吞吐量是可以被测算的。为了保证系统的稳定运行，一旦达到阈值，就需要限制流量。限制措施有延迟处理、拒绝处理或者部分拒绝处理等。

（10）负载均衡策略：它是用于解决一台机器无法处理所有请求而产生的一种算法。当集群里的 1 台或者多台服务器不能响应请求时，负载均衡策略会通过合理分摊流量，让更多的服务器均衡处理流量请求，不会因某一高峰时刻流量大而导致单个服务器的 CPU 或内存急剧上升。

## 3.2 注册中心简介

注册中心可以说是微服务架构中的"大脑"。在分布式架构中，每个独立的服务都会被注册到注册中心，并上报服务的相关信息，比如所在服务器的 IP 地址、端口、接口名称、接口版本等。当消费者需要调用其他服务时，可以在注册中心找到服务的地址，进行远程 RPC 调用。针对 Dubbo 框架来说，注册中心可以选择 ZooKeeper 或者 Nacos。下面分别针对 ZooKeeper 和 Nacos 做相关介绍。

### 3.2.1 ZooKeeper

ZooKeeper 是一个开源的分布式协调服务，目前由 Apache 维护，可用于实现分布式系统中常见的发布/订阅、负载均衡、命令服务、分布式协调/通知、集群管理、Master 选举、分布式锁和分布式队列等功能。其运行模式有两种：单机模式和集群模式。单机模式一般用于开发环境或者测试环境；对于生产环境，推荐使用集群模式，且要求服务器是奇数个，3 台或者 5 台即可。

#### 1. 数据模型

ZooKeeper 通过树形结构来存储数据，如图 3-3 所示。它由一系列被称为 ZNode 的数据节点组成，类似于常见的文件系统。但与常见的文件系统相比又有所不同，ZooKeeper 将数据全量存储在内存中，以此来实现自身的高吞吐量，减少访问延迟。

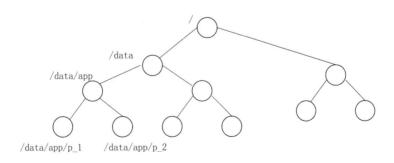

图 3-3

#### 2. 集群架构

在 ZooKeeper 集群中，集群中的服务器角色分为 Leader、Observer、Follower 三种。

如图 3-4 所示，这三种角色对应的具体功能如下。

◎ Leader（领导者）：为客户端提供读/写功能，负责投票的发起和形成决议，在集群里面只有 Leader 角色才能接收写服务。

◎ Follower（跟随者）：为客户端提供读服务。如果当前是写服务，则将外部写入请求转发给 Leader，在选举过程中进行投票。

◎ Observer（观察者）：为客户端提供读服务。如果当前是写服务，则将外部写入请求转发给 Leader。该角色不参与 Leader 的选举投票，也不参与写的过半机制，在不影响写的前提下提高集群读的性能。

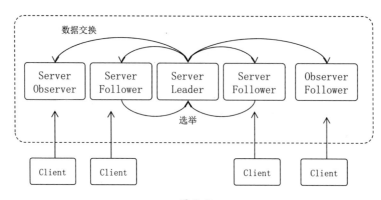

图 3-4

1）Zookeeper 的四大特性

具体特性如下。

◎ 原子性：所有事务请求的处理结果在整个集群的所有机器上都是一致的，不存在部分机器应用了该事务，而另一部分没有应用该事务的情况。

◎ 单一视图：所有客户端看到的服务器端数据模型都是一致的。

◎ 可靠性：一旦服务器端成功应用了一个事务，则其引起的改变会一直保留，直到被另外一个事务更改。

◎ 实时性：一旦一个事务被成功应用，ZooKeeper 就可以保证客户端立即读取到这个事务变更后的最新状态数据。

2）会话机制

ZooKeeper 客户端通过 TCP 长连接连接到服务集群，会话（session）从第一次连接开始就已经建立，之后通过心跳检测机制来保持有效的会话状态。通过这个连接，客户端可以发送请求并接收响应，同时可以接收 Watch 事件的通知。

3）四种节点类型

四种节点类型如下。

◎ PERSISTENT：持久化目录节点。在客户端与 ZooKeeper 断开连接后，该节点依旧存在。

◎ PERSISTENT_SEQUENTIAL：持久化有序目录节点。在客户端与 ZooKeeper 断开连接后，该节点依旧存在，只是 ZooKeeper 对该节点的名称进行了顺序编号。

◎ EPHEMERAL：临时目录节点。在客户端与 ZooKeeper 断开连接后，该节点被删除。

◎ EPHEMERAL_SEQUENTIAL：临时的有序目录节点。在客户端与 ZooKeeper 断开连接后，该节点被删除，只是 ZooKeeper 对该节点的名称进行了顺序编号。

4）Watcher 机制

Watcher（事件监听器）允许用户在指定的节点上针对感兴趣的事件注册监听器。当事件发生时，监听器会被触发，并将事件信息推送到客户端。该机制是 ZooKeeper 实现分布式协调服务的重要特性。

5）安装方式

安装步骤如下。

```
# cd /usr/local
#wget https://www-eu.apache.org/dist/zookeeper/zookeeper-3.5.6/
 apache-zookeeper-3.5.6.tar.gz
# tar -zxvf apache-zookeeper-3.5.6.tar.gz
# cd apache-zookeeper-3.5.6
# cp conf/zoo_sample.cfg conf/zoo.cfg
# bin/zkServer.sh start
```

6）使用场景

使用场景如下。

◎ 数据发布/订阅：数据发布/订阅的一个常见场景是将 ZooKeeper 包装成分布式配置中心。发布者将数据发布到 ZooKeeper 的一个或一系列节点上，供订阅者进行数据订阅，以达到动态获取数据的目的。

◎ 分布式协调/通知：可以基于其临时节点的特性，不同机器在 ZooKeeper 的一个指定节点下创建临时子节点，不同机器之间可以根据这个临时子节点来判断客户端机器是否存活。目前开源的大多数分布式配置系统都是基于 ZooKeeper 的分布式协调、通知特性研发而成的。

◎ 分布式锁：它是控制分布式系统之间同步访问共享资源的一种方式。如果不同的系统或者同一个系统的不同主机之间共享一个或一组资源，那么在访问这些资源时，一般需要通过一些互斥手段来防止彼此之间的干扰，以保证数据的一致性。

7）编程方式

常用的编程方式有 ZkClient 和 Curator。其中，最受欢迎的是 Curator。它解决了很多 ZooKeeper 客户端底层的细节开发问题，比如客户端与服务器端连接断开后自动重连、反复注册 Watcher 和 NodeExistsException 异常等。Curator 将底层封装得很好，使用起来特别方便，并且提供了一套易用性和可读性更强的 Fluent 风格的客户端 API 框架。目前 Curator 是 Apache 的顶级开源项目，使用 Curator 时只需在项目的 pom.xml 中引入如下配置信息：

```
<dependency>
    <groupId>org.apache.curator</groupId>
    <artifactId>curator-recipes</artifactId>
    <version>4.0.1</version>
</dependency>
```

例如，以下代码通过 builder 模式快速构建了 ZooKeeper 的连接，可以根据 API 非常简单地创建节点和写入内容：

```
CuratorFramework client = CuratorFrameworkFactory.builder()
    .connectString("127.0.0.1:2181")
    .sessionTimeoutMs(5000)
    .retryPolicy(new ExponentBackoffRetry(1000,3))
    .build();
client.start();
// 创建一个节点，初始内容为空
client.create().forPath("/parent");
// 创建一个节点，附带初始内容
client.create().forPath("/parent","hello word".getBytes());
// 创建一个临时节点，初始内容为空
client.create().withMode( CreateMode.EPHEMERAL ).forPath("/parent");
```

## 3.2.2　Nacos

Nacos 是阿里巴巴开源的用于构建云原生应用的动态服务发现、配置管理和服务管理平台，提供了一个简捷易用的控制台来帮助运维人员管理所有服务和应用的配置。Nacos 支持几乎所有主流类型的"服务"的发现、配置和管理。总体来说，Nacos 是一套具备可视化操作界面、集成动态配置和服务管理的平台，该平台具有单机模式、集群模式和多集群模式三种模式。

◎ 单机模式：用于测试和单机试用环境中。

◎ 集群模式：用于生产环境中，确保注册中心高可用。

◎ 多集群模式：用于多数据中心环境中。

下面介绍 Nacos 常用的单机模式和集群模式安装方法。

### 1．单机模式安装

在 Nacos 官网下载最新版本的二进制安装文件 nacos-server-$version.zip 并解压，再修改 conf/application.properties 文件，在增加 MySQL 的配置后即可采用单机模式启动 Nacos 服务。具体步骤如下。

```
unzip nacos-server-$version.zip
cd nacos/bin
sh startup.sh -m standalone
```

### 2．集群模式安装

集群模式需要 3 台以上的服务器，且需要使用高可用的数据库来替换 Nacos 默认的内存数据库，并通过 Nginx 做反向代理来实现 Nacos 服务的高可用。集群模式的安装方法如下。

（1）在 Nacos 官网下载最新版本的二进制安装文件并解压，分别对 3 台服务器执行如下操作：

```
cd conf
cp cluster.conf.example cluster.conf
vi cluster.conf
#在文件中将每行都配置成 ip:port 格式
#例如
200.8.9.16:8848
200.8.9.17:8848
200.8.9.18:8848
```

（2）初始化 MySQL 数据库。假设 MySQL 数据库已经安装完成，则把 conf/nacos-mysql.sql 数据导入 MySQL 数据库，再修改 application.properties，增加以下内容：

```
spring.datasource.platform=mysql
db.num=1
db.url.0=jdbc:mysql://192.168.1.11:3306/nacos_devtest?characterEncoding
=utf8&connectTimeout=1000&socketTimeout=3000&autoReconnect=true
db.user=nacos_devtest
db.password=nacos_devtest
#在3台机器上分别执行如下命令
sh startup.sh
```

（3）修改 Nginx 的配置文件 nginx.conf，目的是通过 Nginx 的负载均衡策略来保障 Nacos 的高可用。nginx.conf 的配置信息如下。

```
worker_processes  1;
events {
    worker_connections  1024;
}
http {
    include       mime.types;
    default_type  application/octet-stream;
    sendfile        on;
    keepalive_timeout  65;
    #nacos 集群负载均衡
    upstream nacos-cluster {
        server 200.8.9.16:8848;
        server 200.8.9.17:8848;
        server 200.8.9.18:8848;
    }
    server {
        listen      80;
        server_name  200.8.9.100;
        location / {
            #root   html;
            #index  index.html index.htm;
            proxy_pass http://nacos-cluster;
        }
        error_page  500 502 503 504  /50x.html;
        location = /50x.html {
            root   html;
        }
```

```
        }
    }
```

## 3.3　Provider 的配置与发布

在微服务架构中，Provider 被称为服务提供者，一般以独立的进程来启动。同一个微服务的身份既可以是 Provider，又可以是 Consumer（在消费其他 Provider 提供的服务时，当前 Provider 就变成了 Consumer）。例如，用户服务项目的工程结构如下。

```
basics-userservice
basics-userservice-api
basics-userservice-business
basics-userservice-facade
basics-userservice-model
basics-userservice-service
```

其中，basics-userservice-api 模块是该工程的所有对外接口。以 UserReadService 接口为例，相关代码如下。

```
package com.company.basic.user.api.read
public interface UserReadService {
        public UserDTO getUserByUserID(Long userid);
}
```

basics-userservice-service 模 块 包 含 了 该 工 程 所 有 接 口 的 实 现 类 。 例 如 ，UserReadServiceImpl 实现了 UserReadService 接口，相关代码如下。

```
@Service("userReadService")
public class UserReadServiceImpl extends BaseService implements UserReadService
{
    @Autowired
    private UserReadManage userReadManage;
    @Override
    public UserDTO getUserByUserID(String userid) {
      // 业务代码
      return  UserConverter.toDTO(userReadManage.getUserByUserID(userid));
    }
}
```

接下来介绍如何使用 Apache Dubbo 框架将 UserReadService 以服务的方式注册到注册

中心。Apache Dubbo 是一款高性能、轻量级的开源 Java 服务框架，提供了面向接口代理的高性能 RPC 调用、智能容错、负载均衡、服务自动注册和发现、高度可扩展能力，以及运行期的流量调度能力、可视化的服务治理与运维能力。下面以 Dubbo 为微服务框架，介绍如何基于 Dubbo 框架配置服务提供者和服务消费者。目前 Dubbo 提供了基于注解或 xml 配置的方式来发布服务。这里以 UserReadService 服务为例，采用 xml 配置方式发布服务。首先创建一个 dubbo-provider.xml 服务发布文件，并将该文件放入 WEB-INF/resource 目录下。该文件包含如下内容。

```
<beans>
    <dubbo:application name="user-service"/>
    <dubbo:registry address="zookeeper://127.0.0.1:2181"/>
    <dubbo:protocol name="dubbo" port="20880"/>
    <dubbo:service interface="com.company.basic.user.api.read.UserReadService"
       ref="userReadService"/>
</beans>
```

在系统正常启动后就完成了服务的发布。但是关于服务配置的参数有很多，根据我使用 Dubbo 多年的经验来看，在配置以下参数时需要特别注意。

（1）<dubbo:application>：业务信息配置。例如以 user-service 为应用名称，业务配置方式如下。

```
<dubbo:application name="user-service"/>
```

name 用于指定应用名，这里需要保证应用名唯一，这个应用名在后续的服务管理控制台中都可以在列表中显示，以方便管理。如果使用了调用链，则每个 application 都可以标记是哪个服务。

（2）<dubbo:registry>：注册中心配置。它与服务发现的具体机制有关系。如果以 ZooKeeper 为注册中心，则配置方式如下。

```
<dubbo:registry address="zookeeper://127.0.0.1:2181"/>
```

address 指注册中心的地址，可以配置成 ZooKeeper、Nacos 等。

（3）<dubbo:service>：服务的发布细节配置。如果配置 UserReadService 服务，则配置方式如下。

```
<dubbo:service interface="com.company.basic.user.api.read.UserReadService"
ref="userReadService" version="1.0.0" delay="5" cluster="failfast" retries="0"
loadbalance="random" timeout="1000"/>
```

以上代码中的参数意义如下。

◎ version：当前服务接口的版本号。当一个新接口的功能和现有接口出现不兼容升级时，可以用版本号过渡，版本号不同的服务相互隔离。

◎ delay：发布服务延迟的毫秒数。比如服务需要预热的时间、初始化缓存、等待相关资源就位等，可以使用 delay 参数设置服务延迟发布的时间。

◎ retries：超时重试次数。默认为 3 次，可根据实际情况修改。

◎ timeout：调用超时时间，单位为毫秒。

◎ loadbalance：负载均衡策略。其可选值为 random、roundrobin、leastactive、consistenthash，分别表示随机策略、轮询策略、最少活跃调用数策略、一致性 Hash 策略。

◎ cluster：集群方式，可选值为 failover、failfast、failsafe、failback、forking，如下所述。

　　○ failover：在失败时自动切换。在服务调用失败时会自动切换为其他服务进行重试，failover 为默认的配置。

　　○ failfast：快速失败。只进行一次服务调用，在服务调用失败后立即抛出异常。该方式适用于幂等操作。

　　○ failsafe：失败安全。在调用过程中出现异常时先打印日志，然后返回一个空结果。研发人员根据打印的错误日志来确定如何恢复由于调用失败而产生的错误数据。

　　○ failback：失败自动恢复。在调用服务失败后先返回一个空结果给服务消费者，然后把 invocation 放到本地 Map 中，通过定时任务每隔 5s 再执行一次服务调用请求。failback 方式适合执行消息通知类操作。

　　○ forking：并行调用多个服务提供者。在运行时通过线程池创建多个线程，并发调用多个服务提供者。只要有一个服务提供者成功返回了结果，doInvoke 方法就会立即结束运行。

（4）<dubbo:protocol>：服务通信协议配置。例如，配置协议方式为 Dubbo 的配置方法如下。

```
<dubbo:protocol name="dubbo" dispatcher="all" port="20880" threadpool="fixed"
threads="600"/>
```

以上代码中的参数意义如下。

◎ name：协议类型，目前支持的协议有 dubbo、hessian2 和 http。

◎ port：默认的端口，一般无须更改。
◎ dispatcher：协议的消息派发方式，用于指定线程模型。
　　○ all：将所有消息都派发到线程池中，包括请求、响应、连接事件、断开事件、心跳等。
　　○ direct：如果服务提供者在收到调用请求后能迅速完成所需处理的逻辑，并且不会再发起新的 I/O 请求，那么可以选择 direct 模式。比如，服务提供者在收到请求后只是在内存中做一个标记，则使用 direct 模式直接在 I/O 线程上处理消息的派发操作，以避免因线程之间切换所导致的时间损耗。这种模式的执行速度会更快，而且还减少了线程池的调度过程。
　　○ message：服务提供者只将与业务请求消息及业务响应相关的消息派发到线程池中。因为业务请求消息可能涉及查询数据库、发起新的 I/O 请求等耗时操作，所以，将业务请求消息放入线程池中可以提高服务的吞吐量，而其他消息如消费者断开连接、心跳等直接在 I/O 线程上执行。
◎ threadPool：线程池模型，推荐选择 fixed，即固定大小线程池。原因是线程池的大小在上线前已经根据服务所能承受的并发量做了大小设定，系统风险可控。框架默认提供如下三种类型的线程池模型。
　　○ fixed：固定大小线程池。在服务启动时按配置的线程数量来创建线程，在服务运行过程中线程池内的线程不释放（这是框架的默认模型）。
　　○ cached：缓存线程池。该线程池中的线程在空闲 1 分钟后被自动删除，在需要时被重建。
　　○ limited：可伸缩线程池。当线程池内的线程不能及时处理业务请求消息时，limited 模型会动态增加线程数量来处理堆积的请求，但该模式会导致线程池中的线程数不断增加（线程不会减少），在高并发请求的情况下可能会导致服务出现 OOM（Out Of Memory）的情况。

## 3.4　Consumer 的配置

在微服务架构中，Consumer 被称为服务消费方，主要用来调用 Provider 提供的服务。例如，服务消费方需要调用 UserReadService 提供的根据用户 ID 获取用户基本信息的服务，通过创建服务调用配置及依赖接口配置这两步操作即可完成服务调用配置工作。

（1）创建服务调用配置：Dubbo 提供了基于注解和配置的方式来调用服务提供者。例

如，创建一个 dubbo-consumer.xml 文件，并将其放入 WEB-INF/resource 目录下，其作用
是引用 UserReadService 所提供的服务。配置方式如下。

```
<beans >
   <dubbo:application name="back-user"/>
   <dubbo:registry address="zookeeper://127.0.0.1:2181"/>
   <dubbo:reference id="userReadService" interface="
    com.company.basic.user.api.read.UserReadService" version="1.0.0"
    retries="2" timeout="2000" check="false" />
</beans>
<dubbo:application name=" back-user "/>
```

name 用于指定应用名，这里需要保证应用名唯一。这个应用名在后续的 console admin
中可以在列表中显示，以便管理。在使用了调用链之后，每个 application 都可以标记该应
用是哪个服务。

①<dubbo:registry>：注册中心配置，与服务发现的具体机制有关系。例如，以 ZooKeeper
为注册中心，配置方式如下。其中的 address 指的是注册中心的地址，可以将其配置成
ZooKeeper、Nacos 等：

```
<dubbo:registry address="zookeeper://127.0.0.1:2181"/>
```

②<dubbo:reference>：服务消费者引用服务配置。其中，version 的配置必须与服务发
布的版本一致。如果该项不写或写成"*"，则表示不区分版本。例如，需要引用
UserReadService 的配置如下。

```
<dubbo:reference id=" userReadService" interface="
com.company.basic.user.api.read.UserReadService" version="1.0.0" retries="2"
timeout="2000" check="false" />
```

其中的参数意义如下。

◎ version：所发布服务的版本。
◎ retries：超时重试次数默认为 3 次，该次数可根据实际情况修改。
◎ timeout：调用服务的超时时间。
◎ check：默认会在启动时检查依赖的服务是否可用，在该服务不可用时会抛出异常，
　　阻止 Spring 初始化完成。这样在上线之前就能及早发现问题。默认值为 true。建
　　议将其修改为 false。

（2）依赖接口配置：服务消费方只需在工程的 pom.xml 文件的 dependencies 标签内引

入用户服务提供的接口依赖即可。示例代码如下。

```
<dependency>
    <groupId>com.company.userservice</groupId>
    <artifactId> basics-userservice-api</artifactId>
    <version>${project.parent.version}</version>
</dependency>
```

一般来说，为了程序的可阅读性和可管理性，通常会在程序中创建一个 facade 目录来统一所有消费者调用外部服务的出口。例如，业务调用方需要调用 UserReadService#getUserDTOByUserID 方法，先创建 UserReadFacade，在 UserReadFacade 类中调用 UserReadService#getUserDTOByUserID。Facade 类似于设计模式中的门面模式，目的是统一调用外部服务的出口位置，相关代码如下。

```
public class UserReadFacade  implements UserFacade {
    @Autowired
    private UserReadService userReadService;
    public UserDTO getUserDTOByUserID(String userid) {
       // 业务代码
       UserDTO=UserReadService.getUserByUserID(userid)
    }
}
```

至此，服务消费者和服务提供者的配置都已完成。如果不出现配置问题，则服务提供者提供的服务可以被服务消费者正常调用。我们从整个配置中可以发现，Dubbo 的配置非常简单，它提供的 RPC 框架集成了服务治理的基本功能。但有一点需要强调一下：在开发过程中需要根据不同的场景针对服务治理中的负载均衡做不同的设置，以达到资源利用率最大化的目的。

## 3.5　对负载均衡策略的选择

Dubbo 提供了 4 种均衡策略，分别是随机策略、轮询策略、最少活跃调用数策略、一致性 Hash 策略，默认设置为随机（random）策略。在 Dubbo 中，所有负载均衡实现类均继承自 AbstractLoadBalance。AbstractLoadBalance 实现了 LoadBalance 接口且封装了与计算权重相关的代码，具体代码如下。

```
public abstract class AbstractLoadBalance implements LoadBalance {
    static int calculateWarmupWeight(int uptime, int warmup, int weight) {
```

```
        int ww = (int) ( uptime / ((float) warmup / weight));
        return ww < 1 ? 1 : (Math.min(ww, weight));
    }
    @Override
    public <T> Invoker<T> select(List<Invoker<T>> invokers, URL url, Invocation
        invocation) {
        if (CollectionUtils.isEmpty(invokers)) {
            return null;
        }
        if (invokers.size() == 1) {
            return invokers.get(0);
        }
        return doSelect(invokers, url, invocation);
    }
    protected abstract <T> Invoker<T> doSelect(List<Invoker<T>> invokers, URL url,
        Invocation invocation);
        int getWeight(Invoker<?> invoker, Invocation invocation) {
        int weight = invoker.getUrl().getMethodParameter(invocation.
                    getMethodName(), WEIGHT_KEY, DEFAULT_WEIGHT);
        if (weight > 0) {
            long timestamp = invoker.getUrl().getParameter(TIMESTAMP_KEY, 0L);
            if (timestamp > 0L) {
                long uptime = System.currentTimeMillis() - timestamp;
                if (uptime < 0) {
                    return 1;
                }
            int warmup = invoker.getUrl().getParameter(WARMUP_KEY, DEFAULT_WARMUP);
                if (uptime > 0 && uptime < warmup) {
                    weight = calculateWarmupWeight((int)uptime, warmup, weight);
                }
            }
        }
        return Math.max(weight, 0);
    }
}
```

### 1. 随机策略

随机策略指的是从给定的服务提供者列表中随机挑选一个服务进行负载操作，强调随机性。随机策略分为普通随机策略和加权随机策略。普通随机策略不具备可控性；而加权随机策略可以通过调整权重来改变随机性，例如根据每个节点的硬件配置不同，可以通过设置不同的权重来手动调整每台服务器的负载情况。假设服务器 A、B、C 因硬件资源配置的差异，导致其运算效率差距很大，则可以通过给不同的机器增加不同的权重来达到集群之间的负载基本平衡。设置服务器 A、B、C 的权重如下。

◎ 服务器 A：权重 20。
◎ 服务器 B：权重 30。
◎ 服务器 C：权重 50。

按权重值构造一个长度为 20+30+50 的一维坐标轴，总和为 100，则在 0 ~ 100 中取一个随机数，根据随机数所在的区间选择具体的服务器：服务器 A 的区间为 1 ~ 20，服务器 B 的区间为 21 ~ 50，服务器 C 的区间为 51 ~ 100。具体算法的代码如下。

```java
public class WeightRandom {
    public static final Map<String, Integer> WEIGHT_MAP = new HashMap<>();
    static {
        WEIGHT_MAP.put("服务器A", 20);
        WEIGHT_MAP.put("服务器B", 30);
        WEIGHT_MAP.put("服务器C", 50);
    }
    public static String getServer() {
        int totalWeight = 0;
        for (Integer weight: WEIGHT_MAP.values()) {
            totalWeight += weight;
        }
        Random random = new Random();
        int offset = random.nextInt(totalWeight);
        for(String serverIP: WEIGHT_MAP.keySet()) {
            Integer weight = WEIGHT_MAP.get(serverIP);
            if (offset < weight) {
                return serverIP;
            }
            offset -= weight;
        }
        return null;
    }
    public static void main(String[] args) {
        for (int i = 0; i < 10; i++) {
            System.out.println("结果:"+getServer());
        }
    }
}
```

在 Dubbo 提供的 RPC 框架下配置 service 时，通过 loadbalance 指定具体的负载均衡策略即可。默认为随机策略。

```
<dubbo:service interface="..." loadbalance="random" />
```

### 2. 轮询策略

轮询策略指的是服务器轮流处理请求，尽可能使每个服务器处理的请求数都相同。轮询策略分为普通轮询策略和加权动态调整策略。普通轮询策略存在慢的提供者累积请求的问题。假设在生产环境中有 A、B 两个服务提供者，服务提供者 B 虽然正常响应了请求，但是耗时较长，请求被转发到服务提供者 B 时就会被卡住。一段时间过后，所有请求都被卡在响应慢的服务提供者 B 处。所以，这个策略有一定的风险：当一个服务有多个服务实例时，若其中的任何一个实例有问题，则均会影响接口的响应时间。但是可以通过加权动态调整策略，在每次接收请求时都更新动态权重，并以动态权重为基准重新选择负载服务器，以解决普通轮询策略的这个问题。

假设有 A、B、C 三台服务器，权重分别为 5、3、2，权重之和 totalWeight 为 10，每次都从当前权重中选出最大权重值的服务器作为返回结果，在选取具体的服务器之后，把当前最大权重减去权重总和，再把所有权重都跟初始权重相加并更新动态权重值。具体算法如下。

```java
public class RoundRabin {
    public static final Map<String,Integer> WEIGHT_LIST = new LinkedHashMap<>();
    static {
        WEIGHT_LIST.put("192.168.0.1",20);
        WEIGHT_LIST.put("192.168.0.2",30);
        WEIGHT_LIST.put("192.168.0.3",50);
    }
    private static Map<String, NodeWeight> weightMap = new HashMap<String,
    NodeWeight>();
    public static String serverNode() {
        int totalWeight = WEIGHT_LIST.values().stream()
                            .reduce(0, (w1, w2) -> w1+w2);
        if (weightMap.isEmpty()) {
            WEIGHT_LIST.forEach((key, value) -> {
                weightMap.put(key, new NodeWeight(key, value, value));
            });
        }
        // 找出 currentWeight 的最大值
```

```
        NodeWeight maxCurrentWeight = null;
        for (NodeWeight weight : weightMap.values()) {
            if (maxCurrentWeight == null || weight.curWeight >
                maxCurrentWeight.weight) {
                maxCurrentWeight = weight;
            }
        }
        // 将maxCurrentWeight减去权重总和
        maxCurrentWeight.setCurWeight(maxCurrentWeight.getCurWeight() -
                    totalWeight);
        for (NodeWeight weight : weightMap.values()) {
            weight.setCurWeight(weight.getCurWeight() + weight.getWeight());
        }
        return maxCurrentWeight.getPort();
    }
    @Data
    public static class NodeWeight {
        public String port;
        public Integer weight;
        public Integer curWeight;
        public NodeWeight(String port, Integer weight, Integer curWeight){
            this.port = port;
            this.weight = weight;
            this.curWeight = curWeight;
        }
    }
    public static void main(String[] args) {
        for(int i = 0;i<10;i++){
            System.out.println(serverNode());
        }
    }
}
```

在 Dubbo 下配置 service 时，确定具体的负载均衡策略为 roundrobin 即可。

```
<dubbo:service interface="..." loadbalance="roundrobin" />
```

### 3. 最少活跃调用数策略

如果服务提供者当前正在处理的请求数（一个请求对应一条连接）最少，则表明该服务提供者的效率高，并在单位时间内可处理更多的请求。此时应优先将请求分配给该服务提供者。在具体的实现中，每个服务提供者都对应一个活跃数（active）。在初始情况下，所有服务提供者的活跃数均为 0，每收到一个请求，活跃数就加 1，完成请求处理后则将活跃数减 1。在服务运行一段时间后，性能好的服务提供者处理请求的速度更快，因此活跃数下降得更快。这样的服务提供者能够优先获取新的服务请求。

```
<dubbo:service interface="..." loadbalance="leastactive" />
```

### 4．一致性 Hash 策略

为保障相同参数的请求总是被发到同一提供者，该策略的最显著特点是，通过引入虚节点来保证在节点的数量变化时，原来请求分配到哪个节点，现在仍应该分配到那个节点。具体算法如下。

```
public class ConsistentHash {
    private static TreeMap<Integer, String> virtualNodes = new TreeMap();
    private static final int V_NODES = 800;
    static {
        for(String port : ServerPath.LIST){
            for(int i =0;i<V_NODES;i++){
                int hash = FNVHash(port+"_"+i);
                virtualNodes.put(hash, port);
            }
        }
    }
    public static String getNode(String hashInfo){
        int hash = FNVHash(hashInfo);
        SortedMap<Integer,String> subMap = virtualNodes.tailMap(hash);
        if(subMap == null){
            return virtualNodes.get(virtualNodes.firstKey());
        }
        Integer nodeKey = subMap.firstKey();
        // 返回虚拟节点的名称
        return virtualNodes.get(nodeKey);
    }
    private static int FNVHash(String key) {
        final int p = 16777619;
        Long hash = 2166136261L;
        for (int idx = 0, num = key.length(); idx < num; ++idx) {
            hash = (hash ^ key.charAt(idx)) * p;
        }
```

```
        hash += hash << 13;
        hash ^= hash >> 7;
        hash += hash << 3;
        hash ^= hash >> 17;
        hash += hash << 5;
        if (hash < 0) {
            hash = Math.abs(hash);
        }
        return hash.intValue();
    }
    public static class ServerPath {
        public static final List<String> LIST = Arrays.asList(
            "192.168.0.1",
            "192.168.0.2",
            "192.168.0.3"
        );
    }
    public static void main(String[] args) {
        for(int i =0;i<10;i++){
            System.out.println(getNode("i"+i));
        }
    }
}
```

在 Dubbo 下，在配置 service 时指定具体负载均衡策略为 consistenthash，同时需要指定 Hash 的参数。

```
<dubbo:reference id="demoService" interface=" com.abc.hello.api.DemoService"
    loadbalance="consistenthash">
    <dubbo:parameter key="hash.arguments" value="0,1" />
    <dubbo:parameter key="hash.nodes" value="160" />
</dubbo:reference>
```

## 3.6 Dubbo 的常用特性

Dubbo 提供的 RPC 框架提供了很多特性，比如服务多版本管理、上下文信息等。我们在开发应用时借助这些特性，可以使架构更合理、代码更优雅。

## 3.6.1　服务的多版本管理

服务的多版本管理是分布式服务框架的重要特性，涉及服务开发、部署、在线升级和服务治理等环节。这里以服务提供者和服务消费者为例来说明服务多版本的特性。在日常的开发过程中，针对服务版本号需要做如下约定。

◎　服务提供者在发布服务时，需要指定服务的当前版本号。

◎　服务消费者在消费服务时，需要指定引用的服务版本号或版本范围。

这里定义的服务版本号并不仅仅供人工阅读。服务的版本号在分布式服务框架下是一个受系统管理的信息，服务的多版本特性也是分布式服务框架支持服务在线升级的重要手段。例如，因为业务的发展，对功能进行升级，或者修复生产环境出现的 Bug，就需要对服务采用多版本策略进行部署，以适应服务的平滑过渡。在定义服务版本号时要遵循"[主版本号].[次版本号].[修订号]"的命名规则。对版本号规则的定义如下。

◎　主版本号：如果升级后的新版本不兼容之前版本的 API，则需要重新定义主版本号，并要求强制进行版本升级。

◎　次版本号：升级后的新版本具备向下兼容特性，比如对之前的接口做了增强，但升级后的新版本仍然支持历史版本接口。

◎　修订号：针对线上 Bug 修订完成后，使用修订版本号来标识。

Dubbo 是一个分布式服务框架，支持服务的多版本管理。例如，UserReadService 接口有两个实现类，那么在发布服务时可以指定两个不同的版本：

```
<beans>
    <bean id=" userReadServiceV1" class="
        com.company.basic.user.impl.read.UserReadServiceImplV1"/>
    <bean id=" userReadServiceV2" class="
        com.company.basic.user.impl.read.UserReadServiceImplV2"/>
    <dubbo:service interface="com.company.basic.user.api.read.UserReadService"
        ref="userReadServiceV1" version="1.0.0"/>
    <dubbo:service interface="com.company.basic.user.api.read.UserReadService"
        ref="userReadServiceV2" version="1.0.1"/>
</beans>
```

服务消费者在配置服务引用时可以指定具体的版本。此时如果不指定具体的版本，就随机调用新/老版本的方法。例如，通过如下方法指定了版本（version="1.0.0"）的UserReadService 服务，相关代码如下。

```
<beans >
    <dubbo:reference id="userReadServiceV1" interface="
    com.company.basic.user.api.read.UserReadService" version="1.0.0"
    retries="2" timeout="2000" check="false" />
</beans>
```

服务消费者也可以通过指定版本号为"*"的方式来随机消费服务提供者提供的服务，配置如下。

```
<beans >
    <dubbo:reference id="userReadServiceV1" interface="
    com.company.basic.user.api.read.UserReadService" version="*" retries="2"
    timeout="2000" check="false" />
</beans>
```

### 3.6.2　上下文信息

上下文中存放的是当前调用过程中所需的环境信息，所有配置信息都将被转换为 URL 的参数。RpcContext 是一个 ThreadLocal 的临时状态记录器。当接收到 RPC 请求或发起 RPC 请求时，RpcContext 的状态都会发生变化。比如，A 调用 B，B 再调用 C，则在 B 调用 C 之前，RpcContext 记录的是 A 调用 B 的信息，在 B 调用 C 之后，RpcContext 记录的是 B 调用 C 的信息。通常在做架构设计时会使用 RpcContext 来判断当前是服务提供者还是服务消费者，以及调用方的 IP 地址等信息。获取 RpcContext 的相关代码如下。

```
public class XxxServiceImpl implements XxxService {
    public void xxx() {
        // 本端是提供端（服务提供者），这里会返回 true
        boolean isProviderSide = RpcContext.getContext().isProviderSide();
        // 获取调用方的 IP 地址
        String clientIP = RpcContext.getContext().getRemoteHost();
        // 获取当前的服务配置信息，所有配置信息都将被转换为 URL 的参数
        String application =
        RpcContext.getContext().getUrl().getParameter("application");
        // 注意：每次发起 RPC 调用时，上下文状态都会发生变化
        yyyService.yyy();
        // 本端变成消费端（服务消费者），这里返回 false
        boolean isProviderSide = RpcContext.getContext().isProviderSide();
    }
}
```

### 3.6.3　隐式传参

我们可以通过 RpcContext 上的 setAttachment 和 getAttachment 在服务消费者和服务提供者之间进行参数的隐式传递，如图 3-5 所示。

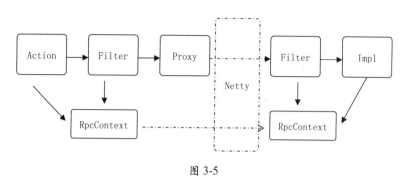

图 3-5

例如，通过下列方式在服务消费者端设置隐式参数：

```
RpcContext.getContext().setAttachment("deviceType", "IOS"); // 隐式传参
```

后面的远程调用都会隐式地将这些参数发送给服务提供者。隐式传参类似于 cookie，常用于框架集成。例如，在后台接口开发的过程中，部分接口经常需要客户端的一些信息，比如 App 版本号、设备类型等参数。这时可以在网关通过隐式传参的方式透传这些信息，服务提供者因业务而需要使用客户端的部分参数时，直接从 RpcContext 获取即可。

服务提供者获取隐式参数的代码如下：

```
public class XxxServiceImpl implements XxxService {
public void xxx() {
// 获取服务消费者隐式传入的参数，用于框架集成。不建议常规业务使用
String index = RpcContext.getContext().getAttachment("deviceType");
}
}
```

## 3.7　SPI 原理介绍

SPI（Service Provider Interface）是一种服务发现机制，它在本质上是将接口实现类的全限定名配置在文件中，并由服务加载器读取配置文件。加载实现类一般用于启用框架扩展或替换组件。如图 3-6 所示的标准服务接口的具体实现类由配置文件指定，在程序启动

时加载。例如，在面向对象的设计里，模块之间基于接口编程，不对实现类进行硬编码，不能直接调用实现类进行硬编码。因为一旦在代码里涉及具体的实现类，就违反了可拔插的原则。如果需要替换一种实现，就需要修改代码。为了实现在模块动态装配时无须从程序里中动态指明具体的调用类，我们需要一种服务发现机制，把接口和实现类通过配置文件进行隔离。这类似于 Spring 的 IOC 机制。

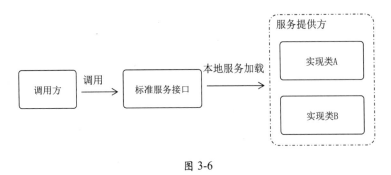

图 3-6

### 3.7.1 Java SPI 的执行流程

实现 Java 提供的 SPI 机制，一般来说有如下步骤。

（1）在工程的 resources 目录下新建 META-INF/services 目录，以接口的全限定名作为文件名，文件内容则为实现该接口的服务类的全限定名。

（2）将接口实现类所在的 jar 包放在主程序的 classpath 中。

（3）SPI 的实现类必须携带一个不带参数的构造方法。

（4）使用 ServiceLoader 动态加载 META-INF/services 下的实现类。

为了读者更方便地理解 SPI 机制，下面以 BuyFruit 接口为例进行介绍。该接口的实现类有 BuyAppleImpl 和 BuyOrangeImpl，程序调用时具体的实现类是通过目录/META-INF/services 下的配置文件来指定的，这样就实现了接口和实现类分离的目标。相关流程如下。

（1）定义一个接口文件 com.spi.BuyFruit，并完成多个实现类 com.spi.BuyApple、com.spi.BuyOrange：

```
public interface BuyFruit {
    public void buyWhat();
}
```

```
@Slf4j
public class BuyAppleImpl implements BuyFruit {
    @Override
    public void buyWhat() {
        log.info("buy apple");
    }
}

@Slf4j
public class BuyOrangeImpl implements BuyFruit {
    @Override
    public void buyWhat() {
        log.info("buy orange");
    }
}
```

（2）在 src/main/resources/下建立/META-INF/services 目录，新增一个以接口的全限定名为名称的文件（如 com.spi.BuyFruit），格式如下。

```
- src
  -main
    -resources
      - META-INF
        - services
          - com.spi.BuyFruit
```

com.spi.BuyFruit 文件的具体内容是接口 com.spi.BuyFruit 的具体实现类 com.spi.BuyApple 和 com.spi.BuyOrange，每行一个全路径类名：

```
com.spi.BuyApple
com.spi.BuyOrange
```

（3）使用 ServiceLoader 加载配置文件中指定的实现：

```
public class SPIMain {
    public static void main(String[] args) {
        ServiceLoader<BuyFruit> buyLists = ServiceLoader.load(BuyFruit.class);
        for (BuyFruit buy : buyLists) {
            buy.buyWhat();
        }
    }
}
```

执行完成后可以看到日志输出结果：

```
buy orange
buy apple
```

通过上面的例子可以看到，使用 Java SPI 机制的优势是实现解耦：使得第三方服务模块的加载配置逻辑与调用者的业务代码分离，而不是耦合在一起。应用程序可以根据实际业务情况来扩展框架或替换框架组件。但其缺点是，只能通过遍历方式全部获取所有实现类，而且接口的实现类会全部加载并实例化一遍，无法根据条件来加载实现类，造成了浪费；另外，获取某个实现类的方式也不够灵活，不能根据某个参数来获取对应的实现类，只能通过遍历形式获取。所以，Dubbo 并未使用 Java 原生的 SPI 机制，而是对其进行了增强，比如根据名称获取某个想要的扩展实现，同时增加了对扩展点 IOC 和 AOP 的支持。一个扩展点可以直接通过 setter 方式注入其他扩展点等。

## 3.7.2　Dubbo SPI 的执行流程

在 Dubbo 中，SPI 是一个非常重要的模块，基于 SPI 可以很容易地对 Dubbo 框架进行拓展；同时，理解 SPI 对于读者理解 Dubbo 的运行原理和阅读源码也有非常大的帮助。如果读者需要深入使用 Dubbo 来开发应用，则理解 SPI 是其中的一个必备过程。在 Dubbo 中使用 SPI 需要按以下步骤执行：

（1）在工程的 resources 目录下新建 META-INF/dubbo/接口全限定名。

（2）配置名为扩展实现类的全限定名，用换行符分隔多个实现类。

例如，配置 Dubbo 的 SPI 对应的 Maven 项目结构如下。

```
src
 |-main
   |-java
     |-com
       |-xxx
          |-XxxFilter.java (实现 Filter 接口)
   |-resources
     |-META-INF
       |-dubbo
          |-org.apache.dubbo.rpc.Filter (纯文本文件，内容如下：
          xxx=com.xxx.XxxFilter)
```

在 Dubbo SPI 中可以通过键值对的方式进行配置,这样就可以按需加载指定的实现类。Dubbo SPI 的相关逻辑都被封装在 ExtensionLoader 类中, 通过 ExtensionLoader 可以加载指定的实现类。

为了方便对比 Java SPI 和 Dubbo SPI 的差别,这里仍然以 BuyFruit 接口为例进行说明,讲解如何使用 Dubbo SPI 来实现接口和实现类分离。相关流程如下。

（1）在接口文件 com.spi.BuyFruit 的类名上增加@SPI 的注解,告知应用程序这是一个 Dubbo 的 SPI 接口:

```
package com.spi;
import com.alibaba.dubbo.common.extension.SPI;
@SPI
public interface BuyFruit {
    public void buyWhat();
}
```

说明:@SPI 注解必须在接口上使用, 主要用于标记这个接口是一个 Dubbo SPI 扩展点。Dubbo 中针对 SPI 的源码如下。

```
public @interface SPI {
    /**
     * 默认的扩展点名称
     */
    String value() default "";
}
```

value 属性代表接口的默认实现, 比如, Protocol 接口的默认实现是 dubbo:

```
@SPI("dubbo")
public interface Protocol {
}
```

（2）在 src/main/resources/目录下新建/META-INF/dubbo 目录, 新增一个以接口的全限定名为名称的文件（com.spi.BuyFruit）, 格式如下。

```
- src
  -main
    -resources
      - META-INF
        - dubbo
          - com.spi.BuyFruit
```

com.spi.BuyFruit 的具体内容是应用的实现类 com.spi.BuyApple 和 com.spi.BuyOrange，每行一个全路径类名：

```
apple=com.spi.BuyApple
orange=com.spi.BuyOrange
```

（3）使用 ExtensionLoader 加载配置文件中的指定实现，并根据指定的名称获取对应的实现类：

```
import com.alibaba.dubbo.common.extension.ExtensionLoader;
public class DubboSPI {
    public static void main(String[] args) {
        ExtensionLoader<BuyFruit> extensionLoader =
                ExtensionLoader.getExtensionLoader(BuyFruit.class);
        BuyFruit buyFruit=extensionLoader.getExtension("orange");
        buyFruit.buyWhat();
    }
}
```

通过上面修改的代码，很容易得到输出结果是"买橘子"。这里只是演示 Dubbo 最简单的 SPI 调用机制，可以在代码中通过指定参数的方式来指定具体实现类。其比 Java SPI 机制更灵活。然而，Dubbo 在实际运行过程中不会以指定参数的方式来执行，Dubbo 使用了 URL 方式（总线方式，URL 是 Dubbo 自定义的类）在扩展点之间传递数据，通过扩展点传参的方式来适配具体的执行类。这里通过简单修改上面的例子，理解如何在扩展点之间通过传参的方式调用具体的实现类。

首先，修改 com.spi.BuyFruit 接口，增加 Dubbo 自定义@Adaptive("type")注解，并设置一个参数 type，在程序中会根据 type 获取对应的扩展点名称。

其次，修改 com.spi.BuyFruit#buyWhat 方法，增加一个 Dubbo 自定义的 URL 参数，同时需要修改该接口的实现类。修改后的最终代码如下。

```
@SPI
public interface BuyFruit {
    @Adaptive("type")
    public void buyWhat(URL url);
}
@Slf4j
public class BuyApple implements BuyFruit {
    @Override
    public void buyWhat(URL url) {
        log.info("买苹果");
```

```
    }
}
@Slf4j
public class BuyOrange implements BuyFruit {
    @Override
    public void buyWhat(URL url) {
        log.info("买橘子");
    }
}
```

最后，使用 ExtensionLoader 加载配置文件中指定的实现，并在 URL 中指定参数 type=apple 来加载对应扩展点的实现类：

```
public class DubboSPI {
    public static void main(String[] args) {
        ExtensionLoader<BuyFruit> extensionLoader =
        ExtensionLoader.getExtensionLoader(BuyFruit.class);
        BuyFruit buyFruit=extensionLoader.getAdaptiveExtension();
        URL url=URL.valueOf("dubbo://127.0.0.1/test?type=apple");
        buyFruit.buyWhat(url);
    }
}
```

这时的输出结果是"买苹果"，这样就能根据 URL 传参的方式来确定对应的实现类了，这也是 Dubbo 框架在运行过程中实际使用的方式。那么，这种扩展点机制是如何实现的？为什么根据type就能找到对应的实现类？其主要原因就是@Adaptive注解。如果@Adaptive注解在扩展点实现类上，那么该扩展点就是一个包装真实扩展点实例的装饰类；如果该注解在方法上，那么该扩展点的实例就是一个动态代理类。上面的例子在接口的方法上增加了注解，Dubbo 会使用反射机制将 BuyFruit 拼装为一个 BuyFruit\$Adpative 的类，并通过 Javassist 动态编译来实现 BuyFruit 接口。动态生成的 BuyFruit\$Adpative 代码如下。

```
public class BuyFruit$Adpative implements com.spi.BuyFruit {
  public void buyWhat(com.alibaba.dubbo.common.URL arg0) {
  if (arg0 == null) throw new IllegalArgumentException("url == null");
  com.alibaba.dubbo.common.URL url = arg0;
  String extName = url.getParameter("type");
  if(extName == null) throw new IllegalStateException("Fail to get
   extension(com.spi.BuyFruit) name from url(" + url.toString() + ") use
   keys([type])");
  com.spi.BuyFruit extension =
 (com.spi.BuyFruit)ExtensionLoader.getExtensionLoader(com.spi.BuyFruit.class)
```

```
    .getExtension(extName);
    extension.buyWhat(arg0);
    }
}
```

在以上代码中使用了 String extName = url.getParameter("type")来获取需要动态加载的扩展点，然后根据 extName 找到对应的实现类。

## 3.7.3　Dubbo SPI 原理解析

### 1.　扩展点加载器

扩展点通过 ExtensionLoader.getExtensionLoader 方法获取一个 ExtensionLoader 实例，然后通过 ExtensionLoader 的 getExtension 方法获取扩展点对象。先从缓存中获取与扩展类对应的 ExtensionLoader。若缓存中不存在该实例，则创建一个新的实例。需要注意的是，如果一个接口被定义为 Dubbo 的扩展点，那么需要在接口上增加@SPI 注解，否则 Dubbo 不会将该接口识别为 SPI 接口。

```
public static <T> ExtensionLoader<T> getExtensionLoader(Class<T> type) {
    // 省略判断代码
    ExtensionLoader<T> loader = (ExtensionLoader<T>) EXTENSION_LOADERS.get(type);
        if (loader == null) {
            EXTENSION_LOADERS.putIfAbsent(type, new ExtensionLoader<T>(type));
            loader = (ExtensionLoader<T>) EXTENSION_LOADERS.get(type);
        }
        return loader;
}
```

例如，获取 Protocol 接口的 ExtensionLoader 实例如下。

```
ExtensionLoader<Protocol>
extensionLoader=ExtensionLoader.getExtensionLoader(Protocol.class);
```

此时，extensionLoader 实际就是

```
org.apache.dubbo.common.extension.ExtensionLoader[org.apache.dubbo.rpc.Protocol]
```

### 2.　获取扩展点对象

ExtensionLoader#getExtension 方法拿到扩展点对象后，就可以根据加载器实例通过扩展点的名称获取扩展点对象了：

```
public T getExtension(String name) {
    if (StringUtils.isEmpty(name)) {
        throw new IllegalArgumentException("Extension name == null");
    }
    if ("true".equals(name)) {
    return getDefaultExtension();
    }
    final Holder<Object> holder = getOrCreateHolder(name);
    Object instance = holder.get();
    if (instance == null) {
        synchronized (holder) {
            instance = holder.get();
            if (instance == null) {
                instance = createExtension(name);
                holder.set(instance);
            }
        }
    }
    return (T) instance;
}
```

getExtension 先尝试从缓存中获取扩展点对象。若缓存中无此对象，则自动创建该扩展点对象，同时向扩展点对象中注入所需要的依赖。首先获取类的所有方法；其次判断方法是否以 set 开头，且该方法仅有一个参数，访问级别为 public；最后使用反射方式设置属性值。相关代码如下。

```
private T createExtension(String name) {
    Class<?> clazz = getExtensionClasses().get(name);
    if (clazz == null) {
        throw findException(name);
    }
    try {
        T instance = (T) EXTENSION_INSTANCES.get(clazz);
        if (instance == null) {
            EXTENSION_INSTANCES.putIfAbsent(clazz, clazz.newInstance());
            instance = (T) EXTENSION_INSTANCES.get(clazz);
        }
        // 依赖注入
    injectExtension(instance);
    Set<Class<?>> wrapperClasses = cachedWrapperClasses;
        if (CollectionUtils.isNotEmpty(wrapperClasses)) {
            for (Class<?> wrapperClass : wrapperClasses) {
```

```
            instance = injectExtension((T)
            wrapperClass.getConstructor(type).newInstance(instance));
        }
    }
    return instance;
} catch (Throwable t) {
    throw new IllegalStateException("Extension instance (name: " + name
+ ", class: " + type + ") couldn't be instantiated: " + t.getMessage(), t);
    }
}
```

### 3. URL 模型

URL（Uniform Resource Locator，统一资源定位器）是互联网的统一资源定位标志，指的是网络地址上的资源。假如使用 URL 请求服务器资源 http://192.168.26.112:8080/user/login.do?name=xxx&id=xxx，那么这个 URL 可以被理解为 protocol://host:port/path?param1=value1&param2=value2&。

具体含义如下。

◎ protocol：一般是各种协议，例如 Dubbo、Thrift、HTTP 等。
◎ host 和 port：主机和端口。
◎ path：接口的名称。
◎ param：parameters，参数，为键值对。

Dubbo 也使用了类似的 URL，用于在扩展点之间传递数据。例如用 Dubbo 进行服务导出时，ServiceConfig 会解析出实际对应的 URL 是 dubbo://service-host/com.foo.FooService?version=1.0.0，通过扩展点自适应机制。首先解析 URL 的 dubbo:// 协议头识别，然后直接调用 DubboProtocol 的 export() 导出服务。相关代码如下。

```
@SPI("dubbo")
public interface Protocol {
    int getDefaultPort();
    @Adaptive
    <T> Exporter<T> export(Invoker<T> invoker) throws RpcException;
    @Adaptive
    <T> Invoker<T> refer(Class<T> type, URL url) throws RpcException;
    void destroy();
}
ExtensionLoader<Protocol> extensionLoader =
```

```
ExtensionLoader.getExtensionLoader(Protocol.class);
Protocol extension = extensionLoader.getExtension("dubbo");
```

例如，向注册中心注册服务时，ServiceConfig 解析出的 URL 格式如下。

```
registry://registry-host/org.apache.dubbo.registry.RegistryService?export=
URL.encode("dubbo://service-host/com.foo.FooService?version=1.0.0")
```

Dubbo 框架基于扩展点自适应机制，通过 URL 的 "registry://" 协议头识别；调用 RegistryProtocol 的 export 方法，将 export 参数中的提供者 URL 先注册到注册中心。

```
public class RegistryProtocol implements Protocol {
public <T> Exporter<T> export(final Invoker<T> originInvoker) throws
  RpcException {
    // 源码省略
    return exporter.getInvoker();
  }
}
```

# 3.8　Filter 的扩展使用场景

在 Spring 框架或者 Servlet 框架中都有 Filter 的概念。应用程序中可以有多个 Filter，而且 Filter 可以层层嵌套，Filter 的用途是在请求处理前或者处理后执行一些通用的逻辑。Dubbo 官方提供了大量的 Filter，比如 AccessLogFilter、ContextFilter、EchoFilter 等。那么，Dubbo 中的大量 Filter 是如何工作的呢？我们需要先了解一下 Dubbo Filter 的执行过程。

## 3.8.1　Dubbo Filter 的执行过程

Dubbo 内置的各种 Filter 都实现了 org.apache.dubbo.rpc.Filter 接口，在 Filter 文件中增加了 SPI 的注解标识，标识该接口是一个扩展点：

```
@SPI
public interface Filter {
    Result invoke(Invoker<?> invoker, Invocation invocation) throws
    RpcException;
}
```

Filter 的实现类都已被写入 META-INF\dubbo\internal\com.alibaba.dubbo.rpc.Filter 文件中，这样 Dubbo 的 Provider 或者 Consumer 在启动时就能自动加载 Filter 接口的实现类，

完成 Filter 类及调用链的初始化。

### 1. 如何配置 Dubbo Filter

1）自定义 Filter

在自定义 Filter 时，首先要实现 Filter 接口，并实现 Filter 的 invoke 方法：

```
@Activate(group = "provider",order = -100)
@Slf4j
public class UserAuthFilter implements Filter {
    @Override
    public Result invoke(Invoker<?> invoker, Invocation invocation) throws
    RpcException {
        return invoker.invoke(invocation);
    }
}
```

2）增加配置文件

在项目的 META-INF/services 目录下创建 org.apache.dubbo.rpc.Filter 文件，Dubbo 应用在启动时会在此文件中查找 Filter。文件内容如下。

```
authFilter=com.company.common.filter.UserAuthFilter
```

Dubbo 在服务启动时会查找指定目录下的文件，解析文件中的限定类名，并加载实例化对应的类：

```
private Map<String, Class<?>> loadExtensionClasses() {
    this.cacheDefaultExtensionName();
    Map<String, Class<?>> extensionClasses = new HashMap();
    this.loadDirectory(extensionClasses, "META-INF/dubbo/internal/",
    this.type.getName());
    this.loadDirectory(extensionClasses, "META-INF/dubbo/internal/",
    this.type.getName().replace("org.apache", "com.alibaba"));
    this.loadDirectory(extensionClasses, "META-INF/dubbo/",
    this.type.getName());
    this.loadDirectory(extensionClasses, "META-INF/dubbo/",
    this.type.getName().replace("org.apache", "com.alibaba"));
    this.loadDirectory(extensionClasses, "META-INF/services/",
    this.type.getName());
    this.loadDirectory(extensionClasses, "META-INF/services/",
    this.type.getName().replace("org.apache", "com.alibaba"));
```

```
        return extensionClasses;
}
```

3）参数说明

参数说明如下。

◎ group="consumer"：表示该 Filter 只会加入服务消费者端的调用链中。

◎ group="provider"：表示该 Filter 只会加入服务提供者端的调用链中。

◎ group="consumer,provider"：表示该 Filter 会加入两端的调用链中。

◎ order：用于控制执行顺序。默认值是 0，可以为负数。该值越小，越先执行。

### 2. DubboFilter 的运行流程

通过查看 META-INF\dubbo\internal\目录下的 org.apache.dubbo.rpc.filter 文件，可以看到 Dubbo 默认会加载如下 Filter：

```
cache=org.apache.dubbo.cache.filter.CacheFilter
validation=org.apache.dubbo.validation.filter.ValidationFilter
echo=org.apache.dubbo.rpc.filter.EchoFilter
generic=org.apache.dubbo.rpc.filter.GenericFilter
genericimpl=org.apache.dubbo.rpc.filter.GenericImplFilter
token=org.apache.dubbo.rpc.filter.TokenFilter
accesslog=org.apache.dubbo.rpc.filter.AccessLogFilter
activelimit=org.apache.dubbo.rpc.filter.ActiveLimitFilter
classloader=org.apache.dubbo.rpc.filter.ClassLoaderFilter
context=org.apache.dubbo.rpc.filter.ContextFilter
consumercontext=org.apache.dubbo.rpc.filter.ConsumerContextFilter
exception=org.apache.dubbo.rpc.filter.ExceptionFilter
executelimit=org.apache.dubbo.rpc.filter.ExecuteLimitFilter
deprecated=org.apache.dubbo.rpc.filter.DeprecatedFilter
compatible=org.apache.dubbo.rpc.filter.CompatibleFilter
timeout=org.apache.dubbo.rpc.filter.TimeoutFilter
trace=org.apache.dubbo.rpc.protocol.dubbo.filter.TraceFilter
future=org.apache.dubbo.rpc.protocol.dubbo.filter.FutureFilter
monitor=org.apache.dubbo.monitor.support.MonitorFilter
metrics=org.apache.dubbo.monitor.dubbo.MetricsFilter
```

服务消费者进行服务调用时，会调用 ProtocolFilterWrapper 构造调用链，Dubbo 会调用 ExtensionLoader 获取上述配置中的 Filter，将其排序后加入整个调用链。Dubbo 构建调用链的方式比较特别，Dubbo 利用内部类的引用关系来构建调用链，我们在调用时只需知道当前节点，因为每个节点不仅包含了当前节点需要执行的业务逻辑，还包含了下一个调用节点的引用信息，形成了调用链。相关源码如下。

```java
public class ProtocolFilterWrapper implements Protocol {
private static <T> Invoker<T> buildInvokerChain(final Invoker<T> invoker, String
key, String group) {
    Invoker<T> last = invoker;
    List<Filter> filters = ExtensionLoader.getExtensionLoader(Filter.class).
                    getActivateExtension(invoker.getUrl(), key, group);
    if (filters.size() > 0) {
        for (int i = filters.size() - 1; i >= 0; i --) {
            final Filter filter = filters.get(i);
            final Invoker<T> next = last; // 利用内部类的引用关系来形成调用链
            last = new Invoker<T>() {
                ......
            public Result invoke(Invocation invocation) throws RpcException {
                    return filter.invoke(next, invocation);
                }
                ......
            };
        }
    }
    return last;
}
}
```

每个 Filter 在收到调用请求时都首先执行 Invoker 自身的业务逻辑，在 Filter 自身业务完成后自动转交给下一个 Filter 执行。若在业务执行过程中抛出异常，则后续的 Filter 访问终止。

这里以 TpsLimitFilter 为例说明执行流程，源码如下。

```java
@Activate(group = Constants.PROVIDER, value = Constants.TPS_LIMIT_RATE_KEY)
public class TpsLimitFilter implements Filter {
    private final TPSLimiter tpsLimiter = new DefaultTPSLimiter();
    @Override
    public Result invoke(Invoker<?> invoker, Invocation invocation) throws
    RpcException {
        // 自身业务处理。如果超过设置的 TPS，则抛出异常，终止 Filter 的执行
        if (!tpsLimiter.isAllowable(invoker.getUrl(), invocation)) {
            throw new RpcException(
                "Failed to invoke service " +
```

```
                            invoker.getInterface().getName() +
                            "." +
                            invocation.getMethodName() +
                            " because exceed max service tps.");
        }
        // 传递给下一个 Filter
        return invoker.invoke(invocation);
    }
}
```

整个调用过程如图 3-7 所示。

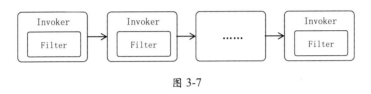

图 3-7

## 3.8.2　Dubbo Filter 的使用场景

在使用 Dubbo 开发微服务的过程中，自定义 Filter 的场景很多，例如 traceID 追踪、权限认证、黑白名单、性能监控等。通过 Filter 的扩展能有效地把场景和业务分离，研发人员只负责业务，对场景的支持由架构人员统一提供。下面列举在实际开发过程中扩展的使用场景。

### 1. 调用链追踪

在分布式系统中，客户端 App 发起一次请求时，聚合层会将请求拆分并发送到多个服务上。为了方便排查问题，网关会给每次请求都分配唯一的 traceID，所有收到请求的服务消费者（Consumer）或者服务提供者（Provider）都需要在日志中打印 traceID。但这对于业务开发人员来说是非业务需求，因此需要与业务隔离，由架构人员提供统一的框架，以实现自动添加 traceID。此时，可以使用自定义 Filter 结合日志的 MDC（Mapped Diagnostic Context）方式来解决该问题，其中涉及以下 3 个知识点。

◎ Filter：调用拦截扩展，在上面已经详细讲解过。

◎ 隐式传参：Dubbo 的一种特有传参方式，通过 RpcContext 上的 setAttachment 和 getAttachment 在服务消费者和服务提供者之间进行参数的隐式传递。

◎ MDC（Mapped Diagnostic Context，映射诊断上下文）：是 log4j 和 logback 提供的

一种多线程条件下的轻量级日志跟踪工具，可将一些运行时的上下文数据通过日志打印出来。

TraceIDFilter 主要用于将获得的 traceId 的值写入 MDC 中，在打印日志的同时打印traceID。相关代码和日志配置方式如下。

```
@Activate(group = {Constants.CONSUMER, Constants.PROVIDER})
public class TraceIDFilter implements Filter {
    private static final String TRACE_ID = "traceId";
    @Override
    public Result invoke(Invoker<?> invoker, Invocation invocation) throws
RpcException {
        if (invocation.getAttachment(TRACE_ID) != null) {
            MDC.put(TRACE_ID, invocation.getAttachment(TRACE_ID));
        } else{
            String trace = UUID.randomUUID().toString();
            invocation.getAttachments().put(TRACE_ID, trace);
            MDC.put(TRACE_ID, trace);
        }
        try {
            return invoker.invoke(invocation);
        }finally {
            MDC.clear();
        }
    }
}
```

日志配置的内容如下。

```
<appender name="STDOUT" class="ch.qos.logback.core.ConsoleAppender">
<encoder class="ch.qos.logback.classic.encoder.PatternLayoutEncoder">
<!--格式化输出：%d 表示日期，%thread 表示线程名，%-5level：从左显示 5 个字符宽度
%msg：日志消息，%n 是换行符-->
<pattern>%d{yyyy-MM-dd HH:mm:ss.SSS} [%thread][%X{traceId}] %-5level %logger
- %msg%n</pattern>
</encoder>
</appender>
```

## 2. 权限认证

在 App、H5 或小程序等客户端向业务系统提交请求后，业务系统会针对当次请求做鉴权处理，例如，使用 OAuth2、JWT、SpringSecurity 等技术来做客户端请求鉴权。但是，

服务和服务之间的调用是否需要鉴权？有些人认为后端接口都是 RPC 调用，而且都是在内网运行的，因此服务和服务之间的调用无须鉴权，如果有针对安全性要求特别高的场景，可以制定一些相关制度来规范调用关系，保障服务之间调用的安全性。然而，制度是从管理角度来看的，还是需要人为监督和执行的，不应该使用管理制度来屏蔽程序中存在的安全风险。因此，从软件架构的角度来看，仍需要一套机制来保障核心服务的调用是可控的，而且调用记录是有据可查的。例如，通过颁发的密钥、设置可访问的时间范围等策略来控制核心服务的调用。为此，可以设置 ProviderAuthFilter 来拦截并验证请求是否符合安全策略要求，总体架构如图 3-8 所示。

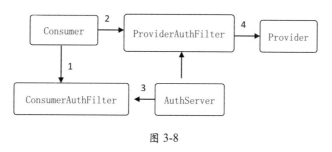

图 3-8

安全验证的相关流程如下。

（1）Consumer 发起 RPC 调用时，ConsumerAuthFilter 先把请求参数、分配的密钥，根据一定的规则来加签，通过隐式传参的方式放到 RPC 的 attachment 里面。

（2）ProviderAuthFilter 根据收到的参数、分配的密钥使用相同的规则加签，从 attachment 中获取 Consumer 传递的加签结果，验证双方的签名是否一致。

（3）AuthServer 负责下发密钥并配置给 ProviderAuthFilter 和 ConsumerAuthFilter，不同的接口名称对应不同的密钥。

（4）ProviderAuthFilter 在验签成功后，需要记录服务调用明细，比如调用时间、调用参数、客户端的 IP 地址等信息，然后调用真正的服务。

因篇幅问题，这里对程序中的代码做了简化处理，比如将从配置中心下发的配置信息直接写成常量。

ConsumerSignFilter 用于在服务消费者端（Consumer 端）通过输入参数和密钥来计算签名，相关代码如下。

```
@Activate(group = Constants.CONSUMER, order = -2000)
```

```
public class ConsumerSignFilter implements Filter {
public Result invoke(Invoker<?> invoker, Invocation invocation) throws
RpcException {    // 计算签名
    String consumerSign = SignUtils.sign(invocation.getArguments(),
"secretKey");
    // 以隐式传参的方式携带签名后的值
    invocation.getAttachment("sign",consumerSign);
    return invoker.invoke(invocation);
    }
}
```

**ProviderAuthFilter** 根据传入的参数和分配的密钥计算签名，将计算结果和 Consumer 端计算结果做比较。如果二者不一致，就抛出验证失败的异常：

```
@Activate(group = Constants.PROVIDER, order = -2000)
public class ProviderAuthFilter implements Filter {
public Result invoke(Invoker<?> invoker, Invocation invocation) throws
 RpcException {
    String providerSign = SignUtils.sign(invocation.getArguments(),
 "secretKey");
    String consumerSign= invocation.getAttachment("sign");
    if(!Objects.equals(providerSign,consumerSign)){
        throw new RuntimeException("验证失败！");
    }
    return invoker.invoke(invocation);
    }
}
```

核心工具类 SignUtils 负责加签的代码如下。

```
public class SignUtils {
    public static String sign(Object[] objects, String secretKey) {
        try {
            Object[] paramsObjects = new Object[objects.length];
            System.arraycopy(objects, 0, paramsObjects, 0, objects.length);
            byte[] bytes = toByteArray(paramsObjects);
            return sign(bytes, secretKey);
        } catch (Exception e) {
            throw new SecurityException("加签失败 : " + e.getMessage(), e);
        }
    }
public static String sign(byte[] data, String key) throws SignatureException
```

```
{
    String result;
    try {
     Mac mac = Mac.getInstance("HmacSHA256");
     SecretKeySpec secretKeySpec = new
     SecretKeySpec(key.getBytes(),"HmacSHA256");
     mac.init(secretKeySpec);
        byte[] rawHmac = mac.doFinal(data);
        result = Base64.getEncoder().encodeToString(rawHmac);
    } catch (Exception e) {
        throw new SignatureException("加密失败");
    }
    return result;
}
static byte[] toByteArray(Object[] parameters) throws Exception {
    ByteArrayOutputStream bos = new ByteArrayOutputStream();
    ObjectOutput out ;
    try {
        out = new ObjectOutputStream(bos);
        out.writeObject(parameters);
        out.flush();
        return bos.toByteArray();
    } finally {
        try {
            bos.close();
        } catch (IOException ex) {
        }
    }
}
}
```

## 3.9　Dubbo 服务发布和调用分析

　　为什么在使用 Dubbo 的过程中配置了服务提供者和服务消费者后,搭建一套注册中心就能够实现服务之间的相互调用?它们之间到底是通过什么约定来完成服务调用的呢?在弄清楚这个问题之前,我们需要再次回顾一下 RPC 的注册调用流程,如图 3-9 所示。

　　(1)当服务提供者启动时,服务提供者需要自动向注册中心注册服务,注册信息包括提供服务的 API、服务器的 IP 地址和端口;当服务提供者停止运行时,服务提供者需要向注册中心发起注销服务。

（2）服务消费者在启动后需要订阅注册中心的消息，从注册中心获取提供者的地址、端口，将其保存在本地缓存中并根据负载均衡策略选择调用节点；当有服务提供者上线或者下线时，注册中心会通知服务消费者，服务消费者在收到通知后需要主动更新本地缓存信息。

（3）服务消费者通过网络使用 TCP 的方式调用服务提供者的接口。一般来说 TCP 连接可以是按需连接（需要在调用时就先建立连接，在调用结束后就立马断掉）的，也可以是长连接（客户端和服务器建立起连接之后长期持有，不管此时有无数据包的发送，可以配合心跳检测机制定期检测建立的连接是否存活、有效）的。多个远程过程调用共享同一个连接。

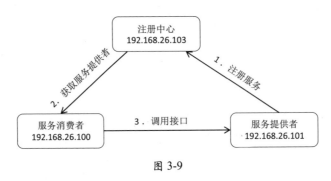

图 3-9

Dubbo 是一个非常标准的 RPC 框架。以 ZooKeeper 为注册中心，Dubbo 的服务提供者和服务消费者在 ZooKeeper 中的数据模型如图 3-10 所示。

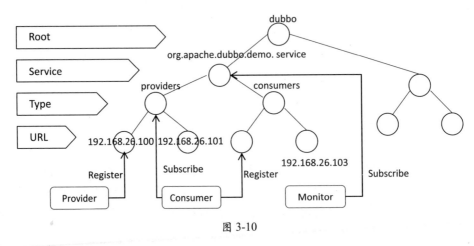

图 3-10

服务提供者（Provider）在启动时向/dubbo/org.apache.dubbo.demo.service/providers 目

录写入自己的 URL 地址。

服务消费者（Consumer）在启动时订阅/dubbo/org.apache.dubbo.demo.service/providers 目录下的提供者 URL 地址。并向/dubbo/org.apache.dubbo.demo.service/consumers 目录写入自己的 URL 地址。

监控中心（Monitor）在启动时订阅/dubbo/org.apache.dubbo.demo.service 目录下的所有提供者和消费者 URL 地址。

## 3.9.1　标签解析

Spring 可以通过 NamespaceHandler 和 BeanDefinitionParser 来解析自定义标签。NamespaceHandler 负责 namespace 的处理，而 BeanDefinitionParser 负责 Bean 的解析。Spring 框架在初始化时会加载所有 classpath 下的 spring.handlers 文件，把 namespace 的 URL 和 namespace 处理类映射到 Map 中。Spring 在解析时，遇到一些自定义的标签时，会在这个 Map 中查找 namespace 处理类，使用这个自定义的处理类来进行标签的解析工作。Dubbo 在服务发布或者订阅时也使用了自定义标签，如 dubbo:service、dubbo:registry、dubbo:protocol 等。为了能解析这些标签，Dubbo 在 src\main\resources\META-INF\spring.handlers 中按照 Spring 规范定义了具体的解析类：

```
http\://dubbo.apache.org/schema/dubbo=org.apache.dubbo.config.spring.schema.
DubboNamespaceHandler
http\://code.alibabatech.com/schema/dubbo=org.apache.dubbo.config.spring.
schema.DubboNamespaceHandler
```

通过上面的配置可以看到，框架的 namespace 的处理类是 DubboNamespaceHandler，其实现了 NamespaceHandlerSupport 接口来处理命名空间，然后在这个类初始化时给所有标签都注册了各自的解析器；而 Dubbo 的解析类 DubboBeanDefinitionParser 同样实现了 BeanDefinitionParser 接口：

```
public class DubboNamespaceHandler extends NamespaceHandlerSupport {
    static {
        Version.checkDuplicate(DubboNamespaceHandler.class);
    }
    @Override
public void init() {
    registerBeanDefinitionParser("application", new
    DubboBeanDefinitionParser(ApplicationConfig.class, true));
```

```
    registerBeanDefinitionParser("module", new
    DubboBeanDefinitionParser(ModuleConfig.class, true));
    registerBeanDefinitionParser("registry", new
    DubboBeanDefinitionParser(RegistryConfig.class, true));
        ......
    }}
```

这样，就完成了自定义标签的解析。我们在 Spring 的配置文件中所配置的与 Dubbo 相关的自定义标签就能被正确解析了，而且自定义的对象也能被 Spring 管理了。

## 3.9.2　服务注册和发布流程

以 ZooKeeper 为注册中心举例说明，我们可以将服务注册简单地理解为把服务的接口、版本号、服务器的 IP 地址等信息写入 ZooKeeper 的 dubbo 目录下。例如，用户服务在启动后会向 /dubbo/com.company.basic.user.api.read.UserReadService/providers/ 目录下写入自己的 URL 信息。服务提供者根据配置的端口信息启动 Netty 服务，注册发布流程如图 3-11 所示。

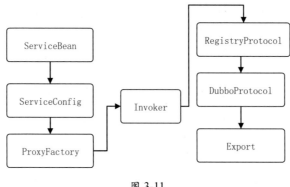

图 3-11

主要流程如下。

（1）服务导出的入口方法是 ServiceBean#onApplicationEvent 方法。onApplicationEvent 是一个事件响应方法，该方法会在收到 Spring 上下文刷新事件后执行服务导出操作。代码如下。

```
    public void onApplicationEvent(ContextRefreshedEvent event) {
        if (!isExported() && !isUnexported()) {
            if (logger.isInfoEnabled()) {
```

```
            logger.info("The service ready on spring started. service: " +
            getInterface());
        }
        export();
    }
}
```

（2）ServiceBean#export 方法会调用父类的 ServiceConfig#export 方法真正地导出服务：

```
public synchronized void export() {
    checkAndUpdateSubConfigs();
    if (!shouldExport()) {
        return;
    }
    if (shouldDelay()) {
        DELAY_EXPORT_EXECUTOR.schedule(this::doExport, getDelay(),
        TimeUnit.MILLISECONDS);
    } else {
        doExport();
    }
}
```

Dubbo 允许我们使用不同的协议导出服务，也允许我们向多个注册中心注册服务。Dubbo 在 ServiceConfig#doExportUrls 方法中提供了对多协议、多注册中心的支持。相关代码如下。

```
private void doExportUrls() {
    List<URL> registryURLs = loadRegistries(true);
    for (ProtocolConfig protocolConfig : protocols) {
        String pathKey = URL.buildKey(getContextPath(protocolConfig).map(p
        -> p + "/" + path).orElse(path), group, version);
        ProviderModel providerModel = new ProviderModel(pathKey, ref,
        interfaceClass);
        ApplicationModel.initProviderModel(pathKey, providerModel);
        doExportUrlsFor1Protocol(protocolConfig, registryURLs);
    }
}
```

接下来就是 Dubbo 导出服务的核心过程，即创建 Invoker。Invoker 是实体域，由 ProxyFactory 创建而来，Dubbo 默认的 ProxyFactory 实现类是 JavassistProxyFactory。创建过程如下。

```
public <T> Invoker<T> getInvoker(T proxy, Class<T> type, URL url) {
```

```
    // 为目标类创建 Wrapper
    final Wrapper wrapper = Wrapper.getWrapper(proxy.getClass().getName().
    indexOf('$') < 0 ? proxy.getClass() : type);
     // 创建匿名 Invoker 类对象，并实现 doInvoke 方法
    return new AbstractProxyInvoker<T>(proxy, type, url) {
        @Override
        protected Object doInvoke(T proxy, String methodName,
                            Class<?>[] parameterTypes,
                            Object[] arguments) throws Throwable {
            // 调用 Wrapper 的 invokeMethod 方法，invokeMethod 最终会调用目标方法
            return wrapper.invokeMethod(proxy, methodName, parameterTypes,
            arguments);
        }
    };
}
```

Dubbo 支持导出服务到本地和导出服务到远程。导出服务到远程时会调用 RegistryProtocol#export 方法，该方法可把服务的相关元数据写入注册中心。例如，使用 Dubbo 协议导出服务，DubboProtocol#export 方法会执行具体的服务导出逻辑。相关代码如下。

```
public <T> Exporter<T> export(Invoker<T> invoker) throws RpcException {
    URL url = invoker.getUrl();
    // 创建 DubboExporter
    DubboExporter<T> exporter = new DubboExporter<T>(invoker, key, exporterMap);
    // 将 <key, exporter> 键值对放入缓存中
    exporterMap.put(key, exporter);
    // 本地存根的相关代码
    Boolean isStubSupportEvent = url.getParameter(Constants.STUB_EVENT_KEY,
                            Constants.DEFAULT_STUB_EVENT);
    Boolean isCallbackservice = url.getParameter(Constants.IS_CALLBACK_SERVICE,
                            false);
    if (isStubSupportEvent && !isCallbackservice) {
        String stubServiceMethods =
                url.getParameter(Constants.STUB_EVENT_METHODS_KEY);
        if (stubServiceMethods == null || stubServiceMethods.length() == 0) {
            // 省略日志打印代码
        } else {
            stubServiceMethodsMap.put(url.getServiceKey(), stubServiceMethods);
        }
    }
```

```
    // 启动服务器
    openServer(url);
    // 优化序列化
    optimizeSerialization(url);
    return exporter;
}
```

## 3.9.3　服务引用流程和服务调用流程

### 1. 服务引用流程

Dubbo 服务引用的时机有两个,即第 1 个时机:在 Spring 容器调用 ReferenceBean 的 afterPropertiesSet 方法时引用服务;第 2 个时机:在 ReferenceBean 对应的服务被注入其他类中时引用服务。当我们的服务被注入其他类中时,Spring 会第一时间调用 ReferenceBean #getObject 方法,并由该方法执行服务引用逻辑。该方法被定义在 Spring 的 FactoryBean 接口中,ReferenceBean 继承 ReferenceConfig 实现了这个方法。实现代码如下。

```
public Object getObject() {
    return get();
}
```

该 get 方法又会调用 ReferenceConfig#get 方法:

```
public synchronized T get() {
    if (destroyed) {
        throw new IllegalStateException("Already destroyed!");
    }
    // 检测 ref 是否为空。若 ref 为空,则通过 init 方法创建
    if (ref == null) {
        // init 方法主要用于处理配置,以及调用 createProxy 生成代理类
        init();
    }
    return ref;
}
```

除了用于一些常规检查,init 方法还重点用于创建代理类:

```
  ref = createProxy(map);
```

createProxy 方法首先根据配置来检查是否为本地调用。如果是本地调用,则调用 InjvmProtocol 的 refer 方法生成 InjvmInvoker 实例;若是远程调用,则读取直连配置项或

注册中心的 url 地址，并将读取到的 url 存储到 urls 中；然后根据 urls 元素的数量进行后续操作。若 urls 元素的数量为 1，则直接通过 Protocol 自适应拓展类构建 Invoker 实例接口。若 urls 元素的数量大于 1，即存在多个注册中心或服务直连 url，此时先根据 url 构建 Invoker，然后通过 Cluster 合并多个 Invoker，最后调用 ProxyFactory 生成代理类。

### 2. 服务调用流程

服务调用流程如图 3-12 所示。

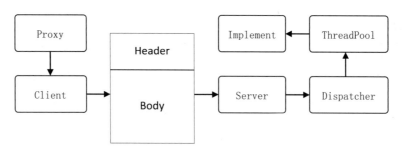

图 3-12

服务消费者首先通过代理对象 Proxy 发起远程调用，接着通过网络客户端（Client）将编码后的请求发送给服务提供者。服务提供者在收到请求后，首先要做的事情就是对数据包进行解码，然后将解码后的请求发送至分发器 Dispatcher，再由分发器将请求派发到指定的线程池上，最后由线程池调用具体的服务。Dubbo 默认使用 Javassist 框架为服务接口生成动态代理类，以官方提供的 DemoService 分析整个调用过程，通过反编译获取的源码如下。

```java
public class proxy0 implements ClassGenerator.DC, EchoService, DemoService {
    // 方法数组
    public static Method[] methods;
    private InvocationHandler handler;
    public proxy0(InvocationHandler invocationHandler) {
        this.handler = invocationHandler;
    }
    public proxy0() {
    }
    public String sayHello(String string) {
        // 将参数存储到 Object 数组中
        Object[] arrobject = new Object[]{string};
        // 调用 InvocationHandler 实现类的 invoke 方法，得到调用结果
```

```
        Object object = this.handler.invoke(this, methods[0], arrobject);
        // 返回调用结果
        return (String)object;
    }
    /** 回声测试方法 */
    public Object $echo(Object object) {
        Object[] arrobject = new Object[]{object};
        Object object2 = this.handler.invoke(this, methods[1], arrobject);
        return object2;
    }
}
```

程序首先将运行时参数存储到数组中，然后调用 InvocationHandler 接口实现类的
invoke 方法，得到调用结果，最后将结果转型并返回给调用方。

# 4

# 第 4 章

# 实施微服务架构的全过程

本章将讲解以下内容。

◎ 架构本质上是通过解决当前需求和痛点而演进的，无法根据没有出现的问题和痛点进行设计，那么历史遗留系统是否适合应用微服务架构？

◎ 微服务架构有可独立部署、高扩展与伸缩、资源利用高效、故障隔离等优点，这些是如何体现的？

◎ 把一个庞大而复杂的单体应用分割成相互独立的小服务，一般需要完成前后端分离改造、服务无状态化、统一认证服务，并使用微服务常用的一些设计模式，逐步完成微服务架构下的改造。接下来介绍如何一步一步地实施这些改造。

# 4.1　前后端分离

如图 4-1 所示，在早期的 MVC 框架阶段：浏览器发送请求；Controller 层接收请求及处理，并且控制页面的跳转逻辑；框架层根据程序处理结果来渲染 JSP 页面，最后把结果返回给浏览器。在这个阶段，后端开发人员需要兼顾前后端的工作，但其又不擅长处理 HTML 样式，所以开发进度非常慢，提交的页面效果和期望的 UI 效果差别非常大。

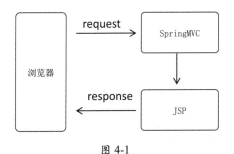

图 4-1

这时便需要进行前后端分离。前后端分离指的是将前端（或称为客户端）代码和后端代码分离，前端开发人员负责 HTML 页面编写、页面跳转及 UI 交互工作；后端（或称为服务器端）开发人员负责业务数据处理，并提供数据接口给前端开发人员。前端的 HTML 层一般使用 Vue 框架，通过 Node.js 可以进行逻辑跳转的控制，前后端通信采用 Rest 接口方式，并以 JSON 数据格式进行通信，如图 4-2 所示。

前后端分离的好处如下。

◎ 由各端的专家对各自的领域进行优化，用户体验的优化效果更好。

◎ 前后端的交互界面更加清晰，采用 Rest 接口方式通信，后端接口简洁明了，更易维护。

◎ 前端的多渠道集成场景更容易扩展。采用统一的数据和模型，可以支撑前端的 Web UI、移动 App 等访问，无须改动后端服务。

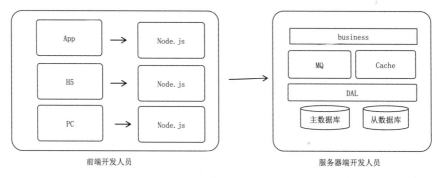

图 4-2

# 4.2 服务无状态化

在单体应用阶段，单个系统无法承载高并发和大流量请求。在微服务架构下，系统被拆分为多个服务，每个服务都部署多个副本，由多个服务负载均衡分摊大流量，对流量请求的分配调度策略（比如随机策略、一致性 Hash 策略等）由微服务框架支持，开发者无须关心流量分配的事情。不管是哪种负载均衡策略，都不能保证相同的请求每次都被同一个服务处理，但要求最终返回的结果是一致的。因此，分布式架构的核心之一就是执行过程无状态，执行结果有状态。

某部门曾在微服务重构的初级阶段经历过一次典型的线上故障，整个事件的过程是这样的：有一个研发人员负责开发验证码登录模块。产品需求如下：用户在 App 中输入正确的手机号码，点击"获取验证码"按钮之后，系统会发送一条携带 6 位随机数字的短信验证码，用户输入正确的短信验证码即可登录 App。但是，在该产品上线的瞬间，线上有大量用户反馈输入验证码登录失败，提示验证码错误。

该部门在进行故障复盘时分析了该功能的代码逻辑，开发人员把验证码存入 HashMap 中，key 是手机号码，value 是 6 位验证码。由于开发、测试环境都是单实例部署的，因此相关人员在开发、测试过程中并没有发现问题。但是，线上是多实例部署的，所以会导致大量用户登录失败。这个线上故障的核心问题点在于，研发人员没有清楚地理解服务状态的基本概念，在分布式架构中存在无状态服务和有状态服务两个概念，不同的服务状态对应的使用场景也不同。

### 1．无状态服务

无状态服务指的是，该服务运行的实例不会在本地存储业务执行后的状态。例如，不保存需要持久化的数据，不存储业务的上下文信息，并且多个副本对于同一个请求的响应结果都是完全一致的。通常来说，业务逻辑处理服务一般都会被定义为无状态服务。

### 2．有状态服务

有状态服务指的是，该服务的实例可以将运行时所产生的数据随时备份。当新创建的有状态服务启动时需要恢复这些备份数据，以达到将数据持久化的目的。通常来说，数据库、缓存、消息中间件等一般都被定义为有状态服务。

如图 4-3 所示，业务架构可被分为无状态业务和有状态数据两部分。采用这种架构的好处如下：在流量增大时，无状态业务部分很容易横向扩展，可以很方便地将流量分发给新的进程进行处理，将状态保存到后端。由于后端的中间件是有状态的，在做系统规划时，要考虑扩容及状态的迁移、复制、同步等机制，做好服务的高可用。因此我们在分布式架构中，首先要把有状态的业务服务改变为无状态的计算类服务，其次再把有状态数据迁移到对应的有状态数据服务中，最终服务具备无状态特性后就具备了横向扩展能力。

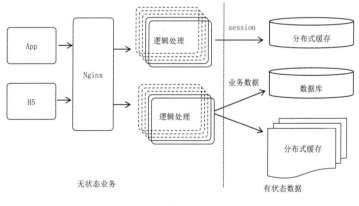

图 4-3

## 4.3　统一认证服务

在微服务架构中，统一认证与授权是实施服务化的基础条件，也是一项基础服务。在单体应用架构中，我们可以基于拦截器和 session 实现用户的登录与鉴权。但是在微服务架构中，服务都被设计为无状态模式，采用拦截器和 session 方式显然无法满足分布式架构的要求，需要由统一认证服务完成登录验证和用户鉴权，具体包括身份认证、鉴权及与第三方联合登录的功能。根据服务自治的原则——"每一个服务的逻辑单元都由自身的领域边界控制，不受其他外界条件的影响，且运行环境是自身可控的、不用依赖外部服务即可实现自身业务逻辑闭环"，每一个微服务实例都能够对外提供服务，因此认证鉴权功能也应该由独立的服务统一提供。目前常用的统一鉴权方式有令牌、JWT（JSON Web Token）、OAuth、CAS（Central Authentication Service）等认证方式。

## 4.3.1 令牌方式

### 1. 令牌认证的流程

令牌（token）认证服务在完成调用方的鉴权请求后，会生成 token 返回给调用方，业务调用方后续请求业务系统时需要携带该 token。例如，认证服务通过 UUID（Universally Unique Identifier）方式生成 token，同时将该 token 值写入分布式缓存，比如 Redis。其中的 key 是生成的 token，value 是用户信息序列化后的值。写入 Redis 时需要设置 TTL 的时间，以免在 Redis 中留下"僵尸"数据。如果业务的接口请求量非常大，以致 Redis 出现了性能问题，则使用 Redis 的主从复制模式来横向扩展 Redis 只读实例，这样基本可以满足微服务的认证需求。该方案的特点是架构简单，学习成本较低，整体流程如图 4-4 所示。

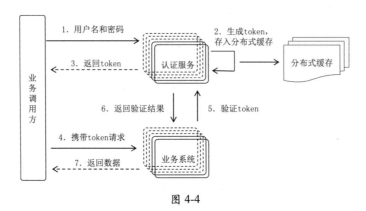

图 4-4

令牌认证的流程如下。

（1）用户输入用户名和密码，调用认证服务进行鉴权。

（2）认证服务在验证用户名和密码成功后生成 token，并将 token 存入分布式缓存中。

（3）把生成的 token 返回给调用方。

（4）调用方在每次请求中都携带 token，业务系统通过 token 请求认证服务。

（5）认证服务验证 token 是否有效，主逻辑为查询该 token 在 Redis 中是否存在。

（6）认证服务 token 验证通过后，将用户信息返回给业务系统。如果 token 验证未通过，则返回需要重新登录的信息。

（7）业务系统处理业务逻辑，并将最终结果返回给业务调用方。

#### 2. 令牌续期

使用令牌认证时，用户成功登录后生成的 token 过一段时间就会失效，失效时会提示用户再次登录。假如用户正常使用客户端，若在使用过程中恰好 token 到期，客户端会跳转到登录界面要求用户登录。这将阻断用户正常的业务操作，以致用户体验非常糟糕。假设 token 的过期时间设置得过长，安全系数就会降低很多。若认证服务每次收到验证 token 请求时，都重新设置 token 的过期时间，则会导致 Redis 的压力过大。我们可以采用双 token 刷新续期的方式来解决以上问题，流程如图 4-5 所示。

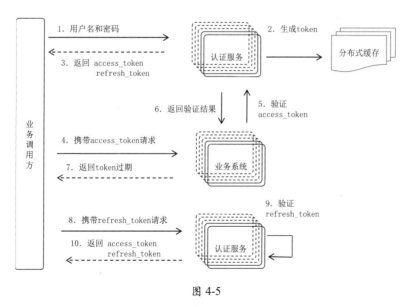

图 4-5

令牌续期的流程如下。

（1）用户输入用户名和密码，请求认证服务进行鉴权，认证服务返回 access_token 和

refresh_token 给业务调用方，这两个 token 的失效时间不一样。例如，access_token 的有效期设置为 5 分钟，refresh_token 的有效期设置为 7 分钟。

（2）业务调用方在每次请求中都携带 access_token，业务系统拿到 access_token 参数后开始请求认证服务。

（3）认证服务通过后，业务系统处理业务逻辑并返回最终结果。

（4）认证服务验证 access_token 失效后，业务调用方再使用 refresh_token 刷新 token，认证成功后重新返回 access_token 和 refresh_token。如果 refresh_token 也返回认证失败，则需要用户重新登录。

### 3. 令牌注销

由于 access_token 和 refresh_token 被存放在客户端，因此一旦用户的手机丢失、App 登录密码变更或者主动退出 App，就意味着之前颁发的 token 不可以再次使用。在用户注销或者请求平台主动注销时，只需找到该用户对应的 access_token 和 refresh_token，并将其从分布式缓存中删除即可。以下分 2 种情况讨论用户状态注销流程。

◎ 用户通过 App 主动注销：认证服务提供注销接口，认证服务收到注销请求后从缓存中删除接口传入的 access_token 和 refresh_token，完成注销操作。

◎ 用户要求平台发起注销：通过 access_token 或 refresh_token 能找到用户 ID，但是通过用户 ID 没办法找到 access_token 或 refresh_token。如果业务方有主动帮助用户注销登录状态的需求，则需要先建立用户 ID 和 token 的对应关系，再通过用户 ID 查询 access_token 和 refresh_token，最后从缓存中删除 access_token 和 refresh_token，完成注销操作。

## 4.3.2　JWT 方式

JWT（JSON Web Token）是一种简捷的自包含的 JSON 声明规范，因其分散存储的特点而归属于客户端授权模式，被广泛用于短期授权和单点登录。JWT 信息是经过签名的，可以确保发送方的真实性，确保接收到的信息是未经篡改和伪造的。

JWT 主要有以下优点。

◎ 简捷（compact）：可以通过 URL、POST 参数或者 HTTP Header 发送数据。因为数据量小，所以其传输速度很快。

◎ 自包含（self-contained）：在负载中包含了用户需要的所有信息，可避免多次查询数据库。

◎ 因为 token 是以 JSON 加密形式保存在客户端的，所以 JWT 是跨语言的，其原则上支持任意 Web 形式。

◎ 无须在服务器端保存会话信息，特别适用于分布式微服务。

### 1. JWT 的组成

JWT 主要由 Header（头部）、Payload（负载）、Signature（签名）三段信息文本组成。将这三段信息文本用点连接方式连接在一起就构成了 JWT 字符串，主要内容如下。

```
base64UrlEncode(header).base64UrlEncode(playload).HMACSHA256(base64UrlEncode
(header) + "." +base64UrlEncode(payload),secret)
```

Header 是一个 JSON 对象，用于描述 JWT 的元数据，例如：

```
{
  "alg": "HS256",
  "type": "JWT"
}
```

alg 属性表示签名算法（algorithm），默认是 HMAC SHA256（程序中使用 HS256 表示），使用公/私密钥对进行加/解密；type 属性表示这个令牌（token）的类型（type），JWT 令牌可被统写为 JWT。

Payload 是一个 JSON 对象，用来存放实际需要传递的数据，可以自定义。其包含如下三部分。

（1）在标准中注册的声明。

◎ iss：JWT 签发者。

◎ sub：面向的用户（JWT 所面向的用户）。

◎ aud：接收 JWT 的一方。

◎ exp：过期时间戳（JWT 的过期时间，这个过期时间必须大于签发时间）。

◎ nbf：定义该 JWT 在什么时间之前是不可用的。

◎ iat：JWT 的签发时间。

◎ jti：JWT 的唯一身份标识，主要用来作为一次性 token，从而回避重放攻击。

（2）公共的声明：可以添加任何信息。一般添加用户的相关信息或其他业务所需的必要信息，但不建议添加敏感信息，因为该部分在客户端可解密。

（3）私有的声明：提供者和消费者共同定义的声明，一般不建议存放敏感信息，因为 Base64 是对称解密的，这意味着该部分信息可被归类为明文信息。

Signature 指的是消息签名，表示对整个消息签名后的结果。在签名过程中需要事先指定一个密钥（secret），这个密钥存储在服务器端，不能泄露给用户，以防止信息泄露。然后，使用在 Header 中指定的签名算法（默认是 HMAC SHA256），按照下面的公式产生签名：

```
HMACSHA256(base64UrlEncode(header) + "." +base64UrlEncode(payload),secret)
```

### 2. JWT 的使用

JWT 的使用非常简单，只需在项目 pom.xml 中引入如下代码即可集成 JWT。

```xml
<dependency>
    <groupId>io.jsonwebToken</groupId>
    <artifactId>jjwt</artifactId>
    <version>0.9.1</version>
</dependency>
```

可以通过以下方式使用 JWT 来生成需要的 token。

```java
public static void main(String[] args) {
  long nowMillis = System.currentTimeMillis();
  Date exp = new Date(nowMillis+60*1000*60);
 JwtBuilder builder= Jwts.builder()
  .setId("uid123")             // 设置唯一编号
  .setSubject("用户信息")       // 设置主题，可以是 JSON 数据
  .setIssuedAt(new Date())     // 设置签发日期
 .setExpiration(exp)           // 设置有效期
  // 设置签名，使用 HS256 算法，并设置 SecretKey（字符串）
  .signWith(SignatureAlgorithm.HS256,"secret123");
  String jwtToken= builder.compact();
 }
```

解析 token 的方法也非常简单，通过下面的方法即可解析 token 并获得 id 的值是 uid123。如果 token 超过了设置的有效期，则解析 token 会出错。解析 token 的代码如下。

```java
public static String parseToken(String token){
    Claims claims = Jwts.parser().setSigningKey("secret123")
                             .parseClaimsJws(token)
                             .getBody();
    return claims.getId();
}
```

　　需要注意的是，上面的示例加密算法使用的是 HS256 算法。HS256 是一种对称算法，双方之间仅共享一个密钥。认证服务和业务系统由于使用相同的密钥生成签名和验证签名，容易导致密钥泄露，从而调用方很容易能模拟任意用户访问系统。因此，HS256 算法存在安全隐患。如果在生产环境中使用 JWT，则需要使用 RSA256 方式借助公钥、私钥生成 token，认证服务使用私钥加密 token，业务系统使用公钥解密 token 来获取对应的用户信息。相关代码如下。

```java
public static void main(String[] args) throws Exception{
      long nowMillis = System.currentTimeMillis();
      Date exp = new Date(nowMillis+30*1000*60);
      JwtBuilder builder= Jwts.builder()
            .setId("uid123")   // 设置唯一编号
            .setSubject("用户信息")// 设置主题，可以是 JSON 数据
            .setIssuedAt(new Date())// 设置签发日期
            .setExpiration(exp)// 设置有效期
            .signWith(SignatureAlgorithm.RS256,getPrivateKey(privateKey));
      String jwtToken= builder.compact();
      System.out.println(parseToken(jwtToken));
   }
   // 生成私钥
   public static PrivateKey getPrivateKey(String privateKey) throws Exception
{
      byte[] decode = Base64.getDecoder().decode(privateKey);
      PKCS8EncodedKeySpec pkcs8EncodedKeySpec = new
      PKCS8EncodedKeySpec(decode);
      KeyFactory kf = KeyFactory.getInstance("RSA");
      return kf.generatePrivate(pkcs8EncodedKeySpec);

   }
   // 生成公钥
   public static PublicKey getPublicKey(String key) throws Exception {
      KeyFactory kf = KeyFactory.getInstance("RSA");
      byte[] decode = Base64.getDecoder().decode(key);
      X509EncodedKeySpec spec =  new X509EncodedKeySpec(decode);
      return kf.generatePublic(spec);
   }
   // 解析 token
   public static String parseToken(String token) throws Exception{
      Claims claims = Jwts.parser().setSigningKey( getPublicKey(publicKey))
            .parseClaimsJws(token)
```

```
                .getBody();
        return claims.getId();


    }
```

整个 JWT 流程如图 4-6 所示

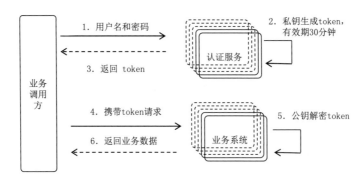

图 4-6

（1）用户输入用户名和密码，用户名和密码被提交给认证服务进行鉴权。

（2）认证服务通过事先分配的私钥来生成 token，并设置 token 的有效期为 30 分钟。

（3）认证系统将该 token 返回给业务调用方。

（4）业务调用方在请求相关接口时会携带该 token。

（5）业务系统使用分配的公钥解密该 token，并根据解析后的内容获取相关信息。

（6）业务系统将业务数据返回给业务调用方。

使用 JWT 的优点是，业务系统无须查询任何存储设备，只需根据 token 的值就能解析和获取该 token 所对应的具体用户信息，系统没有单点问题。

### 3. 采用 JWT 认证方式续期 token

认证服务颁发的 token 都是有时效性的，一旦超过设置的有效期，业务系统就会提示业务调用方该请求无效，需要用户再次登录。因此，需要定期刷新 token 来延长其失效时间。一般来说，需要应用端本地存储 token 并设置定时刷新机制。当 token 即将过期时，则需要应用端主动调用认证服务来重新获取 token，并覆盖本地 token，以达到 token 续期的目的。

## 4.4　微服务设计模式

构建一个优秀系统的最难之处不在于编码，而在于早期在系统架构层面所做的优雅设计。架构设计是软件开发生命周期中的关键阶段，使用好的设计模式不仅能提高软件的可扩展性，还能应对复杂多变的业务需求，极大地提高开发效率。在微服务架构中也存在一些经典设计模式，在实施微服务改造之前先了解这些设计模式使用的场景和技巧，有助于我们设计更好的系统。

经典的微服务设计模式有以下几种。

（1）业务功能分解模式。服务拆分得是否合理，其衡量标准是看拆分后的服务是否具备服务的自治原则。如果把复杂的单体应用改造成一组松耦合的服务，那么按照业务功能进行分解是最简单的，只需把业务功能相似的模块聚集在一起即可。比如，一个单体的电商系统包括用户管理、商品管理、订单管理等模块，在业务功能分解模式的初期可以先按功能拆分如下。

◎ 用户管理服务：与管理用户相关的信息，例如注册、修改、注销或查询、统计等。
◎ 商品管理服务：与管理商品相关的信息。
◎ 订单管理服务：与管理订单相关的信息，例如用户下单、订单查询等。

（2）子域分解模式。架构人员按业务功能分解模式拆分服务，这种模式在业务发展初期基本可以满足需求；但是随着需求迭代频率、用户规模、并发量上升之后，该系统会凸显出很多问题。此时需要根据子域分解模式再次对已拆分的服务进行分解。在使用子域分解模式时需要抓住以下两点。

◎ 核心功能。首先要梳理业务的核心竞争力和应用程序最有价值的部分，以及查询访问量高且容易出现超时或者错误的接口，分解目标是确保每次的接口调用都成功。以用户管理服务为例，在系统初始阶段，用户服务包括用户的增删改查功能，在用户的规模增大之后需要对增删改查功能做优先级划分，确保不因为服务响应慢而影响新用户的注册。所以，需要把用户的注册功能从用户管理系统中抽离出来，形成独立的用户注册服务。
◎ 支撑功能。系统的部分功能与业务有关，但并不是核心竞争力，其迭代更新的频率很低，所以可以容忍一定的延时或者失败，可以先保持现状，暂不做分解。

（3）隔舱模式。使用舱壁隔离每个服务的关键资源（比如连接池、内存和 CPU），避免单个服务消耗掉所有资源，从而导致其他服务出现故障。这种模式被称为隔舱模式。例如在微服务架构中，每个服务都有一个或多个消费者，若某个服务提供者在被消费者调用期间发生了多次失败或者当前服务有比较大的负载，导致响应时间比较长，就会影响所有消费该服务的其他消费者。当消费者发送某个请求到配置错误或无响应的服务上时，客户端请求使用的资源可能不会被及时释放。随着持续发送请求到该服务，这些资源可能被耗尽，从而引起级联故障。根据消费者的负载情况和服务可用性指标，我们可将服务实例分成不同的组。这种设计能帮助服务提供者实现隔离故障，允许在该服务发生故障期间仍然可以为一些消费者提供稳定的服务。

（4）数据库模式。在微服务架构中，为每个服务都分配一套单独的数据库是非常优雅的方案，这样可缓解单个数据库的压力，也不会因为某个数据库出问题而导致整个系统出问题。这种模式所带来的好处显然易见。

◎ 松耦合交付：交付的服务是松耦合的，它们可以独立开发、部署和扩展。
◎ 异构存储：支持异构存储，满足将不同类型的数据保存在不同类型的数据库中的要求。

（5）事件驱动模式。在传统的系统开发过程中，事件的传递通常使用接口或数据库完成。例如，在用户注册后发放积分这样的场景下，要求积分服务提供一个增加用户积分的接口，在用户注册完成后，用户服务会调用积分服务完成积分发放的动作。这在事件驱动模式下非常简单：用户注册完成后发送一个事件，例如 USER_REGISTER_EVENT，积分服务在收到该事件后，根据业务规则完成积分发放的动作。

（6）绞杀者模式。微服务重构一般都是从大型单体应用的历史系统开始重构的。绞杀者模式非常适合解决这类问题。它会创建单独的应用程序，并提供和历史系统相同的 URI，通过前端负载均衡器的流量切分来响应客户端的部分请求，就这样进行逐个功能的替换。随着时间的推移，最后重构的应用程序会替换原有的应用程序。此时，就可以关掉那个老的单体应用程序了。绞杀应用程序的步骤依次是转换、共存和消除。

◎ 转换：使用微服务架构创建全新的业务模块。
◎ 共存：让现有模块保留一段时间，把针对现有模块的访问重定向到新模块，以便逐步实现所需的功能。
◎ 消除：从现有系统中删除旧功能。

## 4.5 微服务实战详解

单体应用的形成并非一朝一夕就能完成，经过多次功能迭代升级才能形成巨大的应用合集，甚至一个功能会被多个开发人员修改，而且其设计文档已基本缺失。面对这样一个复杂的系统，找出最适合的切入点去重构系统是微服务重构成功的关键。本节还原了根据线上某真实项目进行微服务实战的过程，能完整说明大型单体系统向微服务迁移的技巧及具体过程。因为篇幅问题，这里对数据库和业务逻辑做了简化处理。

## 4.5.1　需求背景

### 1. 了解需求要点

在 App 首页，用户通过点击产品的名称进入产品详情页，产品详情页由产品名称、产品介绍、可申请期数、产品标签、利率、促销活动、评论信息、申请人数、产品所需用户资料信息、浏览次数等元素组成。如果用户已登录 App，则显示用户自身的相关资料，并提示用户是否已经购买过该产品。

### 2. 找到核心业务点

面对非常复杂且代码量巨大的单体应用做微服务重构时，首先要找到核心业务点，其次要确定从哪个模块开始实施微服务，最后要厘清模块之间的限界上下文。这是保持服务具备高内聚、低耦合的关键。另外，选择被重构的功能要相对独立，这样涉及的修改范围就比较小。具体执行方法可参考如下内容。

◎ 只读先行。在互联网业务中，读/写请求比例差距较大，例如新闻、资讯、视频类的 App 主要以读操作为主。通常来说，系统的瓶颈在很大程度上来源于读数据，因此以读操作为切入口，成功实施微服务后能有效提高系统的吞吐量，改造效果立竿见影。另外，读操作是有天然幂等性的，就算在实施过程中出现了异常，也不会影响业务数据。

◎ 功能独立。先盘点现有的业务功能，找到功能较独立且重要的模块，将其抽离成单独的服务。

◎ 需求频繁。假如在 App 上有 100 项功能，其中有 20 项高频使用的功能、40 项经常使用的功能、20 项偶尔使用的功能，以及 20 项很少使用的功能，那么选择的切入点是高频使用且需求变动最频繁的功能点。

◎ 新功能。如果是全新的功能，那么应该在微服务架构上开发，而不要基于单体应用开发。

本次微服务重构的切入点是产品详情页功能，主要原因如下。

◎ 用户转化的入口是系统最核心的功能。

◎ 全部是只读操作，而且依赖的服务较多，非常有典型意义。

◎ 需求变更最频繁。

◎ 每天的 UV（Unique Visitor，独立访客）量非常大，对系统的响应时间要求苛刻。

### 3. 关键路径分析

在关键路径分析中，产品经理从业务背景角度介绍产品设计的初衷，让所有人对产品目标用户群、核心价值、差异化竞争点及后续规划等信息在认知上达到一致；运营人员从产品运营角度介绍如何使用现有业务功能、如何提高用户活跃度及增强用户黏性；架构师从系统架构角度介绍该功能的相关依赖、所涉及的数据库表及性能瓶颈；测试组长从测试角度介绍线上运行过程中容易出问题的点。

各方在思想方面达成一致后再从用户视角出发，与业务相关的人员一起参加设计规划，探索业务领域中的典型场景，整理该领域中需要支撑的场景分类、用例操作及不同域之间的依赖关系，以支撑领域建模。

## 4.5.2　技术选型

### 1. 技术选型概述

俗话说"条条大路通罗马"，在技术选型上没有最优的方案，只有适合团队的方案。经过技术团队最终评估，本例的整体微服务改造技术选型如表 4-1 所示。

表 4-1　整体微服务改造技术选型

| 科　目 | 技　术 |
| --- | --- |
| 微服务 RPC 框架 | Dubbo 2.7.3 |
| 注册中心 | ZooKeeper 3.4.6 |
| 数据库 | MySQL |
| 开发框架 | SpringBoot |
| 持久层框架 | MyBatis |
| 项目构建工具 | Maven |
| 持续集成 | Jenkins |

### 2. 分层视图

图 4-7 展示了开发人员的工作重点。例如，聚合层的开发人员非常了解业务，需要与前端人员密切配合，以定义合适的接口协议。而原子服务层的开发人员更关注性能，比如通过分库分表来做数据的横向扩展，通过增加缓存来实现请求的高响应，同时对于需要幂等的接口实现幂等处理。一般来说，聚合层和原子服务层是由不同的团队成员开发的。一个开发人员如果既做聚合层又做原子服务层，就会变成单体架构模式了。

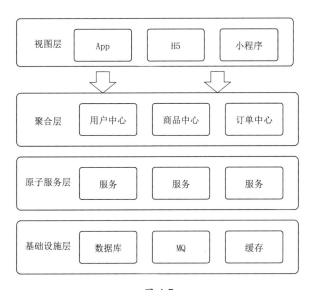

图 4-7

◎ 视图层：视图层是终端用户接触层，通过接口与聚合层交互。
◎ 聚合层：收到终端请求后，聚合多个原子服务数据，按接口要求将聚合后的数据返回给终端。需要注意的是，聚合层不会与数据库交互。
◎ 原子服务层：与数据库进行交互，实现数据的增删改查，再结合缓存和其他技术保障服务的高响应。
◎ 基础设施层：数据库、消息队列（Message Queue，MQ）、缓存都被纳入基础设施层。该层提供基础服务。

### 3. 接口定义

前后端接口交互使用了目前主流的 JSON 格式。接口字段数据包含 code、desc 和 data 三大部分，每部分所包含的内容如下。

◎ code：表示本次接口请求的响应码。建议在开始阶段就规范响应码的值。这样就能够根据响应码对应到具体的错误类型和错误原因，比如，该值以 10000 开头表示与用户相关的错误，以 20000 开头表示与交易相关的错误，以 90000 开头表示与系统相关的错误。

◎ desc：描述接口响应的具体内容。当发生异常时，描述出现该错误码的具体原因。

◎ data：具体的报文内容。

例如，针对产品详情页定义了如下接口：

```json
{
    "code": 200,
    "desc": "",
    "data": {
        "productId": 1,
        "productName": "产品名称",
        "productDesc": "产品介绍",
        "applyNum": 2,
        "productTags": ["性价比高", "超级划算"],
        "promotionInfo": ["满就减", "超值换购"],
        "clikcCount": 99,
        "userInfo": {
            "userName": "张三",
            "address": "上海浦东"
        }
    }
}
```

## 4.5.3 设计数据库表

在微服务改造阶段不建议对历史表做任何字段的变动，以免影响老系统。虽然历史设计的表字段在现阶段可能不太合理，但是建议在完成所有服务重构之前不要对其进行改动。

### 1. 梳理数据库表

◎ product 为产品基础信息表，包含产品名称、产品介绍、可申请期数、利率等，如表 4-2 所示。

表 4-2　产品基础信息表

| product | |
|---|---|
| 字段名称 | 含　义 |
| id | 主键 |
| product_name | 产品名称 |
| product_desc | 产品介绍 |
| apply_terms | 可申请期数 |
| …… | …… |

◎ product_tag 为产品标签表，包含产品标签的名称等，如表 4-3 所示。

表 4-3　产品标签表

| product_tag | |
|---|---|
| 字段名称 | 含　义 |
| id | 主键 |
| tag_name | 产品标签的名称 |

◎ product_tag_map 为产品和标签关系映射表，一个产品可对应多个标签，如表 4-4 所示。

表 4-4　产品和标签关系映射表

| product_tag_map | |
|---|---|
| 字段名称 | 含　义 |
| id | 主键 |
| product_tag_id | 标签 ID |
| product_id | 产品 ID |

◎ promotion 为促销活动表，包含促销活动信息，比如"打折""满减"等，如表 4-5 所示。

表 4-5　促销活动表

| promotion | |
|---|---|
| 字段名称 | 含　义 |
| id | 主键 |
| promotion_name | 活动名称 |

◎ product_promotion_map 为活动对应产品的关联关系表，一个产品可以有多个活动，如表 4-6 所示。

表 4-6　活动对应产品的关联关系表

| product_ promotion_map | |
| --- | --- |
| 字段名称 | 含　义 |
| id | 主键 |
| product_id | 产品 ID |
| promotion_id | 活动 ID |

◎ user_order 为用户订单表，包含用户的订单信息，如表 4-7 所示。

表 4-7　用户订单表

| user_order | |
| --- | --- |
| 字段名称 | 含　义 |
| id | 主键 |
| user_id | 用户 ID |
| order_no | 订单号 |
| product_id | 产品 ID |

◎ click_history 为点击事件记录表，记录用户每次所点击产品的情况，如表 4-8 所示。

表 4-8　点击事件记录表

| click_history | |
| --- | --- |
| 字段名称 | 含　义 |
| id | 主键 |
| user_id | 用户 ID |
| product_id | 产品 ID |

◎ product_comment 为产品评论录表，包含用户对产品的评论情况，如表 4-9 所示。

表 4-9　产品评论表

| product_comment | |
| --- | --- |
| 字段名称 | 含　义 |
| id | 主键 |

| product_comment | |
| --- | --- |
| 字段名称 | 含　　义 |
| user_id | 用户 ID |
| context | 评论内容 |

## 2. 使用数据库模式划分服务

根据微服务的无状态、可重用、自治原则等特性，参考数据库模式将每个服务对应的表做了如下分解，如表 4-10 所示。

表 4-10　每个服务对应的表

| 服务名称 | 名称描述 | 涉及的表 |
| --- | --- | --- |
| basics-product | 产品基础服务 | product |
| basics-tag | 产品标签服务 | product_tag |
| | | product_tag_map |
| basics- promotion | 促销服务 | promotion |
| | | product_promotion_map |
| basics-order | 订单服务 | user_order |
| basics-clickhistory | 计数服务 | click_history |
| basics-comment | 评价服务 | product_comment |

## 3. 调用逻辑视图

调用逻辑视图如图 4-8 所示。

◎ back 层：back 层是服务聚合层，接收客户端发起的请求，把协议由 HTTP 转换为 RPC，所有和业务相关的代码写在 back 层。

◎ basic 层：basic 层是原子服务层，对外屏蔽数据操作。

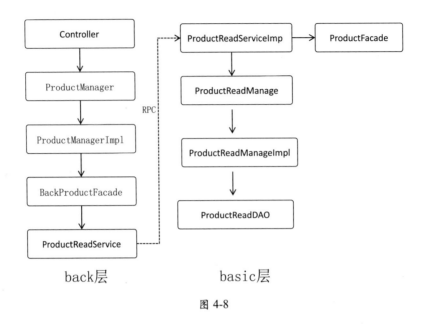

图 4-8

## 4.5.4　代码结构模型

以 basics-productservice 为例，其属于原子服务层，全部以 jar 方式启动。其工程结构包括 api 层（消费者依赖）、service 层、business 层、facade 层、model 层。工程结构如下。

```
basics-productservice
basics-product-api
basics-product-business
basics-product-facade
basics-product-model
basics-product-service
pom.xml
```

basics-productservice 工程中各模块的具体说明如下。

（1）basics-product-api：为接口（api）层。该模块依赖 basic-product-model 模块，如外部服务需要获取与 product 相关的数据，则在 pom.xml 中依赖该模块即可。该模块至少包括 ProductReadService 和 ProductWriteService 这两个 Java 文件，文件命名规则是"表名称+ReadService"或"表名称+WriteService"。

ProductReadService 接口提供了根据各条件查询产品信息的只读服务，具体代码如下。

```
public interface ProductReadService {
// 根据条件获取单个 ProductDTO 的 DTO 对象
public ProductDTO getProductService(ProductDTO inputDTO);
// 根据条件获取单个 ProductDTO 的分页对象
public PageResultDTO<ProductDTO> selectProductPageService(ProductDTO
 inputDTO);
// 查询服务条件的记录数
public int countProductService( ProductDTO inputDTO );
// 根据条件获取一个 List 类型的 ProductDTO 对象
public List<ProductDTO> queryProductService (ProductDTO inputDTO);
}
```

ProductWriteService 提供产品写入服务，具体代码如下。

```
public interface ProductWriteService {
    public int insertProductService( ProductDTO inputDTO );
    public int updateProductService( ProductDTO inputDTO );
    public int deleteProductService( ProductDTO inputDTO );
}
```

（2）basics-product-service：为接口实现层，实现 api 层的所有接口，同时包含 DTO 对象和 PO 对象互转的方法，依赖 basics-product-api、basics-product-business 和 basics-product-facade 模块。以 ProductReadServiceImpl 为例，它实现了 ProductReadService 接口。从 ProductReadManage 中获取的对象都是 ProductPO 对象。切记不允许直接输出 PO 对象，需要将 PO 对象转成 DTO 对象才可以输出。同样的原则，查询条件是 ProductDTO 对象需要转为 ProductPO 对象后，才能调用 ProductReadManage 对应的类。每个工程都会提供一个工具类来负责DTO对象和PO对象的互转,工具类的命名方式是"表名称+Converter"，如 ProductConverter。

```
@Service("productReadService")
public class ProductReadServiceImpl  implements ProductReadService {
@Autowired
private ProductReadManage productReadManage;
public ProductDTO getProductService(ProductDTO inputDTO){
  return ProductConverter.toDTO(productReadManage.
  getProductService(ProductConverter.toPO(inputDTO)));
}
  @Override
public PageResultDTO<ProductDTO> selectProductPageService(ProductDTO
  inputDTO){
        ProductPO po = ProductConverter.toPO(inputDTO);
```

```
        Pagination page = new Pagination();
        page.setLimitStart(inputDTO.getLimitStart());
        page.setPageNo(inputDTO.getPageNo());
        page.setPageSize(inputDTO.getPageSize());
        Optional.ofNullable(inputDTO.getOrderBy())
        .ifPresent(page::setOrderBy);
        PageResult<ProductPO> poPage =
        productReadManage.selectProductPageService(po,page);
        List<ProductPO> poList = poPage.getList();
        if(Objects.isNull(poList)) {
         return PageResultDTO.<ProductDTO>builder().build();
         }
        List<ProductDTO> dtoList = poList.stream().map(src->
        ProductConverter.toDTO(src)).collect(Collectors.toList());
        return   PageResultDTO.<ProductDTO>builder().
        pageNo(poPage.getPageNo()).pageSize(poPage.getPageSize())
        .list(dtoList).build();
     }
   @Override
    public int countProductService( ProductDTO inputDTO ){
        ProductPO po = ProductConverter.toPO(inputDTO);
        return productReadManage.countProductService(po);
   }
    @Override
     public List<ProductDTO> queryProductService (ProductDTO inputDTO){
    ProductPO po = ProductConverter.toPO(inputDTO);
    List<ProductPO> list = productReadManage.queryProductService(po);
        if(Objects.isNull(list)) {
        return new ArrayList<ProductDTO>();
     }
      return list.stream().map(src->
        ProductConverter.toDTO(src)).collect(Collectors.toList());
     }
}
```

（3）basics-product-bussiness：属于 DAO 层，在 DAO 层做相关数据的处理，包括
MyBatis 的 sqlMap 的配置文件及 PO 对象，代码如下。

```
public interface ProductReadManage {
public ProductPO getProductService(ProductPO po);
public PageResult<ProductPO> selectProductPageService(ProductPO po,
    Pagination page);
```

```
    public int countProductService( ProductPO po );
    public List<ProductPO> queryProductService(ProductPO po);
}

public class ProductReadManageImpl extends BaseReadManager<ProductPO>
 implements ProductReadManage {
    @Autowired
    private ProductReadDAO productReadDAO;
        @Override
public ProductPO getProductService(ProductPO po){
      return  productReadDAO.findByPO(po);
   }
  @Override
public PageResult<ProductPO> selectProductPageService(ProductPO po, Pagination
 page){
        page.setLimitStart((page.getPageNo()) * page.getPageSize());
        PageResult<ProductPO> result = new PageResult<ProductPO>();
        List<ProductPO> list = productReadDAO.findOfPage(po, page);
        int count = productReadDAO.countOfPage(po);
        result.setList(list);
        result.setTotalSize(count);
        result.copy(page);
        return result;
    }
      @Override
    public int countProductService( ProductPO po ){
            return productReadDAO.countOfPage(po);
      }
      @Override
    public List<ProductPO> queryProductService(ProductPO po){
      return  productReadDAO.findAll(po);
    }
}
```

上述代码都是通过团队研发的工具自动化生成的，实现了业务的增删改查功能，此时产品基础服务已经开发完成。工程结构、代码框架及文件命名规范都是由工具生成的，每个基础服务的代码框架和命名规则都符合同一规则，开发人员对于任何新服务都能明确入口在哪里，在哪个模块写什么样的代码，并可保证按规范要求来做开发。这也是保障项目质量不可或缺的一个环节。

接下来就需要根据接口文档做定制开发了。一般来说，原子服务层和聚合层是由不同的团队开发的，原子服务层不关注业务逻辑，而是关注接口的效率、稳定性和吞吐量；聚合层与前端交互，该层更贴切业务，以业务实现为重点。对外发布的 api 层定义也在聚合层完成。

（4）编写聚合层代码。原本产品详情页接口是通过 SQL 多表 join 方式查询数据的，但在微服务架构下此功能被拆分成多个原子服务。首先，聚合层接收客户端的请求，然后把 HTTP 请求转换成 RPC 请求来调用多个原子服务，最后根据接口文档所描述的结构组装报文，并将该报文返回给客户端。具体改进方案如下。

◎ 聚合层接收客户端的请求，并调用多个原子服务。
◎ 原本使用 SQL 的 join 语法实现的业务功能，需要改成单表查询，并将查询结果在内存中进行数据组装，如图 4-9 所示。

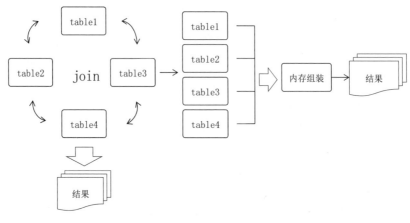

图 4-9

如图 4-9 所示，在单体应用阶段，多表 join 查询很多，原因是开发速度快，对一个复杂的需求，只需编写复杂的 SQL 语句就可以完成。况且程序员都会写 SQL 语句，上手非常简单。但其缺点也很明显：将所有的流量压力都下沉到了数据库中，一旦数据库出现性能问题，或者因慢 SQL 语句导致数据库的 CPU 占用率非常高，则整个应用会直接瘫痪。另外，多表 join 查询也不利于后续的数据分片处理。

在微服务架构体系下需要把所有多表 join 查询都拆分为单表查询，将查询结果在内存中做聚合处理。例如，根据产品 ID 获取该产品对应标签的功能需求就是一个典型案例：首先，策略分析人员在分析运营数据后总结一系列标签，标签的定义会被写入 product_tag 表（标签表）中；然后，运营人员在编辑产品时会给产品打上标签，数据被写入 product_tag_map 表中（产品和标签关系映射表），将产品 ID 和标签 ID 做映射，一个产品存在多个标签。这种需求在微服务中的实现方式如下。

（1）根据产品 ID，查询该产品所对应的标签 ID 列表。

（2）根据标签 ID，查询该标签所对应的标签信息。

（3）在内存中将标签 ID 和标签信息一一匹配。

根据产品 ID，获取该产品所对应的标签列表的具体代码如下。

```
public List<String> queryProductTagsByProductID(Integer productId) {
  List<ProductTagMapDTO> tagsList =
  productTagMapReadService.queryProductTagMapService(ProductTagMapDTO.builder()
  .productId(productId).build());
  // 根据产品 ID，查询该产品所对应的标签（tag）列表
  List<String> tagsNameList = tagsList.stream().map(tag ->
  productTagReadManage.getProductTagService(ProductTagPO.builder()
  .id(tag.getProductTagId()).build()).getTagName()// 查询 tagId 所对应的标签名称
        ).collect(Collectors.toList());
        return tagsNameList;
}
```

获取产品详情页的相关代码如下。

```
@RequestMapping("/product/detail")
@ResponseBody
public  RespDTO getProductDetailByID(Integer id){
 ProductDTO productDTO =
 productReadService.getProductService(ProductDTO.builder().id(id).build());
 List<String> tagsList =
 productTagReadService.queryProductTagsByProductID(id);
 int countClickHistory = clickHistoryReadService.
 countClickHistoryService(ClickHistoryDTO.builder()
 .productId(id).build());
 int applyNum = userOrderReadService.
 countUserOrderService(UserOrderDTO.builder().productId(id).build());
 List<String> promotionList =
 promotionReadService.queryPromotionListByProductID(id);
 ProductDetailVO vo =ProductDetailVO.builder()
        .clikcCount(countClickHistory)
        .productTags(tagsList)
        .promotionInfo(promotionList)
        .productName(productDTO.getProductName())
```

```
        .applyNum(applyNum).build();
    clickHistoryWriteService.insertClickHistoryService
    (ClickHistoryDTO.builder().productId(id).build());// 记录一次点击事件
        return  RespDTO.builder().code(0).data(vo).build();
    }
```

考虑到篇幅问题，这里省略了一些判断逻辑的代码。上述代码实现了在接口协议中要求的字段，总体思路是 getProductDetailByID 依次调用需要消费的服务，聚合每个服务返回的结果并返回给客户端。

## 4.5.5 服务发布上线

微服务版的产品详情页接口是重构了单体应用的产品详情页接口，而且在接口协议上完全兼容老版本接口，因此在 App 端无须做任何改动。虽然在测试和预发环境下该接口已经验证通过，但这并不能确保上线后其一定能正常运行。针对这个潜在风险，在新接口上线前需要考虑应急方案，万一新接口出现问题，就要求该产品版本在最短时间内快速回滚，以减少事故影响的范围。最后的方案是在 Nginx 服务器上根据接口请求的 URL 地址做流量分割，在新接口前期分配少量流量。万一新接口有问题，直接把 Nginx 的配置还原，全部走原始接口。整体调用流程如图 4-10 所示。

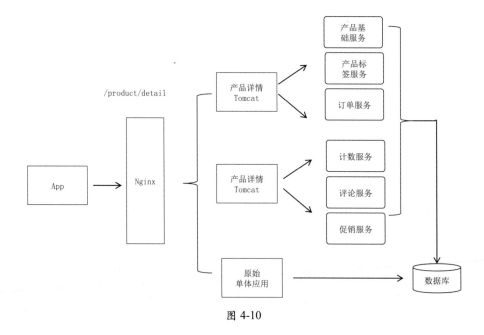

图 4-10

App 调用后端提供的接口，调用请求会进入 Nginx 负载均衡层。此时，通过调整轮训的权重值来调整新版接口所需承载的外部流量大小。Nginx 的 conf 侧配置如下。

```
upstream back_prod_detail {
    server 10.47.105.103:8080 weight=1;
    server 10.47.105.104:8080 weight=1;
    server 10.47.105.105:8080 weight=1;
    server 10.47.105.106:8080 weight=1;
    server 10.27.214.228:8080 weight=24;
    server 10.27.214.229:8080 weight=24;
    server 10.27.212.57:8080 weight=24;
    server 10.27.212.58:8080 weight=24;
 }
 server {
     listen      80;
     server_name xxx.com ;
  location /product/detail {
        proxy_set_header Host $host;
        proxy_set_header X-Real-IP $remote_addr;
        proxy_pass http://back_prod_detail;
  }
}
```

线上过渡阶段的流量分配比例及试验周期如下。

（1）1%：周期为 1 天。

（2）10%：周期为 1 天。

（3）50%：周期为 3 天。

（4）100%：直接替换老的接口。

◎ Nginx 匹配请求的 URL 参数。如果在请求地址中包含/product/detail 参数，则该请求被转到产品详情页的 Tomcat 服务器中。
◎ 如果在请求中不包含指定的/product/detail，则该请求仍然被转到原先的单体应用中。
◎ 产品详情页依次调用后端服务，组成对象后返回给 App 端，完成客户端的请求。
◎ 产品基础服务、产品标签服务都被单独部署在独立的服务器上，但仍连接同一个数据库。

通过回顾此次产品详情页的微服务功能改造过程，我们熟悉了如何拆分服务，意识到了工程标准化的重要性，也理解了原本多表联合查询方案转成单表查询后在内存中聚合的方法。但是，整个过程似乎少了一些项目上的优化，产品详情页的打开速度并没有提升多少。

## 4.6　线上问题及解决方案

微服务架构的核心点之一就是数据的去中心化，即每个服务都有自己私有的业务数据库，而且只能访问业务自己的数据库，如需要访问外部数据库，则必须通过外部服务提供的接口访问。数据去中心化进一步降低了微服务之间的耦合度，同时提高了服务的稳定性，不会因为某个接口的 SQL 语句性能差而影响数据库的整体性能，以致服务整体出现问题。在本例中，虽然第一个产品详情页的微服务模块已上线运行，但是并没有做去中心化的工作。实际上，新老系统仍连接到同一个数据库，一旦数据库出现性能问题，则所有服务都不可用。在墨菲定律中讲到"不要心存侥幸，你担心的事情一定会发生"。事实正是如此，详情页重构版的服务在上线后仍经常出现问题，比如下面这些问题。

### 4.6.1　服务线程池满

经常有客服反馈服务响应非常慢，甚至出现异常。技术人员通过后台日志查询发现了错误信息："Caused by: java.util.concurrent.RejectedExecutionException: Thread pool is EXHAUSTED! Thread Name: DubboServerHandler-XX.XX.XX.XX:XXXX, Pool Size: 200 (active: 200, core: 200, max: 200, largest: 200)"。因为所有服务设置的都是固定的线程池数，技术人员看到这样的错误日志后潜意识地认为是由于默认线程池（默认值为 200）太小所致，于是将 Dubbo 线程池的大小由 200 改为 500。但是在运行一段时间后，发现改为 500 后线程池很快就满了，再改为 1000 后线程池很快又满了，扩容服务器数量后发现线程池仍很快满了，但是服务器的 CPU 和内存占用率都较低。技术人员通过排查最终发现，数据库有大量的慢查询 SQL 语句，这导致数据库的性能出现问题，服务请求响应时间变长，当有高并发请求时会把 Dubbo 线程池打满。其解决方案就是优化慢查询 SQL 语句，尽可能降低数据库的压力，数据库 CPU 的占用率需要保持在 30%的水平。

优化 SQL 语句只是暂时掩盖了问题，对系统的稳定性没有显著提升，对可扩展性也没有太大的帮助。所有矛盾点都集中在数据库上。如果不完成数据的去中心化工作，就算完成所有功能的服务化改造，微服务架构也是不稳定的。按照微服务设计模式中的数据库模式，标准的微服务架构应该如图 4-11 所示，每个基础服务都对应一个数据库。

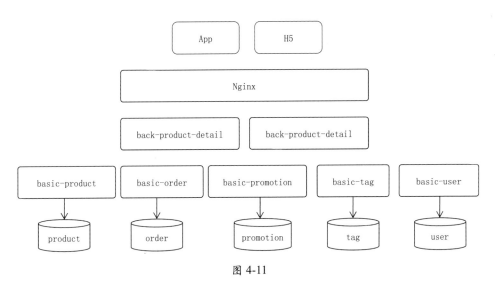

图 4-11

在单体应用中的所有应用都连接同一个数据库，一旦数据库有性能问题，就会导致应用宕机。在实施微服务架构初期，重点以服务化为主，实施服务的拆分，以及聚合层、原子服务层的划分，每个原子服务都可以通过配置来连接数据库。但是，在这个阶段不建议做真正的分库操作。在微服务后期，我们可通过数据同步、订阅 binLog 等方式做真正的分库操作。数据迁移的整体过程如图 4-12 所示。

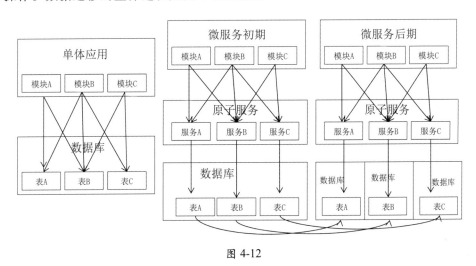

图 4-12

考虑到新老系统兼容存在的现状，我们不能把数据表直接从数据库中剥离，因为老系统有很多业务功能是使用 SQL 的 join 语法来查询这些表的。当然，去中心化也有一些非常规的做法，我们称之为"冗余法"，即对老系统所依赖的数据库中的表不做任何变动，对每个服务所需的表在新的独立数据库中都重新创建，表中的数据采用增量同步方式操作。具体做法有增量同步或 binLog 同步。

◎ 增量同步：将需要增量同步的表增加一个 update_time 字段，该字段需要创建索引，且所有 insert、update 操作都必须更新 update_time 的值为当前系统时间。在系统中新增 is_deleted 字段表时进行逻辑删除，即将所有 delete 语句都改为 update 语句，不允许物理地删除数据。针对原始表创建一个定时任务，扫描最新变更的记录。针对目标表先做 update 操作，如果返回结果的行数大于 0，则成功，否则执行 insert 操作。

◎ binLog 同步：订阅业务库的 binLog 日志，将 binLog 日志解析为 SQL 语句，写入微服务的新表中，完成数据同步。

## 4.6.2  数据库的 CPU 占用率飙高

偶发性地出现系统反应较慢，用户无法操作。此时观察日志可以发现，后端有大量服务同时抛出线程池满的异常。通过观察 MySQL 数据库，发现数据库服务器的 CPU 占用率飙升到 95% 以上，但当时的用户访问量并不大，那是什么原因导致 CPU 占用率如此之高的呢？相关人员经过分析后发现，当时存在将全部用户表的数据一次性拉取出来的情况。当时的注册用户量已达到几千万，一旦出现全表查询，则必然导致 CPU 占用率高。持久层框架 MyBatis 的 SQL 文件如下。

```xml
<select id="findById" parameterType="com.***.po.UserPO" resultMap="userMap">
    SELECT
    <include refid="userColumns" />
    FROM user
    <where>
        <if test="po.mobilephone != null">
            and mobilephone = #{po.mobilephone}
        </if>
    </where>
</select>
```

SQL 文件是由工具自动化生成的，根据传入的 PO 对象来查询用户信息。但是，如果传入的是空的对象，那么会导致全表查询 user 表，并导致数据库的 CPU 占用率飙升到近 100%。所以在数据库访问层执行拦截判断，如果 SQL 语句没有 where 条件，则由中间件直接抛出异常。

### 4.6.3  无止境的循环依赖

在微服务架构模式下,我们要求服务之间只能通过接口调用获取数据。原则上,只要是发布出来的接口,就可以被任何服务调用,这样可能会形成 A 调用 B,B 又调用 A,最终导致 RPC 服务出现循环依赖调用的情况。服务之间的依赖不可避免。为了避免循环依赖调用,开发过程中的服务调用方式最终约定如下。

◎ 原子服务层:主要做数据库的操作和一些简单的业务逻辑,不允许调用其他任何服务。

◎ 聚合层:允许调用基础服务层,完成复杂的业务逻辑聚合操作,聚合层之间不允许相互调用。

当然,在某些情况下,原子服务 A 在启动时确实需要依赖原子服务 B 的数据,而原子服务 B 在启动时又依赖原子服务 A 的数据。针对这种情况,可以把相互依赖的数据再次抽离为独立的服务 C,如图 4-13 所示。

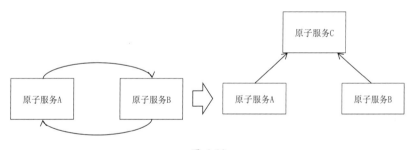

图 4-13

截至目前,我们已将产品详情页的功能从老系统中剥离,完成了对一个高频访问模块的服务化改造。我们在这个过程中也积累了一些实施微服务的经验,比如服务拆分、服务数据聚合及数据去中心化操作。将单体应用架构改造成微服务架构是一个痛苦的过程,新增需求需要持续迭代,老系统还需要维护。因此,建议小步快跑、高频替换,在一个模块改造后就上线一个模块。不建议一次性重构完整个系统后再上线,这样会导致系统的风险不可控。

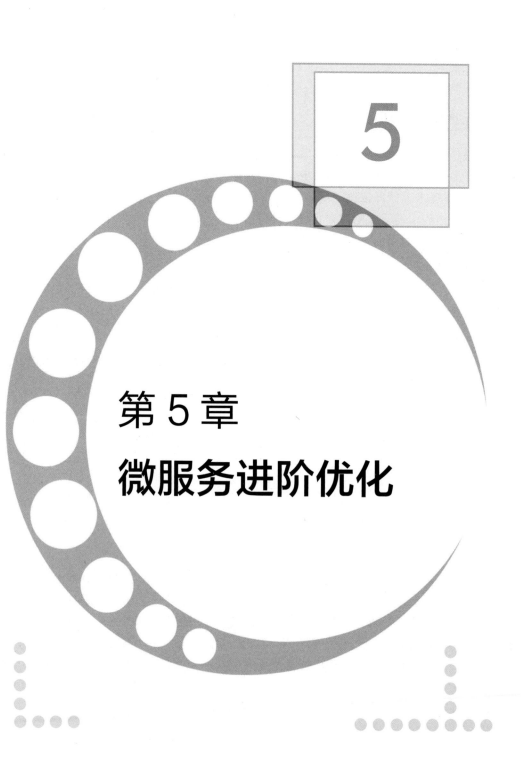

5

第 5 章

微服务进阶优化

很多人认为把内部接口调用换成 RPC 调用，然后使用微服务的数据库设计模式把每个服务都对应一个数据库，就完成了微服务改造。其实这只完成了一部分基础工作，这些改动在微服务架构体系下也只是冰山一角。微服务的核心是分而治之和细致打磨：首先将巨大的单体式应用分解为多个服务来解决复杂性问题；然后细致地逐个"打磨"服务，使服务运行得更快、更稳定。本章将从多级缓存、串行转并行、熔断与降级、服务限流、接口的幂等性、分布式事务、解耦及流量削峰等角度，讲解如何让服务运行得更快、更稳定。

## 5.1　缓存分类

现在，各种 App、小程序层出不穷，用户在手机上就可以完成几乎所有日常生活需求，各大厂商也都在争抢 C 端用户。而接口响应时间等因素直接影响了 C 端用户对产品服务质量的感知和判断，进而影响其满意度和忠诚度。一些抽样调查的数据显示，用户在潜意识中认为网站打开的速度较快，其质量就更高、更可信、更有趣。若网站打开的速度越慢，用户的挫败感就越强，其对网站的可信性和质量会产生怀疑，甚至忘记下一步要做什么。

有趣的是，全球知名的某市场研究公司曾经通过一项调查给出了用户可容忍的延迟时间。

◎ 0.1s：用户对该延迟时间无感知，我们也无须为用户展示特殊的加载过程。

◎ 1s：用户对该延迟时间能稍微察觉，但不会被打断思路。所以对于 0.1s～1s 的延迟时间，无须为用户展示特殊的加载过程，但其实用户的流畅操作已经受到影响。

◎ 10s：这是不让用户分心的一个极限时间。延迟时间超过 10s，用户就会希望执行其他操作，甚至放弃使用当前功能。

Google 公司做过一个试验：每页显示 10 条搜索结果的页面载入需要 0.4s，每页显示 30 条搜索结果的页面载入需要 0.9s，后者使 Google 总的流量和收入减少了 20%。Amazon 的统计也显示了相近的结果：首页打开时间每增加 100ms，网站的销售量就会减少 1%。

种种研究结果表明，这是一个速度为王的时代，谁的服务响应速度快，谁就有可能成为垂直行业里面的巨头。当然，提高系统访问速度的方式有很多：增加带宽，提高服务器的硬件设备配置，等等。但从系统架构角度来看，从全局考虑，缓存是为提升系统性能而优先使用的法宝。

缓存一般分为客户端缓存、浏览器缓存、CDN（Content Delivery Network，内容分发网络）缓存、Nginx 缓存、本地缓存、分布式缓存，每个缓存所处的阶段也不一样，如

图 5-1 所示。

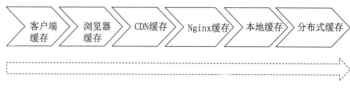

图 5-1

## 5.1.1　CDN 缓存

CDN 是构建在网络之上的内容分发网络，其依靠用户访问相对集中的地区或网络中的缓存服务器，利用全局负载技术将用户的访问指向距离最近且工作正常的缓存服务器，由缓存服务器直接响应用户的请求，从而减少网络拥塞和提高系统访问速度。CDN 的优势是利用在各地部署的缓存服务器，通过中心平台的负载均衡、内容分发、调度等功能模块来做内容存储和分发，网站中的 CSS、HTML、JavaScript、图片等静态资源都可以被推送到 CDN。

这里讲解一个 App 从启动到打开页面再到显示结果所经历的流程，如图 5-2 所示。

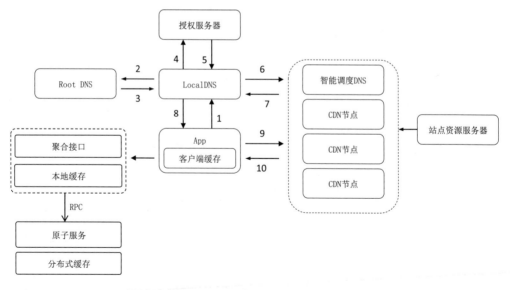

图 5-2

（1）App 客户端会在本地缓存部分静态资源。如果没有命中本地缓存数据，则会到资源服务器上获取资源，这时会直接请求 CDN。

（2）App 客户端请求后端聚合接口，聚合接口先查询本地缓存。如果未命中本地缓存数据，则会发起 RPC 远程调用原子服务来获取数据。

CDN 查询的流程如下。

（1）用户输入访问的域名，操作系统向 LocalDNS 查询域名的 IP 地址。

（2）LocalDNS 向 Root DNS 查询域名的授权服务器。

（3）Root DNS 将域名授权 DNS 记录回应给 LocalDNS。

（4）LocalDNS 得到域名的授权 DNS 记录后，继续向域名授权 DNS 查询域名的 IP 地址。

（5）域名授权 DNS 查询域名记录后，回应给 LocalDNS。

（6）LocalDNS 得到域名记录后，向智能调度 DNS 查询域名的 IP 地址。

（7）智能调度 DNS 根据一定的算法和策略，将最适合的 CDN 节点 IP 地址回应给 LocalDNS。

（8）LocalDNS 将得到的域名 IP 地址回应给客户端。

（9）用户得到域名 IP 地址后，访问站点资源服务器。

由此可以看出，采用 CDN 方案后，当需要加载图片等静态资源时。会首先到最近的 CDN 节点下载静态资源。如果 CDN 节点没有缓存数据，才会到服务器端下载资源。这样会提升 App 加载资源的速度。目前各大云服务商都提供了 CDN 加速服务，应用开发端无须做任何开发，只需在 CDN 管理端做相关静态资源的访问域名配置即可。

## 5.1.2 本地缓存

本地缓存指的是，将服务器本地的物理内存划分出一部分来缓存响应给客户端的数据。其最大的优点是，应用和缓存都在同一个进程内部，没有网络开销延时，缓存中数据的获取效率非常高效。这类缓存一般都在 JVM（Java Virtual Machine，Java 虚拟机）堆空间内。由于容量受限制，会影响到 GC，因此一般使用本地缓存来缓存一些并发访问量特别高且能在短时间内容忍与数据库不一致的数据。本地缓存的典型代表为 Guava、Ehcache、

Caffeine。

### 1. Guava

在 Java 开发中，一些集合或字符串的处理有些冗余，代码也不优雅，所以 Google 内部开发了一套 Google Collections 集合库，提供字符串处理、集合、并发、I/O、反射等函数工具箱。后来这个集合库被开源，它就是 Guava。Guava 提供的 Cache 模块功能非常强大，其默认支持 LRU 策略。在项目中使用 Guava 时需要引入 pom 的依赖：

```
</dependency>
  <groupId>com.google.guava</groupId>
  <artifactId>guava</artifactId>
  <version>28.2-jre</version>
</dependency>
```

Guava 目前提供了 Cache 方式和 LoadingCache 方式构建本地缓存。

1）通过 Cache 方式构建本地缓存

通过 Cache 方式构建本地缓存的代码如下。

```
Cache<String, String> cache = CacheBuilder.newBuilder()
  .initialCapacity(10) // 缓存的初始值
  .maximumSize(100) // 设置缓存的最大数量
  .expireAfterWrite(1, TimeUnit.MINUTES)
  .concurrencyLevel(10) // 设置并发级别为10
  .recordStats() // 开启缓存统计
  .build();
```

通过 put 方法可以向本地缓存中写入具体的缓存内容，具体代码如下。

```
cache.put("cache_key", "cache_value");
```

通过 key 获取缓存数据时，如果当前 key 缓存的数据不存在，则通过 Callable 进行加载并返回。该操作是原子操作，相关代码如下。

```
String cacheValue=cache.get("cache_key", new Callable<String>() {
        @Override
        public String call() throws Exception {
            // 缓存加载逻辑，通过 RPC 调用基础服务的数据
        }
}));
```

2）通过 LoadingCache 方式构建本地缓存

通过 LoadingCache 方式构建本地缓存的代码如下。

```
LoadingCache<String, String> cache = CacheBuilder.newBuilder()
.initialCapacity(10) // 缓存的初始值
.maximumSize(100) // 设置缓存的最大数量
.expireAfterWrite(1, TimeUnit.MINUTES)
.concurrencyLevel(10) // 设置并发级别为10
.recordStats() // 开启缓存统计
 // 获取缓存。当缓存不存在时，通过 CacheLoader 加载并返回
.build(new CacheLoader<String, String>() {
 @Override
 public String load(String key) throws Exception {
 // 缓存加载逻辑，通过 RPC 调用基础服务的数据
 }
});
```

上述两种缓存构建方式的使用场景相同，一般在使用时需要注意并发级别、最大存储数量、缓存失效时间、缓存刷新策略等重要参数的设置。相关参数的设置方式和意义如下。

（1）缓存的并发级别：concurrencyLevel 设置并发级别的 API，使得缓存支持并发写入和读取。在一般情况下，并发级别被设置为服务器的 CPU 核心数。

（2）最大存储数量：包括缓存的初始数量大小和最大数量大小。

（3）缓存的初始容量：Guava 的缓存使用了分离锁机制，扩容代价非常大。所以，在构建缓存时，可以通过 initialCapacity 为缓存设置一个合理的初始容量，减少缓存容器的扩容次数。

（4）数量规划：基于最大数量的回收策略非常简单。只需指定缓存的最大数量 maximumSize，缓存会在达到 maximumSize 时，先从当前缓存的对象记录中选择一条记录删除，并回收内存中的 key。

（5）缓存的失效策略：缓存的失效策略分为固定时间失效策略和相对时间失效策略。

◎　固定时间失效策略。例如，构建一个写入数据 1 分钟后失效的缓存：

```
CacheBuilder.newBuilder()
  .expireAfterWrite(Duration.ofMinutes(1))
  .build();
```

◎ 相对时间失效策略：一般相对于访问时间，例如，构建一个 1 分钟内没有访问就失效的缓存：

```
CacheBuilder.newBuilder()
       .expireAfterAccess(Duration.ofMinutes(1))
       .build();
```

（6）缓存刷新策略：在实际应用中，一般使用定时刷新机制。在设置缓存定时刷新策略时，需要指定缓存的刷新间隔，以及用来加载缓存的 CacheLoader 方法。在达到刷新时间间隔后，下一次获取缓存时，会调用 CacheLoader 的 load 方法刷新缓存。例如，构建一个刷新频率为 1 分钟的缓存，其代码如下。

```
CacheBuilder.newBuilder()
  // 设置缓存在写入 1 分钟后，通过 CacheLoader 的 load 方法进行刷新
   .refreshAfterWrite(Duration.ofMinutes(1))
   .build(new CacheLoader<String, String>() {
@Override
public String load(String key) throws Exception {
    // 缓存加载逻辑，通过 RPC 调用基础服务的数据
    ......
}
});
```

### 2. Ehcache

EhCache 是一个纯 Java 进程内缓存框架，支持以内存、磁盘方式存储，不用关心容量问题，支持多缓存管理器实例，并提供了 LRU、LFU 和 FIFO 缓存淘汰算法。使用 EhCache 时的流程如下。

（1）在项目的 pom.xml 文件中引入相关依赖：

```
<dependency>
    <groupId>net.sf.ehcache</groupId>
    <artifactId>ehcache</artifactId>
    <version>2.10.2</version>
</dependency>
```

（2）在 resources 目录下增加 ehcache.xml 的配置文件：

```
<?xml version="1.0" encoding="UTF-8"?>
<ehcache xmlns:xsi="http://www.w3.org/2001/XMLSchema-instance"
 xsi:noNamespaceSchemaLocation="http://ehcache.org/ehcache.xsd">
```

```
    <!-- 磁盘缓存位置 -->
    <diskStore path="d:/ehcache"/>
    <!-- 默认缓存 -->
    <defaultCache
    maxEntriesLocalHeap="10000"
    eternal="false"
    timeToIdleSeconds="120"
    timeToLiveSeconds="120"
    maxEntriesLocalDisk="10000000"
    diskExpiryThreadIntervalSeconds="120"
    memoryStoreEvictionPolicy="LRU">
<persistence strategy="localTempSwap"/>
    </defaultCache>
    <!-- 自定义缓存 -->
<cache name="simpleCache"
  maxElementsInMemory="1000"
  eternal="false"
  timeToIdleSeconds="5"
  timeToLiveSeconds="5"
  overflowToDisk="false"
  maxEntriesLocalDisk="1000"
  maxElementsOnDisk="2000"
  diskPersistent="false"
  diskExpiryThreadIntervalSeconds="120"
  memoryStoreEvictionPolicy="LRU"/>
</ehcache>
```

在如上代码中，相关参数的意义如下。

◎ name：缓存的名称，可以通过指定的名称获取指定的某个 Cache 对象。

◎ maxElementsInMemory：内存中允许存储的最大元素个数，0 代表无限个。

◎ eternal：设置缓存中的对象是否为永久对象。eternal="true"表示超时设置将被忽略，缓存中的对象永不失效。

◎ timeToIdleSeconds：设置对象在失效前的允许闲置时间（单位为 s：秒）。仅当 eternal="false"时有效，为可选属性。其默认值是 0，表示可闲置的时间无穷大。

◎ timeToLiveSeconds：缓存数据的生存时间（TTL），也就是一个元素从构建到消亡的最大时间间隔值，该值只能在元素不是永久驻留时有效。如果该值为 0，表示可以停顿无穷长的时间。

◎ overflowToDisk：设置当内存不足时是否启用磁盘缓存。

◎ maxEntriesLocalDisk：当内存中的对象数量达到 maxElementsInMemory 时，Ehcache 将把对象写到磁盘中。

◎ maxElementsOnDisk：硬盘的最大缓存个数。

◎ diskPersistent：是否在 VM（虚拟机）重启时存储硬盘的缓存数据，默认值是 false。

◎ diskExpiryThreadIntervalSeconds：磁盘失效线程的运行时间间隔，默认值是 120s。

◎ memoryStoreEvictionPolicy：达到 maxElementsInMemory 限制时，Ehcache 将根据指定的策略清理内存。默认策略是 LRU（最近最少使用）。可以将其设置为 FIFO（先进先出）或者 LFU（较少使用）。

在 Java 中使用 Ehcache 的具体代码如下。

```
CacheManager cacheManager =
CacheManager.create(Resources.class.getResource("/ehcache.xml"));
Cache cache = cacheManager.getCache("simpleCache");
Element element = new Element("key1", "value1");
cache.put(element);
Element value = cache.get("key1");
System.out.println(value);
System.out.println(value.getObjectValue());
// 删除元素
cache.remove("key1");
// 刷新缓存
cache.flush();
// 关闭缓存管理器
cacheManager.shutdown();
```

### 3. Caffeine

Caffeine 是使用 Java 8 对 Guava 缓存重写的版本，在 Spring Boot 2.0 中默认推荐使用 Caffeine。它基于 LRU 算法实现，支持多种缓存失效策略。与 Guava 相比，其在内存方面做了很多优化。Caffeine 的 API 操作功能和 Guava 基本保持一致，从 Guava 迁移到 Caffeine 也非常方便。在项目中使用 Caffeine 时，只需在 pom 文件中增加依赖即可。以 Caffeine 2.8.0 版本为例，相关代码如下。

```
<dependency>
    <groupId>com.github.ben-manes.caffeine</groupId>
    <artifactId>caffeine</artifactId>
    <version>2.8.0</version>
</dependency>
```

以 Cache 方式构建缓存的代码如下。

```
Cache<String, String> cache = Caffeine.newBuilder()
.expireAfterWrite(10, TimeUnit.MINUTES)
.maximumSize(10000)
.build();
cache.put("key","value");
String key="key";
String cacheValue=cache.get(key, (String)-> {
// 缓存加载逻辑，通过 RPC 调用基础服务的数据
}));
```

## 5.1.3　分布式缓存

本地缓存具有高效、无网络开销等优点，但是一般不做持久化。若遇到服务器宕机、重启、进程崩溃等异常情况时，数据无法及时同步到磁盘上，而且写入缓存中的内容容易丢失，所以在应用中会结合使用本地缓存与分布式缓存。

分布式缓存通常指与业务应用相分离且部署在集群服务器上的缓存服务。业界用得较多的缓存通常是 Redis。该类缓存的最大优势在于，其自身就是一个独立的应用服务。除具备普通缓存的特性外，Redis 还与业务应用相互隔离，多个应用服务可直接共享缓存内容。

Redis 是由 Salvatore Sanfilippo 使用 ANSI C 编程语言编写的开源存储系统，遵循 BSD 协议，支持网络。Redis 是可基于内存，也可持久化的日志型 key-value 数据库，提供了多种编程语言的 API。Redis 中常用的数据类型主要有以下 5 种。

（1）String 类型：String 数据结构是简单的 key-value 类型。value 可以是字符串，也可以是数字，常用的命令有 get、set、incr、decr、mget 等。例如，4.3 节中的统一认证服务使用 token 或者 JWT 来做认证鉴权，都使用了 String 数据结构。通过 "set key value" 语法可把数据存入 Redis，通过 "get key" 语法可获取该 key 对应的 value。

（2）Hash 类型：Hash 是 String 类型的 field 和 value 的映射表，适用于存储对象结构的数据，常用的命令有 hget、hset、hgetall 等。例如，针对已经实名的用户，可以把实名制用户信息通过 Hash 方式存放到 Redis 里，语法为 "hset key field value [field value...]"：

```
127.0.0.1:6379>hset user::1 name Jack
127.0.0.1:6379>hset user::1 age 30
127.0.0.1:6379>hset user::1 level 1
#获取用户信息: hget key field
```

```
127.0.0.1:6379> hget use::1 name
```

在日常开发中，我们经常会遇到使用缓存存储对象的问题，因此在开发过程中要尽量避免以下两个误区。

◎ 误区一：直接使用 JSON 字符串方式在 Redis 中存储用户信息。获取用户信息或者修改用户信息都需要做 JSON 序列化操作，这会增加序列化和反序列化的开销。如果需要修改其中一项信息，则需要先把整个用户信息取回。修改某项信息后再更新 Redis。在执行更新操作时需要引入 CAS 对并发操作进行保护，以免因多人同时修改同一条信息而出现脏数据。

◎ 误区二：使用 set key::filed value 来存放用户信息。这样会产生大量重复的 key，浪费内存空间，因此不推荐使用。例如：

```
127.0.0.1:6379>set 1::name jack
127.0.0.1:6379>set 1::age 30
127.0.0.1:6379>set 1::level 1
```

（3）List 类型：List 是简单的字符串列表。按照插入顺序排序，可以将一个元素添加到列表的头部（左边）或尾部（右边），常用的命令有 lpush、rpush、lpop、rpop 和 lrange 等。例如，在 App 中有用户评论模块，默认显示最新的 20 条评论信息，这时有两种方案可选择：第一种方案，查询数据库，获取已经审核通过的最新的 20 条评论信息；第二种方案，使用 List 类型存放最新评论的评论 ID，在列表页显示评论的具体信息时，再根据 ID 查询评论的详细信息。具体方式如下。

```
#存入评论信息，语法为 lpush key value [value1...]
127.0.0.1:6379>lpush comments_1 1
127.0.0.1:6379>Lpush comments_1 2
127.0.0.1:6379>Lpush comments_1 3
#获取最新的评论信息，语法为 lrange key start stop
127.0.0.1:6379>lrange comments_1 0 19
```

（4）Set 类型：Set 类型是 String 类型的无序集合。集合中的成员是唯一的，在集合中不能出现重复的数据，常用的命令有 sadd、spop、smembers 和 sunion 等。

例如，在我们的 App 中可以对文章内容进行点赞，每个人对同一篇文章都只能点赞一次。这时就可以使用 set 集合来记录点赞数据，语法为 sadd key value。

若 ID 为 1 的用户已为某 ID 为 65 的文章点赞，则相应的代码如下。

```
127.0.0.1:6379>sadd zan::65 1
```

通过 sismember 命令来检测 key 中是否包含指定的 value，语法为 sismember key value，代码如下。

```
127.0.0.1:6379>sismember zan:65 1
```

当我们需要查询对 ID 为 65 的文章点赞的所有用户时，可以通过 smembers 命令来检测该 key 对应的所有 value 列表：

```
redis 127.0.0.1:6379> smembers zan::65
```

（5）Sorted set 类型：Sorted set 有序集合也是 String 类型元素的集合，且不允许有重复的成员。Sorted set 类型要求每个元素都要关联一个 Double 类型的分数。Redis 正是通过分数来为集合中的成员由小到大排序的，常用的命令有 zadd、zrange、zrem、zcard 等。

例如，在评论中允许每个用户都针对产品打分，分值为 0 ~ 20。然后查看用户对指定产品打分的情况，希望找到打 0 ~ 5 分的用户，通过用户回访来了解用户的真实反馈。打分的语法为 zadd key score value，例如：

```
#增加用户评论
redis 127.0.0.1:6379> zadd produt::1 12 1
redis 127.0.0.1:6379> zadd produt::1 10 2
redis 127.0.0.1:6379> zadd produt::1 2 1
#返回打 0~5 分的用户
redis 127.0.0.1:6379> zrangebyscore product::1 0 5
```

## 5.2　微服务缓存优化

4.5 节介绍了如何通过微服务架构模式重构产品详情页。在 4.5 节中实际上只是进行了服务的拆分，仅把内部接口调用换成 RPC 调用，并没有做过多的优化。很显然，其接口吞吐量和响应时间并没有达到预期，且经常出现接口访问超时的现象。因此，本节结合本地缓存和分布式缓存，考虑如何使用多级缓存来优化产品详情页。

### 5.2.1　单级缓存

假设调用产品详情页接口时聚合层要依赖的服务包括产品服务、标签服务、促销服务、计数服务、用户信息服务、用户检测服务等。其中，用户信息服务和用户检测服务必须实时调用后端服务来获取。因此，我们把聚合了产品基本配置服务、产品标签服务、促销服务和计数服务的新对象 ProductDetailVO 序列化后存放在 Redis 中，并把缓存的 TTL 时间设置为 60s。无须主动更新缓存数据，当缓存失效后再重新调用后端的原子服务接口来获取最新数据，并把聚合后的数据再次放入缓存。具体方案如图 5-3 所示。

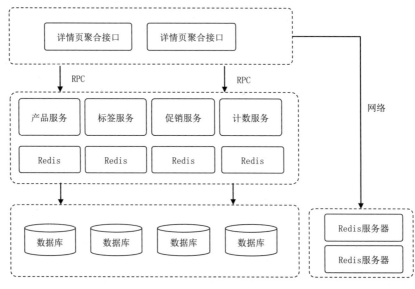

图 5-3

## 5.2.2  多级缓存

单级缓存方案在小流量下正常工作，但是在大流量的冲击下会导致网络流量暴增，热点 key 会集中命中单个 Redis 缓存实例，导致缓存服务器出现热点访问，大量占据内网带宽，最终影响应用层的系统稳定性。另外，在缓存失效后的瞬间，原子服务的接口请求数猛增，流量抖动非常频繁。为解决单级缓存的弊端，可采用本地缓存结合分布式缓存，实现多级缓存方案，即将分布式缓存中的热点数据放在聚合层的本地缓存中，减少分布式缓存和内网 RPC 的调用量，同时在原子服务层前置缓存服务器，以减少数据库的压力。整体架构如图 5-4 所示。

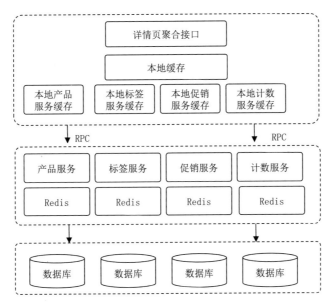

图 5-4

多级缓存方案的执行流程如下。

（1）使用本地缓存替换 Redis 来存放聚合后的结果，使用 JVM 中的内存可以避免网络开销，速度更快。

（2）每个原子服务在聚合层都对应一个本地缓存服务，每个本地缓存的失效时间都可以根据业务形态配置为不同的有效期，将聚合层调用原子服务调整为聚合层先调用本地缓存，如果未命中本地缓存数据，则由本地缓存调用原子服务。

假设根据产品 ID 获取产品的基本信息，调整后的代码样例如下。

```
LoadingCache<Integer, ProductDTO> cache = CacheBuilder.newBuilder()
 .maximumSize(1000)
 .expireAfterWrite(1, TimeUnit.MINUTES)
 .concurrencyLevel(10) // 设置并发级别为10
 .build(new CacheLoader<Integer, ProductDTO>() {
 @Override
 public ProductDTO load(Integer productID) throws Exception {
 // 以 RPC 方式调用后端的原子服务
 return productReadService.getProductByID(productID);
 }
});
```

（3）针对产品详情页的聚合接口需要依赖的原子服务，设置不同接口的本地缓存有效时间：

◎ 产品数据的失效时间为 120s。

◎ 标签数据的失效时间为 300s。

◎ 促销数据的失效时间为 120s。

◎ 计数服务的失效时间为 60s。

假设聚合接口的缓存失效时间仍然为 60s，则在单级缓存方案中一旦 ProductDetailVO 达到缓存设置的 TTL 时间，聚合层就会通过 RPC 方式调用 4 个原子服务。在多级缓存方案中，一旦 ProductDetailVO 达到缓存设置的 TTL 时间，聚合层就会使用查询 CacheLoader 方式调用原子服务，此时只有计数服务缓存过期且需要重新发起调用，其他 3 个服务调用请求都因为命中本地缓存而直接返回数据。多级缓存架构的好处在于减少了 RPC 调用次数，降低了内网带宽的占用率，同时降低了分布式缓存压力。

需要注意的是，虽然本地缓存可以有效减少 RPC 的调用量及内网带宽的占用率，但是在设置缓存失效时间时，技术人员需要和业务方确认能容忍多久的数据不一致性，千万不能因为图快而导致业务数据错误。另外，在缓存使用技巧上推荐采用以下方式。

◎ 失效：程序先从缓存中获取数据，如果未命中缓存数据，则从数据库中查询数据，在查询成功后将数据写入缓存中。

◎ 命中：程序从缓存中获取数据，在获取数据后将数据返回给业务调用方。

◎ 更新：先将数据保存到数据库中，在数据更新成功后再清除缓存。注意，这里使用的是清除缓存，而不是更新缓存，以免因并发写缓存而导致脏数据的出现。

有效利用缓存确实可以显著提升系统的性能，但缓存使用不当也会有副作用。例如，缓存失效时间不好控制，会引发缓存穿透、缓存击穿、缓存雪崩等问题。

## 5.2.3 缓存管理策略

缓存在一定程度上的确能有效地提升系统的性能。为避免缓存的副作用，在使用缓存过程中，需要重点关注缓存失效时间，以及缓存穿透、缓存击穿以及缓存雪崩等问题。

### 1. 缓存失效时间

缓存失效指的是如果对某个内存数据对象设置了过期时间，则用户在数据过期以后应该无法再获取该数据。设置缓存失效时间从理论上来说是保证最终一致性的解决方案：一方面可以避免“僵尸”数据的存在，另一方面可以避免存储空间的浪费。设置缓存失效时间的常见方法如下。

◎ 定时删除：在设置 key 的过期时间的同时，为该 key 创建一个定时器，让定时器在 key 的过期时间来临时对 key 进行删除。但是，引入定时器会增加系统的复杂度。

◎ 自动过期：在设置缓存的同时设置该数据可以存活的时间（Time To Live，TTL），在数据到期后由缓存系统自动清理。

**2. 缓存穿透**

缓存穿透指的是查询一个不存在的数据，系统出于容错性考虑，若查询请求未命中缓存数据，则需要从数据库中查询，查不到数据，则不写入缓存。这样就导致查询这个不存在的数据时每次都查询数据库，造成了缓存穿透。爬虫就是缓存穿透的一种表现。目前常用的解决方案有布隆过滤器和返回空值两种方案。

1）布隆过滤器

布隆过滤器（Bloom Filter）由一个很长的二进制向量（位图）和一系列随机映射函数组成，用于判断一个元素是否存在于集合中。布隆过滤器可以插入元素，但不可以删除已有的元素。它可以将所有已存在的数据“哈希”到一个足够大的 bitmap 中，一定不存在的数据会被这个 bitmap 拦截，从而避免带来底层数据库的查询压力。目前在 Guava 中已经实现了布隆过滤器的方法，代码如下。

```
@Component
public class BloomFilterCache {
public static BloomFilter<Integer> bloomFilter =
 BloomFilter.create(Funnels.integerFunnel(), 10000);
  @PostConstruct
public  void init(){
List<Integer> list=productService.queryAllProductID();
// 初始化加载所有需要被缓存的数据 id
      list.forEach(id ->bloomFilter.put(id));
    }
public  boolean addKey(Integer key){
    return bloomFilter.put(key);
}
public  boolean isCached(Integer key){
    return bloomFilter.mightContain(key);
```

```
    }
  }
```

以上代码中的 BloomFilter 选用了 Guava 提供的第三方包，在服务启动时会调用 init 方法加载所有可以被缓存的数据，并把 id 都放入 boolmFilter 中。当有新增数据时，执行 addKey 可以把新增数据放入 BoolmFilter 过滤器中。在需要使用缓存的地方先调用 isCached 方法，如果返回 true，则表示正常请求；否则，拒绝请求。

2）返回空值

如果一个查询请求在经过查询数据库后返回的数据为空（不管是数据不存在，还是系统发生故障)，则仍然缓存这个空结果，但它的过期时间会很短，比如只有 1 分钟。但是，这种方法对问题解决得不够彻底。

### 3. 缓存击穿

当缓存 key 在某个时间点过期后，刚好在同一时间点有大量的并发请求访问这个已过期的 key，因为 key 未命中缓存，所以程序会查询数据库，此时的高并发请求会占用数据库连接池中的大量连接，直至耗尽连接池中的所有数据库连接，而该程序的其他接口收到外部调用请求时，因获取数据库连接池超时而导致服务提供异常，最终可能引发服务雪崩。缓存击穿可以通过加锁方式减少数据库瞬间的并发访问量，确保高并发场景下同一个时刻相同的 key 只能有一个线程去查询一次数据库。加锁的方式有多种，如果直接使用 synchronized 或 ReentrantLock 等加锁方法，存在锁的粒度太粗，以致请求排队的情况。比如，当同时有 30 个不同 key 的请求一起并发过来时，第一个请求去数据库查询，剩下的 29 个请求则依次排队。所以，在高并发场景下需要以 key 为粒度来加锁，减少请求排队的情况。以 key 为粒度加锁的代码如下。

```
public class LockUtils {
    private static Map<String, LockData> lockDataMap = new HashMap<String,
    LockData>();
    private static Lock lock = new ReentrantLock();
    private static class LockData {
        Lock lock;
        int cachedCount;
    }
    public static void lock(String key){
        lock.lock();
        LockData lockData = lockDataMap.get(key);
```

```
            if(lockData == null){
                lockData = new LockData();
                lockData.lock = new ReentrantLock();
                lockDataMap.put(key, lockData);
            }
            lockData.cachedCount++;
            lock.unlock();
            lockData.lock.lock();
        }
        public static void unlock(String key){
            lock.lock();
            LockData lockInfo = lockDataMap.get(key);
            if(lockInfo != null){
                lockInfo.lock.unlock();
                lockInfo.cachedCount--;
                if(lockInfo.cachedCount == 0){
                    lockDataMap.remove(key);
                }
            }
            lock.unlock();
        }
    }
```

LockUtils 以 key 为维度来加锁，以避免因加锁问题而导致其他线程阻塞。

需要使用锁的代码块如下。

```
public List<String> getData(Integer id) throws Exception {
        List<String> result = new ArrayList<String>();
        result = getDataFromCache(id);
        if (result.isEmpty()) {
            try {
                    LockUtils.lock(id)
                    result = getDataFromCache(id);
if(result.isEmpty()){
                    result = getDataFromDB(id);
                    setDataToCache(result);
}
            }finally{
                LockUtils.unlock(id);
            }
        }
```

```
        return result;
    }
```

### 4. 缓存雪崩

缓存雪崩指的是，在设置缓存时使用了相同的过期时间，导致缓存在某一时刻同时失效，所有的查询都被请求到数据库上，导致应用系统产生各种故障。常用的解决方案有数据加锁控制和数据预加载。

◎ 数据加锁控制：当缓存失效后，通过加锁方式控制读数据库写缓存的线程数量。比如，对某个 key 只允许一个线程查询数据和写缓存，其他线程等待。

◎ 数据预加载：通过缓存重新加载机制预先更新缓存，在即将发生大并发量访问前，手动触发加载缓存；同时，针对不同的 key 设置不同的过期时间，让缓存失效的时间点尽量均匀。

## 5.3　串行转并行

随着需求的迭代、累加和功能的增加，系统越来越多，系统之间的调用也越来越复杂。原本系统中一次请求就可以完成的工作，现在被分散在多个服务中，一次 API 请求需要聚合多个服务的响应。这样就会放大 RPC 调用延时所带来的副作用，影响系统的高性能需求。因此，在架构设计中，需要通过并行调用来尽可能避免 RPC 调用的副作用。

### 5.3.1　串行、并行的概念

在讲解如何将串行调用方式转为并行调用方式之前，先讲解串行、并行、进程、线程、同步、异步的相关概念。我们只有理解了这些概念，才能做出合理的优化。

◎ 串行：指多个任务依次执行，在一个任务完成后再继续执行下一个任务。例如，对于三个任务 A、B、C，在任务 A 执行完成后才能执行任务 B，在任务 B 执行完成后才能执行任务 C。假设任务 A 的执行耗时 T1 秒，任务 B 的执行耗时 T2 秒，任务 C 的执行耗时 T3 秒，那么总的任务执行时间=SUM(T1+T2+T3)。

◎ 并行：指使用计算机的多核处理器同时将不同的任务委派给不同的处理器来执行，以达到同时处理的效果。例如，对于三个任务 A、B、C，各任务之间没有依赖关系，假设任务 A 的执行耗时 T1 秒，任务 B 的执行耗时 T2 秒，任务 C 的执行耗时

T3 秒，那么总的任务执行时间=MAX(T1,T2,T3)。

◎ 进程：指系统中正在运行的一个程序的实例（即一个正在运行的可执行文件）。进程具有一定的独立功能。

◎ 线程：指进程执行的最小单位。在一个进程中至少包含一个线程（主线程），进程中的任务都在线程中执行（主线程或子线程）。

◎ 同步：服务提供方收到调用方发起的请求后，一直等任务完成之后才将数据返回给调用方。同步执行会阻塞线程。

◎ 异步：服务提供方收到调用方发起的请求后立即返回。异步执行不会阻塞线程。

## 5.3.2　将串行调用转为并行调用的方法

在架构设计阶段，我们比较关心架构的性能、可用性、一致性、扩展性和安全性。随着架构的逐步演进，服务会拆分得更细，微服务规模也越来越大，性能会变得越来越重要。我们会针对接口的响应时间和吞吐量进行明确要求。除多级缓存方式外，将串行调用转为并行调用（简称"串行转并行"）也是非常重要的优化方案。

### 1. 识别服务之间的调用关系

在微服务中存在同步调用、异步调用、并行调用、泛型调用这几种调用方式，将串行调用转为并行调用的主要步骤就是识别服务之间的依赖调用关系，确认在哪些场景下可以进行并行调用。

（1）存在输入/输出依赖。如图 5-5 所示，服务 B 的输入依赖服务 A 的输出，服务 C 的输入依赖服务 B 的输出，这种输入/输出相互耦合的场景不适合并行调用。这种情况通常是由于服务拆分得不合理所致——把本该高内聚的服务拆分成多个服务了。

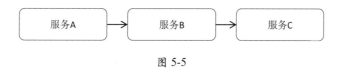

图 5-5

（2）服务间无依赖关系。如图 5-6 所示，若服务间无依赖关系，则可以通过并行调用方式，在聚合层一次性调用服务 A、B、C，然后异步获取调用结果。

图 5-6

（3）先串行，再并行。如图 5-7 所示，聚合层先调用服务 A，在获取服务 A 的返回结果后将其当作入参，并行调用服务 B 和服务 C。

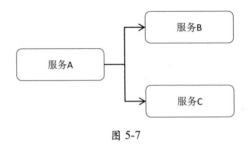

图 5-7

（4）先并行，再串行。如图 5-8 所示，聚合层先并行调用服务 A 和服务 B，然后同步阻塞结果，再把聚合后的结果当作入参来调用服务 C。

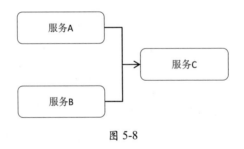

图 5-8

## 2. 并行调用如何返回结果

并行调用通常利用 Future 的特性使用异步方式返回结果。首先定义一组固定大小的线程池，用来并行调用多个依赖服务，例如：

```
ExecutorService executors = Executors.newFixedThreadPool(200);
```

其次，定义聚合层返回的 VO 对象，把 RPC 调用原子服务方法封装为 Callable 方式调用，并把方法返回结果写入 VO 对象中。相关代码如下。

```
Future future=executors.submit(new Callable<Boolean>() {
        @Override
        public Boolean call() throws Exception {
            // RPC 远程调用
            // 将调用结果放入 VO 对象中
            return null;
        }
});
```

最后，把所有返回的 Future 对象都放入 List 中，通过遍历 List 获取 Future 对象，再通过 get 方法获取每个方法的返回结果。相关代码如下。

```
futureList.add(future)
for (Future<Boolean> f : futureList) {
    try {
        f.get(TIME_OUT_TIME, TimeUnit.MILLISECONDS);
    } catch (Exception e) {
    }
}
```

至此，聚合层定义的 VO 对象就包括所有原子服务返回的结果了，从而满足了串行转并行的要求。

### 5.3.3　案例实战

产品详情页使用微服务架构重构后，当 App 的接口访问产品详情页接口时，详情页接口聚合层会依次调用如图 5-9 所示的相关接口。当前接口调用耗时=SUM(产品服务+标签服务+促销服务+计数服务)= 960ms。只要调用链中任意一个接口的响应时间变长，则该接口的整体响应时间就会超过 1s，导致 App 访问接口超时。

图 5-9

为了减少接口的响应时间，我们需要把接口串行调用改为接口并行调用，以减少接口调用的时长。调整方案如图 5-10 所示。调整后整个接口的调用耗时=MAX(产品服务,标签服务,促销服务,计数服务)=350ms。

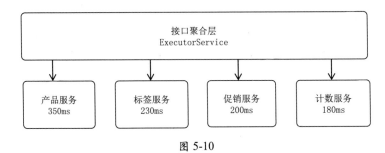

图 5-10

这里使用 Java 8 的 CompletableFuture 类，先把调用后端服务接口的方法放到线程中，再通过 CompletableFuture.allOf 方法等待调用结果，最后通过 Future 的 get 方法异步等待 RPC 调用的结果。

首先，创建一个固定大小为 200 的线程池：

```
final Executor executor = Executors.newFixedThreadPool(200,
    new ThreadFactory() {
    @Override
    public Thread newThread(Runnable r) {
        Thread t = new Thread(r);
        t.setDaemon(true);
        return t;
    }
});
```

其次，把所有调用 RPC 的接口都通过多线程方式并行异步调用：

```
public  RespDTO getProductDetailByID(Integer id) throws  Exception{
CompletableFuture<ProductDTO> productDTOFuture =CompletableFuture
.supplyAsync(() -> {
    try {
     return
  productReadService.getProductService(ProductDTO.builder(id).build());
} catch (Exception e) {
    }
        return null;
        },executor);
CompletableFuture<List<String>> tagsListFuture = CompletableFuture.
supplyAsync(() -> {
try {
```

```
        return  productTagReadService.queryProductTagsByProductID(id);
        } catch (Exception e) {
        }
        return null;
    },executor);
CompletableFuture<Integer> countOrdersFuture =
CompletableFuture.supplyAsync(() -> {
    try {
        return userOrderReadService
.countUserOrderService(UserOrderDTO.builder()
.productId(id).build());
        } catch (Exception e) {
        }
        return null;
},executor);
```

最后, 通过 CompletableFuture.allOf 方法并行发起调用, 将最终结果保存在 ProductDetailVO
对象中:

```
CompletableFuture.allOf(productDTOFuture, tagsListFuture,
countOrdersFuture).get(1000, TimeUnit.MILLISECONDS);
ProductDetailVO vo =ProductDetailVO.builder()
                .clikcCount(countOrdersFuture.get())
                .productTags(tagsListFuture.get())
                .productName(productDTOFuture.get().getProductName())
                .build();
    clickHistoryWriteService.insertClickHistoryService(ClickHistoryDTO.
    builder().productId(id).build());
    return  RespDTO.builder().code(0).data(vo).build();
```

在上述串行改并行的方案中, 通过 CompletableFuture 方式实现了由接口同步调用转变
为接口异步并行调用。如此一来, 虽然产品详情页接口的整体响应时间变短了, 但是聚合
层调用所依赖的原子服务都使用了同一个线程池, 因此在调用过程中可能会出现网络抖
动、网络异常等情况。当某个服务提供者变得不可用或者响应慢时, 就会影响到服务调用
方的服务性能, 甚至会引起因某个服务提供者接口的响应时间长而导致服务调用方占满整
个线程池的情况, 从而引发更严重的服务雪崩效应。为了应对这个风险, 我们可以组合使
用资源隔离策略和熔断与降级策略。

◎ 资源隔离策略: 指每个接口都拥有单独的资源, 比如线程池、数据库连接池等。

◎ 熔断与降级策略: 指在接口的错误率或超时次数达到设定的阈值后, 直接返回预
   设的结果, 而不用调用实际的服务。

## 5.4  服务的熔断与降级

"熔断"这个词来源于金融领域，也叫作"自动停盘"，指的是为控制风险而采取的暂停交易措施。在大中型分布式系统中，一个接口通常会依赖很多服务，在高并发访问下，这些服务的稳定性对系统的影响非常大。但是，服务之间的接口依赖有很多不可控因素：网络连接缓慢、服务响应慢、资源繁忙、服务暂时不可用、服务宕机等。当服务消费者调用的外部服务发生阻塞时，服务消费者的线程池也会被阻塞，最终会消耗线程池中的所有线程，从而影响服务的稳定性。因此，在架构中会引入服务降级和服务熔断机制来避免耗尽线程池中的所有线程。

◎ 引入服务降级的目的：在业务高峰期去掉非核心链路，保障主流程正常运行。

◎ 引入服务熔断的目的：防止应用程序不断尝试可能超时或者失败的服务，使应用程序正常执行而无须等待下游修正服务。

服务降级是针对系统遭遇非正常流量情况下的一种应急措施。由于突发的流量冲击导致系统压力非常大，需要对某些特定服务进行有策略的放弃调用并返回预先设定的结果，以缓解系统压力，保证目前主要业务的正常运行。

服务熔断和服务降级之间有很多的类似点，它们的目的都是保障系统的正常、稳定运行。服务降级的方式有很多种；服务熔断可以被理解为服务降级的一种实现方式。

### 5.4.1  熔断器的工作原理

熔断器有三种状态：关闭、打开、半开（或称为"半打开"）。熔断器从关闭到打开的状态转换是通过比较当前服务的健康状况和熔断器的初始设定阈值来决定的（服务的健康率=请求成功数/请求总数），其具体工作原理如图 5-11 所示。

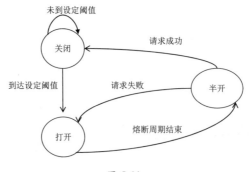

图 5-11

熔断器的状态转换原理如下。

（1）关闭状态：在默认情况下，熔断器处于关闭状态，请求可以被放行；当熔断器统计的失败次数达到设定的阈值或者熔断器被手动打开时，转为打开状态。

（2）打开状态：当熔断器处于打开状态时，所有请求都被拒绝，直接返回失败。在一个设定的时间窗口周期后，熔断器才会转换为半开状态，并尝试调用下游服务是否正常。

（3）半开状态：当熔断器处于半开状态时，当前只能有一个请求被放行。在被放行的请求获得远端服务的响应后，如果被放行的请求执行成功，熔断器就会转换为关闭状态；否则熔断器会转换为打开状态，再次等到设定的时间窗口期结束后转换为半开状态。

为了解决串行转并行过程中的服务不稳定、雪崩等异常问题，可以使用熔断机制为每个依赖服务都配置一个熔断器开关。在正常情况下，熔断器是处于关闭状态的，请求不受任何影响。在调用服务失败（超时或者其他异常）的次数超过设定的阈值后，熔断器会自动打开。此时，所有经过这个熔断器的请求都直接返回失败，无须执行 RPC 调用服务。具体方案如图 5-12 所示。

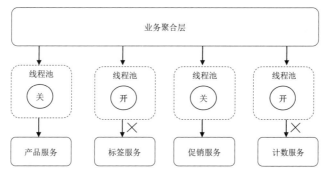

图 5-12

具体流程如下。

（1）每个服务如产品服务、标签服务等都对应独立的线程池。在默认情况下，熔断器处于关闭状态。

（2）假设标签服务和计数服务的熔断器处于打开状态，业务聚合层调用标签服务和计数服务时直接返回预设值，而不是实际请求具体服务。

目前，主流的开源容错系统有 Hystrix 和 Sentinel。Hystrix 来自 Netflix 公司，提供服务降级、服务熔断等功能，在熔断开关自动打开之后，发现服务可用时才会自动关闭熔断开关。Sentinel 来自阿里巴巴集团，是面向分布式服务框架的轻量级流量控制框架，主要以流量为切入点，从流量控制、熔断、降级、系统负载保护等多个维度来维护系统的稳定性。

## 5.4.2 服务降级的原理

服务降级指的是，服务的整体负荷已超出服务自身的最大处理能力，为了保证重要服务或主流程所依赖的服务能正常运行，将非重要服务延迟使用或暂停使用。

### 1. 降级分类

通过是否为自动化方式，可以将降级分为自动开关降级和人工开关降级两种方式。

（1）自动开关降级是系统根据设置的降级策略自动触发的，可以分为超时降级、失败次数降级、故障降级以及限流降级这四种场景。

◎ 超时降级：配置接口超时时间和超时重试次数，并设置降级的策略，例如在 $M$ 秒内超时次数达到 $N$ 次，自动触发降级。

◎ 失败次数降级：针对不稳定的外部服务，例如第三方接口，当在设定范围内的失败调用次数达到一定阈值后自动降级，同时需要使用异步探测机制来确认接口的当前情况。

◎ 故障降级：比如，要调用的远程服务因网络或服务器本身问题而导致服务不可用，则可以直接降级，返回预先设置好的返回值。

◎ 限流降级：当我们去秒杀或者抢购一些限购商品时，此时可能会因为访问量太大而导致系统崩溃。此时，开发者会使用限流技术来限制访问量，当访问量达到限流阈值时，后续请求会被降级。

（2）人工开关降级：人工开关降级是一种有计划、有策略的主动降级。因为事先已知在某个时间段会有大流量涌入，所以，提前在注册中心通过人工方式主动关闭部分非核心链路服务，以保障核心链路正常运行。

### 2. 降级方式

计划实施服务降级之前，首先要对系统核心调用链路进行梳理，确认服务是否能够降级以及降级的具体策略，既要保障服务的稳定性，又不能影响用户的操作体验。一般来说有以下几种常用的降级方式。

◎ 延迟服务：比如，用户发表评论时会调用内容安全过滤服务，校验评论内容中是否有非法关键词。在"大促"期间用户可以正常发表评论，但是该评论内容不会立刻显示在前端，而会延迟调用内容安全过滤服务，等通过内容过滤后自动发布该评论内容。

◎ 服务接口拒绝服务：系统只提供只读接口访问；而对于增删改接口，则提示服务器繁忙。

◎ 页面拒绝服务：服务暂停，所有访问该接口的服务都返回："服务繁忙，请稍后再试！"

◎ 关闭服务：临时关闭某些服务，例如，临时关闭产品详情页或购物车的商品推荐服务。

## 5.4.3　Hystrix 详解

Hystrix 虽然处于暂停维护状态，但是提供了简单易用的 API，而且性能非常稳定。目前仍有许多公司在使用或基于 Hystrix 的源码做二次开发，因此在微服务架构中选择 Hystrix 做熔断、降级处理是不错的方案。下面讲解 Hystrix 的设计原则、使用方式和容错实现。

### 1．Hystrix 的设计原则

Hystrix 的设计原则如下。

◎ 快速失败：在服务提供者出现问题后，服务消费者收到调用方发起的请求会快速失败，并返回提前预置的结果，这样不用一直阻塞请求，同时会释放线程资源。

◎ 支持回退：请求失败后，可以让程序执行预先设定的备用逻辑，比如获取备用数据、从缓存中获取数据、记录日志等。

◎ 资源隔离：若服务 D 依赖 A、B、C 三个服务，即使只有服务 C 出了问题，若没做资源隔离，最终也会发生雪崩效应，导致服务 D 不可用；但在使用资源隔离后，A、B、C 三个服务都是相互隔离的，即使服务 C 出了问题，也不影响服务 D 调用服务 A 和服务 B。

### 2．Hystrix 的使用方式

1）编程方式

使用 Hystrix 时，只需在工程的 pom.xml 依赖文件中增加以下 Maven 依赖即可：

```
<dependency>
    <groupId>com.netflix.hystrix</groupId>
    <artifactId>hystrix-core</artifactId>
    <version>1.5.18</version>
</dependency>
```

Hystrix 使用 HystrixCommand 提供的 Command 模式包装依赖调用逻辑，在 run 方法里面实现具体的业务逻辑，支持以 execute 或 queue 方式获取执行结果。

◎ execute：以同步堵塞方式执行 run 方法来获得执行结果。

◎ queue：以异步非堵塞方式执行 run 方法来获得执行结果。

相关演示代码如下。

```
public class PrdouctCommand extends HystrixCommand<String> {
private final String params;
public PrdouctCommand (String params) {
super(Setter.withGroupKey(HystrixCommandGroupKey.Factory.asKey
("ThreadPoolTestGroup"))
.andCommandKey(HystrixCommandKey.Factory.asKey("testCommandKey"))
.andThreadPoolKey(HystrixThreadPoolKey.Factory.asKey("ThreadPoolTest"));
  this.params = params;
 }
    @Override
 protected String run() {
        return "Hello " + params ;
    }
public static void main(String[] args) throws Exception{
    PrdouctCommand productCommand = new PrdouctCommand ("hystrix");
    String result = productCommand.execute();
  }
}
```

对以上代码说明如下。

◎ 使用 Hystrix 时需要先继承 HystrixCommand 抽象类，并通过构造函数传递参数。

◎ HystrixCommandKey 是 Hystrix 命令的唯一标识，默认使用类的名称。

◎ HystrixCommandGroupKey 可用于对 Hystrix 命令进行分组，分组之后便于统计、显示仪表盘，以及上传报告和预警等。

◎ HystrixThreadPoolKey 用于表示监控、度量和缓存等，Hystrix 也用这个字段进行资源隔离。

在 Hystrix 中，HystrixCommandKey、HystrixCommandGroupKey 和 HystrixThreadPoolKey 之间的关系如图 5-13 所示。

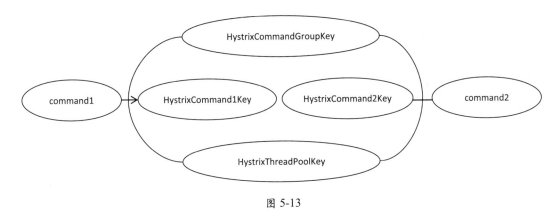

图 5-13

2）参数配置

Hystrix 的配置参数较多，首次使用 Hystrix 的研发人员很难确认在线上环境中到底需要配置哪些参数。接下来重点介绍 Hystrix 参数的意义。

控制 HystrixCommand 行为的配置参数如表 5-1 所示。

表 5-1　控制 HystrixCommand 行为的配置参数

| 参　　数 | 描　　述 | 默 认 值 |
|---|---|---|
| execution.isolation.strategy | 隔离策略，包含 THREAD 和 SEMAPHORE 两个值。<br>• THREAD：线程池隔离。它在单独的线程上执行，并发请求受线程池中线程数量的限制<br>• SEMAPHORE：信号量隔离。它在调用线程上执行，并发请求受信号量计数的限制 | THREAD |
| execution.isolation.thread.timeoutInMilliseconds | 超时时间 | 1000 |
| execution.timeout.enabled | 是否启用超时控制 | true |
| execution.isolation.semaphore.maxConcurrentRequests | 设置最大并发请求数 | 10 |

控制 HystrixCircuitBreaker 行为的配置参数如表 5-2 所示。

表 5-2　控制 HystrixCircuitBreaker 行为的配置参数

| 参　数 | 描　述 | 默 认 值 |
|---|---|---|
| circuitBreaker.enabled | 确定熔断器是否用于跟踪运行状况和短路请求（如果跳闸） | true |
| circuitBreaker.requestVolumeThreshold | 熔断触发的最少请求个数 | 20 |
| circuitBreaker.sleepWindowInMilliseconds | 熔断多少毫秒后尝试请求 | 5000 |
| circuitBreaker.errorThresholdPercentage | 失败率达到多少百分比后熔断 | 50 |
| circuitBreaker.forceOpen | 如果该属性为真，则强制熔断器进入打开状态，并拒绝所有请求 | false |
| circuitBreaker.forceClosed | 如果该属性为真，则迫使熔断器进入闭合状态，允许所有请求进入，而不考虑误差百分比 | false |

控制 ThreadPool Properties 行为的配置参数如表 5-3 所示。

表 5-3　控制 ThreadPool Properties 行为的配置参数

| 参　数 | 描　述 | 默 认 值 |
|---|---|---|
| coreSize | 线程池的 coreSize | 10 |
| maxQueueSize | 请求等待最大队列值 | −1 |
| queueSizeRejectionThreshold | 此属性设置队列大小的拒绝阈值。即使未达到 maxQueueSize，若达到 queueSizeRejectionThreshold 设置的值后，请求也会被拒绝 | 5 |

### 3. Hystrix 的容错实现

1）资源隔离策略

Hystrix 在运行过程中会向每个 commandKey 对应的熔断器都报告程序的每次调用状态，比如成功、失败、超时和拒绝，熔断器需要保存每次调用结果的各种状态，并统计各种状态的数据，根据这些数据来确定熔断器是否打开。Hystrix 目前支持线程池隔离和信号量隔离这两种资源隔离策略。具体资源隔离策略设计方式和相关使用场景如下。

◎ 线程池隔离：每个依赖的服务都使用一个单独的线程池来处理当前请求，可以设置任务返回处理超时时间、线程池队列大小等参数。线程池隔离有一定的资源消耗，适合带有业务处理逻辑的后端服务。

◎ 信号量隔离：使用一个原子计数器（或信号量）来记录当前有多少个线程在运行，收到请求后先判断计数器的数值。若超过设置的最大线程个数，则丢弃该类型的新请求；若不超过，则执行计数操作请求，计数器加 1。若请求成功返回结果，则计数器减 1。使用信号量隔离的资源消耗较少，适合后端服务响应时间很短的场景，例如网关。

2）降级机制

熔断器有这样的特性：当熔断器处于打开状态时，所有请求都被拒绝，直接返回失败。Hystrix 提供了一套优雅的降级机制，在接口访问超时、降级或资源不足时（线程或信号量）降级，降级后可以配合降级接口返回预先设定的数据。若需要实现优雅降级策略，只需实现 HystrixCommand 抽象类中的 getFallback 方法即可。相关示例代码如下。

```
public class FallbackExample extends HystrixCommand<String> {
    // 省略各种配置
    @Override
    protected String run() {
        // 具体的业务代码
    }
    @Override
    protected String getFallback() {
        // 降级后返回的值
    }
}
```

3）熔断机制

熔断机制分为运行时触发和主动触发这两种情况，分别对应不同的应用场景。

◎ 运行时触发：当失败率达到设定的阈值（例如，因网络故障、接口超时等故障造成失败率高）后自动触发降级，熔断器触发的快速失败会对异常接口进行快速恢复。可以设置不同的阈值参数来保障程序运行时的稳定性。

◎ 主动触发：一般来说，熔断器的参数配置会和配置中心打通，通过手动打开熔断器的方式来保障程序运行时的稳定性。例如，在做大型促销活动时，若活动期间的流量特别大，就可以主动打开部分非核心接口的熔断器，减少 RPC 调用链的数量，以保障服务的稳定性。

4）关于异常

在 Hystrix 体系中并不是所有异常都会触发降级计数，具体情况可以参考表 5-4。

表 5-4　异常是否会触发降级计数

| 名　称 | 描　述 | 是否触发 fallback |
| --- | --- | --- |
| SUCCESS | 执行完成，没有错误 | 否 |

| 名　　称 | 描　　述 | 是否触发 fallback |
|---|---|---|
| FAILURE | 抛出异常 | 是 |
| TIMEOUT | 执行开始，但没有在允许的时间内完成 | 是 |
| BAD_REQUEST | 执行抛出 HystrixBadRequestException | 否 |
| SHORT_CIRCUITED | 熔断器打开，不尝试执行 | 是 |
| THREAD_POOL_REJECTED | 线程池拒绝，不尝试执行 | 是 |
| SEMAPHORE_REJECTED | 信号量拒绝，不尝试执行 | 是 |

　　然而在某些业务场景下，我们希望抛出业务自定义异常。例如，用户注册时填写了一个已经注册的手机号码，此时用户服务会抛出一个手机号码已存在的自定义异常。该自定义异常不属于系统异常，因此不能被统计进熔断器，也不能触发 fallback 方法。这时可以通过继承 HystrixBadRequestException 自定义异常来实现抛出自定义异常而不会被 Hystrix 熔断器计数。相关代码如下。

```
public class UserExistException extends HystrixBadRequestException {
    private Integer code;
    private  String message;
    public UserException(Integer code,String message) {
        super(message);
        this.message=message;
        this.code=code;
    }
}
```

## 5.4.4　Sentinel 详解

### 1．Sentinel 的使用方法

　　Sentinel 是阿里巴巴开源的面向分布式服务的轻量级流量控制框架，主要以流量为切入点，从流量控制、熔断、降级、系统负载保护等多个维度来维护系统的稳定性。使用 Sentinel，只需在代码中定义好资源和规则，即可实现流量控制。

　　（1）资源：资源是 Sentinel 中的关键概念。资源可以是 Java 应用程序中的任何内容。例如，由应用程序提供的服务、调用其他应用提供的服务，甚至一段代码都可以被定义为资源。在明确需要被保护的资源后，需要在程序中通过埋点方式来保护资源。埋点的方式

有以下两种。

◎ try-catch（通过 SphU.entry(...)）：在捕获到 BlockException 异常时，执行异常处理（或 fallback）。

◎ if-else（通过 SphO.entry(...)）：当返回 false 时，执行异常处理（或 fallback）。

（2）规则：指围绕资源的实时状态设定的规则，可以包括流量控制规则、熔断与降级规则及系统保护规则。所有规则都可以动态、实时调整。

若要使用 Sentinel，则需要在工程的 pom.xml 里面引入 Sentinel 的依赖：

```
<dependency>
    <groupId>com.alibaba.csp</groupId>
    <artifactId>sentinel-core</artifactId>
    <version>1.8.0</version>
 </dependency>
```

引入 Sentinel 依赖后，若要在代码中使用 Sentinel 来保护资源，则只需按以下格式使用即可。示例代码如下。

```
public static final String USER_RES = "userResource";// 资源名称是 userResource
public User getUserByMobile(String mobilephone){
    Entry entry = null;
    try {
        // 流控代码
        entry = SphU.entry(USER_RES);
        // 业务代码
        User user=userService.getUserByMobilephone(mobilephone);
        return user;
    }catch(BlockException e){
        // 被限流了
    }finally {
        if(entry!=null){
            entry.exit();
        }
    }
    return null;
}
```

以上代码只完成了对资源的保护，接下来需要定义流控规则（FlowRule）。可以为不同的资源设置不同的流控规则：

```
private static void initFlowQpsRule() {
  List<FlowRule> rules = new ArrayList<FlowRule>();
  FlowRule rule1 = new FlowRule();
  rule1.setResource(USER_RES);
  rule1.setCount(20);
  rule1.setGrade(RuleConstant.FLOW_GRADE_QPS);
  rule1.setLimitApp("default");
  rules.add(rule1);
  FlowRuleManager.loadRules(rules);
}
```

FlowRule 由以下重要属性组成。

◎ resource：规则的资源名。

◎ grade：限流阈值类型，支持 QPS（FLOW_GRADE_QPS）或线程数（LOW_GRADE_THREAD）。

◎ count：限流的阈值。

◎ limitApp：被限制的应用。授权时为以逗号分隔的应用集合，限流时为单个应用。

### 2. Sentinel 的工作流程

在 Sentinel 里面，所有的资源都对应一个资源名称以及一个 Entry，每创建一个 Entry，就会同时创建一系列功能插槽（Slot Chain）。核心流程主要涉及以下插槽：

◎ NodeSelectorSlot：负责收集资源的路径，并将这些资源的调用路径，以树状结构的形式存储起来，用于根据调用路径来限流降级。

◎ ClusterBuilderSlot：用于存储资源的统计信息及调用者信息，例如该资源的 RT、QPS、thread count 等。这些信息会触发多维度限流，是触发降级的依据。

◎ LogSlot：用于记录块异常，为故障排除提供具体的日志。

◎ StatisticSlot：用于记录、统计系统在不同纬度时的指标监控信息。

◎ FlowSlot：用于根据预设的限流规则及前面 Slot（插槽）统计的状态来进行流量控制。

◎ AuthoritySlot：根据配置的黑白名单和调用来源信息来做黑白名单控制。

◎ DegradeSlot：通过统计信息及预设的规则来做熔断与降级。

◎ SystemSlot：通过系统的状态，（比如，系统负载等）来控制总的入口流量。

通过查看 META-INF/services 目录下的文件，可以发现 Sentinel 使用 SPI 方式加载 Slot，并构建 Slot 使用的链，之后通过注解@SpiOrder 来调整每个 Slot 的执行顺序：

```
META-INF/services
  com.alibaba.csp.sentinel.slotchain.ProcessorSlot
  com.alibaba.csp.sentinel.slotchain.SlotChainBuilder
```

com.alibaba.csp.sentinel.slotchain.ProcessorSlot 文件中存放了 Sentinel 的所有 Slot。Slot
的相关信息如下。

```
#Sentinel default ProcessorSlots
com.alibaba.csp.sentinel.slots.nodeselector.NodeSelectorSlot
com.alibaba.csp.sentinel.slots.clusterbuilder.ClusterBuilderSlot
com.alibaba.csp.sentinel.slots.logger.LogSlot
com.alibaba.csp.sentinel.slots.statistic.StatisticSlot
com.alibaba.csp.sentinel.slots.block.authority.AuthoritySlot
com.alibaba.csp.sentinel.slots.system.SystemSlot
com.alibaba.csp.sentinel.slots.block.flow.FlowSlot
com.alibaba.csp.sentinel.slots.block.degrade.DegradeSlot
```

com.alibaba.csp.sentinel.slotchain.SlotChainBuilder 文件中存放了构建 Slot 的调用链
DefaultSlotChainBuilder，相关代码如下。

```
public class DefaultSlotChainBuilder implements SlotChainBuilder {
    @Override
    public ProcessorSlotChain build() {
    ProcessorSlotChain chain = new DefaultProcessorSlotChain();
    List<ProcessorSlot> sortedSlotList =
    SpiLoader.loadPrototypeInstanceListSorted(ProcessorSlot.class);
    for (ProcessorSlot slot : sortedSlotList) {
        if (!(slot instanceof AbstractLinkedProcessorSlot)) {
            RecordLog.warn("The ProcessorSlot(" +
      slot.getClass().getCanonicalName() + ") is not an instance of
      AbstractLinkedProcessorSlot, can't be added into ProcessorSlotChain");
            continue;
        }
        chain.addLast((AbstractLinkedProcessorSlot<?>) slot);
    }
    return chain;
    }
}
```

SpiLoader#loadPrototypeInstanceListSorted 方法通过 Java SPI 方式加载所有的 Slot 并
排序构成调用链，相关代码如下。

```
    public static <T> List<T> loadPrototypeInstanceListSorted(Class<T> clazz) {
```

```
        try {
            ServiceLoader<T> serviceLoader =
            ServiceLoaderUtil.getServiceLoader(clazz);
            List<SpiOrderWrapper<T>> orderWrappers = new ArrayList<>();
            for (T spi : serviceLoader) {
                int order = SpiOrderResolver.resolveOrder(spi);
                SpiOrderResolver.insertSorted(orderWrappers, spi, order);
                spi.getClass().getCanonicalName(), order);
            }
            List<T> list = new ArrayList<>(orderWrappers.size());
            for (int i = 0; i < orderWrappers.size(); i++) {
                list.add(orderWrappers.get(i).spi);
            }
            return list;
        } catch (Throwable t) {
            return new ArrayList<>();
        }
    }
```

内置的 8 个 Slot 通过注解@SpiOrder 来指定排序，相关代码如下。

```
@SpiOrder(-10000)
public class NodeSelectorSlot extends AbstractLinkedProcessorSlot<Object> {
    ......
}

@SpiOrder(-9000)
public class ClusterBuilderSlot extends
 AbstractLinkedProcessorSlot<DefaultNode> {
    ......
}

@SpiOrder(-8000)
public class LogSlot extends AbstractLinkedProcessorSlot<DefaultNode> {
......
}
```

### 3. Sentinel 熔断策略

Sentinel 提供慢调用比例、异常比例、异常数三种熔断策略，其中慢调用比例由 ResponseTimeCircuitBreaker 实现，异常比例、异常数由 ExceptionCircuitBreaker 实现。熔断策略的类型如下。

◎ 慢调用比例（SLOW_REQUEST_RATIO）：选择以慢调用比例作为阈值，需要设置允许的慢调用 RT（即用户能接受的最长慢响应时间）。若请求的响应时间大于该值，则统计为慢调用。当单位统计时长（statIntervalMs）内的请求数量大于设置的最小请求数量，并且慢调用的比例大于阈值时，则后续在熔断时长内的所有请求会自动被熔断。超过设置的熔断时长后，熔断器会进入探测恢复状态（HALF-OPEN 状态）。若接下来的一个请求响应时间小于设置的慢调用 RT，则结束熔断。若请求的响应时间大于设置的慢调用 RT，则熔断器会被再次打开。

◎ 异常比例（ERROR_RATIO）：当单位统计时长（statIntervalMs）内的请求数量大于设置的最小请求数量，并且异常的比例大于阈值时，则后续在熔断时长内的请求会自动被熔断。经过熔断时长后，熔断器会进入探测恢复状态（HALF-OPEN 状态）。若接下来的一个请求成功完成（没有错误），则结束熔断，否则熔断器会被再次打开。异常比率的阈值范围是 [0.0, 1.0]，代表 0% ~ 100%。

◎ 异常数（ERROR_COUNT）：当单位统计时长内的异常数量超过阈值之后，会自动进行熔断。经过熔断时长后，熔断器会进入探测恢复状态（HALF-OPEN 状态）。若接下来的一个请求成功完成（没有错误），则结束熔断，否则熔断器会被再次打开。

在设置熔断策略时，首先需要明白表 5-5 中每个参数的意义。

表 5-5　熔断参数配置表

| 参数名称 | 说　　明 | 默 认 值 |
|---|---|---|
| resource | 资源名，即规则的作用对象 | |
| Grade | 熔断策略，支持慢调用比例、异常比例、异常数等策略 | |
| timeWindow | 熔断时长，单位：s（秒） | |
| minRequestAmount | 熔断触发的最小请求数，请求数小于该值时，即使异常比例超出阈值，请求也不会被熔断 | 5 |
| statIntervalMs | 统计时长，单位：ms（毫秒） | 1000ms |
| slowRatioThreshold | 慢调用比例的阈值 | |

例如，以下代码设置熔断策略如下：若在 2s 内超过 60%的调用响应时间超过 50ms，则熔断器状态转换为半开状态，且持续时间为 10s。

```
private static void initDegradeRule() {
    List<DegradeRule> rules = new ArrayList<>();
    DegradeRule rule = new DegradeRule(KEY)
        // 熔断策略使用慢调用比例
```

```
                .setGrade(CircuitBreakerStrategy.SLOW_REQUEST_RATIO.getType())
                // 设置用户能接受的最长慢响应时间为 50ms
                .setCount(50)
                //  熔断后 10s 内熔断器变成半开状态，接受部分请求
                .setTimeWindow(10)
                // Circuit breaker opens when slow request ratio > 60%
                // 超过 60%的慢请求，会触发熔断器打开
                .setSlowRatioThreshold(0.6)
                // 在一个统计周期内，熔断触发的最小请求数。若请求数小于该值时，即使异常比率超出
                // 阈值，请求也不会被熔断
                .setMinRequestAmount(100)
                // 设置统计周期为 2s
                .setStatIntervalMs(2000);
        rules.add(rule);
        DegradeRuleManager.loadRules(rules);
        System.out.println("Degrade rule loaded: " + rules);
}
```

### 4．Sentinel 容错实现

Sentinel 提供注解@SentinelResource 用于定义资源，并提供了 AspectJ 的扩展用于自动定义资源、处理 BlockException 等。使用 Sentinel Annotation AspectJ Extension 时需要引入以下依赖：

```
<dependency>
    <groupId>com.alibaba.csp</groupId>
    <artifactId>sentinel-annotation-aspectj</artifactId>
    <version>x.y.z</version>
</dependency>
```

在需要增加容错的方法名称上增加注解@SentinelResource 即可。假如根据 id 查询库存量，当库存量大于 0 时显示有货，否则显示无货；若触发降级策略，则显示有货，最终在下单结算时再校验是否有货。具体方法如下。

```
public class StockService {
  @SentinelResource(value = "getStockStatusByID", blockHandler =
  "exceptionHandler", fallback = "fallBackStockStatus ")
  public String getStockStatusByID(long id) {
     return stockService.getStockCountByID(id)>0?"有货":"无货";
  }
```

```
    public String fallBackStockStatus(long  id) {
        return "有货";
    }
    public String exceptionHandler(long id, BlockException ex) {
        // Do some log here.
        ex.printStackTrace();
        return "查询库存异常！" ;
    }
}
```

@SentinelResource 注解包含以下属性：

◎ value：资源名称，必需项（不能为空）。

◎ entryType：entry 类型，可选项（默认为 EntryType.OUT）。

◎ blockHandler/blockHandlerClass：blockHandler 对应处理 BlockException 的函数名称，可选项。blockHandler 函数的访问范围应为 "public"，返回类型应与原方法相匹配，参数类型应与原方法相匹配，并且最后加一个额外的参数，该参数的类型为 BlockException。需要注意的是 blockHandler 函数默认需要和原方法在同一个类中。若希望使用其他类的函数，则可以指定 blockHandlerClass 为对应的类的 Class 对象。注意对应的函数必须为 static 函数，否则无法解析。

◎ fallback：fallback 函数名称，可选项，用于在抛出异常时提供 fallback 处理逻辑。fallback 函数签名和位置要求如下。

◎ 返回值类型必须与原函数返回值类型一致。

◎ 方法参数列表需要和原函数一致，或者可以额外多一个 Throwable 类型的参数用于接收对应的异常。

◎ fallback 函数默认需要和原方法在同一个类中。若希望使用其他类的函数，则可以指定 fallbackClass 为对应的类的 Class 对象。注意对应的函数必须为 static 函数，否则无法解析。

## 5.4.5　熔断器与 Dubbo 的集成

无论使用 Hystrix 还是 Sentinel，都能起到熔断、降级的效果。但是，我们在实际应用开发过程中，一般不会直接通过硬编码的方式把 Hystrix 或 Sentinel 集成到应用中来实现熔断、降级机制，而主要利用插件化思想在架构底层把 Hystrix 或 Sentinel 框架集成到业务系统中。接下来介绍如何将 Sentinel 和 Hystrix 集成到 Dubbo 框架中。

### 1. Dubbo 集成 Sentinel

Sentinel 提供了与 Dubbo 适配的模块，包括服务提供者的过滤器（Filter）和服务消费者的过滤器（Filter）。我们在使用服务熔断或服务降级时只需引入以下依赖（以 Maven 为例）：

```
<dependency>
<groupId>com.alibaba.csp</groupId>
<artifactId>sentinel-dubbo-adapter</artifactId>
<version>1.7.0</version>
</dependency>
```

引入 Maven 依赖后，Dubbo 中的服务接口和方法（包括服务消费者端和服务提供者端）就会成为 Sentinel 中的资源，在配置规则后就完成了 Sentinel 的防护功能。如果不希望开启 Sentinel Dubbo Adapter 中的某个 Filter，则可以手动关闭对应的 Filter。

通过查看 sentinel-dubbo-adapter 的源码可以发现，Sentinel 分别在 Consumer 端（服务消费者端）和 Provider 端（服务提供者端）实现了 Dubbo 的 Filter，并在 Filter 中加入了资源控制代码。以 Provider 源码 SentinelDubboProviderFilter 为例，在以下代码中分别以接口名称和资源名称作为 key，实现接口级的限流、降级。

```
@Activate(group = "provider")
public class SentinelDubboProviderFilter extends AbstractDubboFilter implements
 Filter {

    public SentinelDubboProviderFilter() {
        RecordLog.info("Sentinel Dubbo provider filter initialized");
    }

    @Override
    public Result invoke(Invoker<?> invoker, Invocation invocation) throws
RpcException {
String application = DubboUtils.getApplication(invocation, "");
        Entry interfaceEntry = null;
        Entry methodEntry = null;
        try {
            String resourceName = getResourceName(invoker, invocation);
            String interfaceName = invoker.getInterface().getName();
            ContextUtil.enter(resourceName, application);
            interfaceEntry = SphU.entry(interfaceName, EntryType.IN);
            methodEntry = SphU.entry(resourceName, EntryType.IN, 1,
```

```
            invocation.getArguments());

            return invoker.invoke(invocation);
        } catch (BlockException e) {
            throw new SentinelRpcException(e);
        } catch (RpcException e) {
            Tracer.trace(e);
            throw e;
        } finally {
            if (methodEntry != null) {
                methodEntry.exit(1, invocation.getArguments());
            }
            if (interfaceEntry != null) {
                interfaceEntry.exit();
            }
            ContextUtil.exit();
        }
    }
}
```

### 2. Dubbo 集成 Hystrix

在 Dubbo 集成 Hystrix 时，需要自定义 Filter 过滤器，其原理与集成 Sentinel 类似。代码示例如下，相关配置参数通过 URL 模型的方法来传递：

```
public class HystrixFilter implements Filter {
    @Override
    public Result invoke(Invoker<?> invoker, Invocation invocation) throws
    RpcException {
        URL url = invoker.getUrl();
        String methodName = invocation.getMethodName();
        String interfaceName = invoker.getInterface().getName();
        // 获取相关熔断配置
        HystrixCommand.Setter setter = SetterFactory.create(interfaceName,
        methodName, url);
        // 获取降级方法
        DubboCommand command = new DubboCommand(setter, invoker, invocation);
        Result result = command.execute();
        return result;
    }
```

## 5.4.6 状态监控

Hystrix 或 Sentinel 的目的都是保障系统能正常、稳定地运行。若依赖服务响应慢或服务调用出现大量异常，则会触发熔断机制。从监控角度来看，需要详细记录服务触发熔断机制的具体时间（比如，熔断器状态由关闭状态变成半开状态，再变成打开状态，最终又变成关闭状态的具体时间）、熔断触发的次数，通过分析这些事件来查找系统的薄弱环节。

### 1. Hystrix 状态插件

Hystrix 可以通过事件通知方式来收集 HystrixCommand 或 HystrixObservableCommand 在运行过程中所触发的事件，开发者只需实现 HystrixEventNotifier 通知模块，即可接收到相关事件。例如，编写 HystrixEventNotifierPlugin 实现 HystrixEventNotifier 接收运行时的状态，相关代码如下。

```
@Component
public class HystrixEventNotifierPlugin extends HystrixEventNotifier {
    @Override
    public void markEvent(HystrixEventType eventType, HystrixCommandKey key) {

        super.markEvent(eventType, key);
        // 针对不同的 eventType 做相应的处理
    }
    @Override
    public void markCommandExecution(HystrixCommandKey key,
    ExecutionIsolationStrategy isolationStrategy, int duration,
    List<HystrixEventType> eventsDuringExecution) {
        super.markCommandExecution(key, isolationStrategy, duration,
        eventsDuringExecution);
    }
}
```

服务在启动时把 HystrixEventNotifierPlugin 注册到 HystrixPlugin，即可收到通知。

```
@Service
public class HystrixListener implements InitializingBean {
    @Autowired
    private HystrixEventNotifierPlugin hystrixEventNotifierPlugin;

    @Override
    public void afterPropertiesSet() throws Exception {
```

```
                HystrixPlugins.getInstance().
                registerEventNotifier(HystrixEventNotifierPlugin);
        }

    }
```

### 2. Sentinel 状态插件

Sentinel 支持注册自定义的事件监听器来监听熔断器状态变换事件，通知的状态包含打开（OPEN）、半打开（HALF_OPEN）、关闭（CLOSED）这三类状态。首先定义 SentinelStatePlugin 来接收 Sentinel 运行时的事件通知，相关代码如下。

```
@Component
public class SentinelStatePlugin implements CircuitBreakerStateChangeObserver {
    @Override
    public void onStateChange(CircuitBreaker.State state, CircuitBreaker.State
    newState, DegradeRule degradeRule, Double aDouble) {
        if (newState == CircuitBreaker.State.OPEN) {
            // 状态变成 OPEN 时触发
          Log.info(String.format("%s -> OPEN at %d, snapshotValue=%.2f",
          state.name(),
                TimeUtil.currentTimeMillis(), aDouble));
        } else {
          Log.info((String.format("%s -> %s at %d", state.name(),
          newState.name(),
                TimeUtil.currentTimeMillis()));
        }
    }
}
```

之后，服务启动时把对应的插件加入 Sentinel 通知队列，即可收到熔断器的各种状态转换消息。相关代码如下。

```
@Service
public class SentinelListener implements InitializingBean {
    @Autowired
    private SentinelStatePlugin sentinelStatePlugin;
    @Override
    public void afterPropertiesSet() throws Exception {
    EventObserverRegistry.getInstance().addStateChangeObserver("userService",
    sentinelStatePlugin);
```

```
        }
    }
```

## 5.5　限流

互联网业务的特点是流量大、峰值高，而且流量是随机、不可预测的。但系统容量总是有限的，一旦突如其来的流量超过了系统的承受功能，就可能导致请求处理响应慢、CPU负载飙高，最终导致系统崩溃。因此，我们需要对突发的流量进行限制，在尽可能多地处理请求的同时还要保障服务不被压垮。这就叫作"限流"。不同的场景对限流的定义［这些定义包括网络流量、带宽、每秒处理的事务数（TPS）、每秒请求数（QPS）、并发请求数，甚至可能包括业务上的某个指标］也是不同的，比如限制某接口在某段时间内最多能调用几次接口等，因此需要根据不同的业务场景采用不同的限流策略。

### 5.5.1　限流算法

常见的限流算法有令牌桶算法、漏桶算法等。

1）令牌桶算法

令牌桶算法指的是，以一个恒定的速度往桶里放入令牌，如果请求需要被处理，则需要先从桶里获取一个令牌，当桶里没有令牌可取时，则拒绝服务。令牌桶算法的描述如下。

◎ 假设限制每秒请求 10 次，则按照 100ms 的固定速率向桶中添加令牌。
◎ 在桶中最多存放 10 个令牌。当桶满时，新添加的令牌被丢弃或被拒绝。
◎ 当收到一个请求时，将从桶中删除一个令牌。
◎ 如果桶中的令牌不足一个，则不会删除令牌，且该请求被限流（要么丢弃，要么在缓冲区中等待）。

2）漏桶算法

采用漏桶算法时，把请求先放到漏桶里，并以限定的速度从漏桶中移出请求。当出现将请求放入桶中的速度过大时，漏桶就会拒绝请求。漏桶算法的描述如下。

◎ 一个固定容量的漏桶，按照固定的速率流出水滴。
◎ 如果桶是空的，则无须流出水滴。
◎ 可以按任意速率将水滴流入漏桶中。

◎ 如果流入的水滴超出了桶的容量，则流入的水滴溢出（被丢弃），漏桶的容量是不变的。

## 5.5.2　如何进行限流

我们知道限流的目的是在尽可能多地处理请求的同时，还要保障服务不被压垮。因此在制定限流方案之前，还需要确认限流的范围。限流范围通常分为应用级、接口级和用户级。

◎ 应用级：对于一个应用系统来说，需要限制系统所能承受的每秒请求次数极限阈值。如果系统每秒收到的请求次数超出系统阈值，那么系统就会出现接口响应非常慢或接口报错的情况。为防止有大量请求涌入而击垮系统，需要对系统进行过载保护。通常我们会在入口处做应用级的限流。

◎ 接口级：分布式架构下的应用被拆分成一组服务，服务以接口的方式对外提供数据，每个接口的复杂程度、响应时间、服务副本数、处理能力都各不相同。因此，以应用级进行限流，会导致资源利用率的不均衡，需要以接口级针对不同的接口设置不同的限流阈值，以充分使用集群资源。

◎ 用户级：当资源不足时，只能把有限的资源分给重要的用户，比如在系统中有付费会员和免费会员。当资源不足时，付费会员的请求会被优先处理。

在明确限流范围后，我们还需要制定相关限流策略。例如，在应用级是针对 IP 限流，还是针对总体限流；触发限流后是重定向到错误页，还是其他方。因此，好的限流策略不仅能抵抗流量洪峰的压力，也能提升用户的操作体验。制定限流策略一般分三步执行：

（1）通过压力测试来获知系统、服务处理功能的上限是多少。

（2）制定限流策略，确定使用的限流算法，比如使用令牌桶算法、漏桶算法，还是进行分布式限流。

（3）确定超过限制的流量处理方案，比如限流后的请求被重定向到错误页，错误页提示："系统开小差了，请稍后再试。"或者弹窗提示一段文案："系统忙，请稍后重试。"

## 5.5.3　单机限流

对于单体应用架构来说，所有的功能都在一个应用内，可以使用令牌桶算法或漏桶算法实现应用级限流。下面以开源框架 Guava 提供的令牌桶算法为例做单机限流，相关示例代码如下。

```
RateLimiter rateLimiter = RateLimiter.create(10); // 每秒 10 个请求
  if(!rateLimiter.tryAcquire()){
    throw  new RuntimeException("被限流了");
  }
```

在单体应用中只要对应用进行了限流，应用所依赖的各种服务就得到了保护。但是在分布式情况下，使用单体应用的限流方法无法保护应用依赖的各种服务，因为存在节点扩容、缩容，以及选择不同的负载均衡策略等因素，这些因素让我们无法准确控制整个服务的请求限制。

假设 X 接口有三台服务器 A、B、C 提供服务，且单机接口的最大极限 QPS 等于 100，在配置中心设置接口 X 的限流为 100 QPS，如图 5-14 所示。那么，理论上接口 X 的最大每秒请求次数为 300（100+100+100）。但在实际项目中，这种设置方式会存在问题：目前微服务框架的负载均衡策略有随机、轮询、最少活跃调用数、一致性 Hash 等负载策略可选。比如使用一致性 Hash 算法，假设当前接口的最大每秒请求次数为 280，其中服务 A 每秒收到 120 次请求、服务 B 每秒收到 105 次请求，服务 C 每秒收到 55 次请求。如果按常规情况来计算接口 X 当前的每秒吞吐量，则不会触发限流策略。但是，实际上服务器 A 和服务器 B 上部署的接口 X 已触发限流策略。由此可见，在分布式场景下单机限流存在计算不准确、错误限流等问题。

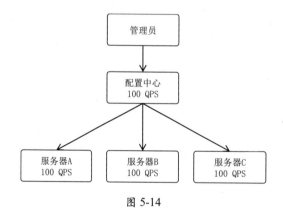

图 5-14

## 5.5.4　分布式限流

单机限流指的是每台服务器都各自维持一个计数器，计数器的值被保存在本地 JVM

变量中，且每台服务器维持的计数器相互独立，这导致最终限流不准确。如果把计数器的结果放到分布式缓存中，就解决了计数不准确的问题。以 Redis 为例，假设某接口的每秒请求次数不能超过 300 次，则分布式限流的流程如下。

（1）在 Redis 中创建一个键，并设置键的过期时间为 1s。

（2）用户对此服务接口每发起一次访问，就通过 Redis 提供的 incr 方法把接口调用次数加 1。

（3）在 1s 范围内，当键值大于 300 时，触发接口限流。

（4）若超过 1s 后，则重新生成新的键做计数处理。

为了让执行效率更高，我们还可以使用 Redis 的 Lua 脚本来做分布式限流处理，相关伪代码如下。

```
public void redisRateLimit (String redisScript, List<String> keyList,
long expireTime,long limitTimes){
        RedisScript<Long> luaScript = new DefaultRedisScript<>(redisScript,
        Long.class);
        Long result = (Long)redisTemplate.execute(luaScript,
        keyList,expireTime,limitTimes);
        if (result==1)
            throw  new RuntimeException("限流了...");
}
```

其中，Lua 脚本如下。

```
local times = redis.call('incr',KEYS[1])
if times == 1 then
    redis.call('expire',KEYS[1], ARGV[1])
end
if times > tonumber(ARGV[2]) then
    return 1
end
return 0
```

使用 Lua 脚本把所有请求计数和判断逻辑都放在 Redis 服务器端执行，以减少网络往返延时。虽然使用 Lua 脚本的分布式限流策略可以解决单机限流计算不准确、错误限流等问题，但是当系统承受高并发压力时的所有压力都集中在 Redis 服务器上时，一旦 Redis 服务器的性能有任何波动，所有请求都会受到影响。因此，使用 Redis 做分布式限流处理存在一定的风险。

### 5.5.5　混合限流

混合限流指的是，使用单机限流与分布式限流组合的方式来实施限流策略。这样既减少了 Redis 的压力，也能近似准确地做分布式限流处理。具体策略如图 5-15 所示。

◎ 单机流控阈值策略：(总流控阈值/机器数)×80%。
◎ 分布式流控阈值策略：总流控阈值−单机流控阈值×机器数。

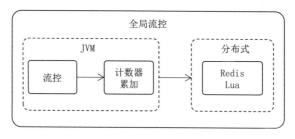

图 5-15

假设接口的总流控阈值为 300，该接口部署了 3 个应用实例，此时单机流控阈值为 300/3×80%=80，分布式流控阈值为 60（计算方式如下：总流控阈值−单机流控阈值×机器数，即 300−80×3=60）。全局流控的流程如下。

（1）服务收到外部调用请求后，在服务内部使用 Guava 提供的令牌桶算法做单机限流。

（2）如果超过单机限流的阈值，则调用分布式限流，使用 Redis 的 Lua 脚本计算当前流控阈值是否超出设定阈值。

（3）如果流量超过分布式限流阈值，则执行限流。

通过混合限流的流程可以看到，大部分流量限流策略都使用了 Guava 提供的令牌桶算法来拦截，只有超出单机限流的阈值后才调用分布式限流。这样不仅效率能得到较大的提升，而且能避免在业务高峰期因 Redis 性能抖动而影响系统的整体流量。

## 5.6　接口的幂等性

幂等性原本是数学上的概念，指的是使公式 $f(x)=f(f(x))$ 成立的数学性质。将幂等性用在编程领域，可以将其理解为对同一个系统使用同样的条件，对系统资源进行一次请求或多次重复请求的影响结果是一致的。

## 5.6.1　为什么需要幂等性

在分布式环境下，网络环境比较复杂，由于前端重复操作、App 自动重试、网络故障、消息重复、响应速度慢等情况的存在，因此分布式环境下接口的重复调用概率会比在单体应用环境下大。例如，我们在线上生产环境中经常会遇到如下情况。

◎ 重复操作：用户在交易过程中可能会无意地触发多笔交易，也可能因为服务响应慢或没有响应而有意地触发多笔交易。

◎ 消息队列：在业务数据发送到消息队列后，如果消费者没有返回消费成功的消息，或者消费者处理业务的时间较长，消息队列就会认为消费超时，消息队列后续会再次投递。

◎ 重试机制：为提高接口请求的成功率，系统开启重试机制，例如 Nginx 重试、RPC通信重试或业务层重试等。

◎ 网络波动：因网络波动而引起客户端重复请求。

综上所述，消息重复发送的情况在分布式环境下很难避免，而且重试机制是减少微服务失败率的重要手段。重试机制既能提高微服务架构的容错性，也能提高微服务架构的高可靠性。但重试的副作用也很明显：重试可能会导致产生重复数据或数据不准确的情况。如果禁止重试机制，虽然抵消了重试的副作用，但服务调用的成功率会有所降低。所以在分布式架构中要求所有调用过程都必须具备幂等性，即用户对于同一操作发起的一次请求或多次请求的结果是一致的，不会因为多次重复操作而产生重复数据或数据不准确的情况。

## 5.6.2　如何保证接口的幂等性

接口的幂等性指的是，在调用方多次重复调用接口的情况下，接口得到的数据始终是一致的。假设把所有业务操作都抽象为对数据库的增删改查操作，那么在这些操作中查询操作有天然的幂等性。以数据查询接口为例，在数据量不变的情况下查询多次，对数据来说没有任何影响，查询结果均是一样的。除查询接口外，业务系统还会涉及数据新增、修改、删除等操作。这些操作并不具备幂等性，要保障这些操作具备幂等性的常用方法有MVCC、唯一主键、去重表及 token 机制等。

### 1. MVCC

MVCC（Multi-Version Concurrent Control，多版本并发控制）是乐观锁的一种实现。在数据更新时，系统需要比较当前请求所持有数据的版本号（数据库的 version 字段）和数据当前的版本号是否一致。若二者的版本号不一致，则操作无法成功执行。例如，用户积分表（user_point）的数据如表 5-6 所示。

表 5-6　用户积分表的数据

| user_id | point | version |
|---------|-------|---------|
| 100 | 1020 | 10 |
| 102 | 800 | 5 |

若需要给 user_id=100 的用户增加 30 积分，则使用 MVCC 实现数据幂等操作。具体流程如下。

（1）调用方会先执行如下 SQL 语句，得到当前数据的快照。其中，version 字段就是用来存储当前数据版本号的：

```
select user_id,point,version from user_point where user_id=100
```

（2）调用方通过 update 方式更新 point 的值。where 语句必须携带 user_id 和 version 字段。只有数据库的 version 字段当前值和步骤（1）查询出来的值相等，才能更新成功。

```
update user_point set point = point + 30, version = version + 1 where user_id=100
and version=10
```

通过上述步骤可以看到，在调用方第一次执行 update 语句后成功更新了积分；再次执行相同的 update 语句，则因为 version 的值不匹配而失败，这符合幂等性原理。MVCC 的优点是实施过程简单，没有学习成本；其缺点是程序每次执行 update 操作前，都需要先执行 select 操作，查询当前数据的快照。

## 2. 唯一主键

唯一主键机制利用了数据库主键唯一的约束特性，解决了 insert 场景下的幂等问题。唯一主键机制要求主键不是数据库自增的主键，而是由业务生成全局唯一的主键。其缺点如下：如果业务侧是分库分表模式，则唯一主键机制不生效；另外，使用数据库的唯一主键做幂等处理，在高并发情况下会导致数据库的压力非常大，唯一主键的不足之处是，其不支持 update 幂等操作。

## 3. 去重表

去重表方案指的是，利用数据库的唯一索引进行防重处理。例如，相同数据在第 1 次插入时没有问题，在第 2 次插入时会因为唯一索引而报错，从而达到拦截重复请求的目的。

常见思路是在业务库中新建一张幂等表，且在幂等表里设置一个唯一主键，交易操作和幂等操作在同一个事务里执行。一旦幂等操作抛出异常，则表示幂等数据已经存在，事务回滚并成功地直接返回。例如，创建一张幂等表 idempotent_check，其中 serial_no 是业务的唯一主键。建表的 SQL 语句如下。

```
create table 'idempotent_check'(
`id` int(11) NOT NULL COMMENT 'ID',
`serial_no` varchar(255)  NOT NULL COMMENT '唯一序列号',
 PRIMARY KEY (`serial_no`)
)ENGINE=InnoDB DEFAULT CHARSET=utf8 COMMENT='幂等性校验表';
```

我们以用户下单后立即奖励用户 30 积分需求为例，这里从程序角度将其解读为创建订单和增加积分两个步骤，整体执行流程如下。

```
@Transaction
public boolean createOrder(UserOrderRequestDTO userOrder){
// 写入幂等表
insert into idempotent_check (serial_no) values ('B100290');
// 创建订单
insert into user_order(orderno,user_id) values( 'B100290',100);
// 增加积分
update user_point set point = point + 30  where user_id=100
}
```

上述流程要求订单号 B100290 是全局唯一的。如果交易请求因为网络问题而重复提交，则在多次写入 idempotent_check 表时会报主键冲突异常，导致整个事务失败，从而达到幂等性要求。使用去重表方案的优点在于减少了一次查询数据操作，但缺点是多了一次插入数据操作。另外，去重表方案是利用数据库的唯一主键特性做去重判断逻辑的，这在高并发场景下会增加数据库的压力。需要注意的是如果表 user_order 和 user_point 不在同一个数据库，那么去重表方案并不能保证操作具备幂等性。

### 4. token（令牌）机制

令牌服务提供者 TGS（Token Generate Service）需要提供生成 token（令牌）的接口及 token 校验接口，前端要在每次调用接口之前先获取 token，TGS 需要对生成的 token 进行生命周期管控。在规定的时间内该 token 只允许使用一次，token 值非第一次使用都属于重复提交。业务流程如图 5-16 所示。

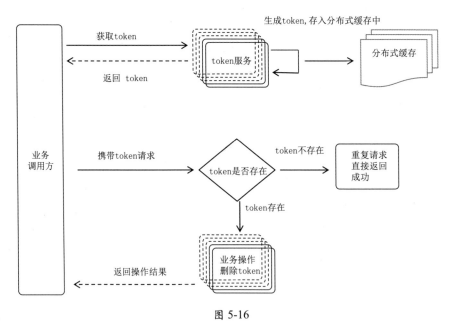

图 5-16

（1）如果当前业务操作需要具备幂等性，则必须要求业务调用方在执行业务的具体操作前先调用 TGS 生成 token，同时 TGS 会把生成的 token 保存在分布式缓存中进行生命周期管控。

（2）业务调用方调用服务提供者的具体业务接口时，需要在 Header 头部携带 token。

（3）服务提供者收到业务调用方发起的请求后先调用 TGS，判断 token 是否有效。

（4）TGS 判断若 token 存在于分布式缓存中，则表示该请求是第一次请求，系统返回校验成功信息，表示可以继续执行业务，同时 TGS 把 token 从分布式缓存中删除。

（5）TGS 判断若 token 不存在于分布式缓存中，则表示该请求是重复操作，返回 token 校验失败，以保证业务代码不被重复执行。

（6）TGS 周期性地管理所生成的 token。若在设置的有效期内 token 未被使用，则自动删除 token。

token 机制的缺点是，会生成大量无效的 token。举例来说，用户进入支付界面时，会先调用 TGS 获取 token；用户离开支付界面后再次进入时，又会调用 TGS 获取 token。这就导致分布式缓存中保存了大量无效的 token。

### 5.6.3　幂等实战

无论是唯一主键方案还是幂等表方案，处理幂等问题都有唯一主键的要求。以电商用户下单场景为例，用户在 App 端的下单流程如图 5-17 所示。下单请求首先被 Nginx 反向代理转发到聚合层，聚合层再调用原子服务完成下单逻辑，订单号全局唯一。对于这种场景，应该如何保障用户下单的幂等性呢？

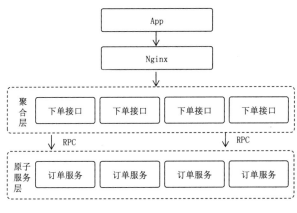

图 5-17

其实这个需求的核心点在于如何避免因网络等问题导致用户一次操作生成 2 笔订单。既然订单号具备全局唯一性，那么能否以订单号为唯一主键来实现幂等操作呢？接下来分多种情况讨论在不同阶段下生成订单号所带来的问题。

（1）原子服务层生成订单号：在聚合层调用原子服务下单时，因原子服务处理速度慢而导致接口调用超时，但此时原子服务已经生成了订单号 A 并写入了订单表，聚合层因此次调用超时而失败，会再次调用原子服务并写入订单信息，原子服务会再次生成订单号 B 并写入订单表。虽然订单号具备唯一性，但由于原子服务每次收到请求都会生成新的订单号，从而有可能导致一次下单请求生成两份不同订单号的订单数据。

（2）聚合层生成订单号：如果订单号是聚合层生成的，因框架重试机制而重复调用原子服务，那么，由于订单号不变，请求具备幂等性。但是，如果聚合层响应慢，导致 Nginx 重复调用聚合层，则仍然会出现一次申请多笔订单的情况。

（3）Nginx 生成订单号：如果 Nginx 生成订单号，则理论上多次调用原聚合层都是同一个订单号，具备幂等性。但是，在 App 端因网络问题重复调用下单接口，也会出现一次申请多笔订单的情况。

（4）App 生成订单号：App 针对每一次下单都生成一个订单号，并和请求报文一起发送给后端。因此，订单号生成规则在 App 端完成，每个 App 都根据同一规则生成订单号，可能导致生成的订单号重复。

通过上述分析，我们会发现在任何层生成订单号都有可能导致数据重复，所以通过订单号来做数据幂等性判断不可行。在实际开发中，我们会在 App 端下单时生成唯一的请求 ID（requestID）来标识当前下单请求，需要将 requestID 放在消息头中与下单请求消息一起发送到后端，聚合层在执行完下单处理的业务逻辑后再调用原子服务。原子服务首先判断 requestID 在分布式缓存中是否存在。如果 requestID 在缓存中已存在，则表示该请求是重复的请求，直接向客户端返回操作成功的提示；否则把 requestID 写入缓存中，并设置 TTL 时间，同时把数据写入订单表中。

最后，在讨论接口幂等问题时需要根据业务场景来分析，从架构的全局看待幂等处理，而不要局限于在某个端处理幂等问题。

# 5.7　配置中心

配置（Configuration）这个概念对每个技术人而言都不陌生。在系统设计阶段，后续可能变化的内容会被从代码中剥离出来放入配置文件中，程序启动时可以通过读取配置文件来改变内部的变量，但不能改动配置文件的内容。

## 5.7.1　常见的配置方式

配置方式一般包括静态配置方式和动态配置方式，如下所述。

### 1. 静态配置方式

静态配置方式指的是，在程序启动之前就已经设置好配置内容的方式。静态配置通常使用 properties 或 yml 方式进行设置，在启动时一次性加载生效，在程序运行期间一般不会发生变化。例如与环境相关的配置，涉及数据库地址、分布式缓存地址、消息队列地址。有些配置与安全相关，比如用户名、密码、访问令牌、许可证书等。这些配置也是一次性设置好的，在程序运行期间一般不会发生变化。因为静态配置涉及安全性，所以一般需要对相关信息进行加密存储，对配置访问需要进行权限控制。因为静态配置具备配置简单、学习成本低、上手快等优点而在单体应用中被广泛应用，但其存在如下缺点。

◎ 无审计功能：配置由研发或者运维人员修改，修改后直接上线，无法做审计。

◎ 无版本控制：无法查看到修改配置的人、修改的内容、修改的时间，且出现问题时配置文件无法回滚。

◎ 泄露隐私数据：所有配置文件都在项目里面，容易导致隐私泄露。

◎ 更改配置时需要重启服务：每次在更改配置文件后都需要重启服务。

## 2. 动态配置方式

动态配置方式指的是，在程序运行期可以根据需要动态调整的配置方式。进行动态配置，可让应用行为和功能的调整变得更加灵活。动态配置一般包括应用配置、业务配置和功能开关。

◎ 应用配置：与应用相关的配置，例如服务请求超时时间、缓存过期时间、日志输出级别、限流熔断阈值等。开发人员或运维人员一般会根据应用的实际运行情况调整这些配置。

◎ 业务配置：与业务相关的一些配置，例如 App 首页弹窗、营销活动规则、A/B 测试参数等。产品的运营人员通常会根据实际的业务需求动态调整这些参数。

◎ 功能开关：比如蓝绿部署、灰度开关、降级开关、主/备切换开关等。

## 5.7.2　配置中心概述

配置中心可屏蔽配置管理的细节并统一配置格式，方便用户进行自主式配置管理。配置信息在修改后实时生效，支持灰度发布，可以分环境、分集群管理配置，并拥有完善的权限、审核机制。终端用户只需关注配置管理界面的 UI 和标准化接口即可。

◎ 配置管理界面的 UI：方便应用开发人员管理和发布配置。

◎ 标准化接口：方便应用集成和获取配置。

## 1. 对配置中心的要求

为解决静态配置不足的问题，对配置中心的要求如下。

◎ 配置是可分离的，所有配置都可以从微服务里面抽离出来，对任何配置的修改都无须改动一行代码。

◎ 配置是中央式的，通过统一的中央配置平台区配置和管理不同的微服务。

◎ 配置是稳定的，配置中心必须可靠且稳定地提供配置服务。

◎ 配置是可追溯的。任何配置的历史都可追溯，被配置中心管理且可用。

### 2. 配置治理

项目中的配置文件比较繁杂，而且不同环境下不同配置的修改相对频繁，每次发布时都需要相应地修改配置。如果配置出错，则需要回滚。这就引出了配置治理的要求。配置治理的要求如下。

◎ 配置审计：要记录修改人、修改内容和修改时间，方便出现问题时追溯。
◎ 配置版本控制：对每次变更都要进行版本化处理，以便出现问题时可及时回滚到上一版本。
◎ 配置权限控制：对配置的变更和发布都要认证和授权。
◎ 灰度发布：在进行配置发布时，先让少数实例生效，确定没问题时再扩大应用范围。

## 5.7.3　案例实战

目前开源的主流配置中心有 Apollo、Nacos、Disconf,而开源社区比较活跃的是 Apollo。Apollo 是携程框架部门研发的开源配置管理中心，能够集中化管理应用不同环境、不同集群的配置，在配置修改后能够实时推送到应用端，并且具备规范的权限、流程治理等特性。

Apollo 的特性如下。

◎ 统一管理不同环境、不同集群的配置：通过统一的管理界面，可以管理开发、测试、生成等多个集群的配置。
◎ 配置修改实时生效：若对任何配置参数进行了修改，则在配置中心管理端，点击"发布"按钮后，配置信息都会立刻生效。
◎ 版本发布管理：统一管理所有已发布的版本，支持按版本回退。
◎ 灰度发布：制定灰度发布策略，执行灰度发布和全量发布动作。
◎ 客户端配置信息监控：可以在界面中方便地看到配置被哪些实例使用。

命名空间（Namespace）是 Apollo 的核心概念，它是配置项的集合，类似于配置文件的概念。使用 Apollo 创建项目时会默认为该应用创建一个私有类型的 Namespace，只有应用本身可以访问该 Namespace。

客户端获取 Namespace 的权限分为两种。

◎ private（私有的）：具有 private 权限的 Namespace 只能被其所属的应用获取。一个应用尝试获取其他应用具有 private 权限的 Namespace 时，Apollo 会报 "404" 异常。

◎ public（公共的）：具有 public 权限的 Namespace 能被任何应用获取。

Namespace 的类型如下。

◎ 私有类型：私有类型的 Namespace 具有 private 权限，比如创建项目时默认为私有类型。

◎ 公共类型：公共类型的 Namespace 具有 public 权限，其名称必须全局唯一，任何客户端都可以访问。

◎ 关联类型（继承类型）：关联类型又被称为继承类型，具有 private 权限。关联类型的 Namespace 继承于公共类型的 Namespace，用于覆盖公共类型 Namespace 的某些配置。

## 5.7.4　案例说明

在架构设计中，对于一些全局公共参数都有明确定义，比如接口超时的默认值为 1.5 秒，重试次数的默认值为 3 次等。可以使用 Apollo 配置中心，把这些公共参数都写入 public 类型的 Namespace 中。例如，在 public-config 项目中：

```
timeout=1500
retries=3
```

如果需要调整默认的配置，则只需修改公共类型 "public-config" 的 Namespace 的配置。如果客户端项目想要自定义或动态修改某些配置项，则只需在项目下关联 "public-config"，就能创建关联类型 "public-config" 的 Namespace。然后，在关联类型 "public-config" 的 Namespace 下修改配置项即可。

# 5.8　消息队列

## 5.8.1　为什么使用消息队列

在使用消息队列技术之前先来看一个业务场景：运营部门在互联网信息流中投放广告，用户在广告落地页填写信息并发起注册，广告落地页会调用用户服务发起注册申请，后端服务会执行一系列操作，例如，注册→初始化账户信息→邀友奖励发放→发放优惠券→……→上报信息流数据，如图 5-18 所示。

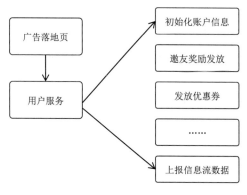

图 5-18

通过上述流程可以看到，与用户行为相关的事件都需要用户服务主动发起调用，这导致调用链路变长、业务耦合严重。例如，邀友奖励发放活动会根据用户在注册时所填写的邀请码来判断，是否给邀请他人的用户发放奖励。发放奖励的过程需要经过风控环节，这增加了注册接口的响应时间，很可能因为注册响应时间太长而引发接口超时，以致用户流失。但是，实际上邀友奖励发放、发放优惠券等业务流程无须同步完成，完全可以通过异步流程进行处理，最终只需把结果告知用户即可。

消息队列（Message Queue，MQ）是一种跨进程的通信机制，用于上下游传递消息，是分布式系统中的重要组件，一般在微服务中用来进行解耦、流量削峰、分布式事务的处理等。在消息队列中通常有 3 种角色：Producer、Consumer、Topic。我们以用户注册成功后赠送积分为例来解释这三者之间的关系。

◎ Producer：消息生产者，负责发送消息。例如，在用户注册成功后，用户服务会向消息队列发送一条消息，此时用户服务就是消息生产者，其负责发送注册成功的消息。
◎ Consumer：消息消费者，负责消费消息。在用户服务将用户注册成功的消息发送到消息队列后，积分服务开始消费消息队列中的数据，并给用户增加积分。
◎ Topic：消息主体，负责区分消息。例如，用户注册和用户下单是不同的消息类型，通过 Topic 来区分。

为解决服务之间重度依赖耦合的问题，在架构层面引入了消息队列。这样不仅可以规避微服务之间耦合调用的弊端，还能实现流量削峰、异步消息，从而提高系统吞吐量、健壮性。目前业内比较主流的消息队列包括 RocketMQ、ActiveMQ、RabbitMQ、Kafka 等。例如，用户在完成注册动作后，用户服务只需向消息队列发送一个注册事件的通知消息，下游业务如需要依赖用户注册事件，则只需订阅注册消息的 Topic 即可，从而可实现通知与业务调用的解耦。具体流程如图 5-19 所示。

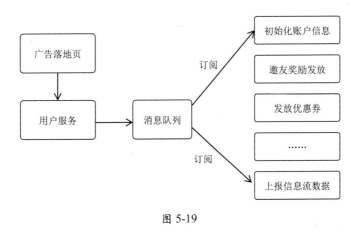

图 5-19

## 5.8.2　消息队列的使用场景

消息队列中间件是分布式系统中的重要组件，主要解决应用耦合、异步消息、流量削峰等问题。通过合理地使用消息队列，最终能实现高性能、高可用、可伸缩和最终一致性系统架构。下面分类介绍消息队列的使用场景。

### 1. 解耦

解耦的通常做法是生产者将消息发送到消息队列（MQ），下游订阅消息队列后接收到消息，并处理消息，具体模式如图 5-20 所示。

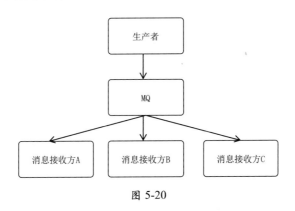

图 5-20

由生产者主动发送消息的方式虽然减少了业务之间的耦合度，却增加了生产者的复杂度。因为采用这种方式时需要引入消息队列的依赖，并向指定的 Topic 发送消息，所以存在由于网络不稳定等原因所导致的重复发送消息现象。推荐的做法是先模拟 MySQL 的 Slave 节点，再解析订阅的 binLog 日志，最后将 binLog 日志解析成 JSON 字符串后发送到消息队列（MQ）。其主体架构如图 5-21 所示。

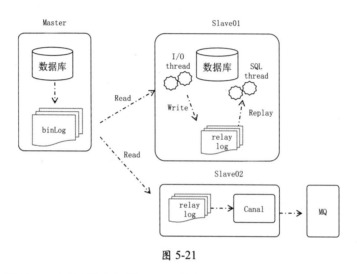

图 5-21

Canal 是由阿里巴巴开源的中间件，通过模拟 MySQL 的 Slave 节点，并解析数据库增量日志，提供增量数据订阅、消费功能。Canal 的工作原理如下。

（1）Canal 模拟 MySQL Slave 的交互协议，将自己伪装成 MySQL Slave，向 MySQL Master 发送 dump 请求。

（2）MySQL Master 收到 dump 请求，开始推送 binLog 给 Slave（即 Canal）。

（3）Canal 解析 binLog 对象（初始为字节流）。

在图 5-21 中，Slave01 是 MySQL 的 Slave 服务；而 Slave02 是通过 Canal 来模拟 MySQL 的另一个 Slave，主要用于订阅 binLog 日志并解析日志的内容。这使得服务提供和发送消息之间完全解耦。服务只需完成本身的相关功能，真正做到服务自治。解耦生产者消息发送的相关流程如下。

（1）基础服务对表执行 insert、update、delete 后，Canal 解析 MySQL Master 推送的 binLog 日志，并生成 JSON 格式的数据写入消息队列。例如，为了通用性，我们可以将数据库表的名称约定为 Topic 名称。

（2）下游订阅对应的 Topic，随后可收到数据变动通知。

## 2. 流量削峰

按照服务自治原则，在做服务拆分时会把业务场景类似的功能合并成一个服务，以消息中心为例，会将短信、Push、语音等这些通信能力合并在一起，形成消息中心，并对外提供服务。业务方在需要某种通信能力时调用对应的接口即可。其架构模式如图 5-22 所示。

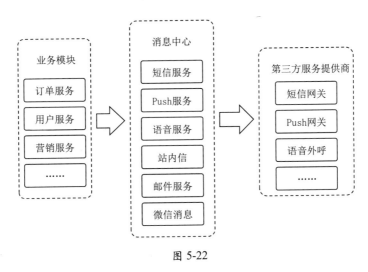

图 5-22

每当平台做大型活动（比如"6·18"或"双十一"大促）时，各业务系统都会在短时间内频繁调用消息中心的各种通信能力来触达注册用户，消息中心在接收到请求后会同步调用第三方服务提供商发送消息。此时，消息中心的压力非常大。如果用户服务需要调用短信能力来发送注册验证码，则很可能由于消息中心压力大而导致接口请求失败。为保障消息中心的稳定性和可靠性，可以在消息中心根据消息类型创建多个 Topic，同时把消息分级，消息中心在收到消息后根据消息的级别来判断，是同步发送消息，还是将消息全部写入消息队列对应的 Topic 中异步发送。调整后的架构模式如图 5-23 所示。

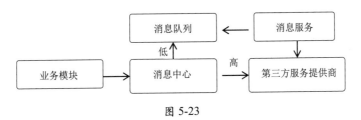

图 5-23

主要流程如下。

（1）业务模块发送消息时，需要指定消息的优先级（比如，将营销类消息定义为低优先级，将验证码类消息定义为高优先级）。

（2）消息中心接收到消息后，根据消息的优先级来判断：如果是低优先级，则根据消息的发送类型，将消息异步写入对应的 Topic；如果是高优先级，则同步调用第三方服务提供商的接口发送消息。

（3）消息服务会订阅各种类型的 Topic，并消费消息队列的消息，然后同步调用第三方服务提供商的接口发送消息。

### 3. 延时消息

延时消息也被称为定时消息，一般用于在设定的将来某个时间点执行某种任务。例如，用户在下单后需要在 30 分钟内完成支付。若用户在下单后的 5 分钟内还未支付，则向用户发送一次提醒支付的消息；若用户超过 30 分钟仍未支付，则需要执行关闭订单操作。

假设使用传统方式实现这个需求，需要设计两个定时任务，设置定时任务每隔 1 分钟运行一次。定时任务 A 扫描订单表中超过 5 分钟未支付的订单，根据扫描结果判断下单时间和当前时间的时间差，发送支付提醒消息，同时变更该订单状态为"已提醒"；定时任务 B 扫描订单表中超过 30 分钟未支付的订单，修改订单状态为"支付超时"，执行关闭订单操作。使用定时任务扫描表虽然能满足业务需求，但是该方式存在如下风险。

◎ 时间不可控：随着订单表数量的增加，单表扫描的时间较长，无法精准控制定时时间。

◎ 数据库压力大：高频扫描数据库，数据库的压力会增加。

解决上述两个潜在风险的方案很多，但是解决过程需要耗费大量的时间和人力。如果使用 RocketMQ 的延时消息功能实现定时任务，则既能精准控制时间，又能避免高频扫描数据库所导致的数据库压力。这里所说的延时消息，是指生产者发送消息后不会立刻被消费者消费，需要等待指定的时间后才会被消费。

RocketMQ 支持延时消息，但不支持秒级精度。其默认支持 18 个级别的延时消息。可以通过 broker 端的 messageDelayLevel 配置项来确定延时的时间，即将 messageDelayLevel 设置为 1s、5s、10s、30s、1min、2min、3min、4min、5min、6min、7min、8min、9min、10min、20min、30min、1h 或 2h。

使用 RocketMQ 的延时消息实现上述需求非常简单,下单成功后再发送两条延时消息,在消息中至少包括订单号,这样消费者就可以根据订单号查询订单详情,且对每条消息均设置不同的延时时间,如下所述。

（1）5 分钟后发送提醒消息:

```
Message msg = new Message(topicName,"",keys,message.getBytes());
msg.setDelayTimeLevel(9); // 对应第 9 个值,即 5min
SendResult sendResult = producer.send(msg);
```

（2）30 分钟后关闭订单:

```
Message msg = new Message(topicName,"",keys,message.getBytes());
msg.setDelayTimeLevel(16); // 对应第 16 个值,即 30min
SendResult sendResult = producer.send(msg);
```

消息消费者在收到消息后,会根据消息中的订单号查询当前订单的状态。如果是已支付状态,则直接提交消息;否则,执行相应的发送提醒,或者关闭订单操作。

## 5.9　分布式事务

单体应用架构转成微服务架构后,原本一次接口调用即可完成的功能,转变成需要调用多个服务并操作多个数据库来实现。如何保障多个数据节点之间数据的一致性及如何处理分布式事务,将成为一个复杂的话题。接下来通过分析事务的特性及分布式事务的常用方案来讲解如何在项目中处理分布式事务问题。

### 5.9.1　事务的特性

事务是数据库管理系统执行过程中的一个逻辑单元,可用来保证一组数据库操作要么全部执行成功,要么全部执行失败。事务具有 4 大特性（ACID 特性）,如下所述。

◎ 原子性（Atomicity）:一个事务是一个不可分割的工作单位,事务中的操作要么全部执行成功,要么全部执行失败。

◎ 一致性（Consistency）:事务必须使数据库从一种一致性状态变为另一种一致性状态,一致性与原子性是密切相关的。

◎ 隔离性（Isolation）:一个事务的执行不能被其他事务干扰,即一个事务内部的操作及其使用的数据与其他并发事务是隔离的,并发执行的各个事务不能互相干扰。

◎ 持久性（Durability）：指一个事务一旦提交，该事务对数据所做的更改便持久地保存在数据库之中，接下来的其他操作或故障不应该对其有任何影响。

例如，在单体架构的电商场景下，用户在线下单的过程涉及用户、订单、支付、库存等模块的一系列协同操作。如果使用 Spring 框架开发，则只需在需要使用事务的模块方法体上增加@Transactional 注解即可。该注解通过数据库提供的本地事务特性来保证用户的下单操作要么全部成功，要么全部失败。但是在分布式场景下，用户、订单、支付和库存分布在不同的数据库上，此时本地事务已经不能保障数据的一致性，如何在多个数据库节点间保证本地事务的 ACID 特性成为一个技术难题。由此衍生出了 CAP 定理和 BASE 理论。

### 1. CAP 定理

CAP 定理又叫作布鲁尔定理（Brewer's theorem）。该定理指出，对于一个分布式计算系统来说，不可能同时满足一致性、可用性和分区容错性。

◎ 一致性（Consistency）：分布式系统中所有服务器上的数据副本，在同一时刻的数据都是一致的。

◎ 可用性（Availability）：当集群中的一部分节点发生故障后，要确保每一次请求都能收到响应。

◎ 分区容错性（Partition Tolerance）：遇到任何网络分区故障时，都能对外提供满足一致性和可用性的服务，除非整个网络环境都发生故障。

### 2. BASE 理论

BASE（Basically Available，Soft State，Eventually Consistent，即基本可用、软状态、最终一致性）理论由 CAP 定理演化而来，是对 CAP 中一致性和可用性进行权衡的结果。其核心思想是，即使数据无法做到强一致性，每个应用也都可以根据自身的业务特点，采用适当的方式，使数据达到最终一致性。

◎ 基本可用：指分布式系统在出现不可预知的故障时，允许损失部分可用性来保障系统的整体可用性。

◎ 软状态：指允许系统中的数据存在中间状态，并认为该中间状态的存在不会影响系统的整体可用性，即允许系统在不同节点的数据副本之间存在一定的延时。

◎ 最终一致性：强调系统中的所有数据副本在经过一段时间的同步后，最终能够达到一致状态。在本质上，它需要系统保证最终数据的一致性，而无须实时保证系统数据的强一致性。

## 5.9.2　分布式事务方案

分布式事务是由一批分支事务组成的全局事务。通常，分支事务只是本地事务。在业界一般使用强一致性分布式事务 TCC（Try-Confirm-Cancel）和基于事务消息的柔性事务来解决系统所面临的分布式事务问题。

### 1. TCC

TCC 是一种事务补偿型方案，一般用于和交易相关的数据强一致性场景下。其工作原理如图 5-24 所示。TCC 由三个阶段组成。

◎ Try 阶段：尝试执行，完成对所有业务的检查（一致性），预留必需的业务资源（准隔离性）。

◎ Confirm 阶段：确认真正执行业务，不做任何业务检查，只使用 Try 阶段预留的业务资源。Confirm 操作必须满足幂等性设计要求，因为在 Confirm 失败后需要进行重试。

◎ Cancel 阶段：取消执行，释放 Try 阶段预留的业务资源。Cancel 操作必须满足幂等性设计要求，Cancel 阶段和 Confirm 阶段的异常处理方案基本一致。

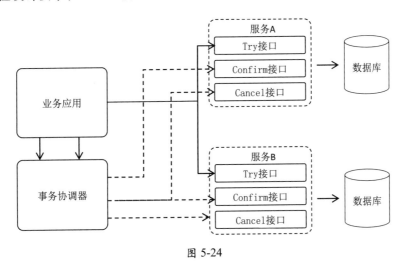

图 5-24

目前业界使用人数较多，而且有知名互联网公司已经深入使用的开源分布式事务解决方案包括 tcc-transaction、Apache ServiceComb Saga、servicecomb-pack、Seata 等。

1）Apache ServiceComb Saga

Apache ServiceComb Saga 是针对微服务分布式事务最终一致性问题提供的解决方

案，具备高可用、高可靠、高性能、低侵入、部署简单、使用简单的特性，通过注解及编写对应的补偿方法即可完成分布式事务。该方案包含 Alpha 和 Omega 两个组件，其具体作用如下。

◎ Alpha 充当协调者角色，主要负责对事务的事件进行持久化存储及协调子事务的状态，使其最终与全局事务的状态保持一致。

◎ Omega 是在微服务中内嵌的一个 Agent，负责对网络请求进行拦截，并向 Alpha 上报事务事件，且在异常情况下根据 Alpha 下发的指令执行相应的补偿操作。

Apache ServiceComb Saga 的运行流程如图 5-25 所示。

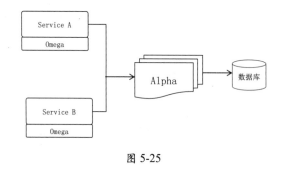

图 5-25

2）Seata

Seata 是阿里巴巴开源的分布式事务解决方案，致力于在微服务架构下提供高性能和简单易用的分布式事务服务，包括如下三种角色。

◎ TC（Transaction Coordinator）：事务协调者。其维护全局和分支事务的状态，驱动全局事务提交或回滚。

◎ TM（Transaction Manager）：事务管理器。其定义全局事务的范围，开启全局事务，提交或回滚全局事务。

◎ RM（Resource Manager）：资源管理器。其管理分支事务处理的资源（Resource），与 TC 通信，以注册分支事务和报告分支事务的状态，并驱动分支事务提交或回滚。

其中，TC 为单独部署的 Server（服务器）端，TM 和 RM 为嵌入应用中的 Client（客户）端。在 Seata 中，一个分布式事务的生命周期如图 5-26 所示。

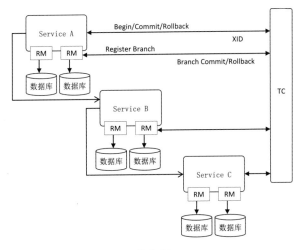

图 5-26

Seta 的执行流程如下。

（1）TM 请求 TC 开启一个全局事务。TC 会生成一个 XID，并将该 XID 作为该全局事务的编号。其中，XID 会在微服务的调用链路中传播，保证将多个微服务的子事务和该 XID 关联在一起。

（2）RM 请求 TC 将本地事务注册为全局事务的分支事务，通过全局事务的 XID 进行关联。

（3）TM 请求 TC 将 XID 对应的全局事务进行提交或者回滚。

（4）TC 驱动 RM，将 XID 对应的本地事务进行提交或者回滚。

例如，电商平台用户在下单支付时可以选择使用优惠券抵扣部分商品金额，同时防止商品超卖。这就会涉及核销优惠券、调用支付接口、扣减库存等服务，从而引发分布式事务操作。以 Seata 为例，基于 TCC 的分布式事务处理流程如图 5-27 所示。

用户发起下单动作后会调用多个服务。分布式服务之间的协调由分布式调度框架实现，具体可分为如下 3 个阶段。

（1）Try 阶段：首先，订单服务预创建订单。此时创建的订单对终端用户是不可见的。其次，库存服务做扣减库存处理。如果扣减失败，则服务直接抛出异常。最后，优惠券服务执行锁定优惠券操作。

（2）Confirm 阶段：①订单服务修改订单状态为待支付，此时订单对终端用户可见；

②优惠券服务执行核销优惠券操作。

（3）Cancel 阶段：①库存服务执行增加库存操作；②优惠券服务执行取消锁定操作。

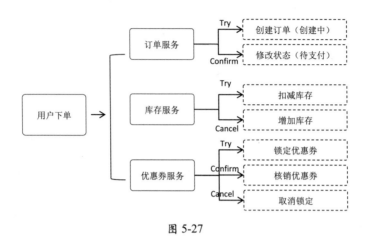

图 5-27

将上述过程转变为程序，在需要使用分布式事务的入口增加注解 @GlobalTransactional，表示当前是一个分布式事务，该事务会被注册到事务协调器上。伪代码如下。

```
@GlobalTransactional(name="createOrder")
public boolean createOrder(String userId,OrderRequestDTO orderRequestDTO){
    boolean lockResult= couponService.lockCoupon(null,orderRequestDTO);
    if(!lockResult){
      throw new  RuntimeException("锁定优惠券失败！");
    }
    boolean decrResult=stockService.decreaseStock(orderRequestDTO);
    if(!decrResult){
      throw new  RuntimeException("锁定库存失败！");
    }
    boolean createOrderResult=orderService.createOrder(orderRequestDTO);
    if(!createOrderResult){
      throw new  RuntimeException(" 创建订单失败！");
    }
    return true;
}
```

以优惠券服务为例，在具体执行 TCC 的方法里面使用@TwoPhaseBusinessAction 注解来标记当前方法是 try 方法，同时需要在注解里面指定 commitMethod 和 rollbackMethod

对应的名称，并实现对应的方法（TCC 中的每个方法都必须做幂等处理）：

```
public class CouponServiceImpl implements CouponService {
    @TwoPhaseBusinessAction(name="tryCouponService",commitMethod=
    "verificationCoupon", rollbackMethod = "unLockCoupon")
    @Override
    public boolean lockCoupon(BusinessActionContext actionContext,String
    couponID) {
        String xid=actionContext.getXid();
        // 幂等处理
        // 锁定优惠券
        return true;
    }
    public boolean verificationCoupon(BusinessActionContext actionContext) {
        // 幂等处理
        // 核销优惠券
        return true;
    }
    public boolean unLockCoupon(BusinessActionContext actionContext) {
     // 幂等处理
     // 取消锁定
        return true;
    }
}
```

### 2. 柔性事务

TCC 补偿型事务方案虽然实现了数据的强一致性，但是业务的代码量和复杂度增加了。其实，并不是每种业务场景都要求数据具备强一致性。对于不需要数据强一致性的场景，可以使用基于事务消息的最终一致性方案来解决分布式事务的问题。事务消息实现了消息生产者的本地事务与消息发送的原子性，保证了消息生产者本地事务处理成功与消息发送成功的最终一致。下面我们以 RocketMQ 为例，介绍如何通过 RocketMQ 的事务消息来实现分布式事务的最终一致。在介绍原理前，首先需要理解以下概念。

◎ 半消息（Half Message）：生产者发送的消息暂时不能被消费者消费。生产者已经把消息发送到服务器端，但是此消息的状态被标记为不能投递。处于这种状态下的消息被称为半消息。只有当生产者对该消息发送 Commit 指令后，消费者才可以消费到该消息；如果在消息状态回查时生产者返回 Rollback 状态，该消息则会被删除，永远不会被消费者消费到。

◎ 消息状态回查：在生产环境中，可能会因为网络原因、应用本身问题等因素，导致生产者一直没有对这个半消息进行确认，服务器会定时扫描这些半消息，主动找生产者查询该消息的状态。具体查询频率和次数可以通过服务器端进行配置，默认每分钟查询一次。消息状态回查的次数最多为 15 次。

柔性事务的原理如图 5-28 所示。

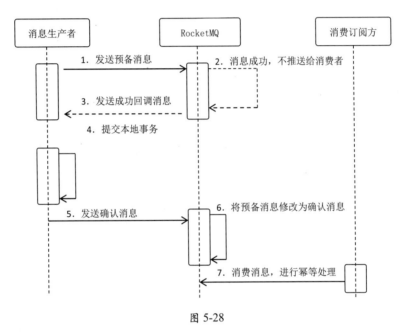

图 5-28

柔性事务的具体流程说明如下。

（1）消息生产者向 RocketMQ 发送预备消息。

（2）RocketMQ 将消息持久化保存。此时消息为半消息，暂不能投递。

（3）RocketMQ 向消息生产者发送 ACK，确认消息已经发送成功。

（4）开始执行本地事务逻辑。

（5）消息生产者向 RocketMQ 发送确认消息。

（6）消息生产者根据本地事务的执行结果向 RocketMQ 提交二次确认（Commit 或 Rollback）。RocketMQ 若收到 Commit 状态，则将半消息标记为可投递；RocketMQ 若收到 Rollback 状态，则删除半消息，直接将消息设置为已消费状态，这时消费者将不会接收该消息。

（7）消费订阅方最终将收到该消息，并处理业务逻辑。可能存在多次发送消息的情况，处理业务逻辑前需要先做幂等处理。

需要注意的是，如果在成功执行本地事务后一直没有提交状态，RocketMQ 会主动给生产者发送回查消息；生产者在收到回查消息后，需要检查对应消息的本地事务执行结果，并再次提交二次确认结果。其流程如图 5-29 所示。

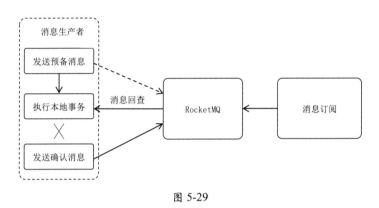

图 5-29

假设用户创建订单成功后，执行扣减库存操作，使用柔性事务来处理分布式事务。整个流程的相关代码如下。

```
@Service
public class TransactionOrderProducer {
    public void init(){
        producer = new TransactionMQProducer(group);
        producer.setTransactionListener(orderTransactionListener);
        this.start();
    }
    // 发送事务消息
    public TransactionSendResult send(String data, String topic) throws
    MQClientException {
        Message message = new Message(topic,data.getBytes());
        return this.producer.sendMessageInTransaction(message, null);
    }
}
```

业务系统启动后，会调用 TransactionOrderProducer#init 方法向 RocketMQ 注册监听器，以便消息队列能够回调业务系统。例如，用户在 App 端执行下单操作，当业务系统收到请求时，并不是直接调用订单服务来创建订单，而是先向消息队列发送一条事务消息，消息队列在成功收到消息后，会回调 OrderTransactionListener 的 executeLocalTransaction 方法。注意 OrderTransactionListener 需要实现 TransactionListener 接口，该接口的主要功能就是接收消息队列发起的消息回查请求。

```
public interface TransactionCheckListener {
    LocalTransactionState checkLocalTransactionState(final MessageExt msg);
}
```

executeLocalTransaction 方法同步调用 createOrder 方法来执行真正的订单入库操作，并会在日志表中记录一条数据。当 OrderTransactionListener 收到消息回查请求时，会根据 transactionId 来查询业务日志表，确认订单请求是否正常入库。相关代码如下。

```
public class OrderTransactionListener implements TransactionListener {
@Override
// 执行本地事务
public LocalTransactionState executeLocalTransaction(Message message, Object o) {
    LocalTransactionState state;
    try{
        String order = new String(message.getBody());
        orderService.createOrder(order,message.getTransactionId());
        state = LocalTransactionState.COMMIT_MESSAGE;
    }catch (Exception e){
        state = LocalTransactionState.UNKNOW;
    }
     return state;
  }
// 消息回查
@Override
public LocalTransactionState checkLocalTransaction(MessageExt messageExt) {
    LocalTransactionState state;
    String transactionId = messageExt.getTransactionId();
    if (transactionService.check(transactionId)){
        state = LocalTransactionState.COMMIT_MESSAGE;
    }else {
      String body = new String(messageExt.getBody());
      OrderDTO order = JSONObject.parseObject(body, OrderDTO.class);
    try {
        orderService.createOrder(order, messageExt.getTransactionId());
      }catch (Exception e){
          return LocalTransactionState.UNKNOW;
```

```
        }
            state = LocalTransactionState.COMMIT_MESSAGE;
        }
        return state;
    }
}
```

OrderService 是具体订单入库的方法，订单操作和业务日志操作在同一个本地事务中执行，使用本地事务保障数据的一致性。相关代码如下。

```
OrderServiceImpl implements OrderService{
    @Transactional
    public void createOrder(OrderRequestDTO orderRequestDTO,String
        transactionId){
        orderDAO.createOrder(orderRequestDTO);
        transactionLogDAO.insert(TransactionLog.builder());
    }
}
```

TCC 虽然解决了数据的强一致性问题，但是业务代码量增加了很多，这给后续的代码维护增加了成本。柔性事务巧妙地利用了消息队列保障数据的最终一致性，但是其在执行中途存在短暂的数据不一致的情况。服务拆分不可避免地会引起分布式事务的副作用，在解决其副作用时需要根据业务场景来选择数据强一致性方案，或数据最终一致性方案。

# 第 6 章

# 亿级流量网关开发实战

　　微服务网关又叫作 API 网关，它是微服务架构下系统的唯一流量入口，是微服务架构演变的必然产物。微服务架构把一个原本庞大的业务系统拆分成许多小粒度的系统，进行独立部署和维护，将微服务网关作为内部服务面向客户端的单一入口。从安全角度来说，使用微服务网关可将内部系统暴露给外部用户的范围控制到最小；通常还会在微服务网关中处理横向的关注点，比如权限控制、访问控制、速率限制等。

# 6.1　为什么使用网关

　　单体应用架构在转变为微服务架构后，系统原本的功能由多个聚合服务提供。例如，与用户相关的功能由用户服务提供，与订单相关的功能由订单服务提供，各服务对外暴露不同的访问地址。后续因业务量上涨，需要将订单服务再次拆分为订单检索服务、订单列表服务及订单详情服务，则需要再次创建新的域名来对应拆分后的服务。客户端在调用具体服务时需要根据不同的业务场景填写不同的请求地址，如图 6-1 所示。

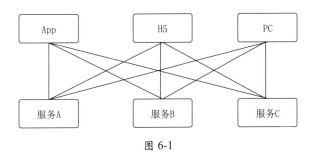

图 6-1

　　随着服务数量的逐渐增加，这种架构模式给研发人员带来了很多麻烦，甚至引发了线上事故。其问题主要体现在以下几方面。

◎ 请求地址不统一：每个服务都提供各自的服务接口地址，前端需要根据不同的业务场景调用后端的不同服务地址。

◎ 功能重复开发：每个服务都需要实现请求鉴权、访问限流、服务熔断等功能。

◎ 状态码不统一：权限认证由每个服务各自处理，导致返回的状态码不一致。例如，在 App 访问某个服务时，因 token 过期而需要重新登录。有些服务返回状态码 "code=-8"，有些服务返回状态码 "code=-1"，前端需要根据每个服务匹配、解析不同的状态码来提示用户重新登录。

◎ 跨域：随着业务越来越复杂，业务呈现多元化发展，使用不同的域名区分后台服务地址，导致存在前端 H5 页面跨域访问的问题。

◎ 日志分散：入口请求日志散落在每个服务中，不方便统一收集。

◎ 无最新文档：接口文档都记录在 Wiki（Wiki 是一种在网络上开放，且可供多人协同创作的超文本系统）上。项目初期做需求迭代时会同步更新文档；但有时进行需求迭代的时间紧迫，前后端开发人员在沟通清楚后就直接更改了接口，导致在多次迭代后没有最新的接口文档，甚至到最后，接口由谁负责，都无人知晓。

使用微服务网关后，客户端的所有请求地址都指向微服务网关的域名，由网关将请求转发到对应的服务。这样就解决了前端 H5 页面跨域访问的问题，而且鉴权、限流、熔断功能都由网关来完成并返回约定的状态码，避免了对非业务功能的重复开发。接口文档由网关管理中心根据 API 自动实时生成和更新，可以时刻保持最新状态。使用微服务网关后，客户端的调用逻辑如图 6-2 所示。

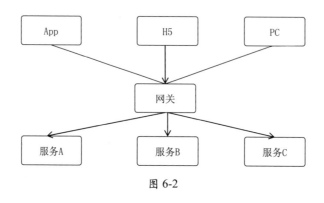

图 6-2

## 6.1.1 网关的职责和工作原理

网关是系统的唯一入口，在系统架构中扮演着非常重要的角色。从业务角度来看，网关的职责如下。

◎ 请求接入：所有 API 服务请求的统一接入点。

◎ 业务聚合：所有后端业务服务的聚合点。

◎ 中介策略：实现安全过滤、身份验证、路由、数据过滤等策略。

◎ 统一管理：对所有 API 服务和熔断、限流等策略进行统一管理。

我们可以将网关理解为一个反向路由。它屏蔽了接口的内部细节，接收所有调用者的请求，为调用者提供统一的入口，通过路由机制将请求转发到下游服务。同时，网关也是"过滤器"集合，实现一系列与业务无关的横切面功能，比如安全认证、限流熔断、日志监控等。从技术角度来看，网关的工作原理如下。

◎ 协议转换：将不同的协议转换成通用协议，再将通用协议转换成本地系统能够识别的协议，比如将 HTTP 统一转换为 RPC。

◎ 插件化：将网关中的每种业务能力都设计为插件，每种插件只负责单一的业务功能，网关中的插件具备可插拔模式。

◎ 链式处理：消息请求从流入到流出的每个环节所对应的插件都会对经过的消息进行处理，整个过程形成一个链条。链式处理的优势在于，它将处理请求和执行步骤分开，每个插件都只关心插件上需要完成的处理逻辑，处理步骤和逻辑顺序由"链"来完成。

◎ 异步请求：在微服务中增加微服务网关后，所有请求都被通过微服务网关异步转发到下游服务，可以保障网关的吞吐量始终处于稳定状态。

## 6.1.2　核心功能

图 6-3 展示了微服务网关的整体架构图，在该架构图中把微服务网关划分成网关核心和管理中心两部分。其中，网关核心包括接入层、分发层和监控层，管理中心包括监控中心、API 管理、在线文档、调用明细、调试工具及测试计划。

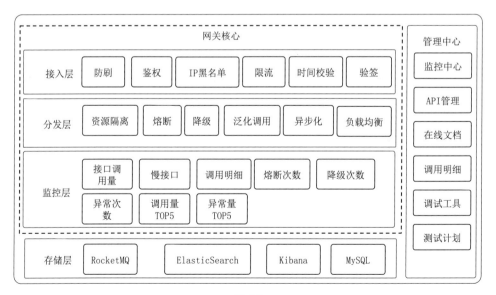

图 6-3

其中，接入层负责加载系统插件，使用责任链设计模式调度每个插件来处理客户端的请求，把非法请求拦截在系统之外；分发层将请求路由到下游服务，网关使用资源隔离策略来屏蔽不同接口之间对资源的相互影响，同时针对当前调用量及调用结果做熔断、降级处理，并处理其返回结果；监控层生成各种监控指标，并提供监控日志、运维分析报表、自动告警等消息。各插件的意义如下。

## 1. 插件的定义

插件的定义如下。

◎ 鉴权插件：鉴权插件是用来做用户身份鉴权的。客户端的每次请求都会携带全局唯一的 token 来标识身份，鉴权插件会把 token 转换成用户信息透传给后端服务。如果鉴权失败，则提示用户需要登录。

◎ 验签插件：App 客户端把请求参数值和预先分配的密钥按照一定的规则生成一串签名放在消息头中，与请求消息一起提交到网关。网关根据接收的参数和预置密钥，按照一定的规则生成一串签名，并对比客户端生成的签名。如果二者的签名一致，则允许该请求通过，否则认为请求不合法。

◎ IP 黑名单插件：过滤非法的 IP 地址。如有非法 IP 地址访问，网关就会将其直接拦截。但是，需要控制好黑名单 IP 地址的存活时间。

◎ 限流插件：针对 IP 地址、接口、用户 ID 制定限流策略。每种限流策略的使用场景都不一样，可以单独使用，也可以组合使用。例如，IP 地址的限制范围太大时，通过线上运行的情况来看，如果用户在移动网络下，则 IP 地址重复的概率较大，容易被"误杀"。

◎ 时间校验插件：时间校验也是为了系统安全考虑而设的。每次请求都会携带时间戳，当接口提交的时间戳和系统的当前时间间隔太久时，网关会判定当前请求为非法请求，直接抛出异常。我们可以根据业务需要，针对各接口设置不同的时间间隔范围。

◎ 防刷插件：主要拦截爬虫请求，防止其爬取数据。当网关判定当前请求为爬虫请求时，会弹出验证码，以阻断该请求。例如，使用 User-Agent 的浏览器信息、referer 等参数组合来判断当前请求是否为爬虫请求。

## 2. 部署架构

微服务的网关系统是处于客户端请求和下游服务之间的中间件系统。微服务网关本身无状态，支持横向扩展。在部署时可以把网关核心部署到服务器或 Kubernetes 容器中，每个微服务网关的核心都运行在独立的 Pod 里，当流量超过微服务网关设定的阈值时，网关可自动扩容。若当前基础设置没被容器化，则也可以将网关部署到单独的虚拟机中。容器化部署方式如图 6-4 所示。

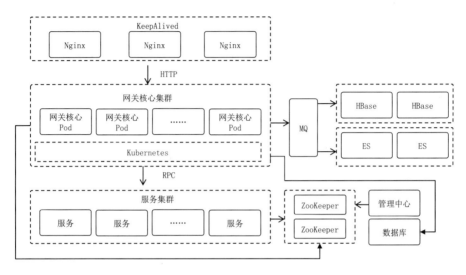

图 6-4

网关的整体运行流程如下。

（1）使用 KeepAlived，把三台 Nginx 连接在一起，组成虚拟 IP 地址，确保前置反向代理服务器为高可用状态。

（2）采用多实例或者多 Pod 部署多个网关核心，保障网关高可用地运行。

（3）将网关运行时产生的各种运行状态发送到 MQ 中，消费者会将其写入 HBase 集群及 ES 集群中。

（4）API 信息被保存在管理中心，当接口发生变动时，通过 ZooKeeper 通知网关核心更新接口配置。

### 3. 健壮性要求

网关是微服务架构下所有需要暴露给外部服务的统一入口，因此对网关的健壮性做如下要求。

◎ 资源隔离：所有接口请求首先会进入网关，不能因为某个接口的性能问题而拖垮整个网关。所以，必须做到接口级隔离。

◎ 熔断与降级：当接口出现大量异常或者超时时，网关会自动返回异常码。例如，通过提示"系统繁忙，请稍后再试"来隔断请求，防止大量请求拖垮服务，形成雪崩效应。

◎ 容错处理：在网关访问服务接口异常时，需要根据设定的规则返回特殊的异常码。

◎ 异步化：异步化的目的是提高网关的吞吐量，在网关侧要求所有接口响应都异步化。

### 4. 设计要求

网关设计采用链式方式，每个插件的功能都相互独立，在插件执行完成预先定义的逻辑后，再根据当前的业务执行情况，判断是否正常进入下一个插件或者抛出异常。因此，网关的插件首先需要根据插件的功能来排序，确定每个插件执行的先后顺序。为了便于管理，在网关启动后，把网关内置插件全部委托给 Spring 来管理，插件需要继承 Spring 的 Ordered 接口，通过 order 值的大小来调整插件执行顺序，按照 order 的值从小到大依次执行。

```
public interface Ordered {
    /**
     * Useful constant for the highest precedence value.
     * @see java.lang.Integer#MIN_VALUE
     */
    int HIGHEST_PRECEDENCE = Integer.MIN_VALUE;
    /**
     * Useful constant for the lowest precedence value.
     * @see java.lang.Integer#MAX_VALUE
     */
    int LOWEST_PRECEDENCE = Integer.MAX_VALUE;
    int getOrder();
}
```

网关插件按类型可以分为 pre、routing、after、monitor 这 4 种类型。在代码中可以创建 4 个独立的包名，以便分类管理。

◎ pre：前置过滤插件集。一般用于处理通用逻辑，比如防刷、鉴权、限流、时间校验、验签等。

◎ routing：路由插件。其将客户端的 HTTP 请求包装成泛化方式调用后端服务，在调用的同时需要增加熔断、限流的防护。其主要作用是协议转化和路由。

◎ after：后置插件集。从 routing 返回的响应信息会经过它，再返回给调用者。在返回的 response 上加入其他业务处理，例如统一异常码处理。

◎ monitor：监控插件。在前面 3 类插件执行完成后，监控插件会针对本次执行的结果（例如执行时间、异常原因）做分析，将调用的明细形成快照并写入数据库中。

## 6.2　网关的高可用性设计

微服务网关作为所有服务的统一访问入口，其运行的稳定性和高可用性至关重要。因此，我们需要通过高可用性设计来尽量减少系统计划内和计划外的停机，当微服务网关出现故障时及时响应、快速恢复，以保障业务系统的稳定运行和可持续访问。

### 6.2.1　高可用性的衡量标准

系统的可用性（System Usability）指的是系统服务不中断运行时间占实际运行时间的比例，以百分比来计算（用 $N$ 个 9 来表示）。我们通常使用 MTTR、MTTF、MTBF 这三个术语来表示可用性。三者之间的关系如图 6-5 所示。

◎ MTTF（Mean Time To Failure，平均无故障时间）：指系统无故障运行的平均时间。其选取的是从系统开始正常运行到发生故障的时间段的平均值。

◎ MTTR（Mean Time To Repair，平均修复时间）：指系统从发生故障到维修结束的时间段的平均值。

◎ MTBF（Mean Time Between Failure，平均故障间隔时间）：指系统在两个相邻的故障间隔期内正常工作的平均时间，也叫作平均无故障工作时间。

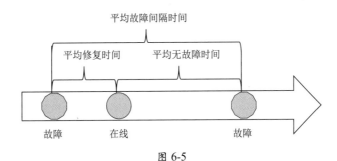

图 6-5

按照以上概念，系统可用性的计算公式为 MTTF/(MTTR+ MTTF) × 100%。

在微服务架构中，一次外部 API 调用会涉及多个原子服务的组合调用。在涉及多个系统时，其可用性计算方式如下。

（1）服务单副本。在服务单副本的情况下，调用关系如图 6-6 所示。假设每个接口的可用性为 99%，那么接口的整体可用性为 99%×99%×99%=97.029 9%。由此可见链路越长，可用性就越低。

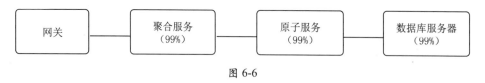

图 6-6

（2）服务多副本。在服务多副本的情况下，调用关系如图 6-7 所示。假设每个接口的可用性为 99%，那么接口的整体可用性=99%×(1−(1−99%)×(1−99%))×99%=98.000 199%。

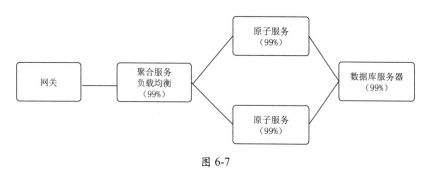

图 6-7

对可用性的衡量

工业界通常通过统计从故障发生到恢复所花费的时间来衡量系统的可用性等级，即用 SLA（Service Level Agreement，服务等级协议）来表示可用性等级，通常使用 $N$ 个 9 的百分比来表示。一般以年度为单位，统计一年内的系统不可用总时长。具体的对应关系如表 6-1 所示。

表 6-1　可用性对照表

| 状态描述 | 常用叫法 | 可用性级别 | 年度累计宕机时间 | 平均每天宕机时间 |
| --- | --- | --- | --- | --- |
| 可用 | 1个9 | 90% | 36.5天 | 2.4小时 |
| 基本可用 | 2个9 | 99% | 87.6小时 | 14分钟 |
| 较高可用 | 3个9 | 99.9% | 8.76小时 | 86秒 |
| 具有故障自恢复能力的可用性 | 4个9 | 99.99% | 52.6分钟 | 8.6秒 |
| 具有极高的可用性 | 5个9 | 99.999% | 5.25分钟 | 0.86秒 |

对于 SLA 指标来说，9 的数字越多，可用性越高，宕机时间就越少。这样系统就可以

在给定的时间内高比例地正常工作。然而，如此一来，对系统的挑战越大，投入的成本也会越高。比如"5 个 9"要求系统每年的宕机时间不超过 5.25 分钟，而"4 个 9"要求系统每年的宕机时间不超过 52.6 分钟，这就使得系统在设计、基础设施、数据备份等不同层面要采取多种方式，甚至需要增加基础设施投资来保证系统的可用性。

## 6.2.2　影响系统高可用性的因素

影响系统高可用性的因素有很多，包括应用发布、系统故障、基础设施故障、数据故障、系统压力、外部依赖等。

◎ 应用发布：当应用需要迭代升级时，为了得到更好的用户体验，要求发布应用的过程不能中断或者阻碍用户操作，在正常情况下可以做到用户无感发布。但如果涉及迁移数据，则会导致整个升级发布流程相当复杂。为了降低复杂度和开发成本，可以选择在夜间暂时中断服务来做数据迁移。

◎ 系统故障：一旦发生故障，系统的可用性就会受到影响。例如，服务器宕机、应用程序内存溢出，都会导致整个服务不可用。

◎ 基础设施故障：服务器宕机、机房停电、网络故障等都会导致服务不可用。

◎ 数据故障：系统失效、数据丢失和数据的完整性被破坏，会导致服务不可用。

◎ 系统压力：假如系统某时刻的流量已经超出系统所能承受的最大流量，则会导致服务超时，甚至异常，最终导致服务不可用。

◎ 外部依赖：如果外部依赖的服务发生故障，则会出现调用异常，进而导致系统不可用。

## 6.2.3　提升系统可用性的常用方法

系统运行所依赖的资源，比如网络、硬件、数据库、第三方服务等都存在不稳定性，一旦依赖资源出现故障，就会导致服务不可用。所以说，故障是不可避免的。因此，在设计服务时就需要努力提高系统的可用性。对于无法避免的故障，要降低其发生率；对于无法预测的故障，要控制其连锁影响，不要产生系统层面的影响；在故障发生后，系统能够快速恢复到正常状态。常见做法如下。

（1）服务多副本：在网关中需要启动多个服务副本来提高网关的容灾性，并使用负载均衡来保证在其中任何一个服务宕掉时，服务对外提供的接口依旧不受影响。另外，在设计过程中网关应该是无状态的，在流量高峰时能支持横向扩展。

（2）限流机制：当高出预期的流量来临时，若通过横向扩展方案仍然不能解决问题，则需要通过流控和降级来解决问题，通过调节数据流的平均速率来保护后端服务。虽然外部高并发请求因超过流控阈值，导致部分超出流量被拒绝；但是系统能力范围内的请求可以被正常处理，系统仍处于可用状态。

（3）降级设置：降级指的是，为了保障核心服务的正常运行，使用开关手段暂时关闭非核心服务，接口返回预先定义的降级逻辑。需要明确的是，暂时关闭意味着会给用户体验带来一些影响，但是并不妨碍用户正常使用。

（4）超时重试：网关调用后端服务请求的结果有成功、失败、超时三种。为了提高接口调用的成功率，对于超时的接口需要发起重试机制。但是如果频繁发起重试，则可能会加重消费者的负担。为了避免重试导致更严重的事故，在制定超时重试的策略时需要考虑的参数包括超时时间、重试的总次数。

（5）隔离策略：隔离的目的是，在系统发生故障时限制传播范围和影响范围，要特别注意因非核心系统的故障而造成对核心系统的影响。目前，隔离策略包含信号量隔离和线程池隔离。

◎ 信号量隔离：信号量只是限制了总的并发数，服务仍由主线程同步调用。若远程调用超时，则依然会影响主线程，从而影响其他业务。因此，如果只是想限制某个服务的总并发调用量，或者调用远程服务的耗时非常短，则可以使用轻量级的信号量隔离来实现。

◎ 线程池隔离：将不同的业务通过不同的线程池进行隔离，就算业务接口出现了问题，因为线程池已经进行了隔离，所以也不会影响其他业务。在 Java 中，线程是比较重的资源，而且线程数量受系统限制。如果需要隔离的线程池过多，则线程池隔离的做法不适用。

（6）熔断机制：在网关中应用熔断器模式后，若调用服务发生大量超时，则网关能够主动熔断，以防止服务被进一步拖垮。

（7）负载均衡策略：当下游服务提供者有多台服务实例时，网关调用下游服务需要支持负载均衡策略。当集群里的 1 台或者多台服务器不能响应请求时，剩余正常的服务器可以保证服务继续使用。

## 6.3 从零开始自研高性能异步网关

### 6.3.1 API 协议的制定

网关自研很重要的一步是定义接口协议，确认前端和网关的接口交互方式及接口协议，主要使用 HTTP 方式以 JSON 格式与前端交互。JSON 格式的接口请求协议如下。其中，协议中的 apiMethodName 表示当前暴露的接口名称，在网关中该名称全局唯一，网关会把该接口映射到下游服务接口上；paramValues 是 JSON 数组，其保存需要传递到后端的数据。

```
{
    "apiMethodName" : "product.query",
    " paramValues ": [
        {
            "keyWord": "笔记本"
        }
    ]
}
```

接口应答报文如下。其中，code 表示当前请求的状态码，200 表示成功，其他状态码根据业务来定；data 表示服务返回的具体业务数据，以 JSON 格式返回；desc 是对当前请求接口返回值的描述。

```
{
    "code" : 200,
    "data" : [{"productName":"苹果笔记本","id":5},{" productName":"华为笔记本",
"id":6}],
"desc" : "操作成功"
}
```

### 6.3.2 API 的注册与发布

API 注册指把下游服务需要暴露给外部用户访问的接口注册到网关管理平台，由网关统一提供调用入口。API 注册包括第三方注册和自注册两种模式。

◎ 第三方注册模式：开发一套网关管理平台，由管理员登录网关管理平台，手动添加 API 名称、服务接口名称、接口版本、参数名称、参数类型、接口返回值等信息。

◎ 自注册模式：服务启动时自动扫描当前服务需要暴露到网关的接口，通过反射机制获取服务接口名称、接口版本、参数名称、参数类型、接口返回值等信息，并将这些接口信息组装成报文，发送到网关管理平台进行自动注册。

API 发布指的是，管理员审核已注册到网关且需要暴露到外网的 API，在审批通过后外网用户才能访问。从日常使用过程来看，第三方注册模式需要管理员在网关管理平台手动填写大量的 API 信息，填错任何一个参数都会导致网关调用报错，配置错误概率比较高。自注册模式采用程序扫描自定义注解的方式自动注册。这对开发人员来说有一定的技术门槛，但是自注册模式具有配置效率高、零配置错误的优势。

实现自注册模式包含自定义注解、注解解析、接口注册这三步流程。如果开发人员需要把 queryUser 方法注册到网关，则只需通过@ExportGateWay 自定义注解，就能把 queryUser 服务发布到网关管理平台。注册逻辑如图 6-8 所示。

◎ 自定义注解：用来标记在服务中有哪些接口需要发布到网关。
◎ 注解解析：在服务启动时解析标记有特定注解的接口，并解析接口的入参和出参。
◎ 接口注册：通过 Post 方式把已经解析的接口注册到网关管理平台。

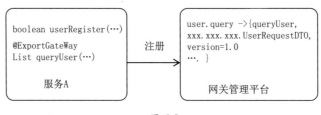

图 6-8

### 1. 自定义注解

@ExportGateWay 是方法级注解，用来标记内部服务中的哪些接口需要对外暴露 API。如下代码所示，apiName 表示对外部暴露的 API 名称；owner 表示该接口的负责人；version表示当前接口的版本等。

```
@Documented
@Retention(RetentionPolicy.RUNTIME)
@Target({ElementType.TYPE, ElementType.METHOD})
@Inherited
public @interface ExportGateWay {
    String  apiName()default "";
```

```
String  owner()default "unknow";
String  version()default "";
}
```

在图 6-8 的示例中，服务 A 有 userRegister 和 queryUser 两个方法，但是只有 queryUser
需要对外提供服务。因此，只需在 queryUser 方法上增加@ExportGateWay，即可自动导出
接口，并将接口信息注册到网关管理平台。但此时接口信息还缺少参数，需要再自定义注
解@FieldName，解析接口参数所对应的字段和接口信息，并将这些信息一起注册到网关。
@FieldName 代码如下。

```
import java.lang.annotation.ElementType;
import java.lang.annotation.Retention;
import java.lang.annotation.RetentionPolicy;
import java.lang.annotation.Target;
@Retention(RetentionPolicy.RUNTIME)
@Target({ElementType.TYPE, ElementType.FIELD})
public @interface FieldName {
    String  description()default "";
}
```

例如，定义一个返回对象 UserAddressDTO：

```
@Data
@Builder
public class UserAddressDTO implements Serializable {
    @Tolerate
    public  UserAddressDTO (){
    }
    @ FieldName (description = "地址")
    private String userAddress;
    @ FieldName (description = "区号")
    private String areaCode;
}
```

### 2. 发布 API 到网关

例如，UserManagerServiceImpl 使用 Dubbo 提供的@Service 注解将服务发布到注册中
心，同时需要在网关中暴露 queryUser 接口。因此，可以通过@ExportGateWay 注解将
queryUser 接口发布到网关。此时，前端就可以通过 mobilePhone 参数来查询用户信息。从
前端角度来看，接口的名称是 user.query.byMobile；从后端角度来看，方法名称实际上是
queryUser。这就通过屏蔽服务器端接口真实名称的方式确保了服务的访问安全。

```
@Service
public class UserManagerServiceImpl implements UserManagerAPIService {
    @Override
    @ExportGateWay(version = "1.0",owner = "panzw",
    apiName="user.query.byMobile")
    public UserManagerDTO queryUser (String mobilePhone) {
      // 具体业务方法
       return new UserManagerDTO();
    }
}
```

### 3. 自定义注解解析器

使用 Spring 提供的后置处理器来解析自定义注解。后置处理器（BeanPostProcessor）是 Spring IOC 容器为开发者提供的一个扩展接口，其作用是在 Bean 对象实例化和依赖注入完毕后，在显式调用初始化方法前或显式调用初始化方法后添加开发者自定义的逻辑。需要注意的是，初始化方式是在 Bean 实例化完毕后及依赖注入完成后才触发的，而且接口不能返回 Null。BeanPostProcessor 的代码如下。

```
public interface BeanPostProcessor {
    // Bean 在初始化方法调用前被调用
    Object postProcessBeforeInitialization(Object bean, String beanName) throws
    BeansException;
    // Bean 在初始化方法调用后被调用
    Object postProcessAfterInitialization(Object bean, String beanName) throws
     BeansException;
}
```

首先定义 DubboServiceBeanPostProcessor 类，解析标记有 Dubbo 的@Service 注解的类，再动态解析所有标记有 ExportGateWay 注解的方法，最后通过 Post 方式把接口信息注册到网关管理平台。相关代码如下。

```
public class DubboServiceBeanPostProcessor implements BeanPostProcessor {
 @Autowired
 private ApplicationContext applicationContext;
 @Override
 public Object postProcessBeforeInitialization(Object bean, String beanName)
   throws BeansException {
   return bean;
 }
 @Override
```

```java
public Object postProcessAfterInitialization(Object bean, String beanName)
 throws BeansException {
 Service service = (Service) this.applicationContext
 .findAnnotationOnBean(beanName, Service.class);
 if (Objects.nonNull(service)) {
    Class<?>[] interfaces = bean.getClass().getInterfaces();
    String interfaceName=interfaces[0].getName(); // 接口的完整类名
    // 获取当前类下的所有方法
 final Method[] methods = ReflectionUtils.getUniqueDeclaredMethods(clazz);
 for (Method method : methods) {
 ExportGateWay annotation = method.getAnnotation(ExportGateWay.class);
 if (Objects.nonNull(annotation)) {
 String methodName = method.getName();
    Class<?>[] parameterTypesClazz = method.getParameterTypes();
    String paramterTypeName = parameterTypesClazz[0].getName();
    // 自定义返回对象，非 Java 基础类型，返回类似于 DTO 的对象
 if (!paramterTypeName.startsWith("java")) {
try {
// 解析自定义的返回值
    GateWayResult gateWayResult= ParseInputDTO.parseDTO(paramterTypeName);
       httpPost(gateWayResult);// 以 Post 方式提交网关
} catch (Exception ex) {
 log.error("parse error={}", ex);
}
  } else { // Java 的标准返回值类型
String parameterTypes = Arrays.stream(parameterTypesClazz).map(Class::getName)
 .collect(Collectors.joining(","));
Parameter[] parameters = method.getParameters();
String parameterNamesArrays.stream(parameters).map(Parameter::getName)
.collect(Collectors.joining(","));
String paramArrayNames[] = parameterNames.split(","); // 参数名称
String paramArrayTypes[] = parameterTypes.split(","); // 参数类型
    httpPost(paramArrayNames,paramArrayTypes);// 以 Post 方式提交网关
}
  return bean;
 }
```

## 6.3.3　异步化请求

以 Tomcat 为例，Tomcat 每次收到一个客户端请求，都会分配一个线程来处理该请求。

该线程负责解析客户端请求的数据，拼装服务器端的应答数据，然后返回给客户端。在同步调用获取数据接口的情况下，整个线程是一直被占用并阻塞的。执行流程如图 6-9 所示。

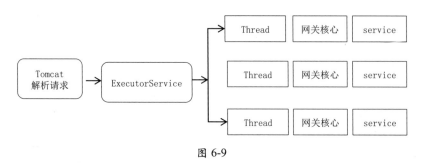

图 6-9

如果此时有大量请求访问网关，每个请求都占用一个线程，且线程一直处于阻塞状态，则势必会降低网关的吞吐量。异步化的目的是将请求解析线程池和业务处理线程池分离，以便提高系统的并发能力和业务处理吞吐能力。目前 Servlet 3.x、Spring 异步 API Netty 框架都支持异步化操作。下面分别介绍这 3 种异步框架的使用方式。

### 1. Servlet 3.x

在 Servlet 3 之前，后端服务在接收到一个 HTTP 请求消息时，需要执行一系列流程。例如，请求消息解析、业务逻辑处理、业务响应都是在线程池的工作线程中进行的。Servlet 3 之后支持将 I/O 线程和业务处理线程分开，进而对业务做隔离和异步化处理。例如，根据业务的重要性进行业务分级，使用多个线程池方式来隔离核心业务和普通业务，实现业务的优先级处理，提升应用的可靠性。

Servlet 3 异步调用的实现过程比较简单，只需先定义一个固定大小的线程池，然后把业务处理逻辑放入线程中执行，最后异步等待执行结果。相关代码如下。

```
ExecutorService taskExecutor = Executors.newFixedThreadPool(100);
final AsyncContext asyncContext = request.startAsync(request, response);
taskExecutor.submit(()->{
HttpServletRequest asynRequest = (HttpServletRequest)
 asyncContext.getRequest();
// 调用网关核心
// 写入响应
OpenApiResponseUtils.writeRsp((HttpServletResponse)asyncContext.getResponse(),
sessionBean.getRequest());
asyncContext.complete();
)};
```

从上述代码中可以看到，通过 Servlet 的 request.startAsync 方法可以获取异步上下文对象 asyncContext，再将 asyncContext 传递给业务处理线程池 taskExecutor，网关核心通过 asyncContext.getRequest()获取参数并调用下游服务，同时使用 asyncContext.getResponse() 获取 response 并将下游服务返回的结果返回给客户端，最后调用 asyncContext 的 complete 方法完成整个异步调用。

### 2. Spring 异步 API

在 Spring MVC 框架下默认所有请求都是同步执行的，但可以使用 WebAsyncTask 将请求分发给一个新的线程去执行。当有数据返回时，以异步方式向请求端返回执行结果。相关代码如下。

```
@ResponseBody
public WebAsyncTask<GateWayResult> doGateWayAction(HttpServletRequest request,
 HttpServletResponse resp) {
RequestDTO requestDTO=RequestTransforDTO.convertRequest(request);
requestDTO.setTraceId(idService.genInnerRequestId());
GateWayContext context = new GateWayContext(); // 定义上下文
context.setRequestDTO(requestDTO); // 在上下文中保存对象
WebAsyncTask<GateWayResult> task = new WebAsyncTask<GateWayResult>(10 * 1000L,
 executor, () -> {
new DefaultGateWayPluginChain(plugins).execute(context);
return context.getResult();
});
task.onCompletion(() -> {
});
// 在发生异常时调用该方法
task.onError(() -> {
return null;
});
// 在任务超时时调用该方法
task.onTimeout(() -> {
return null;
});
return task;
}
```

### 3. Netty 框架

Netty 是来源于 JBoss 的一种高性能、异步事件驱动的 NIO 框架。基于 Java NIO 提供的 API 框架，Netty 的所有 I/O 操作都是异步非阻塞的。用户通过 Future-Listener 机制可以方便地主动获取，或者通过通知机制获取 I/O 操作结果。Netty 采用了串行化设计理念，从消息的读取、编码及后续 Handler 的执行，始终都由 I/O 线程 EventLoop 负责。Netty 抽象出两组线程池：BossEventLoopGroup 专门负责接收客户端的连接，WorkerEventLoopGroup 专门负责网络读/写操作，从而可避免因线程上下文切换所致的开销。如果需要实现基于 Netty 的 HttpServer，则只需按下列步骤执行。

（1）首先构建一个单例的 HttpServer，接收客户端发起的 HTTP 请求，让 SpringBoot 在启动时同时加载并启动 Netty 服务。相关代码如下。

```
private final ExecutorService serverStartor = Executors.newSingleThreadExecutor(new
NamingThreadFactory("gateway-executers"));
    @PostConstruct
    public void start() {
        serverStartor.execute(() -> {
            init();
            String inetHost = InetAddressUtil.getLocalIP();
            try {
                ChannelFuture f = bootstrap.bind(inetHost, port).sync();
                f.channel().closeFuture().sync();
            } catch (InterruptedException e) {
            } finally {
                destroy();
            }
        });
    }
    private void init() {
    bootstrap = new ServerBootstrap();
    bossGroup = new NioEventLoopGroup(1, new
    NamingThreadFactory("dubbo-boss-group"));
    workerGroup = new NioEventLoopGroup(Runtime.getRuntime().
    availableProcessors() * 8,
    new NamingThreadFactory("dubbo-work-group "));
    HttpProcessHandler processHandler = new
    HttpProcessHandler(businessThreadCount,plugins,publisher,idService);
        bootstrap.group(bossGroup, workerGroup)
        .channel(NioServerSocketChannel.class)
```

```
        .childHandler(new ProxyChannelInitializer(processHandler))
        .childOption(ChannelOption.TCP_NODELAY, true)
        .childOption(ChannelOption.SO_KEEPALIVE, true)
        .childOption(ChannelOption.ALLOCATOR, PooledByteBufAllocator.DEFAULT);
}
```

（2）创建 HttpProcessHandler 类解析网络请求，并将结果转发给网关执行器。采用 Netty
作为 HttpServer 时，重点要解决 HTTP 类型协议请求的解析和返回结果的封装。可以利用
Netty 本身提供的 HttpServerCodec、HttpObjectAggregator 来解析 HTTP 的请求消息。例如，
定义 HttpProcessHandler 处理 HTTP 请求，代码如下。

```
@ChannelHandler.Sharable
public class HttpProcessHandler extends
 SimpleChannelInboundHandler<FullHttpRequest> {
    @Override
protected void channelRead0(ChannelHandlerContext ctx, FullHttpRequest request) {
    // 解析 HTTP 的消息,将其封装为 RequestDTO 对象
     RequestDTO requestDTO=RequestTransforDTO.convertRequest(request,ctx);
        doRequest(ctx, request,requestDTO);
    }
private void doRequest(ChannelHandlerContext ctx,  HttpRequest msg,RequestDTO
 requestDTO) {
// 将具体的业务逻辑处理提交到线程池中完成
        businessThreadPool.execute(new GateWayWorker( ctx,
        msg,requestDTO,plugins));
    }
    @Override
    public void exceptionCaught(ChannelHandlerContext ctx, Throwable cause) {
        ctx.close();
    }
}
```

需要在系统启动时注册 HttpServerCodec、HttpObjectAggregator 这两个解码器，以便
组合起来解析 GET 请求和 POST 请求。相关代码如下。

```
@Override
protected void initChannel(SocketChannel ch) throws Exception {
    ch.pipeline().addLast(
    new LoggingHandler(GateWayServer.class, LogLevel.DEBUG),
    new HttpServerCodec(), new HttpObjectAggregator(512*1024*1024),
    httpProcessHandler);
}
```

至此介绍了三种实现异步通信的方法。在网关技术选型中，任何一种方案都能满足异步化要求，大家可以根据团队的具体情况自由选择。

### 6.3.4  泛化调用

通常，RPC 的调用过程需要客户端使用服务器端提供的接口。具体的形式则是使用 jar 文件，通过引用 jar 文件获取接口的具体信息，比如接口名称、方法名称、参数类型、返回值类型，如图 6-10 所示。这种依赖 jar 文件的模式会频繁更新网关，以致网关系统难以维护。例如，网关上暴露了 $N$ 个接口名，则需要调用 $N$ 个服务，那就需要引入 $N$ 个 jar 文件。

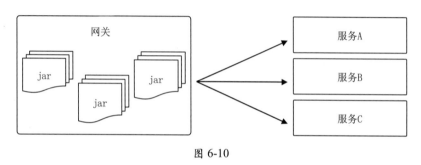

图 6-10

Dubbo 提供的泛化接口解决了客户端必须依赖服务器端提供的 jar 文件才能访问的问题。其原理跟普通的 RPC 调用原理一致，这里的唯一区别在于，泛化调用时参数传递涉及的 POJO 对象及返回值中涉及的 POJO 对象都用 Map 类型表示。例如，某方法的输入参数是 User 对象，在执行泛化调用前，调用方需要先使用序列化方式将 User 对象转为 Map 对象；而在具体执行方法前，又需要通过反序列方式将 Map 对象转为 User 对象。相关代码如下。

```
@Test
public void test(){
    User user=new User();
    user.setUserId("u0001");
    user.setMobilePhone("1380000000");
    user.setUserName("panzw");
    Object generalize = PojoUtils.generalize(user);
    // 序列化，将 User 对象转为 Map 对象
    User user1=(User)PojoUtils.realize(generalize,User.class);
    // 反序列化，将 Map 对象转为 User 对象
}
```

```
@Data
public class  User{
    String userId;
    String mobilePhone;
    String userName;
}
// 用 Map 表示 User 的对象如下
{mobilePhone=1380000000, userName=panzw,
 class=com.xx.api.test.client.po.$User, userId=u0001}
```

通过上述代码可以看到，将 POJO 对象用 Map 格式表示，会在 Map 对象里多出一个 class 字段，这个字段就是为了后续将 Map 对象转为 POJO 对象预留的。

因此，微服务网关可以采用泛化方式调用，无须依赖其他 jar 文件，就可以与下游服务之间使用 RPC 方式进行通信。以下是 Dubbo 泛化调用的例子：

```
import org.apache.dubbo.rpc.service.GenericService;
// 引用远程服务
ReferenceConfig<GenericService> reference = new
 ReferenceConfig<GenericService>();
// 弱类型的接口名
reference.setInterface("com.xxx.XxxService");
reference.setVersion("1.0.0");
// 声明为泛化接口
reference.setGeneric(true);
// 用 org.apache.dubbo.rpc.service.GenericService 可以替代所有接口引用
GenericService genericService = reference.get();
Object result = genericService.$invoke("sayHello", new String[]
 {"java.lang.String"}, new Object[] {"world"});
Map<String, Object> person = new HashMap<String, Object>();
person.put("name", "xxx");
person.put("password", "yyy");
// 如果返回 POJO 对象，则其将被自动转成 Map 对象
Object result = genericService.$invoke("findPerson", new String[]
{"com.xxx.Person"}, new Object[]{person});
```

网关核心路由层调用下游服务使用泛化调用的方式，可避免因调用多个服务而依赖多个 jar 文件，以致引发 jar 文件冲突的情况。相关调用代码如下。

```
public class DubboRoutingPlugin implements GateWayPlugin {
    private DubboProxyService dubboProxyService;
    public DubboPlugin(DubboProxyService dubboProxyService) {
```

```
        this.dubboProxyService = dubboProxyService;
    }
    @Override
    public void execute(GateWayContext context, GatewayFilterChain chain) {
        // 将泛化调用的代码封装在 Hystrix 中
        HystrixDubboCommand command = new
        HystrixDubboCommand(dubboProxyService, context,
        setter(context.getRequestDTO()));
        Object response = command.execute();
        response = Optional.ofNullable(response).orElse("");
        if (response instanceof HystrixException) {
            HystrixException exception = (HystrixException) response;
context.setResult(GateWayResult.builder().data(exp.getMsg())
.desc("系统异常").code(CommonErrorCode.SYSTEM_ERROR).build());
        }else {
context.setResult(GateWayResult.builder().data(object)
.desc("操作成功").code(CommonErrorCode.SUCCESSFUL).build());
        }
        chain.execute(context);
}
public Setter setter(final RequestDTO requestDTO) {
return Setter.withGroupKey(HystrixCommandGroupKey.Factory
.asKey(GateWayCache.get(requestDTO.getMethod()).getServiceName()))
.andCommandKey(HystrixCommandKey.Factory.asKey(requestDTO.getMethod()))
.andCommandPropertiesDefaults(HystrixCommandProperties.Setter()
// 舱壁隔离策略——信号量
.withExecutionIsolationStrategy
(HystrixCommandProperties.ExecutionIsolationStrategy.SEMAPHORE)
// 设置每组 Command 可以申请的信号量的最大数
 .withExecutionIsolationSemaphoreMaxConcurrentRequests(Constants.MAX_
CONCURRENT_REQUESTS)
/* 开启超时设置 */
.withExecutionIsolationThreadInterruptOnTimeout(true)
.withCircuitBreakerSleepWindowInMilliseconds(3000)
.withCircuitBreakerErrorThresholdPercentage(50)
.withExecutionTimeoutInMilliseconds(Constants.TIME_OUT)
/* 超时时间设置 */
.withCircuitBreakerEnabled(true)// 开启熔断器
.withCircuitBreakerSleepWindowInMilliseconds(Constants.SLEEP_WINDOW_
INMILLISECONDS));
}
```

```
    @Override
    public int getOrder() {
        return FilterOrderEnum.DUBBO_FILTER.getOrder();
    }
}
```

## 6.3.5 功能插件化

在设计模式中有一种责任链模式，其作用是避免请求发送者与接收者耦合在一起。在执行链上有多个节点，每个节点都有机会处理请求事务。如果某个节点处理完了，就可以根据实际的业务逻辑传递给下一个节点继续处理，或者返回处理完毕的消息。在网关中使用链式处理的优势如下。

（1）方便扩展插件的能力。

（2）插件功能相互独立，插件之间通过"链"的方式串联在一起。

### 1. 插件开发

定义 GateWayPlugin 接口，并继承 Spring 的 Ordered 接口来统一插件的运行入口。继承 Ordered 接口的目的是为插件指定执行顺序，插件之间则通过 GateWayContext 对象传递请求的上下文参数，且所有插件都需要实现 GateWayPlugin 接口：

```
public interface GateWayPlugin extends Ordered {
    void execute(GateWayContext context,GatewayFilterChain chain) ;
}
```

定义 GatewayFilterChain 接口，GatewayFilterChain 是链式调用接口，网关默认实现了 DefaultGateWayPluginChain 方法来实现调用链的串联：

```
public interface GatewayFilterChain {
    void execute(GateWayContext context) ;
}
```

例如，编写一个以方法名为粒度的限流的插件，其代码如下。

```
public class MethodRateLimitPlugin implements GateWayPlugin {
    @Autowired
    private RateLimiter rateLimiter;
    @Override
public void execute(GateWayContext context, GatewayFilterChain chain) {
```

```
// 具体的限流算法
policy().ifPresent(policy -> {
final Rate rate = rateLimiter.consume(policy,
context.getRequestDTO().getMethod());
// 若超过阈值，则抛出一个自定义异常
    if (rate.getRemaining() < 0) {
        throw new RuntimeException(TOO_MANY_REQUESTS.toString() + "," +
        TOO_MANY_REQUESTS.value());
        }
        });
// 若正常流转，则进入下一个插件
    chain.execute(context);
    }
    private Optional<Policy> policy() {
        return Optional.ofNullable(new Policy());
    }
    @Override
    public int getOrder() {
    // 指定限流插件的排序
        return FilterOrderEnum.METHOD_RATE_LIMIT.ordinal();
    }
}
```

### 2. 插件管理

网关的所有插件都以 Bean 形式交给 Spring 来管理，可以在插件上加上@Service 注解，或者通过统一@Configuration 和@Bean 的方式来管理。例如，由 GateWayAutoConfig 实现自动配置，把所有的插件都交给 Spring 托管：

```
@Configuration
public class GateWayAutoConfig {
    @Bean
    public GateWayPlugin loginPlugin(){
        return new LoginPlugin();
    }
    @Bean
    GateWayPlugin dubboRoutingPlugin(DubboProxyService dubboProxyService){
        return new DubboRoutingPlugin(dubboProxyService);
    }
    @Bean
    public GateWayPlugin monitorPlugin(){
```

```
        return new MonitorPlugin();
    }
}
```

### 3. 插件运行

我们以 Spring Boot 提供的 Rest 接口来接收客户端的请求为例，用 WebAsyncTask 来处理异步请求。它提供了超时时间配置、异步任务执行、异步回调、执行异常和超时后的回调机制，相关代码如下。

```
@RestController
public class SuperGateWayController {
@Autowired
@Qualifier("taskExecutor")
private ThreadPoolTaskExecutor executor;
@Autowired
public List<GateWayPlugin> plugins;
@ResponseBody
@RequestMapping("/gateway.do")
public WebAsyncTask<GateWayResult> gateWayAction(HttpServletRequest request,
 HttpServletResponse resp) {
RequestDTO requestDTO=RequestTransforDTO.convertRequest(request);
GateWayContext context = new GateWayContext();
context.setRequestDTO(requestDTO);
WebAsyncTask<GateWayResult> response = new WebAsyncTask<GateWayResult>(10 *
 1000L, executor, () -> {
try{
new DefaultGateWayPluginChain(plugins).execute(context);
}catch (Exception e){
        monitorPlugin.execute(context);
        throw e;
    }
            return context.getResult();
        });
    return response;
    }
private static class DefaultGateWayPluginChain implements GatewayFilterChain {
        private int index;
        private final List<GateWayPlugin> plugins;
DefaultGateWayPluginChain(final List<GateWayPlugin> plugins) {
        this.plugins = plugins;
```

```
        }
        @Override
        public void execute(GateWayContext context) {
            if (this.index < plugins.size()) {
                plugins.get(this.index++).execute(context, this);
            } else {
                return;
            }
        }
    }
}
```

## 6.3.6　请求快照

在日常的产品运营过程中，当有用户反馈 App 访问某页面很慢甚至报错时，研发人员在排查问题时一般会根据用户的关键信息查找报错日志，通过在日志中记录的输入参数和输出结果及报错信息来定位问题。如果某个研发人员没有按规范打印日志，或者在日志中没有详细记录的入参，查询生产环境的问题就比较麻烦。

**请求快照**：网关会自动记录每次请求客户端的设备信息、入参明细、响应明细、接口响应耗时等信息，以结构化形式保存起来形成当前请求的快照信息。当出现问题时，可以通过快照信息来分析当时出现的问题。请求快照涉及流量采集、数据存储及快照查询问题。

（1）流量采集。流量采集指的是，把流入网关的流量保存到数据库中。但是，并非所有流入网关的流量都需要采集，要增加开关项来配置哪些接口需要采集流量。例如，网关在收到客户端发送的请求时，会把请求参数包装成 RequestDTO 对象，再将调用下游的返回结果合并成 SnapshotDTO 对象，快照插件 SnapshotPlugin 会把 SnapshotDTO 对象转换为字节格式并异步写入消息队列，完成整个流量采集过程。相关代码如下。

```
public class SnapshotPlugin implements GateWayPlugin {
@Autowired
private GateWayEventPublisher publisher;
@Override
public void execute(GateWayContext context, GatewayFilterChain chain) {
  RequestDTO requestDTO=context.getRequestDTO();
  Object result = context.getResult();
  SnapshotDTO snapshotDTO = SnapshotDTO.builder()
   ......// 省略构建快照对象的代码
  build();
```

```
        publisher.publishEvent(snapshotDTO); // 发送 MQ 消息
         chain.execute(context);
    }
    @Override
    public int getOrder() {
        return FilterOrderEnum. SNAPSHOT_FILTER.ordinal();
    }
    }
```

（2）数据存储。消息队列的消费者在收到消息时会反序列化为 RequestDTO 对象，并识别 userid、客户端版本、请求 IP 地址等核心参数，存入 HBase 数据库。其中，HBase 的 RowKey 可以按 userid_接口名称_时间倒序这种组合方式来设计。

（3）快照查询。可以根据 userid，查询当前用户最近的请求历史；也可以根据 userid 和接口名称查询用户操作该接口的所有历史请求。

## 6.3.7　API 生命周期

API 生命周期指的是从 API 设计到最终 API 下线的完整流程。整个 API 生命周期通常包括 API 设计、API 注册、API 测试、API 审核、API 上线、API 管理、API 监控、API 下线这 8 个阶段，并以安全策略贯穿始终，如图 6-11 所示。

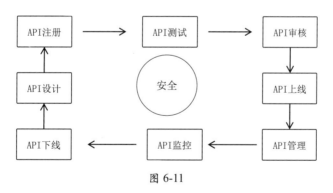

图 6-11

API 生命周期的 8 个阶段如下。

（1）API 设计：包括 API 的基本信息定义和详细信息定义。API 的基本信息定义包括 API 的编码、名称、分组、用途描述、缓存、安全等基本控制信息的定义等，API 的详细信息定义主要包括 API 的输入和输出信息定义。

（2）API 注册：将服务器端需要暴露的 API 自动注册或者手动注册到网关。

（3）API 测试：对于已经注册完成的 API 服务，提供在线测试工具进行在线测试，同时对接口服务调用的输入参数进行结构化展示，方便用户对测试需要的各种参数进行输入。

（4）API 审核：审计 API 命名是否规范，确认接口输出的所有字段是否被允许，确认是否有必要暴露 API。

（5）API 上线：开发环境、测试环境、预发环境、生产环境的微服务网关都是相互隔离的，由业务管理员把需要上线的网关从预发环境中导出并导入生产环境中。

（6）API 管理：可以对那些已经注册和发布的 API 进行状态管理，其中的主要状态包括待发布、上线、暂停、下线废弃等关键状态。

（7）API 监控：对于在线的 API 提供调用次数、超时次数、熔断次数等运行质量监控。

（8）API 下线：对于不再提供服务的 API 做下线处理。客户端若访问下线后的 API，则给出错误提示。

# 6.4　网关优化

网关是平台的统一入口，在网关设计阶段需要考虑在不同的接口之间如何做资源隔离。要杜绝由于某个接口性能差而导致整个网关服务宕机的情况；同时需要考虑在网关中如何合理地使用缓存等，进行一系列的性能优化。

## 6.4.1　资源隔离

我们知道，网关是所有 API 对外的统一出口，如图 6-12 所示。假设用户访问了产品详情页接口，线程池中的某个线程就会请求下游的产品详情页聚合服务，并一直阻塞等待调用结果。如果此时有大量请求访问产品详情页的接口，就会把线程池中的线程耗尽。当客户端用户请求促销活动接口时，因为网关中只有一组线程池，且线程池已满，所以会导致客户端在调用促销活动接口时抛出异常。

为防止某些 API 由于性能问题而耗尽网关的所有资源，从而影响网关上的其他 API，需要给每个接口都分配不同的线程池，实现以接口为粒度的资源隔离策略，以减少 API 之间的相互影响。整个架构如图 6-13 所示。

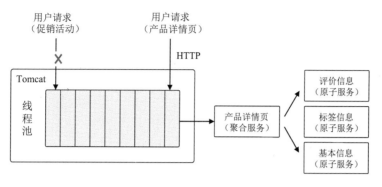

图 6-12

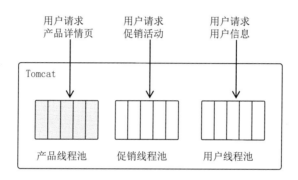

图 6-13

我们选择 Hystrix 来实现资源隔离。Hystrix 目前支持信号量隔离和线程池隔离，各资源隔离方式所对应的使用场景不同。

◎ 信号量隔离：只限制了总的并发数，服务仍由主线程进行同步调用。如果远程调用超时，则依然会影响主线程，从而会影响其他业务。

◎ 线程池隔离：指的是通过不同的线程池对业务进行隔离。如果业务接口出现了问题，由于线程池已经进行了隔离，因此不会影响其他业务。

在网关中可以用 apiMethod 作为 CommandKey，再设置超时时间、隔离策略等核心参数，最后把服务调用过程封装到 HystrixCommand 对象中，实现接口级的资源隔离。资源隔离的相关代码如下。

```
@Slf4j
public class HystrixDubboCommand extends HystrixCommand<Object> {
    private DubboProxyService dubboProxyService;
    public  GateWayContext bean;
```

```
    public HystrixDubboCommand(DubboProxyService dubboProxyService,
 GateWayContext bean,Setter setter) {
        super(setter);
        this.bean = bean;
        this.dubboProxyService = dubboProxyService;
    }
    @Override
    protected HystrixException getFallback() {
        return new HystrixException(CommonErrorCode.SYSTEM_BUSY,"业务繁忙，请稍
        后再试");
    }
    @Override
    protected Object run() throws Exception {
        return dubboProxyService.genericInvoker(bean.getRequestDTO());
    }
}
```

## 6.4.2　业务线程分离

Spring 提供的 WebAsyncTask 实现了 Web 请求的异步调用，其主要目的是释放容器线程，提高服务器的吞吐量。但是 WebAsyncTask 仍然存在大量上下文切换，导致 CPU 的开销很大，而且总体执行效率并不高。因此，研发人员打算使用 Netty 模型来替换 WebAsyncTask，使用 Netty 经典的 Boss 和 Work 线程模型来避免由线程切换所带来的性能开销。Boss 线程负责接收客户端的请求，Work 线程负责执行业务调用。具体的调用模型如图 6-14 所示。

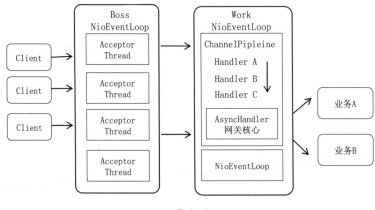

图 6-14

在测试过程中，我们发现网关总的吞吐量非常不稳定，时高时低。最终排查出的原因是，下游服务处理业务逻辑时的时长不可控，容易导致通信模块（Work 线程）被阻塞。为了解决这个问题，必须把业务调用的过程从通信模块中移除，通信模块只负责协议的编码和解码工作，为此需要增加专用的业务处理线程池来处理业务的调用。调整后的网关通信流程如图 6-15 所示。

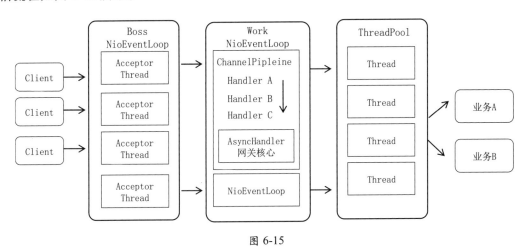

图 6-15

在网关的架构重新调整后，Work 线程组只用来做协议解析，具体的服务调用被提交到线程池中，异步等待返回结果。重新压测后可以观测到，网关的吞吐量一直处于平稳状态。

## 6.4.3　Epoll 加速

Epoll 是 Linux 内核为处理大批量文件描述符而改进的 poll，是 Linux 下多路复用 I/O 接口 select/poll 的增强版本。它能显著提高程序在大量并发连接中只有少量活跃情况下的系统 CPU 利用率。另外，在 Epoll 获取事件时，无须遍历整个被侦听的描述符集，只要遍历那些被内核 I/O 事件异步唤醒而加入 Ready 队列的描述符集合就行了。这极大地提高了应用程序的效率。

Netty 自 4.016 版本以来，提供了在 Linux 系统下通过 Epoll 使用 JNI（Java 的本地接口）的方式。这个传输接口的性能提高了很多，并且会产生较少的垃圾。NIO 方式和 Epoll 方式的对比如表 6-2 所示。

表 6-2  NIO 方式和 Epoll 方式对照表

| NIO 方式 | Epoll 方式 |
| --- | --- |
| NioEventLoopGroup | EpollEventLoopGroup |
| NioEventLoop | EpollEventLoop |
| NioServerSocketChannel | EpollServerSocketChannel |
| NioSocketChannel | EpollSocketChannel |

在 Netty 中，只需使用 Epoll 组件替换 NIO 组件，即可通过 Epoll 方式接收数据。

```
EventLoopGroup  epollBossGroup =new  EpollEventLoopGroup(2, new
NamingThreadFactory("dubbo-Proxy-Boss"));
EventLoopGroup  epollWorkerGroup = new
EpollEventLoopGroup(Runtime.getRuntime().availableProcessors() * 8,
new NamingThreadFactory("dubbo-Proxy-Work"));
HttpProcessHandler processHandler = new
HttpProcessHandler(businessThreadCount,plugins,publisher,idService);
bootstrap.group(epollBossGroup, epollWorkerGroup)
               .channel(EpollServerSocketChannel.class)
               .childHandler(new ProxyChannelInitializer(processHandler))
               .childOption(ChannelOption.TCP_NODELAY, true)
               .childOption(ChannelOption.SO_KEEPALIVE, true)
               .childOption(ChannelOption.ALLOCATOR,
                               PooledByteBufAllocator.DEFAULT)
               .childOption(NioChannelOption.SO_KEEPALIVE,true);
```

## 6.4.4  高速缓存

缓存系统是提升系统性能和处理能力的利器，在网关中合理地利用缓存可以有效提升网关的处理能力。在网关中可以存放业务数据缓存和元数据缓存。

◎ 业务数据缓存：我们可以在 API 网关中缓存一些修改频率较低的数据，在请求命中缓存时直接返回接口请求数据，无须调用下游服务。需要注意的是，不建议在网关缓存太多与业务相关且变动频繁的数据，以免 JVM 频繁进行 GC 操作，以致请求响应出现卡顿。

◎ 元数据缓存：为了提升性能，要避免频繁地从持久存储中查询数据。在网关内部设计了基于 JVM 的本地缓存。当网关启动时，自动从持久层加载已审核通过的接口元数据，并把信息写入本地缓存中，如图 6-16 所示。

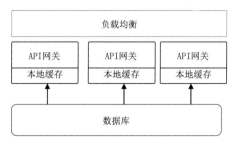

图 6-16

网关缓存的使用流程如下所示。

（1）在定义网关接口协议时，客户端请求的消息体需要传入 apiMethodName、paramValues 参数。比如，以下接口协议示例表示用户注册接口。其中，user.register 是对外暴露的接口名称，实际接口名称不会对外暴露，以保障程序的安全性。

```
{
    "apiMethodName" : "user.register",
    " paramValues ": [
        {
            "channel":"huawei" ,
            "mobilePhone": "13800000000"
        }
    ]
}
```

（2）user.register 接口对应用户注册服务，其具体实现是 UserService#userRegister 方法。代码示例如下。

```
public class UserServiceImpl implements UserService{
    @Autowired
    UserServiceDAO userServiceDAO;
    public  boolean userRegister(UserRequestDTO userRequestDTO){
        userServiceDAO.insert(userRequestDTO);
    }
}
```

（3）根据泛化调用要求，网关在执行泛化调用时需要传入方法名称、完全限定参数名称、参数值。相关代码如下。

```
ReferenceConfig<GenericService> reference = new
 ReferenceConfig<GenericService>();
GenericService genericService = reference.get();
```

```
genericService.$invoke("userRegister", new String[]
{" com.xxx.xxx.xxx.xxx.UserRequestDTO "}, new Object[]{"参数值"})
```

（4）当网关执行路由转发时，首先根据 user.register 找到对应下游服务接口的元数据信息，再依据对应接口的方法名称和参数类型设置泛化调用信息。如果在每次泛化调用前都需要查询数据库，那么整个调用过程比较耗时，数据库会成为瓶颈。因此，需要在网关启动时把数据库中的 API 元数据信息全部加载到本地缓存中，在调用过程中，直接在本地缓存中查询 apiMethodName 所对应的服务接口。若接口有变动，则网关管理端主动通知网关增量更新接口的元数据信息。

### 6.4.5　自恢复能力

当大流量来临时，如果网关调用后端服务出现了大量超时或异常报错，则说明当前请求数已超出服务的最大处理能力范围。若接口调用出现的错误次数已超过设定的阈值，则网关需要自动打开熔断器来阻断客户端的请求，并返回预先设置的结果，以免把下游服务压垮。若熔断器打开时间超过设置的等待期，则当流量再次进入时，会再次尝试调用后端服务。如果接口返回正常，则关闭熔断器。我们通过使用短暂阻断流量请求的方式来达到服务自恢复的效果。例如，可以设置 Hystrix 熔断相关参数，以达到服务自恢复的能力：

```
public Setter setSetter(final RequestDTO requestDTO) {
  return Setter.withGroupKey(HystrixCommandGroupKey.Factory
    .asKey(GateWayCache.get(requestDTO.getMethod()).getServiceName()))
    .andCommandKey(HystrixCommandKey.Factory.asKey(requestDTO.getMethod()))
    .andCommandPropertiesDefaults(HystrixCommandProperties.Setter()
    // 在 1 秒内有 100 个请求时触发熔断器
    .withCircuitBreakerRequestVolumeThreshold(100)
    // 当异常达到 50%时触发熔断器
    .withCircuitBreakerErrorThresholdPercentage(50)
    // 统计时间的滑动窗口
     .withMetricsRollingStatisticalWindowInMilliseconds(1000)
    // 在 5 秒内将所有请求直接降级，在 5 秒后进入半开状态
    .withCircuitBreakerSleepWindowInMilliseconds(5000));
  }
```

## 6.5　自研网关所遇到的难题

"本以为一马平川，其实却是崎岖陡峭"就是笔者在研发网关过程中的最深感触。在

开始考虑阶段,本以为 Dubbo 泛化调用已经做得相当成熟了,只需根据泛化样例封装报文,就能实现网关的 RPC 调用了。但是,实际情况又如何呢? 接下来列举笔者曾经遇到的问题。

## 6.5.1　网关找不到服务提供者

**问题现象**:我们在开发、测试过程中经常发现服务已经成功注册到注册中心;但是,网关在泛化调用时,有时候能正常调用,有时候却提示找不到服务提供者;而使用消费者调用具体服务时,却又能正常调用。

**问题分析**:注册中心能看到服务注册成功,其他消费者能正常调用,这说明服务发布正常。这只能说明在泛化调用时出现了异常。原因在于 ReferenceConfig 在创建 Proxy 时并没有判断是否创建成功,而直接初始化 initialized 为 true:

```
public class ReferenceConfig<T> extends AbstractReferenceConfig {
    if (initialized) {
        return;
    }
    initialized = true;
    ......
    // 当此方法出现异常时,如果没有服务提供者,则后续的 Dubbo 泛化调用会失败
    ref = createProxy(map);
    ......
}
```

**解决方案**:只有代理对象成功创建时,才设置 initialized=true。

```
public class ReferenceConfig<T> extends AbstractReferenceConfig {
    if (initialized) {
        return;
    }
    ......
    // 当此方法出现异常时,后续的 Dubbo 泛化调用会失败
    ref = createProxy(map);
    if(ref!=null)
initialized = true;
    ......
}
```

## 6.5.2 多余的 class 字段

**问题现象**：目前服务器端和客户端的交互报文都是 JSON 格式的，然而在泛化调用返回的报文体中，发现每个对象后面都增加了一个 class 字段，class 的内容是该 DTO 类的完全限定名。虽然不影响具体结果，但是把具体对象的完整类名暴露给客户端还是有风险的。

**问题分析**：Dubbo 返回结果经过反序列化后，会以 class 字段为 key、value 为具体类名，放入 Map 字段中。

```
public class PojoUtils {
private static Object generalize(Object pojo, Map<Object, Object> history) {
  ......
  Map<String, Object> map = new HashMap<String, Object>();
  history.put(pojo, map);
  map.put("class", pojo.getClass().getName());
  ......
 }
 }
```

**解决方案**：直接去掉 map.put("class", pojo.getClass().getName())这一行即可。

## 6.5.3 错误传值

**问题现象**：后端服务的某些接口参数类型为 Integer，但若该接口参数为非必填字段，则当前端提交的参数值为空时，导致后端接口异常。

**问题分析**：Dubbo 泛化调用在序列化时，会根据参数的类型直接给出值。

```
public class CompatibleTypeUtils {
public static Object compatibleTypeConvert(Object value, Class<?> type) {
    if (value == null || type == null ||
        type.isAssignableFrom(value.getClass())) {
        return value;
    }
  ......
if (value instanceof String) {
   String stringValue = (String) value;
  if (type == Integer.class) {
            return new Integer(stringValue );
            // 注意如果 stringValue 为空，则出现异常
```

```
        }
    }
    }
```

**解决方案**：根据参数的值来判断，如果值为空，则直接返回 null 即可。其实不仅 Integer 类型有这样的错误，其他非 String 类型也都存在这样的问题。

```
public class CompatibleTypeUtils {
public static Object compatibleTypeConvert(Object value, Class<?> type) {
    if (value == null || type == null ||
        type.isAssignableFrom(value.getClass())) {
        return value;
    }
......
if (value instanceof String) {
        String stringValue = (String) value;
    if (type == Integer.class) {
      if (Objects.equals(stringValue, "")) {
            return null;
        }else
      return  new Integer(stringValue);
    }
}
```

## 6.5.4　日期格式异常

**问题现象**：在用户完善注册资料时，需要填写用户生日字段。在数据库中将该字段类型设置为 Date 类型，当前端传入类似"1982-02-03"的值时，后端报错，提示 java.text.ParseException 异常。

**问题分析**：Dubbo 泛化调用在序列化时，会根据字段类型做时间的格式化操作。

```
public class CompatibleTypeUtils {
private static final String DATE_FORMAT = "yyyy-MM-dd HH:mm:ss";
  public static Object compatibleTypeConvert(Object value, Class<?> type) {
    if (type == Date.class) {
      try {
          return new SimpleDateFormat(DATE_FORMAT).parse((String) value);
      }
          }
    }
```

**解决方案**：格式化日期出现错误并抛出异常时，捕获异常，并将日期的格式化形式调整为 yyyy-MM-dd 形式，重新再次格式化一次：

```
public class CompatibleTypeUtils {
private static final String DATE_FORMAT = "yyyy-MM-dd HH:mm:ss";
private static final String DATE_FORMAT_SIMPLE = "yyyy-MM-dd";
 public static Object compatibleTypeConvert(Object value, Class<?> type) {
if (type == Date.class) {
try {
    return new SimpleDateFormat(DATE_FORMAT).parse((String) value);
 } catch (ParseException e1) {
 try {
    return new SimpleDateFormat(DATE_FORMAT_SIMPLE).parse((String) value);
   } catch (ParseException e2) {
}
 }
```

## 6.5.5　自定义异常失效

**问题现象**：在后端开发中，经常需要抛出自定义异常来提示用户当前的操作结果。在没有接入网关的情况下服务提供者抛出自定义异常 BusinessException，服务消费者可以正常获取异常码及对应的消息。但是，在接入网关后发现，由于自定义异常将业务抛出的异常转换成字符串后再抛出异常 RuntimeExcepiton，因此前端不能识别业务返回的业务异常码。例如，业务自定义异常代码如下。

```
public class BusinessException extends RuntimeException {
    protected int code;
    public BusinessException(int code, String message) {
        this(code, message, null);
    }
 ......
}
```

**问题分析**：Dubbo 使用 ExceptionFilter 异常做统一的拦截处理，对异常进行处理的规则如下。

（1）如果是受检异常，则直接抛出异常。

（2）如果在方法签名上有声明，则直接抛出异常。

（3）若异常类和接口类在同一 jar 包里，则直接抛出异常。

（4）若 Dubbo 本身发生了异常（RpcException），则直接抛出异常。

（5）对于其他情况，则将其全部包装成 RuntimeException 并抛给客户端。

为了更好地理解异常失效的原因，先了解一下异常的两种分类。

◎ 非受检异常（RuntimeException）：这类异常（例如，NullPointerException、ClassCastException、ArrayIndexOutOfBoundsException 等）由编程人员所编写的业务代码逻辑问题所致，需要编程人员通过修改业务代码来解决。

◎ 受检异常（非 RuntimeException）：这类异常（例如 FileNotFoundException、IOException、SQLException 等）是由一些外部的偶然因素所引起的。受检异常可以控制业务逻辑。

自定义的 BusinessException 为非受检异常，且不符合 Dubbo 异常拦截器中直接抛出的要求，因此 Dubbo 将其包装成了 RuntimeException 后抛出。

**解决方案**：在 Provider 端的配置文件中增加 "\<dubbo:provider filter="-exception" />"，去掉 Dubbo 自身的 Exception，以防止自身异常把自定义异常转为字符串后再抛出 RuntimeExcepiton。

## 6.5.6　源码修改如何集成

在上述问题的解决方案中，我们通过修改部分 Dubbo 源码来解决这些问题，那么如何将这些修改后的源码集成到 Dubbo 中呢？

◎ **方案一**：直接把修改后的源码合并到 Dubbo 源码中并重新编译，网关项目直接依赖修改后的 jar 文件。其缺点是如果后续 Dubbo 版本升级，则需要在新版中再重新修改一次。

◎ **方案二**：在网关源码中新建与被修改源码相同的包路径和文件名。例如，修改的 ReferenceConfig.java 在 Dubbo 项目的 com.alibaba.dubbo.config 文件目录下，则在网关工程中也创建一个 com.alibaba.dubbo.config 目录，并在该目录下把 ReferenceConfig.java 文件复制进来即可。这样就在不修改 Dubbo 开源版本源码的基础上间接对 Dubbo 源码做了修改。

在同一个工程里面，相同名称且相同路径的 2 个类（一个类在 jar 包中，另一个类在源码中）是如何工作的呢？这里引出一个新的名词"双亲委派模型"。当运行 Java 程序时，

JDK（Java Development Kit，Java 开发工具包）实际上执行了一些 Java 命令，并指定了包含 main 方法的完整类名及一个 classpath 类路径作为程序的入口，然后根据类的完全限定名查找并且加载类。查找的规则如下：在系统类和指定的文件类路径中进行寻找。如果在 class 文件的根目录中，则直接查看是否有对应的子目录及 class 文件。如果当前文件是 jar 包，则首先执行解压，然后到目录中查找是否有对应的类。在这个查找并加载的过程中，负责完成操作的类就是 ClassLoader（类加载器），输入为完全限定类名，输出是对应的 Class 对象。系统默认的类加载器有启动类加载器、扩展类加载器。应用程序类加载器的加载顺序如图 6-17 所示。

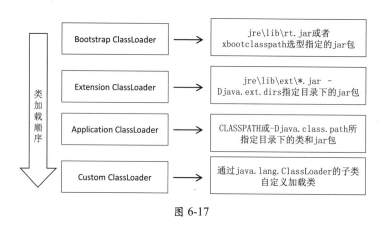

图 6-17

其中：

◎ Bootstrap ClassLoader（启动类加载器）是在 Java 虚拟机内部实现的，而不是在 Java 代码中实现的。其负责加载 Java 的基础类，比如 String、Array 等类，以及 JDK 文件夹中 lib 目录下的 rt.jar 文件。

◎ Extension ClassLoader（扩展类加载器）默认的实现类是 sun.misc.Launcher 包中的 ExtClassLoader 类。此类默认负责加载 JDK 中一些扩展的 jar 包，比如 lib 文件夹中 ext 目录下的 jar 文件。

◎ Application ClassLoader（应用程序类加载器）的默认实现类为 sun.misc.Launcher 包中的 AppClassLoader 类。其默认负责加载应用程序的类，包括自己实现的类与引入的第三方类库，即会加载整个 Java 程序目录下所有指定的类。

◎ Custom ClassLoader（自定义类加载器）属于应用程序根据自身需要自定义的 ClassLoader。例如，Tomcat、JBoss 都会根据 J2EE 规范来自行实现。

这 4 个系统的类加载器都能实现类加载功能，但负责的职责和加载的范围却不一样。

为方便描述，我们可以把这 4 个类加载器理解为父子关系。这就是双亲委派模式的含义，即每一个 ClassLoader 都有一个变量 parent 指向父 ClassLoader。下面可参考 java.lang.ClassLoader 类：

```
public abstract class ClassLoader {
    private static native void registerNatives();
    static {
        registerNatives();
    }
    private final ClassLoader parent;
}
```

ClassLoader 的具体调用过程如下。

（1）判断当前的 Class 是否已被加载。如果其已被加载，则直接返回 Class 对象，因为在 Java 中一个 Class（类）只会被同一个 ClassLoader 加载一次。

（2）如果当前的 Class 没被加载，则首先需要调用父 ClassLoader 去加载 Class 对象，在加载成功后，得到父 ClassLoader 返回的 Class 对象。

（3）父 ClassLoader 在加载 Class 对象成功后，自身会加载当前的 Class。

# 第 7 章

# 微服务之服务测试的演进

使用微服务架构的优势在于能提升研发效率、系统性能和系统稳定性等，但它同时引入了新的副作用，尤其是微服务架构下的测试面临着诸多新的挑战。比如，如何测试服务之间错综复杂的依赖关系，如何更高效地进行服务与服务之间的集成测试，等等。假如继续使用单体架构模式下的测试手段，那么整体的测试周期会被拉长，而且不能保障微服务架构模式下的软件交付质量。本章重点讲解在微服务架构下如何快速、高效地完成测试。

# 7.1　测试模型的演进

软件测试指的是，在规定的条件下对程序进行操作，主要目的是发现程序错误，通过操作结果来衡量软件质量，并对其能否满足设计要求进行评估。从 20 世纪 50 年代至今，软件测试的发展一共经历了 5 个重要时期。

◎ 1957 年之前：以调试为主，软件规模很小，复杂程度低，没有测试工作。

◎ 1957—1978 年：以证明为主，以功能验证为导向，用于证明软件是满足需求的。

◎ 1979—1982 年：以破坏为主，以破坏性为导向，用于找到软件中的错误。

◎ 1983—1987 年：以评估为主，以质量评估为导向，用于提供产品的评估和质量度量。

◎ 1988 年至今：以预防为主，以缺陷预防为导向，用于展示软件是否满足设计要求，并发现和预防缺陷。

## 7.1.1　倒三角测试模型

在单体应用架构下，大部分项目测试主要依靠测试团队手动进行，测试人员的测试经验、对需求的理解程度、工作态度及责任心等不可控因素都关系到项目的交付质量。因为这些软技能是不可量化的指标，从而导致产品的交付质量因人而异，产品上线后 Bug 频发，研发人员疲于应对线上问题。我们将这种测试模型称为倒三角测试模型，如图 7-1 所示。

倒三角测试模型的特点如下。

◎ 单元测试很少或几乎没有，技术团队忽略单元测试的重要性，研发人员基本不写单元测试代码。

◎ 服务测试的投入较少，导致接口层或者服务层部分场景未经过测试，产品上线后存在隐患。

◎ 测试重点停留在 UI 测试阶段。产品未正式提交测试前，测试人员等待研发人员提交被测产品；产品提交测试后，研发人员等待测试人员的反馈。

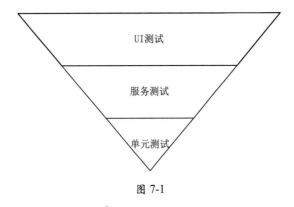

图 7-1

采用倒三角测试模型时，测试工作介入得较晚，大量测试都集中在 UI（用户界面）测试阶段，甚至以 UI 测试替代了集成测试。另外，在测试过程中所发现问题的修复成本较高，且难以覆盖代码或接口级别的异常，容易造成一些测试人员未能对某些场景进行测试。为防止因修复 Bug 而引入新的问题，我们一般通过回归测试来保障产品的交付质量，因而其总体测试时间较长，产品交付较慢，交付后测试人员对产品质量没有信心。

## 7.1.2　金字塔测试模型

在单体架构中，三层的金字塔测试模型是倒三角测试模型的进阶阶段，该模型强调单元测试，弱化 UI 测试。三层的金字塔测试模型如图 7-2 所示。

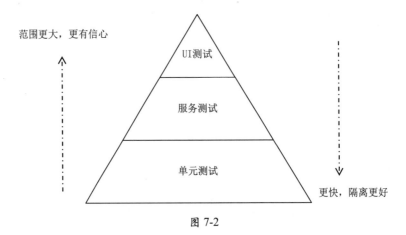

图 7-2

在三层的金字塔测试模型中可以看到，越靠近金字塔的顶端，测试覆盖的范围越大，同时测试人员对被测试后的功能越有信心；其缺点是需要更长时间的测试，在测试过程中发现问题时，比较难定位是由哪个功能导致的，这使得测试的反馈周期变长。而越靠近金字塔的底部，测试时间会越快，在测试过程中发现问题时更容易定位问题，反馈周期就会变短，持续集成的构建时间也很短；其缺点是需要编写大量合适的单元测试代码，对于单元测试的粒度和质量需要合理控制，否则会出现大量无效的单元测试。

在金字塔测试模型中，开发人员应更多地关注位于金字塔底部的单元测试层与服务测试层。这两层均需要研发人员编写一定量小而快的单元测试代码，用单元测试来覆盖绝大部分的业务场景；此外，写一些粗粒度的集成测试代码，以测试重要系统之间外部依赖的交互是否正常。测试人员需要关注金字塔顶层，根据规范来编写测试用例，校验系统功能的交互是否正常，还可以用非常规的手段进行破坏性的探索测试。

由此可见，单元测试是金字塔测试模型的基石，借此能够及时发现 Bug，利于代码重构，保证代码质量。所以，项目质量保证的核心点就是单元测试，通过可量化的指标来衡量单元测试用例的质量，解决项目质量依赖测试人员的问题。该模型的特点如下。

◎ 测试主要投入在单元测试上，能及时、尽早发现 Bug，利于代码重构，保证代码质量。
◎ 开始关注服务测试。开发人员在编码阶段会写少量的服务测试代码，验证服务之间的通信。
◎ UI 测试的投入减少，主要验证功能交互是否正常、UI 界面是否符合预期。

金字塔测试模型关注底层单元测试，开发人员不仅要维护大量的代码级单元测试用例，而且还要考虑开发进度等因素，因此该模型的实际推广比较困难。

## 7.1.3　橄榄球测试模型

在微服务架构下，服务与服务之间的依赖关联非常复杂，测试重点已不仅仅是底层的单元测试，而需要更多地关注服务与服务之间的集成测试。因此，衍生出了橄榄球测试模型，如图 7-3 所示。

该模型的特点如下。

◎ 其单元测试投入量与金字塔测试模型相比，有一定的减少，单元测试用例一般覆盖到核心流程即可。
◎ 测试的主要精力投入于服务测试上，接口会涉及服务与服务之间的依赖，以及外部依赖，例如缓存、数据库和第三方接口等。

◎ UI 测试的投入相对较少，主要是验证交互逻辑，一般会模拟客户的正常操作流程。

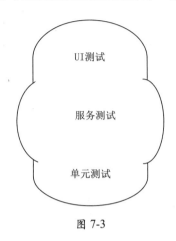

图 7-3

微服务架构系统的核心是接口，服务与服务之间的数据依赖必须全部通过接口来获取，因此橄榄球测试模型把核心放在了接口测试上，弱化了单元测试，提倡高度的接口自动化测试。测试人员重点关注的是接口，只要有接口开发完成，测试人员就能够介入测试，无须等开发工作全部完成后再介入。橄榄球测试模型在推广过程中又出现了开发人员在等待所依赖服务的接口这种现象。若所依赖服务的接口未开发完成，则开发人员不能自测，测试人员也不能介入测试。

## 7.1.4 契约测试模型

契约测试，又叫消费者驱动的契约（Consumer-Driven Contracts，CDC）测试，该模型由 Martin Fowler 提出。根据消费者驱动的契约思想，服务可以被分为服务消费者和服务提供者，而消费者驱动的契约测试的核心思想是，从消费者业务实现的角度出发，由消费者自己定义需要的数据格式及交互细节，并驱动生成一份契约文件；服务提供者根据契约文件实现自己的逻辑，并在持续集成环境中持续验证。契约测试模型如图 7-4 所示。

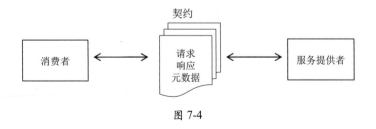

图 7-4

契约测试的目的：

◎　测试服务与服务之间通信协议的正确性。

◎　验证服务层提供的数据是否是服务消费者所需要的数据。

◎　将本来需要在集成测试中发现的问题前移到契约测试阶段，更早发现问题，降低联调的成本。

◎　更快速地验证服务消费者和服务提供者之间交互的基本正确性。

## 7.2　微服务架构的测试流程

在微服务架构下，一个应用功能是由很多相互独立的微服务组成的。这些微服务之间存在级联调用关系，一个服务通常会调用其他服务并形成服务调用链，服务之间的调用存在重试、调用失败等不确定情况。因此，微服务架构下的测试流程要比单体架构下的测试流程复杂。

### 7.2.1　测试策略

在微服务架构下执行测试时，不同人员在不同阶段执行测试的目标不一致，测试内容包括针对单个服务的功能测试、服务间的一致性测试、服务幂等性测试、验收测试或者 UI 测试等。为了明确测试目标，可以使用测试象限法把测试内容划分为 4 个象限，如图 7-5 所示。测试对象被分为面向业务的测试和面向技术的测试，测试的目标是寻找产品的缺陷或协助开发。

图 7-5

根据测试象限法，可以看到象限底部是面向技术的测试。例如，使用单元测试快速验证软件功能，使用性能测试来验证软件的性能是否达到标准，以自动和工具为主。象限顶部是面向业务的测试，可用来判断产品功能是否达到预期。例如，产品的 UI 布局是否合理，用户交互是否合理，以手动为主。在测试象限中，每种测试类型都处于不同的象限中，在不同的系统中，每种类型的测试占比是不同的。在测试象限中可以看到，微服务架构下的测试需要经过以下流程。

◎ 探索性测试：各个服务连接在一起之后，系统中的各个功能能否稳定、正确地运行，用户所能操作的功能是否有正常的响应，这些都需要进行详细的测试和验证。

◎ 可用性测试：通过观察用户如何使用产品来完成特定任务，观察用户的实际操作情况，详细记录并分析用户在使用产品时遇到的问题，快速发现产品中存在的效率问题或与满意度相关的问题。

◎ 场景测试：是一种使用假定场景来进行的软件测试活动。场景测试可以帮助测试人员理解一个复杂的系统在测试时哪些地方是可信的，哪些功能点容易评估。

◎ 单元测试：单元测试运行应用程序中的函数或方法，以确定它们是否在给定一组已知输入的情况下产生了预期输出。值得注意的是，单独的单元测试不能保证系统的行为符合预期，还需要结合其他类型的服务测试。

◎ 服务测试：一旦对服务中的所有功能进行了单元测试，就需要单独测试服务本身了。通常，应用程序是由许多个服务组成的，因此为了单独测试某个服务，需要模拟其他服务来协助测试。

◎ 集成测试：在验证完成服务的功能正确性之后，还需要测试服务间的通信。通过集成测试来验证服务之间的通信路径和交互，以检测接口是否存在缺陷。因此，集成测试验证的是系统与系统之间是否无缝协同，以及服务之间的依赖关系是否符合预期的有效方法。

◎ 契约测试：契约测试验证当前服务与外部依赖服务的边界交互，验证其结果是否符合服务消费者所期望的契约。此类测试应将每个服务都视为黑匣子，且必须独立调用所有服务，必须验证其响应结果。

◎ API 测试：内部接口通过聚合服务组装后需要发布到互联网上，一般对外提供 API。API 测试的目的是，验证模块或者服务提供的接口内部的逻辑是否符合设计的预期。

◎ 端到端测试：端到端测试为了验证系统是否满足外部要求并实现其目标，将从头到尾地测试整个系统，对影响多种服务的操作进行全面测试，确保系统作为一个整体协同工作并满足所有要求。端到端测试还需要验证整个业务过程和用户操作步骤是否正常工作，包括所有服务和数据库集成。

◎ 性能测试：通过自动化的测试工具来模拟多种正常、峰值以及异常负载条件，以
　　对系统的各项性能指标进行测试。

## 7.2.2　单元测试

单元测试是对一个模块、一个函数或者一个类进行正确性检验的测试工作。如果单元
测试通过，则说明所测试的函数或者方法能够正常工作。如果单元测试不通过，则可能函
数或者方法存在 Bug。单元测试的意义在于对任何函数或代码做了修改，只需执行一遍单
元测试，就能知道修改的结果是否正确。如图 7-6 所示，计算会员级别的功能需要依赖用
户积分和用户消费历史，而用户积分需要调用缓存，用户消费历史需要调用数据库。在单
元测试中验证会员级别的功能可以通过 mock 的方式来预设用户积分和用户消费历史，以
实现在不依赖数据库和缓存的情况下完成单元测试。

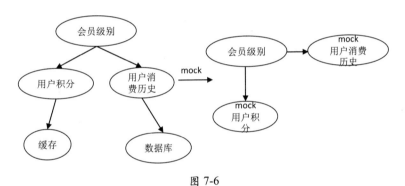

图 7-6

### 1. Mockito 的应用

目前开源的工具（如 JMock、EasyMock、Mockito、PowerMock 等）都能完成单元测
试工作。这里选择 Mockito 来做单元测试。Mockito 是 Google Code 上的一个开源项目，
主要用于在执行单元测试过程前预先初始化数据。这样在单元测试过程中，只使用预先初
始化的数据，而不会真正地调用第三方服务接口或者服务器（如 Redis、MySQL 等），也
不用关心数据底层是如何进行处理的，只需重点关注验证数据处理的逻辑是否正确。使用
Mockito 也非常简单，只需在项目的 pom.xml 文件中加入 Mockio 的依赖包 mockito-core
和 junit，即可使用 Mockito 完成单元测试。

```
<dependency>
    <groupId>org.mockito</groupId>
```

```
        <artifactId>mockito-core</artifactId>
        <version>3.0.0</version>
        <scope>test</scope>
    </dependency>
    <dependency>
        <groupId>junit</groupId>
        <artifactId>junit</artifactId>
        <version>4.11</version>
        <scope>test</scope>
    </dependency>
```

为了便于理解，我们通过一个例子来了解 Mockito 如何工作。假设需求方定义会员级别晋升规则为"积分在 50 00 分以上且累计消费金额大于 10 000 元的会员是 VIP 会员，否则是普通会员"。工程师为了完成此需求规则，创建了以下 3 个接口文件。

◎ UserLevelService：会员级别计算服务，根据设定的规则来计算用户的级别。

◎ UserPointsService：用户积分服务，根据用户 ID 查询用户当前有多少积分。

◎ UserConsumptionHistory：用户消费历史，根据用户 ID 查询用户的消费历史。

为了方便自测，研发工程师需要编写单元测试来验证该规则逻辑是否正确，在规则中还涉及用户积分、累计消费金额，这些用户数据都需要依赖外部服务。为避免因依赖外部服务导致测试中断，可以使用 Mockito 来屏蔽所依赖的外部数据。单元测试类 UserLevelServiceTest 的代码如下。

```
public class UserLevelServiceTest {
    @InjectMocks
    private  UserLevelServiceImpl userLevelService;
    @Mock
    private  UserPointsService userPointsService; // 创建用户积分服务
    @Mock
    private  UserConsumptionHistory userConsumptionHistory; // 创建用户消费历史的服务
    // @Before 注解表示执行单元测试前的初始化工作
  @Before
    public  void setUp(){
        MockitoAnnotations.initMocks(this);
        // 完成初始化工作，即扫描所有标记了@Mock、@Spy 等的对象，并为该对象创建 mock 对象
        // 设置用户积分
        when(userPointsService.getUserPoint(any())).thenReturn(5000);
        // 设置用户消费历史记录
        ConsumptionDTO consumptionDTO=ConsumptionDTO.builder()
        .productName("电视机").productPrice(BigDecimal.valueOf(10000)).build();
```

```
        // when 是 mock 的核心点，表示当满足某种条件时返回怎样的数据。此处，any()表示调用
        // getUserPoint 方法的任何参数都会返回 5000 积分。
        // 除使用 any()外，还可以使用具体的参数，实现不同参数返回不同值的功能
        when(userConsumptionHistory.getUserConsumptionHisotry(any()))
            .thenReturn(Arrays.asList(consumptionDTO));
    }
// 单元测试的具体实现方法，通过断言来判断预期结果和返回结果是否一致
    @Test
    public void testUserLevel(){
        Assert.assertEquals("VIP会员", userLevelService.caculateUserLevel("u-
        123"));
    }
}
```

在本例中使用了 Mockito 常用的@Mock 和@InjectMocks 来模拟外部依赖对象。相关注解的功能如下。

◎ @Mock：创建一个 Mock 对象，该对象会由 Mockito 框架来管理。

◎ @InjectMocks：创建一个实例。在该实例中如有依赖其他外部接口的对象，则会使用标记有@Mock 注解的对象来自动注入。例如，UserLevelServiceImpl 依赖 UserPointsService 接口和 UserConsumptionHistory 接口，由于使用@InjectMocks 注解，因此 Mockito 框架会模拟自动注入此实例的依赖对象。

接下来看一下 UserLevelServiceImpl 这个类。这是实现会员计算的核心类，在代码中可以看到其依赖了 UserPointsService 接口和 UserConsumptionHistory 接口。我们在编写单元测试用例 UserLevelServiceTest 时，使用@Mock 方式屏蔽了对这 2 个接口的依赖。

```
// 最终实现会员级别计算的方法，方法中所依赖的用户积分服务和用户消费历史的服务在单元测试的初
// 始化阶段均通过mock 来屏蔽所依赖的外部服务
public class UserLevelServiceImpl implements UserLevelService {
    @Autowired
    private UserPointsService userPointsService;
    @Autowired
    private UserConsumptionHistory userConsumptionHistory;
    @Override
    public String caculateUserLevel(String userID) {
        Integer userPoint =userPointsService.getUserPoint(userID); // 通过mock 返回
        List<ConsumptionDTO> userConsumptionHisotry =
        userConsumptionHistory.getUserConsumptionHisotry(userID); // 通过mock 返回
        Integer userConsumpSum=userConsumptionHisotry.stream()
        .mapToInt(ConsumptionDTO::getProductPrice).sum();
```

```
        if(userPoint>=5000 && userConsumpSum>=10000)
            return "VIP会员";
        else
            return "普通会员";
    }
}
```

### 2. 单元测试的原则

单元测试不仅可以在开发阶段验证逻辑，还可以在持续集成阶段验证逻辑。使用 Jenkins 执行 maven package 命令编译打包前，先执行单元测试。若单元测试不通过，那么项目编译也不能通过。因此，当前版本不会被推送到开发环境或测试环境。由此可见，通过单元测试可以尽早发现缺陷，快速修改重构代码，减少因重构代码而引出的新 Bug，提高重构的成功率，降低开发资源的投入成本。在编写具体单元测试用例时需要参考如下的 AIR（Automatic，Independent，Repeatable）原则。

◎ 自动化（Automatic）：测试框架通常是定期执行的，执行过程必须完全自动化，单元测试必须使用 Assert 来验证结果的正确性，禁止通过人工方式来判断 System.out 的输出结果是否正确。

◎ 独立性（Independent）：为了保证单元测试稳定、可靠且便于维护，单元测试不依赖外部网络、缓存及数据库，测试用例之间不能互相调用，也不能依赖上个单元测试返回的结果。

◎ 可重复（Repeatable）执行：单元测试通常会被放到持续集成中，每次提交代码时单元测试都会被执行，且要求多次执行单元测试的结果都是一致的，不因执行次数而改变输出结果。

我们最终通过衡量单元测试过程的代码覆盖率，进一步找出了遗漏的测试用例，并以代码覆盖率达标作为单元测试成功完成的标志。

## 7.2.3  API 测试

API 测试是开发和测试团队可持续、自动化测试的切入点，有助于大幅提高软件交付质量和系统稳定性。只要核心逻辑设计完毕，就可以通过 API 测试来验证数据响应的正确性。在 API 测试过程中会涉及服务之间的相互调用，因此首先要做服务依赖测试，再做 API 测试。

### 1. 服务依赖测试

在微服务框架下，系统被拆分为多个独立的服务，各服务是由不同的团队独立开发的，如何保证服务与服务之间的依赖稳定性与连通性是服务依赖测试的关键所在。因此，测试人员对服务之间的依赖测试工作有了更高的要求，除了要保证各独立服务自身的正确性，还要对服务与服务之间的关联性进行验证。通常采用的测试手段包括探索性测试和冒烟测试。

◎ 探索性测试：各个服务正常启动后，系统中的各个功能能否稳定、正确地运行，用户所能操作的功能是否有正常的响应，这些都需要进行详细的测试验证。

◎ 冒烟测试：在系统软件的更新迭代过程中，每个需求都可能涉及系统中的某个或者某几个服务。在针对需求进行详细测试后，还需要保证该需求所涉及的其他关联服务的功能可用性。通过建立冒烟测试，将系统各功能的主路径进行回归，用最少的用例保证各服务之间的连通性与功能正确性。

### 2. API 测试

API 测试指的是，模拟客户端向服务器发送报文请求，服务器在接收请求报文后对相应的报文做处理，并向客户端返回应答，客户端接收应答的过程。在 API 测试过程中，根据被测接口输入参数的各种组合调用 API，并验证相关结果的正确性。测试的重点是检查数据的交换，传递和控制管理流程，以及系统与系统之间的相互逻辑依赖关系是否正确等。一般来说，API 测试主要通过工具或者代码调用特定的 API 来获得接口的响应，然后验证响应内容是否和预期结果相符。API 的测试过程如下。

（1）根据需求文档和接口文档理解接口的用途。

（2）根据接口文档编写测试用例。

（3）执行测试用例，查看输入不同的参数请求时，接口返回的数据是否和预期返回的数据相符。

在 API 测试中，对测试用例（比如常用的基于边界值法、等价类划分法等的黑盒用例）的设计非常重要。例如以用户注册接口为例，假设用户注册接口需要 channel、mobilePhone 参数，在接口文档中要求参数 channel 必须是长度在 20 位以内的字符串，且只允许参数 mobilePhone 是长度为 11 位的数字。测试人员在 App 端执行 UI 测试时，只需输入手机号码，即可完成测试。在这个测试用例中涉及的手机号码位数及号码格式校验由 App 端完成，但是在 API 测试过程中需要组合各种入参，以及模拟各种非法输入值来验证接口的健壮性。例如，针对参数 mobilePhone 赋值了大于 11 位的数字，针对参数 channel 赋值了一个很长的中文，目的是通过各种参数组合来验证后端接口的健壮性。接口的报文如下。

```
{
    "apiMethodName" : "user.register",
    " paramValues ": [
        {
            "channel":"AppStore" ,
            "mobilePhone": "13800000000"
        }
    ]
}
```

## 7.2.4  服务框架测试

在微服务架构设计中，架构师通常会重点关注服务的可用性、容错性及数据一致性，当系统负荷达到一定程度或者某个服务出现多次故障时，在架构设计中通常会采用服务熔断和服务降级来确保核心服务的可用性。这属于底层架构设计，虽然不在功能测试范围之内，却是测试的重点。一般由架构师或者核心测试人员采用特定的测试手段来验证框架。

服务框架测试的方法如下。

◎ 服务熔断测试：从架构设计角度来看，当某个服务出现故障时，为了保证系统的整体可用性，系统会自动关闭出现故障的服务，因此需要做服务熔断测试。服务熔断测试一般从服务性能和功能这两个角度进行验证：当系统负载达到某个熔断阈值时，服务能否正确熔断（服务性能角度）；熔断后系统的行为是否跟预期设计的流程相符（功能角度）。

◎ 服务降级测试：从架构设计角度来看，当系统的整体负荷过载时，可以临时关闭某些外围服务来保证系统的整体可用性。因此在做服务降级测试时，需要从业务的稳定性角度出发，区分出核心业务和非核心业务，在需要降级时不能影响核心业务；在某个服务降级后，从功能角度验证系统行为是否与预期设计的流程相符。

◎ 数据一致性测试：数据一致性包括强一致性和最终一致性。在微服务架构中，一般会采用数据最终一致性的策略。例如，为了增加用户量，电商平台一般会使用"邀请有奖"的方式，鼓励老客户拉新客户注册，并给老客户发放一定的奖励，奖励发送的模式为异步模式。对这种情况进行测试时需要先从业务的角度分析哪些服务会导致数据不一致，模拟对应的异常情况，以测试数据的最终一致性。

◎ 幂等性测试：用户重复提交、网络重发、消息重发、服务之间的调用重试都会导致数据不一致，在测试过程中需要模拟各种情况来验证幂等性是否正常。

# 7.3　构建契约测试平台

虽然有了单元测试、API 测试和服务框架测试，但是在微服务架构下不可避免地需要依赖其他服务的接口。一旦依赖的接口有变动，其影响范围未知，同时不可避免地要等待第三方接口。为了影响范围可控，减少等待接口的时间，因此有必要构建契约测试平台。

## 7.3.1　测试面临的阻碍

测试面临的阻碍如下。

◎ 测试用例的数量庞大。例如，某应用在单体架构下共计 10 个功能，采用微服务架构后按功能拆分法把原功能拆分成 10 个独立的聚合服务，将功能点拆分为 20 个原子服务，那么总共需要测试的 API 数量就多达 30 个。如果按照传统的测试策略来测试这些 API，测试用例的数量就会很多，过多的测试用例往往需要耗费大量的测试执行时间和人力资源。采用微服务架构重构单体应用架构后，每个功能都以独立服务的方式部署。虽然系统支持横向扩展，但 API 测试用例数量的显著增长，给测试工作带来了巨大的挑战。

◎ 服务之间的耦合关系不稳定。系统采用微服务架构改造后，服务与服务间的依赖关系不清晰、依赖的服务不稳定等各种不确定因素都给测试带来了困难。如图 7-7 所示，假定我们的被测对象是服务聚合层暴露在网关的 API，服务聚合层在内部又需要调用服务 A 和服务 B。此时，服务 A 和服务 B 由于各种原因处于不可用的状态，此时就无法对服务聚合层进行完整的测试。

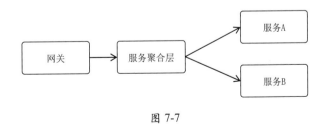

图 7-7

由上述问题可见，测试用例庞大、服务依赖暂时不可用或服务不稳定等因素都会导致测试进度慢、测试后交付质量不高等问题的出现。这些问题是大家在实际测试过程中必须面对的。这里以 App 客户端的个人中心页迭代需求来举例，说明如何通过契约测试平台来解决大家在测试过程中遇到的各种问题，并提早发现问题，降低研发成本，提高交付质量。假设 App 新版的个人中心页需求迭代样式如图 7-8 所示。

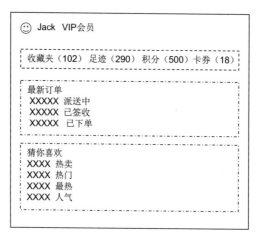

图 7-8

具体开发流程如下。

（1）为减少 App 和服务器端的交互次数，聚合层在接收到客户端发起的请求后，并行调用其他基础服务做聚合操作，开发人员针对原型图中涉及的数据编写了如下接口协议，且该功能暴露在网关的 API 名称为 usercenter：

```
{
    "userName":"Jack",
    "userPoint":5000,
    "userLevel":"VIP",
    "couponCount":18,
    "visitCount":290,
    "facoritesCount":102,
    "lastOrderList":[
        {
            "productID":"pid-12",
            "productName":"xxxx"
        }
    ],
    "recommendList":[
```

```
      {
          "productID":"pid-12",
          "productName":"xxxx",
           "tagName":"xxxx",
      }
    ]
}
```

（2）根据接口协议依赖的数据，聚合层的研发人员根据接口所要展示的数据梳理依赖服务，确定现有服务接口是否满足需求，可以得出个人中心页依赖如表 7-1 所示的服务。

表 7-1　个人中心页依赖服务表

| 服务名称 | 具体说明 |
| --- | --- |
| UserCenterService | 用户个人中心聚合服务（简称个人中心服务） |
| UserBaseService | 用户基础信息服务（简称用户服务） |
| FacoritesService | 收藏夹服务 |
| VisitService | 足迹服务 |
| PointsService | 积分服务 |
| CouponService | 卡券服务 |
| OrderService | 订单服务 |
| RecommendService | 推荐服务 |
| ProductService | 产品服务 |

最终个人中心页服务之间的调用关系如图 7-9 所示。根据调用关系可以发现，服务调用之间出现了多级依赖调用，如个人中心服务依赖订单服务，订单服务依赖产品服务。这是微服务开发过程中比较常见的现象。

从系统复杂性的角度来看，此次需求迭代并不复杂，但是在开发和测试环节中面临如下问题。

◎ 开发进度不可控：在依赖关系中可以看到有 4 个服务依赖产品服务，但是产品服务目前还处于开发阶段，不具备测试联调条件。这将影响到个人中心接口的整体开发进度。

◎ 测试进度不可控：在个人中心服务所依赖的服务中如果有任意一个服务没有完成开发，则都不具备 UI 测试条件。另外，在测试阶段，若因个人中心服务依赖的某个服务不稳定而导致个人中心服务接口异常，则需要花时间去排查问题，从而影响测试进度。

◎ 测试范围覆盖不全：我们在单元测试阶段可以通过 mock 方式随意模拟输入值，但是在接口测试阶段却不能方便地修改接口返回值，这就导致测试范围覆盖不全。

◎ 服务变动影响范围未知：假设产品服务因功能升级迭代后发布了新版本，但是我们并不知道这对依赖产品服务的服务消费者（如收藏夹、足迹、订单、推荐及个人中心服务）是否有影响。

◎ 人力成本以及时间成本过高：其联调成本过高。要双方开发到某一阶段后放在同一个环境中才能进行联调，要同时把握双方的进度，这就造成了人力资源和时间上的浪费。

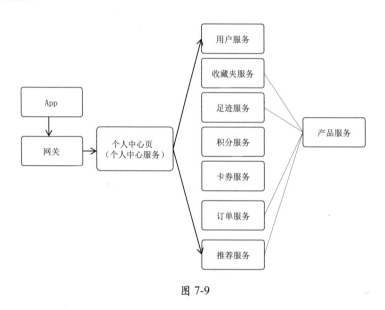

图 7-9

这些问题严重困扰着项目开发进度和项目质量。如果要解决这些问题，则首先要解耦依赖关系，基础架构支持在开发调试阶段不依赖外部服务也能完成功能开发；其次，把直接对外部 API 的依赖转变为依赖一个双方共同认可的约定契约，并且在契约的内容有变化时及时感知；最后，将系统之间的集成测试转换为服务与契约之间的测试，所有变动都以触发自动化的方式快速验证。

## 7.3.2　契约测试的核心思想

契约测试是一种针对外部服务的接口进行的测试，它的思想是从服务消费者的角度出发,在服务提供方没有准备就绪或需要协调多个服务提供方时,最大限度地满足服务消费者的业务价值实现。其目的是验证服务是否满足服务消费者约定的契约。契约测试的思路如下。

### 1. 契约测试的思路

具体思路如下。

◎ 两个角色:在契约测试中会约定两种角色,即服务消费者和服务提供者。
◎ 一个思想:以服务消费者为核心,以服务消费者驱动的方式为主体。
◎ 契约文件:服务消费者和服务提供者共同定义契约规范,包含输入参数、输出结果。

服务消费者提供了一个类似“契约”的内容(如接口响应报文),“契约”内容约定了服务提供者接口需要返回什么格式的数据,服务提供者根据这份“契约”完成开发并提供约定的返回内容,服务提供者还需要根据这份契约所定义的输入参数和服务预期返回结果来验证自身所提供的服务是否符合契约约定。服务消费者的契约工作原理如图 7-10 所示。

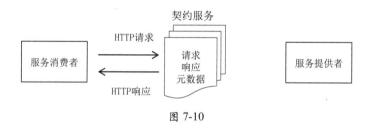

图 7-10

服务消费者在请求服务提供者时,会使用类似拦截器的方式将请求转向契约服务,契约服务将约定的契约内容返回给服务消费者,从而解决在服务提供者不满足联调的情况下服务消费者一直处于等待联调状态的问题。

在服务提供者做契约验证测试时,先启动服务,契约服务会自动按照契约生成请求参数并模拟调用服务提供者,验证接口响应是否满足契约中的预期。服务提供者的契约工作原理如图 7-11 所示。

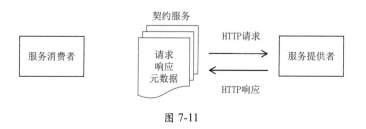

图 7-11

回顾契约测试场景下服务消费者和服务提供者的验证流程，我们发现通过契约服务消除了服务消费者和服务提供者之间的依赖关系，在不依赖任何一方的情况下可以完成与集成测试类似的验证测试。

### 2. 契约测试的核心原则

在契约测试环节，由服务消费者提出接口契约，服务提供者根据契约文件实现具体功能，并通过测试用例对契约结果进行约束和验证。所以，服务提供者在满足契约文件的情况下，可以自行更改接口或架构实现，而不会影响消费者。

### 3. 契约测试的作用

具体作用如下。

◎ 降低服务集成的难度——把服务集成过程分解成单元测试和接口测试两个步骤：以消费者的需求为出发点，先把消费者所需的接口数据作为测试用例并生成一份契约文件，再根据契约文件验证服务提供者的功能是否正确。这样就降低了服务集成的难度。

◎ 提高开发效率——通过使用契约测试，接口调用双方协商接口协议后就可以并行开发，并且在开发过程中先利用契约文件进行集成测试，不用等到联调阶段再来联调接口。在保证质量的前提下，其联调成本可以降低到几乎为零。这样就提高了开发效率。

◎ 回溯变更历史——因为契约的存在，接口的变动历史可以方便回溯。即使其发生变动，也可以确保变动的安全性和准确性。

## 7.3.3  自研契约测试平台

契约测试平台可用来解决服务依赖和自动化方式验证接口的正确性，其主要功能体现在以下两点。

◎ 服务依赖解耦：在服务提供者未完成服务开发，或者在服务提供者出现问题而不能提供服务的情况下，契约测试平台能模拟服务提供者来提供服务。

◎ 自动验证接口：在本地完成接口联调和测试后，开发人员把变更的代码提交到 Git（Git 是一款开源的分布式版本控制系统）仓库后自动触发契约接口验证，并把验证结果以邮件的形式推送给研发人员。

### 1.　契约测试平台的总体架构

契约测试平台的总体架构如图 7-12 所示。

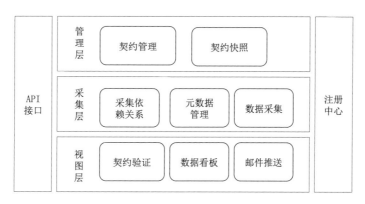

图 7-12

对契约测试平台的核心功能描述如下。

◎ 契约管理：以手动录入的方式录入契约测试的接口，包括接口名称、方法名称、入参、出参、是否启用契约测试等。

◎ 契约快照：每次变更契约内容后，都会生成一个契约快照。当契约验证出现问题时，可以通过契约快照快速发现问题。

◎ 采集依赖关系：在平常的测试过程中，测试人员经常会有两类需求，他们想了解以下内容：①发布在网关的接口需要依赖后端哪些聚合服务；②服务提供者升级原接口后会影响哪些服务消费者。因此，只有把依赖关系梳理清楚后，才能保障测试的覆盖率。业务系统通过集成契约测试平台提供的插件，在系统的运行过程中自动采集服务依赖关系，并持久化到数据库中。

◎ 元数据管理：服务提供者在启动服务时，会把自身的元数据发布到注册中心，元数据包括接口名称、方法名称、入参类型、出参类型等。契约测试平台会检测元数据中心的数据变化，把变动的数据及时持久化写入数据库中。

◎ 数据采集：在应用集成了契约测试插件后，插件会从消费者的角度自动采集调用数据，采集内容包括应用名称、接口名称、方法名称、入参、出参等。数据采集的目的是方便查询依赖关系，同时方便进行后续的接口验证。

◎ 契约验证：指的是验证接口返回的内容是否和契约内容一致，需要从服务消费者端和服务提供者端分别做验证。

◎ 数据看板：通过报表形式查看接口变动趋势及契约验证结果。

◎ 邮件推送：进行服务编译时自动做契约验证，并以邮件的形式发送契约验证结果。

### 2. 框架方案的选择

契约测试平台由管理平台和 SDK（Software Development Kit，软件开发工具包）组成。SDK 以插件方式运行在业务系统侧，并拦截业务系统调用外部服务的所有调用请求；同时 SDK 必须具备对代码无侵入的特点，开发人员在业务代码上无须做任何改动，即可自动集成契约测试功能。目前的代码无侵入方案包括 ASM（字节码增强）方案和 Filter 方案。

◎ ASM 方案：ASM 是一个 Java 字节码操作框架，能动态生成类或者增强既有类的功能。ASM 可以直接生成二进制 class 文件，也可以在类被加载入 Java 虚拟机之前动态改变类的执行逻辑。这里推荐使用 ByteBuddy 工具包，该工具包是一个代码生成和操作库，用于在 Java 应用程序运行时创建和修改 Java 类（无须编译器的帮助）。ByteBuddy 的优势在于：

①无须理解字节码格式即可操作，简单易行的 API 能很容易地操作字节码。

②支持 Java 的任何版本，ByteBuddy 本身不需要其他任何依赖项。

③与 JDK 动态代理、CGlib、Javassist 相比，ByteBuddy 在性能上具有优势。

◎ Filter 方案：采用 Filter 方案，通过扩展 Dubbo 的 Filter 接口，在请求外部服务之前可先通过 Filter 来查询契约测试平台是否有契约内容，根据返回结果来判断是调用真实服务，还是返回契约测试平台返回的结果。

### 3. 通信协议

应用程序和契约测试平台之间采用 HTTP 方式通信，通信协议采用 JSON 格式，通信协议格式如下。

◎ 请求参数如下所示：

```
{
"applicationName":"",      // 应用名称
"paramTypes":"",           // 参数类型
    "paramValues":"",      // 参数值
    "methodName":"",       // 方法名称
    "interfaceName":"",    // 接口名称
    "version":"",          // 接口版本
    "returnType":"",       // 返回类型
```

```
    "group":""                  // 分组
}
```

◎ 响应参数如下所示：

```
{
    "code":0,                   // 接口响应码
    "isPact":false,             // 是否使用契约测试
    "responseBody":""           // 返回数据，采用 JSON 格式
}
```

### 4. 数据存储

数据存储包括契约配置信息存储和契约数据存储，可以使用缓存及数据库持久化方式存储。

◎ 契约配置信息存储：应用程序在每次发起 RPC 调用时，契约测试平台提供的 SDK 会先拦截 RPC 请求，将 RPC 请求参数封装为查询契约测试平台的请求，查询契约测试平台是否针对该接口配置了相关契约。若未配置契约，则将契约配置接口信息写入 Redis 数据库，key 格式为 applicationName.interfaceName.methodName.MD5ParamsTypes.version.group，value 值为空即可。需要注意的是，MD5ParamsTypes 表示将方法入参使用 MD5 进行转换，以区分在同一接口中有多个方法名一致但是入参不一致的情况。

◎ 契约数据存储：契约数据以 JSON 格式写入关系型数据库中。契约数据表如表 7-2 所示。

表 7-2　契约数据表

| 字　　段 | 说　　明 |
| --- | --- |
| id | 主键 |
| export_gateway | 是否暴露网关 |
| application_name | 应用名称，唯一标识一个应用 |
| interface_name | 接口的全路径名称 |
| method_name | 方法名称 |
| param_types | 方法的参数类型 |
| param_values | 方法的参数值 |
| return_type | 方法的返回值类型 |
| return_value | 方法的具体返回值 |

续表

| 字　段 | 说　明 |
|---|---|
| service_version | 当前服务的版本 |
| group | 分组 |
| snapshot_version | 契约快照版本，每次变更契约时该版本自动递增 |
| isPact | 是否启用契约测试 |
| create_time | 创建时间 |

## 7.3.4　数据采集流程

数据采集指的是，在调用过程中采集消费者依赖关系和元数据，并识别服务之间的依赖关系。例如，我们在日常开发过程中希望查询对外暴露的接口依赖后端的哪些服务，或者后端暴露的接口被哪些服务所依赖。厘清依赖关系有助于大家进行开发和测试。

### 1. 数据采集

数据采集如图 7-13 所示。

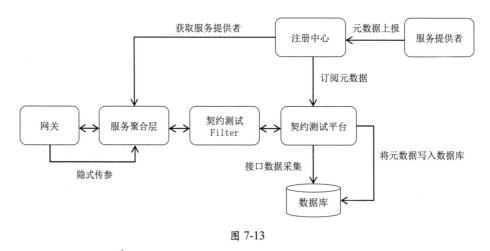

图 7-13

1）采集消费者的依赖关系

以新版个人中心的需求为例，通过契约插件拦截业务调用请求后，在数据库表 consumer-pact 中记录了如表 7-3 所示的调用信息。

表 7-3　接 口 依 赖 关 系 表

| 接口名称 | 方法名称 | 应用名称 | 网关接口 |
|---|---|---|---|
| com.xx.UserCenter | userDashboard | back-usercenter | usercenter |
| com.xx.UserBaseService | getUserInfoByID | back-usercenter | usercenter |
| com.xx.FacoritesService | getFacoritesByUserID | back-usercenter | usercenter |
| com.xx.VisitService | getVisitsByUserID | back-usercenter | usercenter |
| …… | …… | …… | usercenter |
| com.xx.RecommendService | recommendListByUserID | back-usercenter | usercenter |

其他信息（如入参、出参）在表 7-3 中省略，相关字段的意义如下。

◎ 接口名称：服务聚合层依赖服务提供者的接口名称，使用 invoker.getInterface().
getSimpleName() 获取具体调用的接口名称。

◎ 方法名称：服务聚合层依赖服务提供者接口的具体方法，使用 invocation.
getMethodName() 获取具体调用的方法名称。

◎ 应用名称：服务聚合层的具体名称。在 Dubbo 配置文件中增加<dubbo:application
name=" back-usercenter "/>服务消费者名称，可以通过名称来识别每个服务消费者。

◎ 网关接口：表示暴露在网关的接口名称。网关通过隐式传参的方式把接口名称传
递到聚合层。

数据采集完成后，可以通过应用名称查询该应用所依赖的所有接口，或者通过网关接
口查询该接口所依赖的所有后端服务。

2）元数据采集

元数据指服务自身的接口名称、方法名称、入参及出参等基本信息，以 ZooKeeper 配
置中心为例，需要在 Dubbo 的服务配置文件中增加以下内容：

```
<dubbo:metadata-report address="zookeeper://127.0.0.1:2181"/>
<dubbo:config-center address="zookeeper://127.0.0.1:2181"/>
```

服务启动后，会在 "/dubbo/metadata/" 目录下生成元数据信息，如 "/dubbo/metadata/
com.xx.recommendservice/1.0.0/recommend/provider/basic-recommendservice"。契约测试平
台会监听元数据目录下节点的数据变动，并把元数据持久化保存到数据库表 meta-service
中。相关代码如下。

```
CuratorFramework client = CuratorFrameworkFactory.newClient("127.0.0.1:2181",
 new ExponentialBackoffRetry(1000, 3));
```

```
client.start();
String
path="/dubbo/metadata/com.xx.RecommendService/1.0.0/recommend/provider/
basic-recommendService ";
String data= new String(client.getData().forPath(path));
FullServiceDefinition serviceDefinition = JSON.parseObject(data,
FullServiceDefinition.class);
List<MethodDefinition> methods = serviceDefinition.getMethods();
String application=serviceDefinition.getParameters().get("application");
// 应用名称
String interfaceName=serviceDefinition.getCanonicalName();// 接口名称
    if (methods != null) {
    for (MethodDefinition m : methods) {// 具体方法
    System.out.println(m.getName() +" " + m.getReturnType() +" "+
    m.getParameterTypes());
}
}
```

meta-service（元数据管理表）的数据结构如表 7-4 所示。

表 7-4　元数据管理表

| 接口名称 | 方法名称 | 应用名称 |
| --- | --- | --- |
| com.xx.RecommendService | recommendByUserID | basic-recommendService |
| com.xx.RecommendService | recommendByProductID | basic-recommendService |
| com.xx.RecommendService | recommendByCategory | basic-recommendService |

服务提供者启动时，可通过元数据管理表（meta-service）和契约消费表（consumer-pact），关联查询服务提供者中提供的哪些方法被哪些消费者消费，以便为后续自动执行契约测试做准备。

### 2. 调用流程

在契约测试平台中，服务聚合层、契约测试平台、服务提供者三者之间的调用关系如图 7-14 所示。

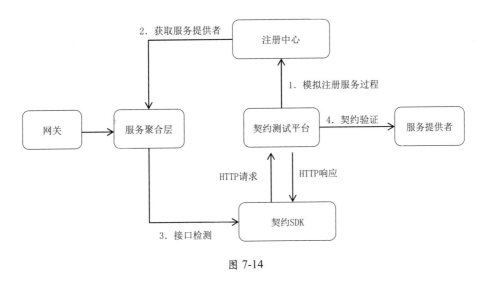

图 7-14

具体调用流程如下。

（1）模拟注册服务过程：契约测试平台的核心功能之一是，在服务提供者不提供服务的情况下，能够根据契约测试平台配置的接口信息自动模拟服务注册过程，以解决消费者在调用过程中因没有找到服务提供者而出现错误的问题。例如，在没有服务提供者的情况下，如果消费者通过 RPC 调用服务提供者，则会报以下错误信息：

```
org.apache.dubbo.rpc.RpcException: No provider available from registry xxxx xxxx
please check status of providers(disabled, not registered or in blacklist).
```

实际上契约测试平台并没有真正地暴露服务，而是在 ZooKeeper 的 "/dubbo/" 目录下新增了一个临时目录来模拟服务注册，该目录的内容与服务注册时生成的内容一致，具体可查看 ServiceConfig#doExport 方法中组装 URL 的方式。模拟服务注册的相关代码如下。假设服务所在的 IP 地址是 192.168.10.100，接口名称为 com.alibaba.foo.BarService，以下代码模拟将该服务注册到注册中心：

```
public static void main(String[] args) {
    String url="dubbo://192.168.10.100/com.alibaba.foo.BarService?
    version=1.0.0&application=back-user";
    URL dubboURL = URL.valueOf(url). addParameter("version","1.0");;
    dubboURL=
    dubboURL.addParameter("interface",dubboURL.getServiceInterface());
    String path="/dubbo/"+dubboURL.getServiceInterface()+
    "/providers/"+URL.encode(dubboURL.toFullString());
    RetryPolicy retryPolicy = new ExponentialBackoffRetry(1000, 3);
```

```
            CuratorFramework client = CuratorFrameworkFactory.builder()
                .connectString("127.0.0.1:2181")
                .retryPolicy(retryPolicy)
                .sessionTimeoutMs(6000)
                .connectionTimeoutMs(6000)
                .build();
        try{
            client.start();
            create(client,path,true);
        }catch (Exception ex){
            ex.printStackTrace();
        }
    }
    // 模拟将该服务注册到注册中心
    public static void create(CuratorFramework client,String path, boolean
        ephemeral) throws Exception {
        int i = path.lastIndexOf('/');
        if (i > 0) {
            String parentPath = path.substring(0, i);
            if (client.checkExists().forPath(parentPath) == null) {
                create(client,parentPath, false);
            }
        }
        if (ephemeral) {
            client.create().withMode(CreateMode.EPHEMERAL).forPath(path);
        } else {
            client.create().forPath(path);
        }
    }
```

（2）服务订阅：服务聚合层在启动后根据配置的依赖关系去订阅具体服务。

（3）请求拦截：服务聚合层在调用具体接口时被契约 SDK 拦截，契约 SDK 先去契约测试平台查询该接口是否提供了契约。如果契约测试平台配置了该接口的契约数据，则返回契约数据；否则，真实调用服务提供者并将接口返回值写入契约测试平台，完成契约数据的采集。

（4）契约验证：当需要测试服务提供者提供的接口是否满足契约约定时，契约测试平台根据所登记接口的相关参数通过泛化的方式去调用服务提供者，并验证返回的结果和契约内容是否一致，完成契约验证。

## 7.3.5　契约测试的核心代码

前面已经介绍了契约测试的流程和方法，接下来重点介绍如何通过编码的方式来构建契约测试平台。下面分别以字节码增强技术和拦截器技术为例来介绍。

在 Java 中使用 javac 命令编译源码文件，生成固定格式的字节码文件（.class 文件）供 JVM 使用。字节码文件由十六进制值组成，JVM 则以字节为单位进行读取。由于 JVM 规范的限定，只要生成符合规范的字节码，就可以在 JVM 上运行。这里所说的字节码增强指的是在 Java 字节码生成之后，对其进行修改，增强其功能。这种方式相当于对应用程序的二进制文件进行修改。实现字节码增强主要分如下 2 个步骤。

（1）修改字节码：在内存中获得原来的字节码，然后使用工具修改原 byte[] 数组内容，得到一个新的 byte 数组。

（2）使修改后的字节码生效：一旦完成字节码的修改，就需要使修改后的字节码生效。目前有如下 2 种方式。

◎　自定义 ClassLoader 来加载修改后的字节码。

◎　JVM 加载用户的 class 时，拦截原字节码，返回修改后的字节码；或者在运行时，使用 Instrumentation.redefineClasses 方法来替换原来的字节码。

### 1.　字节码增强方案

修改字节码的工具有 ASM、Javassist、ByteBuddy 等。通过综合对比，我们最终选定使用 ByteBuddy 来做字节码增强。相关流程如下。

（1）使用字节码增强工具 ByteBuddy 来增强 Dubbo 的 MonitorFilter 的 invoke 方法，替换原 invoke 方法，在增强的 invoke 方法中增加解析 invoke 的参数，并将解析后的参数提交给契约测试平台，契约测试平台根据传入的参数返回契约内容，实现契约测试。若契约测试平台未根据参数找到契约内容，则按正常流程调用。

使用 ByteBuddy，只需在工程的 pom.xml 文件中引入以下依赖关系：

```
<dependency>
    <groupId>net.bytebuddy</groupId>
    <artifactId>byte-buddy</artifactId>
    <version>1.5.7</version>
</dependency>
<dependency>
```

```
        <groupId>net.bytebuddy</groupId>
        <artifactId>byte-buddy-agent</artifactId>
        <version>1.5.7</version>
    </dependency>
```

（2）创建契约测试工程。

契约测试工程中所涉及的核心文件如下。

```
- src
    -main
        -java
            -com.xxx.contracttest
                - agent
                    - DubboAgent
                    - DubboInterceptor
```

（3）编写核心文件。

契约测试工程中的核心文件包括 DubboAgent、DubboInterceptor。DubboAgent 代码是程序执行的入口，它使用 premain 方法替代 main 方法作为程序入口，能够在目标应用的 main 方法之前执行，通过增强 org.apache.dubbo.monitor.support.MonitorFilter 方法实现参数拦截。MonitorFilter 的代码如下。

```
public class MonitorFilter implements Filter {
public void setMonitorFactory(MonitorFactory monitorFactory) {
        this.monitorFactory = monitorFactory;
    }
    // 只需增强此方法即可
public Result invoke(Invoker<?> invoker, Invocation invocation) throws
  RpcException {
     ......
     }
private void collect(Invoker<?> invoker, Invocation invocation, Result result,
  String remoteHost, long start, boolean error){
    ......
    }
private AtomicInteger getConcurrent(Invoker<?> invoker, Invocation invocation) {
    ......
    }
    }
```

在 MonitorFilter 中有 4 个方法，但是，契约测试只需增强 invoke 方法即可。所以，在

DubboAgent 设置 transform 拦截策略时，只拦截 invoke 方法，具体方式如下。

```java
import net.bytebuddy.agent.builder.AgentBuilder;
import net.bytebuddy.description.type.TypeDescription;
import net.bytebuddy.dynamic.DynamicType;
import net.bytebuddy.implementation.MethodDelegation;
import net.bytebuddy.matcher.ElementMatchers;
import net.bytebuddy.utility.JavaModule;
import java.lang.instrument.Instrumentation;
import static net.bytebuddy.matcher.ElementMatchers.nameContains;
public class DubboAgent {
    public static void premain(String agentArgs, Instrumentation inst) {
        new AgentBuilder.Default().ignore(nameContains("sun.reflect")
        .or(nameContains("net.bytebuddy."))
        .or(nameContains("org.slf4j.").or(nameContains("org.groovy.")))
        .or(nameContains("javassist")).or(nameContains("DubboInterceptor"))
        .or(nameContains(".asm.")).or(nameContains(".reflectasm.")))))
        .type(ElementMatchers.nameStartsWith("org.apache.dubbo.monitor
        .support.MonitorFilter"))
        .transform((builder, typeDescription, classLoader)
        ->builder.method(ElementMatchers.named("invoke")) // 只拦截 invoke 方法
        .intercept(MethodDelegation.to(DubboInterceptor.class)))
        .with(new AgentBuilder.Listener(){
    @Override
 public void onTransformation(TypeDescription typeDescription,
ClassLoader classLoader, JavaModule module, DynamicType dynamicType) {}
 @Override
public void onIgnored(TypeDescription typeDescription,
    ClassLoader classLoader, JavaModule module) { }
        @Override
        public void onError(String typeName, ClassLoader classLoader,
        JavaModule module, Throwable throwable) { }
        @Override
        public void onComplete(String typeName, ClassLoader classLoader,
        JavaModule module) { }
    }).installOn(inst);
    }
}
```

　　DubboInterceptor 是委托代码类，是一个拦截器，用来处理被拦截的方法。它主要根据 AllArguments 传入的参数来解析 Dubbo 的 invoker 对象，并调用契约测试平台查询是否有契约接口，根据契约测试平台返回的结果来构造返回值。详细代码如下。

```java
import com.google.gson.Gson;
import net.bytebuddy.implementation.bind.annotation.*;
import org.apache.dubbo.rpc.*;
import java.lang.reflect.Method;
import java.lang.reflect.Type;
import java.util.ArrayList;
import java.util.List;
import java.util.concurrent.Callable;
public class DubboInterceptor {
    @RuntimeType
    public static Object intercept(@Origin Method method, @AllArguments Object[]
    allArguments) throws Exception {
        Object resObj = null;
        Result result = null; // 定义一个返回对象
        String MOCK_SERVER = "http://mockserver:8080";
        Invoker invoker = (Invoker) allArguments[0];
        Invocation invocation = (Invocation) allArguments[1];
        String application = invoker.getUrl().getParameter("application");
        String interfaceName = invoker.getInterface().getName();
        String methodName = invocation.getMethodName(); // 获取接口方法的名称
        Object[] arguments = invocation.getArguments(); // 获取参数集合
        List<String> paramTypes = new ArrayList<String>(); // 获取参数类型
        String exportMethodName =
        invocation.getAttachments().get("methodName");
        try {
            for (int i = 0; i < arguments.length; i++) {
                paramTypes.add(arguments[i].getClass().getTypeName());
            }
        } catch (Exception e1) {
            // TODO Auto-generated catch block
        }

        Method invork_method = null;
        try {
            invork_method =
            Class.forName(interfaceName).getDeclaredMethod(methodName,
            invocation.getParameterTypes()); // 获取调用方法
        } catch (Exception e) {
            e.printStackTrace();
```

```
    }
    Type returnType = invork_method.getGenericReturnType(); // 获取返回类型
    String url = MOCK_SERVER + "/mock/mockTest.do"; // mock 服务器的地址
    Gson gson = new Gson();
    PactRequest pactRequest = PactRequest.builder()
            .interfaceName(interfaceName)
            .methodName(methodName)
            .paramTypes(paramTypes)
            .paramValues(arguments)
            .returnType(returnType.getTypeName())
            .applicationName(application)
            .exportMethodName(exportMethodName)
            .build();
    // 请求测试平台查询接口的 mock 信息
    String requestString = gson.toJson(pactRequest);
    String resp = httpPost(url, requestString);
    PactResponse pactService = gson.fromJson(resp, PactResponse.class);
    if (pactService.isPact()) {
        Object rst = gson.fromJson(pactService.getResponseBody(),
        method.getReturnType());
        result = new AsyncRpcResult(invocation); // 定义返回结果
        result.setValue(rst);
        result.setException(null);
    } else {
        result = invoker.invoke(invocation); // 调用真实接口
        // 然后，把接口信息保存于测试平台
        pactRequest.setExecRst(gson.toJson(result.getValue()));
        httpPost(url, gson.toJson(pactRequest));
    }
    return result;
}}
```

ByteBuddy 常用的注解有@Origin 和@AllArguments。下面针对这两个注解做相关的介绍，以便读者能快速地理解字节码增强的使用方式。

◎ @Origin：用于拦截原有方法，这样就可以获得方法中的相关信息。可以绑定的 @Origin 的参数有 Method，如下面的演示代码，通过@Origin 注解可以很容易地获取方法名称、参数个数及参数类型等信息。

```
@RuntimeType
public static Object intercept(@Origin Method method, @SuperCall Callable<?>
```

```
callable) throws Exception {
    long start = System.currentTimeMillis();
    Object callResult = null;
    try {
        callResult = callable.call();
        return callResult;
    } finally {
        System.out.println("方法名称：" + method.getName());
        System.out.println("入参个数：" + method.getParameterCount());
        System.out.println("入参类型：" +
        method.getParameterTypes()[0].getTypeName() + "、" +
        method.getParameterTypes()[1].getTypeName());
        System.out.println("出参类型：" + method.getReturnType().getName());
        System.out.println("出参结果：" + callResult);
        System.out.println("方法耗时：" + (System.currentTimeMillis() - start));
    }
}
```

◎ @AllArguments：通过@AllArguments 可获取全部参数，也可以通过指定下标
@Argument(0)来获取指定的参数。

```
@RuntimeType
public static Object intercept(@Origin Method method, @AllArguments Object[]
args, @Argument(0) Object arg0, @SuperCall Callable<?> callable) throws
Exception {
    long start = System.currentTimeMillis();
    Object callResult = null;
    try {
        callResult = callable.call();
        return callResult;
    } finally {
        System.out.println("方法名称：" + method.getName());
        System.out.println("入参个数：" + method.getParameterCount());
        System.out.println("入参类型：" +
        method.getParameterTypes()[0].getTypeName() + "、" +
        method.getParameterTypes()[1].getTypeName());
        System.out.println("入参内容：" + arg0 + ":" + args[1]);
        System.out.println("出参类型：" + method.getReturnType().getName());
        System.out.println("出参结果：" + callResult);
        System.out.println("方法耗时：" + (System.currentTimeMillis() - start));
    }
}
```

## 2. Dubbo Filter 方案

Dubbo Filter 方案采用 Dubbo 扩展 Filter 的方式来实现契约拦截功能，在执行时，Filter 拦截符合条件的请求，把请求转向契约测试平台，在 Filter 中获取调用方法的接口名称、方法名及参数，根据"应用名称+接口名称+方法名+接口版本+分组"的形式来组装参数，契约测试平台根据传入的参数查询数据库并返回事先设定的返回值。我们可以使用 Maven 创建一个单独的工程，业务模块在 pom.xml 中依赖契约测试模块即可自动加载，无须更改代码即可实现契约测试的功能。代码结构如下。

```
- src
  -main
    -resources
      - META-INF
        - services
          - com.xx.xx. ContractTestFilter
```

以下是具体的实现代码：

```
@Activate(group = {CommonConstants.CONSUMER, CommonConstants.PROVIDER})
public class ContractTestFilter implements Filter {
private static final Logger LOG =
 LoggerFactory.getLogger(ContractTestFilter.class);
public static Map<String, Object> map = new HashMap<String, Object>();
// 保存接口对象
    public String PACT_SERVER="http://pactserver:8080";
    @Override
public Result invoke(Invoker<?> invoker, Invocation invocation) throws
 RpcException {
        Result result = null; // 定义一个返回对象
        String application=invoker.getUrl().getParameter("application");
        String interfaceName = invoker.getInterface().getName();
        invoker.getInterface().getSimpleName();
        String methodName = invocation.getMethodName(); // 获取接口方法的名称
        Object[] arguments = invocation.getArguments(); // 获取参数集合
        List<String> paramTypes = new ArrayList<String>(); // 获取参数类型
        String exportMethodName=invocation.getAttachments().
                                        get("methodName");
        try {
            for (int i = 0; i < arguments.length; i++) {
                paramTypes.add(arguments[i].getClass().getTypeName());
            }
```

```
        } catch (Exception e1) {
            // TODO Auto-generated catch block
            LOG.info("parse paramTypes error : "+arguments);
        }
    Method method = null;
    try {
        method = Class.forName(interfaceName)
         .getDeclaredMethod(methodName, invocation.getParameterTypes());
         // 获取调用方法
    } catch (Exception e) {
    }
    Type returnType = method.getGenericReturnType(); // 获取返回类型
    String url = PACT_SERVER"/pact.do"; // 契约测试平台的地址
    Gson gson = new Gson();
    PactRequest pactRequest=PactRequest.builder()
            .interfaceName(interfaceName)
            .methodName(methodName)
            .paramTypes(paramTypes)
            .paramValues(arguments)
            .returnType(returnType.getTypeName())
            .applicationName(application)
            .exportMethodName(exportMethodName)
            .build();
        String requestString = gson.toJson(pactRequest);
        String resp = httpPost(url, requestString);
    PactService pactService= gson.fromJson(resp,PactService.class);
 if (pactService.isPact()) {
    Object rst = gson.fromJson(pactService.getResponseBody(),
     method.getReturnType());
            result = new AsyncRpcResult(invocation); // 定义返回结果
            result.setValue(rst);
            result.setException(null);
        } else {
            result = invoker.invoke(invocation); // 调用真实接口
            // 然后，把接口信息保存于测试平台
            pactRequest.setExecRst(gson.toJson(result.getValue()));
            httpPost(url, gson.toJson(pactRequest));
        }

    return result;
    }
}
```

从总体流程来看，在聚合层请求服务提供者之前会先执行 ContractTestFilter，通过 httpPost 方式发送一个 JSON 数据格式的请求，将接口名称、方法名称、参数等信息发送到契约测试平台，契约测试平台将传递的参数组合成查询条件，以查询该接口是否启用了契约测试。

### 7.3.6　契约验证流程

契约测试需要分别针对服务提供者和服务消费者双端做契约验证，通过对比契约文件来验证返回结果是否和预期一致。首先验证服务提供者提供的数据格式是否正确，然后验证服务消费者提供的数据格式是否正确。

#### 1. 从服务提供者的维度验证契约

我们以"猜你喜欢"服务对外暴露的 guessYouLike 接口为例来验证契约测试。假设在 guessYouLike 接口的 V1.0（版本）中，一个产品只支持配置一个标签，接口格式如下。

```
"recommendList":[
    {
        "productID":"xxxx",
        "productName":"xxxx",
        "tagName":"xxxx",
    }
]
```

经过一段时间后，在某次需求迭代中，要求在产品详情页增加"猜你喜欢"模块，且一个产品支持多个标签。因此，将"猜你喜欢"服务对外暴露的接口版本更改为 V1.1，接口协议如下。

```
"recommendList":[
    {
        "productID":"pid-12",
        "productName":"xxxx",
        "tagsNameList":"[xxx, xxx, xxx]",
    }
]
```

在以上示例中，测试人员将 V1.0 的接口和 V1.1 的接口所返回的内容进行对比，发现 V1.0 的接口协议中的 tagName 变成了 tagsNameList，测试产品详情页所展示的"猜你喜欢"功能时验证正常。但是，测试人员并不清楚个人中心页也依赖此接口。因接口版本升级导致了个人中心页调用"猜你喜欢"接口报错，这样就降低了服务的可用性。如果使用契约验证流程，就可以杜绝此类问题的出现。契约验证的流程如图 7-15 所示。

整体流程执行如下。

（1）在 Git 仓库中配置"猜你喜欢"项目的 Hook。

（2）研发人员把修改"猜你喜欢"项目的代码提交到 Git 仓库中，同时自动触发 Git Hook。

（3）Git Hook 调用 Jenkins 自动编译代码，发布服务并启动服务。最后，通过 HTTP 方式调用契约测试平台。其参数是所创建 Jenkins 项目的名称，这里传入 basic-recommendService 作为参数。

（4）契约测试平台根据接收到的参数 basic-recommendService 来关联查询元数据管理表（meta-service）和契约消费表（consumer-pact）。这里查询到个人中心模块、产品详情页模块对 recommendByUserID 有依赖。

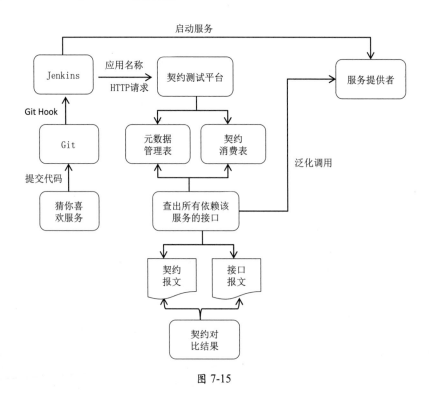

图 7-15

（5）契约测试平台通过泛化方式调用 recommendByUserID 服务，分别从个人中心消费者的角度和产品详情页消费者的角度，把返回的数据转化为 JSON 字符串。

（6）契约测试平台对比契约报文和接口返回的报文（简称接口报文），发现个人中心依赖的原始契约报文和接口返回的报文不一致，契约验证失败，并通过邮件方式把契约验证结果推送给具体负责人。

### 2. 从服务消费者的维度验证契约

从数据流程的角度来说，网关收到客户端的请求后会将其转发到聚合层，由聚合层依次调用原子服务，并把聚合后的结果反馈给客户端。因此，以个人中心服务的聚合层为切入点来梳理契约测试平台的验证流程。整体验证流程如图 7-16 所示。

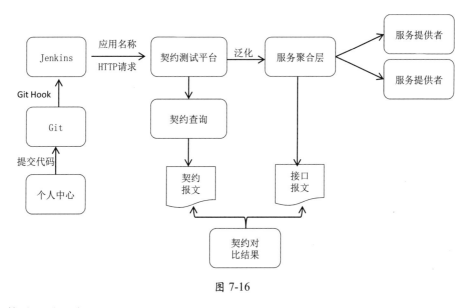

图 7-16

整体验证流程如下所述。

（1）研发人员把修改个人中心服务的代码提交到 Git 仓库中，同时自动触发 Git Hook。

（2）Git Hook 调用 Jenkins 自动编译、构建代码，完成代码的编译后会通过 HTTP 请求调用契约测试平台。其参数是所创建 Jenkins 项目的名称，这里传入 back-usercenter。

（3）契约测试平台根据接收到的参数 back-usercenter 来查询 consumer-pact 表，条件为"application_name ='back-usercenter' and export_gateway='yes'"（表示暴露到网关的接

口），查询结果如表 7-5 所示。

表 7-5　接口依赖关系表

| 接口名称 | 方法名称 | 应用名称 | 网关接口 | 暴露网关 |
|---|---|---|---|---|
| com.xx.UserCenter | userDashboard | back-usercenter | usercenter | yes |

（4）契约测试平台通过泛化方式调用服务聚合层 back-usercenter 的 userDashboard 方法，并把返回的数据转化为 JSON 字符串。

（5）契约测试平台对比契约报文和聚合接口实际返回的报文，并给出验证结果。

通过对比可以发现，从服务提供者的角度来使用验证契约服务，它以原子服务的粒度验证与该服务相互关联的方法。维护原子服务的人员通常会关注此契约测试。从服务消费者的角度来验证契约服务，则会以整体接口粒度来验证，服务消费者关注的是对外输出接口内容和契约内容是否一致。聚合层的研发人员通常会关注此处的契约测试。

# 7.4　混沌工程

面向终端用户的互联网产品在架构中通常会加入熔断、降级、多级缓存等措施来提高系统的可用性，但是大家在复盘线上事故、分析事故发生的本质原因时却发现，这些事故都是由已知的风险造成的，主要原因包括磁盘写满、CPU 打满、服务响应慢、接口超时，以及数据库响应慢所致的线程池耗尽。虽然架构设计采用了熔断、降级等方式来提高服务的可用性，但当事故发生时这些机制似乎并未生效。比如，磁盘写满、CPU 打满等故障在设计阶段很少被考虑。而类似于服务响应慢或接口超时等问题，虽然研发人员可以通过硬编码的方式在开发阶段来模拟发生此类故障的场景，但是在项目进入测试阶段时，测试人员却无法模拟服务响应慢、数据库响应慢等场景，最终会直接放弃针对这些特殊场景的异常测试。

为了解决这个难题，可以参考互联网公司的通用方法，在架构设计和开发、测试阶段通过模拟调用延迟、服务不可用、机器资源满载等故障，查看发生故障的节点或实例是否被自动隔离、下线，流量调度是否正确，预期方案是否有效，同时观察系统整体的响应时间或延迟是否受到影响。在此基础上可以缓慢增加发生故障节点的范围，验证上游服务限流降级、熔断等是否有效。随着发生故障节点的增加，直到出现请求服务超时之际再停止实验，最终估算出系统的容错红线。我们把在生产环境下对分布式系统进行一系列容错能力的实验，用以考验系统在各种不稳定环境下的健壮性，从而增强研发人员对系统稳定运行的信心的过程称作混沌工程。混沌工程的核心思想是以可控的方式主动注入故障，以验证系统的行为是否符合我们的架构预期，并在不正常的情况下进行修复，以此提高系统的稳定性。

ChaosBlade 是阿里巴巴开源的一款遵循混沌工程实验原理，提供丰富的故障场景实现，帮助提升分布式系统的容错性和可恢复性的混沌工程工具，其可实现底层故障的注入，特点是操作简捷、无侵入、扩展性强。ChaosBlade 主要使用了字节码增强技术（ASM），即改变 class 内容，再重新通过 jvm-sandbox 提供的 SandboxClassLoader 将修改后的 class 加载到 JVM 中，使其生效。目前支持的演练场景有操作系统类（如 CPU、磁盘、进程、网络）、Java 应用类（如 Dubbo、MySQL、Servlet）以及自定义类方法延迟或抛出异常等场景。

## 7.4.1　理解混沌工程

### 1. 混沌工程的意义

我们从架构师、开发人员、运维人员、测试人员、产品和设计人员等多个维度去看待混沌工程的意义到底有哪些，是否值得我们去实施。

◎ 架构师：通过实验来验证系统架构的容错能力，找出系统的薄弱环节，在架构设计阶段就能把薄弱环节处理掉，再通过实验来验证异常出现时架构的容错能力是否和预期设计一致。

◎ 开发人员：在开发的自测阶段就能验证系统的熔断、降级及面对异常的一些处理是否有效。

◎ 运维人员：面对突发的异常，监控告警是否正常触发，能否快速解决异常，并恢复系统的正常运行。

◎ 测试人员：提早暴露线上问题，把问题扼杀在线下，降低故障的复发率。

◎ 产品和设计人员：在异常不可避免时，通过提供友好的提示来提升用户对系统的满意度。

### 2. 工具安装

在准备做实验之前，首先需要安装工具软件。进入 GitHub 官网，下载最新版本的 ChaosBlade 安装包，安装步骤如下。

```
# wget https://chaosblade.oss-cn-hangzhou.aliyuncs.com/
agent/github/0.5.0/chaosblade-0.5.0-linux-amd64.tar.gz
# tar -zxvf chaosblade-0.5.0-linux-amd64.tar.gz
# cd chaosblade-0.5.0
# ./blade help 通过帮助命令看看可以执行哪些命令
An easy to use and powerful chaos engineering experiment toolkit
Usage:
blade [command]
Available Commands:
  create    Create a chaos engineering experiment
  destroy   Destroy a chaos experiment
  help      Help about any command
  prepare   Prepare to experiment
  query     Query the parameter values required for chaos experiments
  revoke    Undo chaos engineering experiment preparation
  server    Server mode starts, exposes web services
  status    Query preparation stage or experiment status
  version   Print version info
Flags:
  -d, --debug   Set client to DEBUG mode
  -h, --help    help for blade
```

其安装过程非常简单，只需解压缩安装包即可。例如，针对 CPU 的负载做一次实验，但是又不清楚具体的参数，可以使用如下帮助信息：

```
# ./blade create cpu -h
Cpu experiment, for example full load
Usage:
  blade create cpu [flags]
  blade create cpu [command]
Examples:
blade create cpu load --cpu-percent 80
Available Commands:
  fullload    cpu load
Flags:
  -h, --help  help for cpu
Global Flags:
  -d, --debug       Set client to DEBUG mode
      --uid string  Set Uid for the experiment, adapt to docker
Use "blade create cpu [command] --help" for more information about a command.
```

**通用参数说明**

在 ChaosBlade 的 Java 实验场景中有些默认的通用参数，可以根据实验的具体要求灵活配置。一些通用参数如下。

◎ effect-count：影响的请求条数限制，为通用参数。

◎ effect-percent：影响的请求百分比，为 0 ~ 100 的整数。该参数可和 effect-count 共用。在达到 effect-count 限制时，effect-percent 不再起作用。

◎ timeout：实验场景的运行时间，单位为秒。达到该时间后会自动停止实验。

## 7.4.2　如何实施混沌实验

在准备实施实验之前，我们需要有明确的实验目的及预期的实验效果：首先，要明确针对哪些情况（比如响应时间延时、SQL 响应慢或者磁盘写满等）做实验；其次，需要明确实验的范围是开发环境、测试环境、预发环境还是生产环境；再次，确定实验环节中的各种参数指标，比如响应时间延时 3 秒，SQL 响应延时 2 秒等；最后，明确实验生效的判断标准，比如触发告警、触发熔断等。总体来说，做实验需要遵循以下流程。

（1）制定混沌实验计划：在计划中需要明确哪些人需要参加实验，实验的周期有多长，谁负责确认实验的效果。

（2）定义系统的稳态指标：收集业务正常运行时的基线指标数据，包含基础设施的监控指标、告警指标、应用程序的性能指标等，再根据基线指标定义业务峰值指标，比如定义 CPU 的占用率超过 50%、内存的占用率超过 60%、响应时间大于或等于 300 毫秒代表系统已经超负荷运转。

（3）做出系统容错行为假设：当错误发生时，希望系统的执行情况是怎样的。

（4）执行混沌实验：根据命令和参数执行混沌实验，实验方式有单一故障和场景故障两种。

◎ 单一故障：每次只将一种故障场景注入系统中，如采用消耗计算资源、关闭系统、丢弃网络包等方法。

◎ 场景故障：场景故障是一组被保存故障的集合。场景中的故障按顺序执行，这样可以更好地控制单个故障的执行方式，并可以模拟较为复杂的故障。保存下来的场景可以被重复执行，并能够观察系统随着时间的行为变化。

（5）检测系统的稳态指标：当混沌实验执行时，再次观测系统的各项指标。

（6）记录实验数据：需要记录下实验过程中的参数数据及系统指标数据。基于从实验中获得的结果数据与假设进行比较，并得出结论。这里有如下几个问题需要梳理清楚。

◎ 系统的运行状态是否符合预期？

◎ 是否触发系统的监控告警？

◎ 本次实验发现了哪些新问题？

◎ 告警系统多长时间能够检测到问题并发出通知？发出的通知是否被接收？

◎ 实验结束后，系统是否自动恢复到正常状态？是否需要人工干预？

（7）恢复混沌实验：实验结束后需要卸载实验环境，不要因为实验而长时间占用各种环境。

（8）修复发现的问题：若在进行实验时出现问题，则在实验结束后要快速修复问题。

（9）持续进行验证：修复后再重新做实验，直到达到预期的结果。如果系统成功抵御了攻击，就说明该问题已经被修复。此时，应该考虑增加攻击的程度，比如一次性在多台服务上模拟发生故障的场景，并观察系统的运行情况。

### 7.4.3  CPU 满载实验

**演练场景**：上游持续高并发请求，导致下游实例的负载过高，准备扩容下游服务实例的数量。但是在新增服务实例的初始化阶段，鉴于 JVM 具有启动后需要预热一定时间的特性，此时如果流量瞬间进入新增实例，就会导致新实例的 CPU 负载高，以致上游服务受影响。

**容错方案**：当服务实例机器的负载高时，自动将流量切换到正常机器，或者新增实例并延时暴露服务。

**模拟场景**：针对某台机器做 CPU 满载操作：

```
# ./blade create cpu fullload
{"code":200,"success":true,"result":"b87cbc44726f494c"}
```

注意，每次进行实验时都会返回一个唯一的实验 id。如果要结束这个实验，可以通过这个 id 销毁实验。

通过 top 命令查看 CPU 的占用率：

```
Cpu(s): 99.7%us,  0.2%sy,  0.0%ni,  0.0%id,  0.0%wa,  0.0%hi,  0.2%si,  0.0%st
```

在此可以明显地看到这个实验已经生效了，CPU 在满负载的情况下工作。当需要结束实验时，使用 destroy 命令即可：

```
./blade destroy b87cbc44726f494c
{"code":200,"success":true,"result":"command: cpu fullload "}
```

此时再通过 top 命令来查看 CPU 的占用率，在此可明显看出实验已经结束：

```
Cpu(s): 0.2%us,  0.0%sy,  0.0%ni,  99.8%id,  0.0%wa,  0.0%hi,  0.0%si,  0.0%st
```

**预期结果**：监控系统触发告警，提示 CPU 的负载过高。

**修复方案**：添加系统、应用资源监控和流量调度能力，在服务启动时增加预热环节。

## 7.4.4　磁盘写满实验

**演练场景**：因日志打印配置不合理或磁盘空间过小，导致磁盘写满。

**容错方案**：当服务实例机器的磁盘写满时，自动将流量切换到正常机器。

**模拟场景**：针对某台机器模拟磁盘的写满操作。

在进行实验之前，先看一下"/home"所在磁盘的大小：

```
df -h /home
Filesystem       Size  Used Avail Use% Mounted on
/dev/vda1         40G  4.0G   34G  11% /
```

进行磁盘填充实验，填充 40GB，达到磁盘满的效果：

```
./blade create disk fill --path /home --size 40000
#返回结果
{"code":200,"success":true,"result":"7a3d53b0e91680d9"}
#查看磁盘的大小
df -h /home
Filesystem       Size  Used Avail Use% Mounted on
/dev/vda1         40G   40G     0 100% /
#销毁实验
./blade destroy 7a3d53b0e91680d9
{"code":200,"success":true,"result":"command: disk fill --debug false --help
false --path /home --size 40000"}
#查看磁盘的大小
```

```
df -h /home
Filesystem      Size  Used Avail Use% Mounted on
/dev/vda1       40G   4.0G  34G  11% /
```

**预期结果**：监控系统触发告警，提示磁盘空间不足。

**修复方案**：添加系统、应用资源监控和流量调度能力。

## 7.4.5　内存负载实验

**演练场景**：在上游高并发的情况下查询特定接口，服务提供者给出的查询数据结果集过大，占用了大量的内存，导致上游服务受影响。

**容错方案**：当服务实例机器的内存过高时，自动将流量切换到正常机器，或者针对内存占用率过高的机器做调用降权处理。

**模拟场景**：针对某台机器做内存过载操作。

```
#先模拟内存的占用率为80%
#./blade create mem load --mem-percent 80
{"code":200,"success":true,"result":"5202f9975a366f6e"}
#销毁实验
#./blade destroy 5202f9975a366f6e
{"code":200,"success":true,"result":"command: mem load  --mem-percent=80"}
```

**预期结果**：监控系统触发告警，提示内存的占用率过高。

**修复方案**：添加系统、应用资源监控和流量调度能力。

## 7.4.6　数据库调用延时实验

在高并发的场景下，数据库响应慢的情况非常容易发生。一旦数据库所在机器的CPU负载过高，就会导致任何SQL操作都非常慢，会出现连锁反应。聚合层高并发调用原子服务，而原子服务查询数据库的耗时增加，最终导致原子服务、聚合层被慢慢拖死，形成雪崩效应。Dubbo框架下的典型现象就是线程池满。

**演练场景**：在上游高并发的情况下，数据库服务器的CPU占用率过高，导致大量慢SQL语句的出现，上游服务受到影响。

**容错方案**：对入口流量进行限流。

**模拟场景**：针对某台机器做数据库调用延时操作，比如服务器当前运行的 Java 进程号为 5313，先执行挂载 Java Agent 操作：

```
#执行数据库调用延时实验之前，需要先挂载 Java Agent。这也是执行 Java 实验场景的必要步骤。
#./blade prepare jvm --pid 5313
{"code":200,"success":true,"result":"af542eced5196a83"}
```

以下语句的意思为针对 user_order 数据库中的 order_history 表，在执行 select 操作时延时 3 秒后再给出结果。此时通过日志可以看到，在服务消费者调用服务时已经出现了超时的情况：

```
#./blade create mysql delay --time 3000 --database user_order --port 3306
--sqltype select --table order_history
{"code":200,"success":true,"result":"5208e02da76d3ada"}
```

**注意**：当需要销毁这个实验时，需要先卸载 Java Agent。在此先使用 revoke 命令，再使用 destroy 命令销毁实验。

```
#./blade revoke af542eced5196a83
{"code":200,"success":true,"result":"success"}
./blade destroy 5208e02da76d3ada
{"code":200,"success":true,"result":"command: mysql delay "}
```

**预期结果**：服务出现降级及熔断的情况，并触发数据库告警。

**修复方案**：优化系统架构，增加缓存层，如本地缓存、分布式缓存，减少对数据库的操作。

## 7.4.7　Redis 调用延时实验

在开发工作中，我们通常默认 Redis 的性能非常好，做架构设计时大多忽略了 Redis 的性能瓶颈。这里设想一下：假如 Redis 的延时突然增大，对系统会产生哪些影响？在架构设计过程中，如何应对这种情况？下面可以针对 Redis 的延时做实验。在进行 Redis 调用延时的实验之前也需要先挂载 Java Agent，例如服务器当前运行的 Java 进程号为 5313。

**演练场景**：高频率查询缓存，导致出现缓存热点及响应延时的情况。

**容错方案**：对入口流量进行限流。

**模拟场景**：针对 Redis hget 命令做延时操作。

以下是针对 Redis 延时调用的实验代码：

```
#./blade prepare jvm --pid 5313
{"code":200,"success":true,"result":"af542eced5196a83"}
#针对 Jedis 的 hget 方法中的 test_key 做调用延时 3 秒处理
 ./blade  create jedis --cmd hget --key test_key delay --time 3000
```

**预期结果**：服务出现降级及熔断的情况，并触发数据库告警。

**修复方案**：优化系统架构，将缓存架构调整为主从模式，同时把缓存服务当作资源，设置熔断与降级策略。当调用缓存超时次数达到设定阈值时，触发熔断与降级，将查询缓存降级为查询数据库，同时调整该接口流量的限流阈值，以防止数据库被压垮。

## 7.4.8　Dubbo 服务延时实验

在日常设计和开发中，我们可以针对已暴露的 Dubbo 服务做多种实验，例如服务调用延时、线程池满、服务抛出异常等。实验可以在服务消费者端进行，也可以在服务提供者端进行，目的是通过模拟不同的异常场景来验证所暴露服务的健壮性。

### 1. 服务消费者端的实验

例如，在本次实验中针对服务消费者端调用 com.commpany.demo.TagService 服务下的 getTagByID 接口，模拟延时 3 秒响应，目的是模拟接口耗时比较长的服务对核心流程的影响范围。

**演练场景**：假设聚合层需要调用产品详情页服务和产品标签服务，产品详情页服务是强依赖服务，产品标签服务是弱依赖服务。

**容错方案**：对弱依赖服务做熔断、降级处理，减少资源的分配。

**模拟场景**：针对产品标签服务做调用延时处理。

以下是在服务消费者端模拟服务延时调用的实验代码：

```
#./blade prepare jvm --pid 5330  #假设聚合层服务的进程为 5330
#./blade create dubbo delay --time 3000 --service com.commpany.demo.TagService
--methodname getTagByID --consumer --pid 5330
```

**修复方案**：梳理服务依赖关系，明确核心服务和非核心服务，在调用非核心服务处添加服务熔断能力，并需要触发服务熔断告警通知。

### 2. 服务提供者端的实验

模拟对服务提供者提供的 com.commpany.demo.TagService#getTagByID 服务注入 3 秒延时：

```
#./blade prepare jvm --pid 5313   #假设标签服务的进程为 5313
#./blade create dubbo delay --time 3000 --service com.commpany.demo.TagService
--methodname getTagByID  --provider
```

相关参数说明如下。

```
--time: 3000，表示延时 3000 ms，单位是 ms（毫秒）。
--service: com.commpany.demo.TagService，表示调用的服务。
--methodname: getTagByID，表示服务的接口方法。
--consumer: 表示演练的是 Dubbo Consumer 端。
--provider: 表示演练的是 Dubbo Provider 端。
```

**预期结果**：服务出现降级及熔断的情况，产品标签服务返回的数据为空。

**修复方案**：优化系统架构，重点优化接口响应时间比较长的服务，针对非核心服务增加熔断与降级策略，设置降级默认的返回值，增加缓存层，减少 RPC 调用次数，同时增加服务提供者和服务消费者的数量，采用多实例的方式来分摊服务压力。

## 7.4.9　Dubbo 线程池满实验

如果服务提供者依赖外部的服务时出现接口响应慢、查询数据库响应慢、查询缓存响应慢、程序代码不够优化、执行效率不佳等情况，若当前的请求 QPS 非常高时，则服务提供者会频繁出现应答响应慢的情况，导致 Dubbo 的线程池满，最终把所有服务提供者全部拖垮，形成雪崩效应。这种情况在生产环境中经常出现。

**演练场景**：服务线程池满。

**容错方案**：会对入口流量进行限流，防止请求堆积、资源耗尽，导致服务不可用。

**模拟场景**：对服务提供者模拟线程池满的故障场景。代码如下。

```
#./blade prepare jvm --pid 5313   #假设标签服务的进程为 5313
#./blade create dubbo threadpoolfull -provider
```

**预期结果**：服务出现降级与熔断的情况，并触发数据库告警。

**修复方案**：添加限流能力，以及根据业务请求量和系统处理能力合理地设置线程池的大小。

## 7.4.10　混沌实验的可视化

混沌实验建立了一套标准的演练流程（见图 7-17），包含准备阶段、执行阶段、检查阶段和恢复阶段，覆盖了用户从计划到还原的完整演练过程，并通过可视化的方式清晰地呈现给用户。

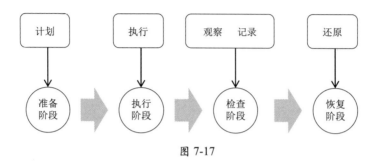

图 7-17

目前所有实验都是通过命令行方式执行的，需要测试人员登录到具体的服务器，输入相关命令。这对于测试人员来说非常麻烦，不利于混沌实验的执行。可以利用 ChaosBlade 所暴露的 Web 服务，构建一套可视化的混沌实验平台。该平台通过 HTTP 发送实验指令，请求格式为"chaosblade?cmd="，当 ChaosBlade 服务接收指令后执行相关的实验。具体操作流程如下。

```
#启动 server 模式，指定服务端口 8080，需要在每台被测机器上都启动该服务
#./blade server start --port 8080
#停止 blade server
./blade server stop
```

例如，使用 HTTP 方式创建一个磁盘写满的实验：

```
http://ip:port/chaosblade?cmd=create disk fill --path /home --size 40000
{"code":200,"success":true,"result":"73462ab4f87810b4"}
```

结合 ChaosBlade 暴露 Web 服务的特性，可以开发一套可视化的操作界面，只需填写相关参数即可，无须输入命令，这样可以方便测试人员操作。

混沌实验可以在软件开发生命周期的多个阶段开展，应尽可能在部署到生产环境之前做尽可能多的实验，降低部署到生产环境中出现问题的风险。当有些测试场景需要在生产环境中进行混沌实验时，大家务必在实验前进行充分的方案设计和回滚方案的确定，并严格限制故障产生的影响范围，以避免对业务系统造成影响。

8

第 8 章

容量预估与服务上线

当平台用户的规模上升至一定阶段后，业务人员的关注点由新增需求按时上线转变为系统正常、稳定地运行。保障系统稳定的最大难题在于容量规划及服务上线：①容量规划的最大难题是，如何准确评估从用户登录到完成交易的整个链条中核心交易的实际承载能力；②服务上线的最大难题是，如何在新功能上线或日常版本更新时，做到终端用户无感知。

# 8.1　持续集成和持续交付

为什么进行了大量单元测试后，产品在生产环境的运行过程中依然会暴露出很多问题？为什么使用微服务架构把原本的单体架构重构后，交付周期依然很长？其实原因很简单，在微服务设计、开发阶段讲究"拆"，即将原功能拆分成各种服务；而在测试阶段讲究"合"，即将拆分的服务合并起来验证，验证执行结果是否达到预期。交付周期长、暴露问题多等主要原因在于测试阶段服务合并的频率过低。因此，要周期性、高频率地做集成测试，将问题充分地暴露在测试环境而不是线上环境中。

## 8.1.1　为什么需要持续集成和持续交付

产品需求由最初想法的产生到最终交付用户使用，要经历需求调研、需求分析、架构设计、功能开发、功能测试、灰度验证、部署上线等多个环节。这些环节涉及不同部门、不同角色的人员，不同人员对产品的认知存在差异，而且在整个产品交付的过程中，还可能面临需求变更和交付周期变更等情况。这些不确定的情况使得产品交付变得非常复杂，而且结果不可预期。归纳起来，问题主要表现在以下 3 方面。

### 1.　交付周期长且质量差

互联网的产品交付讲究以速度为王，对新版本的发布频率，需求方希望每周发布一个小版本，每两周发布一个大版本。通过尽早地交付产品，可尽早地获得反馈机制，以便不断迭代、优化产品。然而，在快速的产品迭代和产品交付过程中最容易出现以下问题。

◎ 版本迭代慢：由于新版本的功能测试和集成测试混在一起，而且提交测试的代码质量较差，开发人员需要不断地修正 Bug 和更新代码，以致在测试阶段就需要高频地将新版本部署到测试环境中。

◎ 无效等待：在集成编译阶段一旦出现编译不通过的现象，就会造成整个团队等待，甚至回滚到上一个版本，导致已经修复的 Bug 又重新出现。

◎ 重复测试：新版本在发布前都会做最后的回归测试，在发现新问题后只能等待开发人员修改问题，然后重新编译、部署，再进行一轮回归测试。这样反复进行的工作量很大。

◎ 测试周期拉长：如果遇到阻塞的问题，比如登录问题，所有人员就要等待登录模块的开发人员解决问题后才能继续工作，需要大量的等待时间。

◎ 零经验积累：由于手动功能测试主要依赖测试人员的责任心及对需求的理解程度，因此，测试团队没有积累什么测试经验。

◎ 漏测严重：程序中的各种分支条件繁多，单纯依靠手动测试不可能覆盖所有分支，会出现功能点测漏的现象。

◎ 交付质量差：在整个版本发布过程中只有正式发布这一个步骤，这样很容易将未测试的分支发布到生产环境中。

◎ 交付周期长：交付集成版本的节奏不可控，导致测试人员频繁换版本测试，造成大量的工作重复。

## 2. 开发过程无反馈

在软件产品交付给运维人员部署之前，通常需要研发人员编写安装手册，告知运维人员如何部署软件，测试人员则需要等待运维人员部署完成之后才能进行测试。由此可知，在软件开发过程中有大量的时间消耗在运维部署环节和软件测试环节上，例如：

◎ 运维团队必须等待研发人员交付要部署的文件后，才能进行部署。

◎ 测试团队必须等待运维人员完成测试环境部署之后，才能进行测试。

◎ 研发团队必须等待测试人员进行一段时间的测试后，才能得到测试结果。

## 3. 软件研发的流程问题

在软件产品的开发过程中衍生出了瀑布模型、敏捷模型及目前热门的 DevOps 模型，那么，采用什么样的软件开发模型才能满足快速、高质量的交付要求呢？下面通过对这三个模型的对比，分析哪种模型更符合快速迭代的要求。

◎ 瀑布模型：指按传统的软件开发工序将流程进行拆分，将功能的实现与设计分开，将软件生命周期划分为需求分析、软件设计、程序编写、软件测试和软件部署等基本环节，并且规定了它们自上而下、相互衔接的固定次序，如同瀑布流水般逐级下落，如图 8-1 所示。

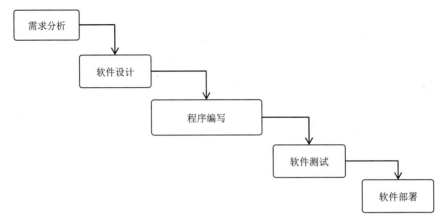

图 8-1

◎ 敏捷模型：软件项目在构建初期将被切分成多个子项目，各子项目都经过需求、设计、开发、测试阶段，最后交给运维团队部署上线，如图 8-2 所示。

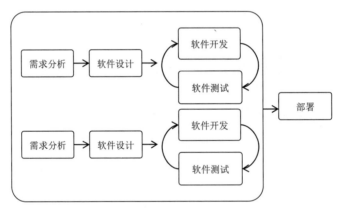

图 8-2

◎ DevOps 模型：DevOps（Development 和 Operations 的组合词）是一组过程、方法与系统的统称。DevOps 模型可促进开发（应用程序/软件工程）、技术运营和质量保障（QA）部门之间的高效沟通、协作与整合。软件项目在构建初期将被切分成多个子项目，各子项目都经过需求分析、软件设计、软件开发、软件测试、部署阶段（见图 8-3）。

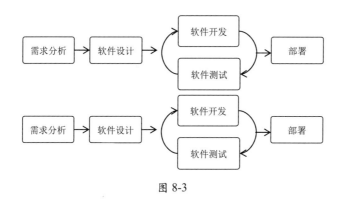

图 8-3

通过上述三种模型的对比可以看出，瀑布模型不能快速适应用户需求的变化，且在项目的各个阶段，团队之间极少有反馈，只能在项目生命周期的后期才能看到结果。这显然不能满足互联网时代产品快速迭代的要求。虽然敏捷模型通过需求拆分的方式把项目拆分成多个子项目，但由于开发模型是线性的，用户只有等到整个过程全部结束后才能看到开发成果。这增加了开发风险。所以无论使用瀑布模型还是敏捷模型，产品交付都存在如下问题。

◎ 没有可部署的软件：必须在完成集成测试、系统测试后，才能交付可用的软件。在整个软件开发过程中只有到了最后阶段，才能拿到可运行的软件。需要注意的是，在软件的集成阶段，软件不一定是在一个标准的项目集成机器上生成的，其有可能是在某个开发人员的机器上构建的，以致出现该软件在其他机器上无法运行的问题。

◎ 问题暴露得较晚：从上一个可工作的软件到发现缺陷之间可能存在很多次提交，而要从这些提交中找出问题并进行修复的成本会很大，因为需要开发人员回忆每次提交的上下文记录来评估影响点。

◎ 软件质量差：由于每次集成时涉及的代码很多，研发人员的关注点是如何保证编译通过、自动化测试通过，因此很容易忽略代码是否遵循编码规范、是否包含重复的代码、是否有重构的空间等问题。

◎ 对交付的软件无信心：因为在集成测试过程中遇到了较多问题，所以测试人员对当前要交付的软件没有信心。

通过对比，我们可以明白 DevOps 使用 MVP（Minimum Viable Product）的思想，即用最小的代价、最快的速度、最短的时间做出最早的可行性产品，将产品设想变现后交付给终端用户，并根据用户的反馈来不断地改进产品。这种新模式可以减少软件开发的风险，展现了持续集成的核心思想。

## 8.1.2　持续集成和持续交付的流程

互联网软件的研发和发布，已经形成了一套标准流程，在该流程中最重要的组成部分是持续集成（Continuous Integration，CI）、持续交付（Continuous Delivery，CD）及持续部署（Continuous Deployment，CD）。需要明确的是持续集成并不能消除 Bug，而是能尽早地发现问题和改正问题。例如，团队中使用了 Jenkins 自动编译代码，并将构建后的最新代码推送到测试环境中。这并不代表团队已经开始进入持续集成和持续交付的阶段了，因为在真正实施之前还需要组织架构的调整、培养团队文化以及完善技术架构等流程。

### 1. 组织架构的调整

如果想成功落地持续集成和持续交付流程，则首先要解决组织架构问题。传统的组织架构会因绩效考核未达标而导致各职能部门存在相互推诿、扯皮的现象。传统的组织架构暴露出了以下问题。

◎ 业务团队：业务增长太慢，主要原因是竞争对手推出产品的速度更快。

◎ 产品团队：技术团队没有排期，大量需求堆积，需求无法快速推进。

◎ 研发团队：环境问题不仅导致了测试环节耗时较长，而且运维、部署环节耗时也太长。

◎ 运维团队：团队成员的大部分时间都在解决线上问题，开发和测试环境问题没时间解决。

传统的组织架构如图 8-4 所示，在产品、开发、测试、运维之间有一堵无形的墙，打破各个部门之间的墙是持续集成和持续交付的首要条件。在此可以看出，DevOps 打通的是开发与运维之间的关系，而持续集成打通的是开发与测试之间的关系，敏捷开发打通的是产品与测试之间的关系。只有持续交付讲究的是端到端地负责产品的交付。如果不调整组织架构，这种研发链条必然很长。

组织架构调整后如图 8-5 所示，产品团队、开发团队、测试团队、运维团队形成闭环，围绕核心产品组织跨职能交付团队，各团队都可以独立开发、测试、发布和迭代各自的微服务，互不干扰，其沟通、协调的成本小。运维团队围绕基础设施流程标准化开展研发和运维工作，为内部客户提供标准化的运维平台服务。产品团队通过标准化平台，以自助方式向客户持续交付价值。

持续交付
DevOps
敏捷开发
持续
集成
产品
开发
测试
运维

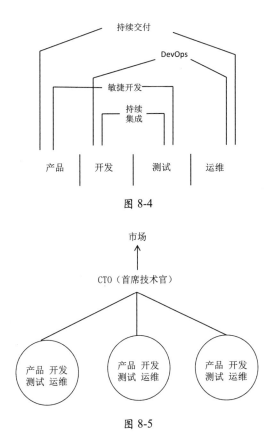

图 8-4

市场
CTO（首席技术官）
产品 开发
测试 运维
产品 开发
测试 运维
产品 开发
测试 运维

图 8-5

### 2. 培养团队文化

需要说明的是，持续集成不是一种工具；持续集成指的是，将团队文化与工具相结合进行实践，开发团队成员需要遵循团队约定的规范，团队中的每个人都以小步增量的方式频繁地将修改后的代码提交到主干上，保持程序的可运行状态。同时，团队成员需要转变思想，将做项目的思想（在规定时间内完成规定的事情）转变成做产品的思想（尽快交付、线上验证、得到反馈、快速迭代），通过自动化的软件交付和架构变更流程，构建、测试、发布的流程能够更加快捷、频繁、可靠。在整个实践过程中要求团队成员遵循以下约定。

◎ 责任共担：在技术团队内部鼓励责任共担，鼓励每个人在做好分内事的同时关心工作上游或者工作下游的事。①要求开发团队关注系统上线后的运行情况。只有开发团队介入从开发到运维的整个流程，才能理解运维的痛点，并在开发过程中关注运维人员的诉求。②要求运维团队共同承担开发团队的业务目标和责任。此时，运维团队会加深理解开发团队对系统运维工作的要求，并且能更加紧密地配合开发团队的工作。

◎ 没有组织孤岛：从组织结构来看，适当地调整资源结构，让开发人员和运维人员之间没有组织孤岛，让运维人员在项目早期就加入团队一起工作，了解项目的整体架构。例如，在项目中用到哪些数据库、消息队列、缓存及其他中间件。开发团队和运维团队必须共同承担系统变更后的成败风险。

◎ 质量贯穿在开发流程中：为了确保生产环境的变更比较稳妥，团队需要重视"质量构建在开发过程中"：这包括很多跨功能的考虑，例如在构建过程中执行源码扫描和单元测试，关注性能和安全等。因此，持续集成和持续交付的代码是允许频繁且低风险部署的基础。

◎ 关注反馈：团队需要重视反馈并持续改进流程。生产环境的反馈是对诊断错误和改进产品易用性有帮助的反馈。

◎ 流程自动化：自动化是促进合作的基石。将测试、配置和部署自动化，可以让团队成员释放出更多的活力，并专注于更有价值的活动，还能减少人为失误。

## 3. 完善技术架构

持续集成注重基础设施即代码（Infrastructure as Code）的思想，把项目打包构建、执行单元测试、执行接口测试、部署项目等手动流程，全部由之前的图形化操作转变成代码来实现。团队成员通过不断地调整、优化代码来达到优化持续集成的目的。在整个流程中需要关注以下约定。

◎ 版本控制：与项目相关的所有内容都必须被提交到统一版本控制库中，包括源码、测试代码、数据库的初始化脚本、构建与部署脚本，以及所有用于创建、安装、测试和运行该应用程序的相关材料。

◎ 频繁提交：每完成一个可交付的模块，就提交代码并开始进行集成测试。通常来说，一天可以提交多次。注意，频繁提交指的是完成一个可集成的模块，而不是完成几行代码。

◎ 自动化构建：所有构建过程都通过命令行自动化完成。当构建出现问题时，能够快速审计流程。

◎ 结果可审计：将每次的构建过程都进行记录，让所有操作结果都可追溯、可审计。

◎ 便利性：要求所有操作均较简单，以方便团队操作和共同维护。当出现问题时，能快速回滚。

◎ 幂等性：持续集成是一个高频触发的操作，因此要求操作是幂等性的。

1）持续集成的流程

持续集成指的是，频繁地将代码集成到主干，目的就是让产品可以快速迭代，同时还能保持产品的高质量。通常单体应用在向微服务架构转型时，会重点关注服务拆分，比如服务拆分时机、服务拆分方式、服务拆分粒度等。而持续集成则恰恰相反，它重点关注合并，通过制定一系列的流程，将拆分出去的每个服务都合并起来，不断地尝试让拆分后的微服务组合在一起，完成特定的业务功能，持续集成的输出通常被作为测试流程或发布流程的输入。通常来说，持续集成的流程如下。

（1）开发人员从代码仓库中创建一个新的分支，并在该分支上实现新特性。

（2）在本地完成一个新特性开发后，开发人员会把代码提交到分支上。此时，自动触发一系列自动化测试流程。只有新特性在自动化测试通过后，才会被自动部署到开发环境中。

（3）在本地完成所有特性开发后，开发人员会将分支合并到主干上，自动触发一系列自动化测试。新特性在测试通过后被自动部署到测试环境中。

通过对以上持续集成流程的介绍，我们可以看到研发人员只要完成一个可集成的功能，就会把代码提交到新分支上并触发自动化测试。总之，研发团队实施持续集成的价值在于以下几点。

◎ 减少风险：在整个流程中，开发人员需要持续、高频率地提交、编译、测试、审查、部署项目代码。因为有问题的代码会暴露得较早，所以修复代码的成本较低，部署的成功率较大。因为在这个过程中，代码集成是主要的风险来源，所以要想规避该风险，就只有提早集成、持续而有规律地集成，保证当前代码库的质量，把握开发的进程和节奏，减少发布时的风险。

◎ 避免重复操作：在持续集成的过程中，频繁地编译、测试、审查、部署涉及大量且重复的工作，而搭建持续集成环境，可将编译、部署、测试等动作都变成自动化的动作，无须太多人工干预，可让开发人员专注于开发工作。

◎ 随时部署：利用持续集成，可以经常对源码进行一些小改动，并将这些改动和其他代码进行集成。一旦出现问题，持续集成平台会以邮件、短信的方式通知项目成员去修复问题。

持续集成的核心措施是将代码集成到主干之前，先进行自动化测试。只要出现测试用例失败，就不能集成。持续集成不能完全消除 Bug，而是让 Bug 变得更容易被发现，并进行改进。其根本目的就是尽可能早地发现、解决项目的质量问题，以及降低项目的成本。

2）持续交付的流程

持续交付是软件工程中的方法，指的是将已经集成和构建完成的制品，交付给测试团队进行测试的过程。它是在持续集成的基础上，让软件的产出过程在一个短时间内完成，以保证软件稳定、持续地保持随时发布到生产环境中的状态。注意，持续交付并不是指对软件的每一个改动都要尽快部署到生产环境中，其核心思想是任何代码的修改都可以在任何时候实施和部署。持续交付的优点如下。

◎ 能够应对业务的需求，快速发布，并快速地实现软件价值。
◎ 开发、测试、交付的频率高，迭代周期缩短，能快速获得反馈。
◎ 整个交付过程标准化、可重复、可靠，能提高软件的发布质量。
◎ 整个交付进度可视化，方便团队成员了解项目的成熟度。
◎ 有更先进的团队协作方式。从需求分析、产品用户体验到交互、设计、开发、测试、运维等环节都密切协作，相比于传统的瀑布式软件团队，可减少资源的浪费。

虽然持续交付有很多优点，但在具体实施持续交付时要注意以下几项内容。

◎ 一份软件制品：软件制品指的是由源码编译打包生成的二进制文件。软件制品和运行环境无关。
◎ 统一制品库：制品库用于管理源码编译后的制品，如 jar 包、Docker 镜像等。
◎ 统一部署代码：为了确保构建和部署流程被有效测试，在各种环境中都使用相同的流程和部署代码对软件进行部署。
◎ 自动化冒烟测试：在完成应用程序的部署后，通过自动化脚本执行一次冒烟测试，用于确保应用程序已正常启动并运行。

3）持续部署的流程

持续部署指的是在持续交付的基础上，把所有的变更自动部署到生产环境中，及时获取用户的反馈。部署节奏无须与研发节奏保持一致，研发（包含测试和运维）需要保证环境和功能随时可用，并根据不同的产品类型决定持续部署的频率，最终由业务方来决定发布策略。例如，传统的软件产品被部署到生产环境中，就意味着直接交付给了最终客户。将产品交付给最终客户前需要有一个业务的决策过程，即确定是否可以将新产品交付给最终客户；而互联网产品即使被部署到生产环境中，也并不意味着发布给了所有最终客户，还需要通过灰度发布、AB 测试等技术手段来获取终端用户对产品的反馈，再根据反馈结果来确定发布范围。

## 8.1.3　搭建持续集成平台

持续集成要求基础设施即代码，即将集成、测试、部署、发布等流程通过脚本的方式自动运行，因此一套好的持续集成平台是推进持续集成的重要手段。下面以开源软件为基础，介绍如何利用 SonarQube、Jenkins、Docker、Kubernetes（简称 K8s）等开源工具来组合、构建持续集成平台。通用的持续集成平台如图 8-6 所示。该平台由一系列基础工具组合而成。

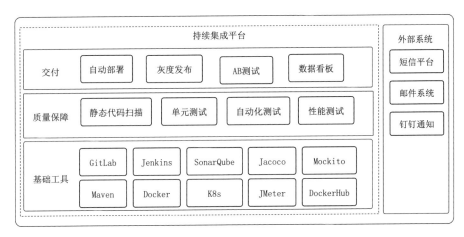

图 8-6

### 1. SonarQube

SonarQube 是一款用来进行代码质量管理的开源工具，主要用于管理源码的质量（通过集成 PMD、CheckStyle、Findbugs 等代码规则检测工具来检测项目的代码，可帮助研发人员发现代码的漏洞、Bug，以及发现编写不规范的代码等信息），可作为研发人员在日常开发工作中检测代码质量的重要工具。在持续集成平台中，我们将 SonarQube 作为检测代码质量的第一道关口，用来检测项目中的代码质量及单元测试覆盖率是否满足要求。

进入 SonarQube 官网，下载对应的版本。假定 SonarQube 被安装在/opt 目录下，MySQL 数据库已经安装完成。安装 SonarQube 的具体步骤如下。

```
#cd /opt/
#wget https://binaries.sonarsource.com/Distribution/sonarqube/sonarqube-6.3.1.zip
```

```
#useradd sonar
#su sonar
#unzip sonarqube-6.3.1.zip
#修改数据库的用户名、密码及连接地址
#vi /opt/ sonarqube-6.3.1/conf/sonar.properties
#sonar.jdbc.username=root
#sonar.jdbc.password=123456
#----- MySQL 5.6 or greater
#sonar.jdbc.url=jdbc:mysql://localhost:3306/sonar?useUnicode=
true&characterEncoding=utf8&rewriteBatchedStatements=true&useConfigs=maxPerformance
#cd /opt/sonarqube-6.3.1/bin/linux-x86-64/
#启动 SonarQube 服务
#./sonar.sh start
```

在浏览器中输入 http://ip:9000，访问 SonarQube 服务器。其中的 ip 表示安装了 SonarQube 服务所对应的服务器 IP 地址，输入用户名和密码（默认均为 "admin"），即可进入 SonarQube 的管理界面。

将 SonarQube 集成到项目中也非常简单，只需修改 Maven 编译命令，在编译时增加代码质量检测环节，并把检测结果上报给 SonarQube 平台即可。当我们把代码提交到 GitLab，准备编译和构建前，通常会先进行静态代码扫描，利用预先在 SonarQube 中定义的 "质量门" 来判断此次提交的代码是否符合质量要求，以及是否存在 Bug。相关集成代码如下。

```
mvn clean compile sonar:sonar -Dsonar.host.url=${SONAR_HOST}
-Dsonar.login=${SONAR_LOGIN_KEY}
```

说明如下。

◎ sonar.host.url：Sonar 服务器的 IP 地址。

◎ sonar.login：Sonar 服务的令牌。

当项目源码完成静态扫描后，可以在 SonarQube 主页看到项目代码的分析情况，例如 Bug 数、代码重复率、单元测试覆盖率等。点击项目名称，可以看到检测明细。

架构人员进入 SonarQube 的 "质量门" 模块，可自定义质量门策略。当 Jenkins Pipeline 流水线获得 SonarQube 的检测结果为不满足质量要求时，会立刻停止流水线工作，项目编译失败。这样就避免了将质量不过关的项目推送到开发环境中。因此，"质量门" 是决定项目能否构建成功的重要环节。在项目中自定义 "质量门" 时常用的自定义条件如下。

（1）复杂度（Complexity）条件，如表 8-1 所示。

表 8-1　复杂度条件

| 指标（中文） | 指标（英文） | 描　　述 |
| --- | --- | --- |
| 复杂度 | Complexity | 基于代码的分支计算出来的复杂度。当一个方法的控制流多了一个分支时，它的复杂度就会增加 1。每个方法的最小复杂度都为 1。复杂度越高意味着代码分支越多，也越容易出现问题 |
| 理解复杂度 | Congnitive Complexity | 理解代码的控制流的难易程度 |

（2）覆盖率（Coverage）条件，如表 8-2 所示。

表 8-2　覆盖率条件

| 指标（中文） | 指标（英文） | 描　　述 |
| --- | --- | --- |
| 分支覆盖数 | Condition Coverage | 被单元测试覆盖到的分支数 |
| 分支覆盖率 | Condition Coverage(%) | 分支覆盖率=(CT+CF)/(2×B)。其中，CT 为至少有一次被评估为 true 的分支数，CF 为至少有一次被评估为 false 的分支数，B 为总分支数 |
| 代码行覆盖率 | Line Coverage | 代码行覆盖率，即被单元测试覆盖的行数/总代码行数<br>公式：LC/EL。其中，LC 为被单元测试覆盖的行数，EL 为总代码行数 |
| 单元测试数 | Unit Tests | 单元测试的用例数 |

（3）重复度（Duplication）条件，如表 8-3 所示。

表 8-3　重复度条件

| 指标（中文） | 指标（英文） | 描　　述 |
| --- | --- | --- |
| 重复行（%） | Duplicated Lines (%) | 重复行数/总行数×100 |

以上只是 SonarQube 的常用质量门定义条件，如需要设置更多条件，可以参考 SonarQube 官方文档。

### 2. Jenkins

Jenkins 是一个开源的持续集成工具，可提供友好的图形化操作界面来构建项目。在 Jenkins 丰富的插件中，Jenkins Pipeline 是一组非常重要的插件，它可以实现持续交付管道的落地和实施。实际上，Pipeline 是一套运行于 Jenkins 之上的工作流框架，可将原本独立运行于单个或多个节点的任务连接起来，实现单个任务难以完成的复杂流程编排与可视化。

#### 1）Pipeline 的优势

目前 Jenkins Pipeline 在持续交付上非常流行，总体来说 Pipeline 的优势如下。

◎ 代码统一管理：Pipeline 的整个流程以代码的形式实现，代码会被提交到源码版本控制系统中，团队能够编辑、审查和迭代 CI（Continuous Integration）、CD（Continuous Delivery）的整个流程。

◎ 可持续性：Jenkins 的重启或中断都不会影响 Pipeline Job 的执行。

◎ 执行过程可确认：在 Pipeline Job 的执行过程中，可以选择停止并等待人工输入或批准，然后继续 Pipeline Job 的运行。

◎ 可扩展：Pipeline 插件支持其 DSL 的自定义扩展，以及与其他插件集成的多个选项。

2）Groovy 和声明式语法的对比

Jenkins 是使用 Java 实现的，支持脚本式语法和声明式语法。Jenkins 在早期就引入了 Groovy 作为 DSL（Domain Specified Language，领域专用语言），管理员可以使用 Groovy 脚本来实现一些自动化和高级的管理功能。在脚本式语法的最外层有 node{}包裹所有代码，也可以直接使用 Groovy 语句，格式如下。

```
node {
    stage('Example') {
        if (env.BRANCH_NAME == 'master') {
            echo 'I only execute on the master branch'
        } else {
            echo 'I execute elsewhere'
        }
    }
}
```

Groovy 是一种脚本语言，对没有太多编程经验的运维人员来说，有一定的学习成本。此时出现了声明式的 Pipeline 语法，这主要是为了降低运维人员入门的难度。声明式语法的最外层必须由 pipeline{ //do something }进行包裹，无须将分号作为分隔符，每个语句都必须在一行内。如果需要在 Pipeline 语法中使用 Groovy 语句，就需要使用 script{}包裹 Groovy 语句，格式如下。

```
pipeline {
    agent any
    stages {
        stage('Example Build') {
            steps {
                echo 'Hello World'
            }
        }
```

```
        stage('Example Deploy') {
            steps {
                echo 'Deploying'
            }
        }
    }
}
```

3）声明式语法详解

声明式语法的设计意图是将所需要的 Pipeline 各种维度的参数，以指令的形式进行声明。其特点是具有结构化的声明语句，且各模块的从属关系较为固定。各种预设指令的从属关系如图 8-7 所示。

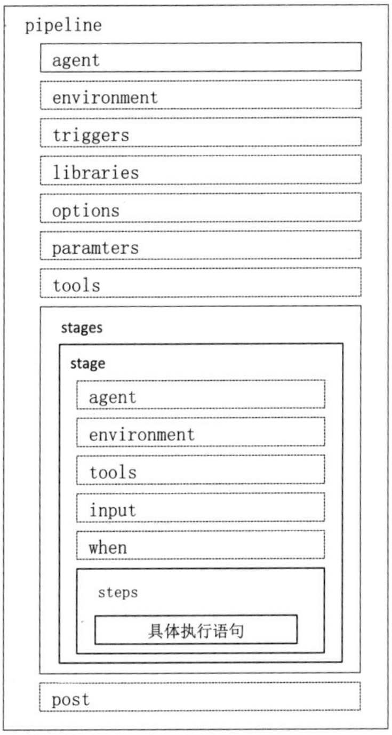

图 8-7

其中的一些参数说明如下。

（1）pipeline：声明其内容为一个声明式的 pipeline 脚本。

（2）agent：用于指定所在模块（pipeline、stage）的运行环境，可以是 Jenkins 节点机或者 Docker 容器，取值如表 8-4 所示。

表 8-4　agent 取值

| 取　　值 | 说　　明 |
|---|---|
| none | 在 pipeline 顶层必须设置 agent。如果在每个 stage 里都单独设置了 agent，那么 pipeline 的 agent 需要被设置为 none |
| label | 表示节点机的 label，在 Jenkins 的 Node List 里设置 |
| docker | 指定在 Docker 容器内执行 |

例如：

```
pipeline{
agent any// 全局必须带有 agent，表明此 pipeline 的具体执行节点
 stages{
    stage("first stage"){
      agent { label 'master' }  // 具体执行的步骤节点，非必需
       steps{
          echo "this is first step"
        }
     }
   }
 }
```

（3）environment：指定所在模块（pipeline、stage）的环境变量，以 key=value 的形式表示，例如对于脚本执行时需要的参数，可以通过 environment 环境变量 "${params.xxxx}" 的方式传递给执行脚本：

```
environment {
    version = '1.0'
    type = "${params.type}"
}
```

（4）triggers：在符合的条件下自动触发 pipeline。其目前有三种自动触发方式（见表 8-5）。

表 8-5　pipeline 的三种自动触发方式

| 触发方式 | 说　　明 | 示　　例 |
|---|---|---|
| cron | 以指定的时间运行 pipeline | triggers { cron('*/1 * * * *') } |
| pollSCM | 以固定的时间检查代码仓库的更新（或者当代码仓库有更新时），自动触发 pipeline 构建项目 | triggers { pollSCM('H */4 * * 1-5') } |

| 触发方式 | 说　　明 | 示　　例 |
|---|---|---|
| upstream | 利用上游 Job 的运行状态进行触发 | triggers { upstream(upstreamProjects: 'job1, job2', threshold: hudson.model.Result.SUCCESS) } |

例如，以下代码用于设置，每天 0 点脚本会自动触发并输出 hello 字符串。

```
pipeline{
agent any
triggers {
    cron('0 0 * * *')
    }
    stages{
        stage("stage1"){
            steps{
                echo "hello"
            }
        }
    }
}
```

（5）options：用于所在模块（pipeline、stage）的运行参数设置，有以下作用：

```
options {
    timestamps()        // 打开控制台日志的时间戳
    retry(3)            // 指定失败后的重试次数
    quietPeriod(30)     // 指定启动前等待的秒数
    timeout(time: 1, unit: 'HOURS')      // 指定任务的超时时间。若超时，则将放弃该任务
}
```

（6）parameters：Job 的运行参数设置，指定 Build With Parameters 界面中所显示的参数列表。各类型的参数定义如下。

```
pipeline{
agent any
parameters {
    string(name: 'branch', defaultValue:'master', description: '当前分支')
    string(name: 'version', defaultValue:'1.0' , description: '构建版本')
    }
    stages{
        stage("stage1"){
            steps{
```

```
            echo "$branch"
            echo "$version"
        }
    }
    }
    }
```

（7）tools：在 Jenkins 的 Manage Jenkins→Global Tool Configuration 里设置的工具。

```
pipeline {
agent any
    tools {
        maven 'apache-maven-3.0.1'
    }
  stages {
        stage('maven build') {
            steps {
                sh 'mvn --version'
            }
        }
    }
}
```

（8）stages：阶段的集合。其包裹所有阶段。stages 中要至少包含一个 stage（例如打包、部署等各阶段）。

```
pipeline{
    agent any
    stages{
        stage("first stage"){
            stages{  // 嵌套在 stage 里
                stage("inside"){
                    steps{
                        echo "inside"
                    }
                }
            }
        }
        stage("stage2"){
            steps{
                echo "outside"
            }
```

```
        }
    }
}
```

（9）stage：必须有名称参数，是真正执行语句的模块。其被 stages 包裹。其中，一个 stages 可以有多个 stage。

（10）steps：真正的执行语句是被放在 steps 里的。

```
pipeline{
    agent any
    stages{
        stage("first stage"){
            agent { label 'master' }  // 具体执行的步骤节点，非必需
            steps{
                echo 'hello steps'
                sleep 1, unit: 'DAYS'
                retry 3
                error()
                withEnv
                script
            }
        }
    }
}
```

（11）post：用于在完成代码编译时，当满足一定的场景条件后，自动执行条件块内的 steps。表 8-6 展示了各种常见的场景。

表 8-6　各种常见的场景

| 条　　件 | 执行场合 |
| --- | --- |
| always | 总是执行代码块内的脚本 |
| success | 在前面的 stage 全部成功时执行代码块内的脚本；如果 post 位于 stage 内部，则在 stage 成功时执行 |
| failure | 在前面的 stage 失败时执行代码块内的脚本；如果 post 位于 stage 内部，则在 stage 失败时执行 |

以下代码块列举了 post 的使用方式：

```
pipeline{
    agent any
    stages{
        stage("mvn build"){
            steps{
```

```
                echo "start maven build"
                mvn package
            }
        }
    }
    post{
        always{
            echo "this is ending..."
        }
        success {
            echo "job execute success"
        }
    }
}
```

### 3. Docker

1）应用部署的发展历史

Docker 是基于 Go 开发并遵循 Apache 2.0 协议的开源应用容器引擎，可以让开发者将应用打包到一个轻量级、可移植的容器中。该容器完全使用沙箱机制，相互之间不会有任何接口，并且该容器开销极低，可发布到任何流行的 Linux 服务器中。如图 8-8 所示是应用部署的演变历程，分别经历了服务器部署、硬件虚拟化部署、容器化部署三大阶段。

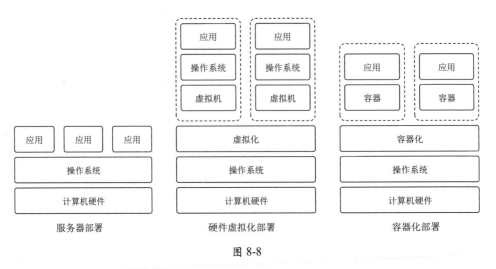

图 8-8

通过服务器部署、硬件虚拟化部署及容器化部署这三大演进阶段的对比可以看出，使用容器化部署的优势如下。

◎ 系统资源的利用率高：由于容器无须进行硬件虚拟及运行完整操作系统等的额外开销，与虚拟机技术相比，同等配置的服务器可以运行更多数量的应用，因此 Docker 对系统资源的利用率更高。

◎ 启动更快：Docker 容器应用直接运行于宿主内核中，无须启动完整的操作系统，因此可以做到秒级启动，可大大节约开发、测试、部署的时间。

◎ 运行环境统一：Docker 镜像提供了除内核外的完整运行环境，确保了应用运行环境的一致性，不会因环境不同而引发问题。

◎ 持续交付和部署：开发团队可以通过 Dockerfile 进行镜像构建，根据 DockerFile 文件所描述的信息，理解应用运行的具体环境；运维团队也能理解应用运行所需的条件，结合持续集成系统进行集成测试，把镜像直接部署到预发环境中或者生产环境中。

2）Docker 的核心概念

利用 Docker 容器，我们可以使用已经建立好的镜像来快速发布服务或应用，这对于分布式开发来说非常便利。因此，熟悉 Docker 技术也是微服务架构人员的一门必修课。其中，镜像、容器、仓库是 Docker 的三大核心概念。

◎ 镜像（image）：镜像是一个特殊的文件系统，提供容器运行时所需的程序、库、资源、配置、环境变量等文件。Docker 充分利用 Union FS（Union File System）技术，将镜像设计为分层存储的架构，并由多层文件系统联合而成。

◎ 容器（container）：容器是通过镜像创建的应用运行实例，是镜像运行时的实体。容器执行镜像的启动、停止、删除操作，而这些运行的容器都是相互隔离、互不可见的。可以把每个容器看作一个简易版的 Linux 系统环境。

◎ 仓库（repository）：仓库是集中存放镜像文件的场所。根据存储的镜像是否公开分享，Docker 仓库分为公开（public）仓库和私有（private）仓库两种形式。多个相同的镜像文件，可以通过不同的标签（tag）来进行区分。

3）Dockerfile 的说明

无论将应用构建成 war 包或 jar 包，如果需要在容器中运行，都必须先将程序文件制作成镜像。这就涉及 Dockerfile 文件的编写。Dockerfile 是 Docker 镜像的描述文件，有指定的格式。其注释都是以 "#" 开始的。每行都是一个指令，包括基础镜像、镜像元信息、镜像操作指令和容器启动时的执行指令。Docker 还能够读取 Dockerfile 文件中的指令，根据指令内容自动构建容器器。例如，以下是一份完整的 Dockerfile 文件示例。

```
#使用 Java JDK 8
FROM openjdk:8-jdk-alpine
#作者等相关元信息
LABEL AUTHOR=panzw
#挂载卷
VOLUME ["/tmp","/logs"]
#时区
ENV TZ=Asia/Shanghai
#启用配置文件默认为 application.yml
ENV ACTIVE=defualt
#设置镜像时区
RUN ln -snf /usr/share/zoneinfo/$TZ /etc/localtime && echo $TZ > /etc/timezone
#修改为打包后的 jar 文件名称
WORKDIR /opt/workspace
ADD basics-user-service.jar /opt/workspace/
ADD lib/  /opt/workhome/lib/
COPY env/ /opt/workhome/env/
CMD ["/usr/bin/bash","--end---"]
ENTRYPOINT ["sh","-c","java -jar -Dglobal.config.path=/opt/workspace/env/
opt/workspace/basics-user-service.jar"]
```

Dockerfile 示例文件中相关的关键字解释如下。

（1）FROM 指令——用于指定本次构建的镜像来源于哪个基础镜像，FROM 必须为第 1 个命令。格式如下。

```
FROM <image>:<tag>
```

其中，FROM 是关键字，必须大写；tag 是可选的，如果不使用这个值，则会使用版本为 latest 的基础镜像，例如使用 MySQL 5.6 版本的镜像。相关代码示例如下。

```
FROM mysql:5.6
```

（2）LABEL 指令——用于为镜像添加元数据，多用于声明构建信息、作者、机构、组织等。格式如下。

```
LABEL <key>=<value> <key>=<value> <key>=<value> ......
```

示例如下。

```
LABEL version="1.0" description="user service" by="panzw"
```

在使用 LABEL 指定元数据时，一条 LABEL 可以指定一条或多条元数据。在指定多条元数据时，在不同的元数据之间通过空格进行分隔。推荐将所有元数据都通过一条 LABEL 指令来指定，以免生成过多的中间镜像。

（3）ENV 指令——用于设置环境变量，格式如下。

```
ENV <key> <value>
ENV <key>=<value> ......
```

示例如下：

```
ENV version 1.0.0
```

或者

```
ENV version=1.0.0
```

可以通过${key}在其他指令中引用变量，例如${version}。我们也可以通过 docker run 中的-e <ENV>来动态赋值。

（4）WORKDIR 指令——用于指定工作目录，类似于 cd 命令。格式如下。

```
WORKDIR <PATH>
```

采用 WORKDIR 指令设置工作目录，Dockerfile 中的指令，如 RUN、CMD、ENTRYPOINT、ADD、COPY 等都会在该目录下执行。在使用 docker run 运行容器时，可以通过-w 参数覆盖构建时所设置的工作目录。

（5）ADD 指令——用于将本地文件添加到镜像中。如果该文件是 tar 类型的文件，就会被自动解压（网络压缩资源不会被解压）。使用 ADD 指令，也可以访问网络资源，其类似于 Linux 下的 wget 下载命令。格式如下。

```
ADD <src>...... <dest>
```

示例如下。

```
ADD /home/*.jar /path/
#支持通配符"*"，将 home 目录下所有"jar"类型的文件添加到/path/下
```

（6）COPY 指令——其功能类似于 ADD 指令，但是不会自动解压文件，也不能访问网络资源：

```
COPY <src>...... <dest>
```

示例如下。

```
COPY a.jar /path/ #将 a.jar 文件添加到/path/目录下
```

（7）RUN 指令——用于执行在构建镜像时设置的命令，有以下两种命令执行方式：

方式一：执行 Shell 命令，执行格式如下。

```
RUN <command>
```

示例如下。

```
RUN apk update
```

方式二：运行 exec 命令，执行格式如下。

```
RUN ["executable", "param1", "param2"]
```

示例如下。

```
RUN ["/dev/file", "p1", "p2"]
```

注意，通过 RUN 指令创建的中间镜像会被缓存，并在下次构建时使用。如果不想使用缓存镜像，则可在构建时指定--no-cache 参数。示例如下。

```
docker build --no-cache
```

（8）CMD 指令——用于在容器启动时执行的命令，格式如下。

```
#执行可执行文件，CMD 指令将优先于其他指令执行
CMD ["executable","param1","param2"]
#设置了 ENTRYPOINT，则直接调用 ENTRYPOINT 添加参数
CMD ["param1","param2"]
#执行 Shell 命令
CMD command param1 param2
```

示例如下。

```
CMD ["/usr/bin/bash","--help"]
```

CMD 不同于 RUN：CMD 用于指定在容器启动时所要执行的命令，而 RUN 用于指定在镜像构建时所要执行的命令。

（9）ENTRYPOINT 指令——在容器启动之前做一些初始化配置，或者执行自定义的配置等。

```
ENTRYPOINT ["executable", "param1", "param2"]
```

```
#Shell 内部的命令
ENTRYPOINT command param1 param2
```

4）Docker 的常用命令

在日常开发过程中，经常使用 Docker 命令开发或排查问题。使用频率比较高的常用命令如下。

（1）构建镜像，格式如下。

```
docker build -t 镜像仓库名称/镜像名称:镜像标签
```

此时 Docker 会从当前目录 "." 中读取 Dockerfile，并按 Dockefile 中的配置内容来建立新的镜像，示例如下。

```
docker build -t 192.168.30.101:5000/basic-user-service:2.0
```

其中，192.168.30.101:5000 表示镜像仓库的名称，basic-user-service 表示镜像的名称，2.0 表示当前镜像的标签。

（2）查看本机的所有镜像，格式如下。

```
docker images
```

当执行 docker images 命令后，会出现 TAG、IMAGE_ID、CREATED 及 SIZE 等关键字。一些关键字的说明如表 8-7 所示。

表 8-7　一些关键字的说明

| 关　键　字 | 说　　明 |
| --- | --- |
| TAG | 镜像的标签 |
| IMAGE_ID | 镜像 ID，镜像的唯一标识 |
| CREATED | 镜像的创建日期 |
| SIZE | 镜像的大小 |

（3）下载镜像命令。如果本地镜像仓库没有该镜像，则需要去远程镜像仓库下载。格式如下。

```
docker pull NAME[:TAG]
```

示例如下。

```
docker pull centos:centos6
```

（4）镜像推送，格式如下。

```
dokcer push
```

将指定的镜像推送到镜像仓库中，示例如下。

```
docker push registry.cn-hangzhou.aliyuncs.com/prod/basic-user-service:2.0
```

### 4. Kubernetes

1）Kubernetes 的优势

Kubernetes 是一个轻便的可扩展的开源平台，用于管理容器化的应用和服务。通过 Kubernetes，能够进行应用的自动化部署和扩容/缩容。其主要优势如下。

◎ 自动化装箱：在不牺牲可用性的条件下，基于容器对资源的要求和约束来自动部署容器。同时，为了提高硬件资源的利用率并节省更多资源，将关键工作和最佳工作结合在一起。

◎ 自愈能力：当容器失败时，会对容器进行重启；当所部署的工作节点（Node）有问题时，会对容器进行重新部署和重新调度；当容器未通过监控检查时，会关闭此容器，直到容器正常运行，才对外提供服务。

◎ 水平扩容：可通过简单的命令、用户界面，或者基于 CPU 的使用情况，对应用进行扩容和缩容。

◎ 服务发现和负载均衡：开发者无须使用额外的服务发现机制，就能够基于 Kubernetes 执行服务发现和负载均衡工作。

◎ 自动发布和回滚：Kubernetes 能够程序化地发布应用和相关的配置。如果发布有问题，则 Kubernetes 能够回滚本次发布的应用。

◎ 保密和配置管理：在无须重新构建镜像的情况下，可以部署、更新密钥和应用配置。

◎ 存储编排：自动挂接存储系统。这些存储系统可以来自本地、公共云提供商（GCP、AWS）和网络存储（NFS、iSCSI、Gluster、Ceph、Cinder、Floker 等）。

2）Kubernetes 的系统架构

Kubernetes 属于主从分布式架构，主要由 Master Node 和 Worker Node 组成，并包括客户端的命令行工具 kubectl 和其他附加项。其整体组成如图 8-9 所示。

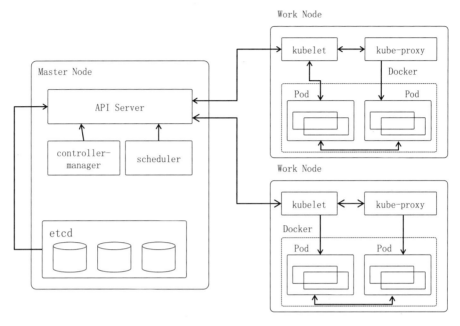

图 8-9

（1）Master Node 是控制节点，由 API Server、controller-manager、scheduler 和 etcd 集群组成，用于对集群资源进行调度和管理。各组件的具体功能如下。

◎ API Server：负责对外提供 RESTful 的 Kubernetes API 服务，其他 Master 组件都通过调用 API Server 提供的 Rest 接口来实现各自的功能，例如 Controller 就是通过 API Server 来实时监控各个资源的状态的。

◎ controller-manager：负责维护集群的状态，比如进行故障检测、自动扩展、滚动更新等。

◎ scheduler：监听新建 Pod 副本的信息，并通过调度算法为该 Pod 选择一个最合适的工作节点。

◎ etcd：是 Kubernetes 提供的一个高可用的键值数据库，用于保存集群所有的网络配置和资源对象的状态信息。

（2）Worker Node 是工作节点，运行业务应用的容器，包含 kubelet、kube-proxy 和 Container Runtime。

◎ kubelet：监视已分配给节点的 Pod，负责 Pod 的生命周期管理，同时与 Master 密切协作，维护和管理该工作节点上的所有容器，实现集群管理的基本功能。

◎ kube-proxy：是实现 Service 的通信与负载均衡机制的重要组件，将到 Service 的请求转发到后端的 Pod 上。

◎ Container Runtime：容器运行环境。目前 Kubernetes 支持 Docker 和 Rocket（RKT）两种容器。

3）Kubernetes 的核心组件

Kubernetes 中的核心组件包括 Pod、Label、Service、Deployment 和 Ingress 等，相关组件介绍如下。

（1）Pod。Pod 是 Kubernetes 系统中的基础单元，是资源对象模型中可由用户创建或部署的最小组件，也是在 Kubernetes 系统上运行容器化应用的资源对象。Pod 作为最小的应用实例，可以独立运行。这就简化了应用部署的难度，可以方便地对应用进行部署、水平扩展和收缩，以及进行调度管理与资源的分配。在 Pod 生命周期中包括以下 5 种状态。

◎ Pending：Pod 已被创建，正在等待容器的创建。
◎ Running：Pod 已经被绑定于某个工作节点并且正在运行。
◎ Succeeded：表示 Pod 中的容器已经正常结束并且无须重启。
◎ Failed：表示 Pod 中的容器遇到了错误而终止。
◎ Unknown：因为网络或其他原因，无法获取 Pod 的状态。

Pod 在运行过程中出现问题时并不能自愈。例如，若一个 Pod 所在的工作节点出现故障，或者调度程序自身出现故障，那么 Pod 将被删除。另外，当节点资源不够时，Pod 也将被删除。因此，在 Kubernetes 中推荐使用控制器来管理 Pod，而不是直接创建 Pod。控制器具备以下特性。

◎ 水平扩展（运行 Pod 的多个副本）。
◎ rollout（版本更新）。
◎ self-healing（故障恢复）。

控制器通过配置的 Pod 模板来创建 Pod。Pod 的定义模板（yaml 格式）如下。

```
apiVersion: v1              #必选，版本号，比如 v1
kind: Pod                   #必选，Pod
metadata:                   #必选，元数据
  name: string              #必选，Pod 名称
  namespace: string         #必选，Pod 所属的命名空间
  labels:                   #自定义标签
    - name: string          #自定义标签名字
```

```
        annotations:                    #自定义注释列表
          - name: string
    spec:                               #必选，Pod 中容器的详细定义
      containers:                       #必选，Pod 中的容器列表
      - name: string                    #必选，容器名称
        image: string                   #必选，容器的镜像名称
        imagePullPolicy: [Always | Never | IfNotPresent]   #获取镜像的策略。
        #Always 表示下载镜像；IfNotPresent 表示优先使用本地镜像，否则下载镜像；
        #Nerver 表示仅使用本地镜像
        command: [string]               #容器的启动命令列表。如不指定，则使用打包时指定的启动命令
        args: [string]                  #容器的启动命令参数列表
        workingDir: string              #容器的工作目录
        volumeMounts:                   #挂载到容器内部的存储卷配置
        - name: string                  #引用 Pod 定义的共享存储卷的名称，需要用 volumes[]部定义的卷名
          mountPath: string             #存储卷在容器内磁盘的绝对路径，应少于 512 个字符
          readOnly: boolean             #是否为只读模式
        ports:                          #需要暴露的端口库号列表
        - name: string                  #端口号名称
          containerPort: int            #容器需要监听的端口号
          hostPort: int                 #容器所在主机需要监听的端口号，默认与 Container 相同
          protocol: string              #端口协议，支持 TCP 和 UDP，默认为 TCP
        env:                            #在容器运行前需要设置的环境变量列表
        - name: string                  #环境变量的名称
          value: string                 #环境变量的值
        resources:                      #资源限制和请求的设置
          limits:                       #资源限制的设置
            cpu: string                 #CPU 的限制，单位为 core 数，将用于 docker run --cpu-shares 参数
            memory: string              #内存限制，单位可以为 Mb/Gb，将用于 docker run --memory 参数
          requests:                     #资源请求的设置
            cpu: string                 #CPU 请求，容器启动的初始可用数量
            memory: string              #内存请求，容器启动的初始可用数量
        livenessProbe:                  #对 Pod 容器内运行的服务做健康检查，检查方法有 exec、httpGet
                                        #和 tcpSocket。对一个容器只需设置其中一种方法即可
          exec:                         #将 Pod 容器内的检查方式设置为 exec
            command: [string]           #exec 方式需要运行的命令或脚本
          httpGet:                      #将 Pod 容器的健康检查方法设置为 httpGet，需要指定 path、port
            path: string
            port: number
            host: string
            scheme: string
            HttpHeaders:
```

```
      - name: string
        value: string
     tcpSocket:                          #将 Pod 容器的健康检查方法设置为 tcpSocket
        port: number
     initialDelaySeconds: 0              #在容器启动完成后首次探测的时间，单位为秒
     timeoutSeconds: 0                   #对容器的健康检查情况发起探测后等待响应的超时时间，
                                         #单位为秒，默认值为 1 秒
     periodSeconds: 0                    #对容器监控和检查的定期探测时间设置，单位为秒，
                                         #默认值为 10 秒一次
     successThreshold: 0
     failureThreshold: 0
     securityContext:
        privileged: false
  restartPolicy: [Always | Never | OnFailure] #Pod 的重启策略。Always 表示不管以
  #何种方式终止运行，kubelet 都将重启；OnFailure 表示只有 Pod 以非 0 状态码退出后才重启；
  #Nerver 表示不再重启该 Pod
  nodeSelector: obeject                  #设置 nodeSelector，表示将该 Pod 调度到包含这个 Label 的
                                         #工作节点上，以 key:value 的格式指定
  imagePullSecrets:                      #Pull 镜像时使用的 secret 名称，以 key:secretkey 的
                                         #格式指定
  - name: string
  hostNetwork: false                     #是否使用主机网络模式，默认值为 false。
                                         #如果设置为 true，则表示使用宿主机网络
  volumes:                               #在该 Pod 上定义共享存储卷列表
  - name: string                         #共享存储卷的名称（volumes 的类型有多种）
    emptyDir: {}                         #类型为 emtyDir 的存储卷，表示与 Pod 同生命周期的一个
                                         #临时目录
    hostPath: string                     #类型为 hostPath 的存储卷，表示挂载 Pod 所在宿主机的目录
       path: string                      #Pod 所在宿主机的目录
    secret:                              #类型为 secret 的存储卷，将集群与定义的 secret 对象挂载
                                         #到容器内部
      scretname: string
      items:
      - key: string
        path: string
    configMap:                           #类型为 configMap 的存储卷，将预定义的 configMap 对象
                                         #挂载到容器内部
      name: string
      items:
      - key: string
        path: string
```

（2）Label。Label 是 Kubernetes 系统中的一个核心概念，以 key/value 键值对的形式附加到任何对象上，在定义好 Label 后，其他对象就可以通过 Service 模板中的 spec.selector 来选择该 Label 值所对应的对象。以 back-user 服务的 Pod 为例，Label 在 metadata 中的定义格式如下。

```
apiVersion: v1
kind: Pod
metadata:
  name: bakc-user
  labels:
     app-name: bakc-user
```

再通过管理对象 Deployment 和 Service，在 spec 中定义 selector 与 Pod 进行关联：

```
apiVersion: v1
kind: Deployment
metadata:
  name: bakc-user-deployment
spec:
  replicas: 3
  selector:
    app-name: bakc-user
  template:
    ......

apiVersion: v1
kind: Service
metadata:
  name: bakc-user
spec:
  selector:
    app-name: bakc-user
  ports:
  - port: 8080
```

图 8-10 描述了 Label 与 Label selector 的关联关系。

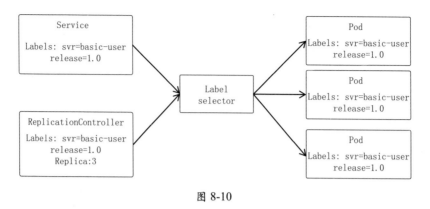

图 8-10

（3）Service。在 Kubernetes 中，一个应用服务会有一个或多个 Pod，每个 Pod 的 IP 地址都由网络插件动态随机分配。如果因为发生了故障或者服务需要发布新版本而导致 Pod 重启，则 IP 地址会改变。为屏蔽这些后端实例的动态变化，又希望对多实例实现负载均衡，特别引入了 Service 资源对象。Service 是一组逻辑 Pod 的抽象，通过 selector 来选择有特定 Label 的 Pod，为一组 Pod 提供统一的入口，并通过负载均衡算法将流量转发到后端的 Pod 上。例如，如果需要访问 Label 标记是 gateway 的 Pod 服务，且该服务暴露的端口是 80，则 Service 的定义方式如下。

```
apiVersion: v1
kind: Service
metadata:
  name: gateway
  labels:
    name: gateway
spec:
  type: ClusterIP
  ports:
    - port: 80
      targetPort: 80
  selector:
    app: gateway
```

（4）Deployment。Deployment 是 Kubernetes 中最常用的一个对象，是用于部署应用的对象。Deployment 为 ReplicaSet 和 Pod 的创建提供了一种声明式的定义方法，之后通过 Deployment 创建 ReplicaSet 和 Pod，以及滚动升级、回滚应用、平滑扩容和缩容、暂停和继续等发布策略。例如，创建一个有 3 个副本的 Nginx 应用，对应的 Deployment 内容如下。

```
apiVersion: v1
```

```
kind: Deployment
metadata:
  name: nginx-deployment
spec:
  replicas: 3
  template:
    metadata:
      labels:
        app: nginx
    spec:
      containers:
      - name: nginx
        image: nginx:1.7.9
        ports:
        - containerPort: 80
```

（5）Ingress。在通常情况下，Service 及 Pod 的 IP 地址仅可在集群内部访问，而 Ingress 可以向 Service 提供集群外部访问的 URL、负载均衡、SSL、HTTP 路由等功能。集群外部的请求若需要访问集群内部的服务，则需要先通过 Ingress 将外部请求转发到 Service 在工作节点暴露的端口中，然后由 kube-proxy 将其转发给相关的 Pod。图 8-11 描述了外部请求通过 Ingress 转发到 Service 上，再由 Service 转发到 Pod 的流程。

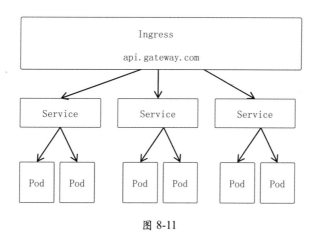

图 8-11

例如，定义 Ingress 的方式如下。

```
apiVersion: extensions/v1beta1
kind: Ingress
metadata:
```

```
    name: test-ingress
spec:
  rules:
  - http:
      paths:
      - path: /
        backend:
          serviceName: gateway
          servicePort: 80
```

需要说明的是，对每个 Ingress 都需要配置 rules，上面的示例表示将所有请求都转发到服务 gateway 的 80 端口。

（6）ReplicaSet：ReplicaSet 是 Kubernetes 的副本控制器，其主要作用是控制 Pod 副本的数量始终维持在设定的个数。因为 Pod 描述的只是具体的应用实例，当 Pod 被删除后，应用就彻底消失了。为保证应用的高可用性，引入副本集来确保应用的总副本数永远与期望一致。

（7）Namespace：使用 Namespace 来分开管理 Kubernetes 的各种对象，可以实现对用户进行分组的功能，即"多租户"管理。对不同的租户还可以进行单独的资源配额设置和管理，这使得整个集群的资源配置非常灵活、方便。

（8）DaemonSet：DaemonSet 确保每个工作节点（Node）只运行一个 Pod 的副本。当有新 Node 加入集群时，Kubernetes 集群会在新增的这个 Node 上启动一个 Pod 副本。当有 Node 从集群中移除时，运行在该 Node 上的 Pod 也会被回收。例如，我们需要使用 Flume 收集日志，那么可以通过 DaemonSet 在每个工作节点中启动一个 Flume 的副本。

（9）StatefulSet：Deployment、DaemonSet 都是面向无状态服务的，它们所管理的 Pod 的 IP 地址、名字、启停顺序等都是随机的；而 StatefulSet 是有状态的集合，解决有状态服务的问题，它所管理的 Pod 拥有固定的 Pod 名称、启停顺序。比如，在容器中运行 MySQL、Redis 集群等，就需要使用 StatefulSet 方式进行。

## 8.1.4  持续集成项目实战

本节以产品详情页重构后的工程为实际案例，介绍如何进行持续集成和持续交付。在本案例中涉及的技术栈包括 GitLab、Maven、Jenkins Pipeline、Docker、Kubernetes、SonarQube、Jacoco、Mockito 等。整体执行流程如图 8-12 所示。

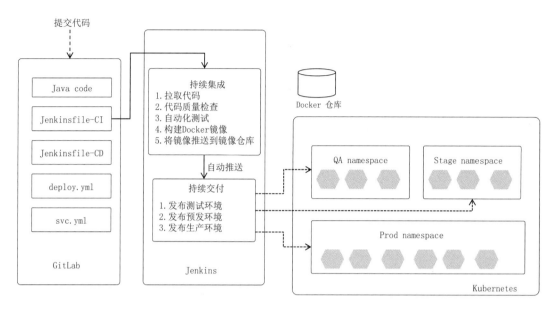

图 8-12

◎ GitLab：基于 Git 实现的在线代码仓库托管软件，提供代码托管、提交审核和问题跟踪能力，也是提高软件质量的基础工具。

◎ Jenkins：一个开源软件项目，也是基于 Java 开发的一种持续集成工具，用于监控持续重复的工作。它提供一个开放易用的软件平台，可使软件的持续集成变得更简单。其中，较重要的 Jenkins Pipeline 插件是实施持续集成的基石。Jenkins Pipeline 是一套运行于 Jenkins 上的工作流框架，将原本独立运行在单个或者多个节点的任务连接起来，使用 DSL 语法将复杂的交付流程实现为持续交付的一串代码。

◎ SonarQube：一种自动代码审查工具，用于检测代码中的错误、漏洞和异味，可以与现有的工作流程集成，以便在项目分支和拉取请求之间进行连续的代码检查。

◎ Jacoco：一个开源的代码覆盖率检查工具，可以嵌入 Maven 中，方便地与 SonarQuber Jenkins 集成，支持指令级、分支、圈复杂度、行、方法、类级别的覆盖率统计。

◎ Mockito：一个针对 Java 的 Mocking 框架。

◎ Maven：Apache 的一个开源项目管理工具，主要服务于基于 Java 平台的项目构建，通过一小段描述信息来管理项目 jar 包的依赖管理及项目信息管理。

◎ Docker：一个开源的应用容器引擎，可以让开发者将应用和依赖包均打包到一个可移植的镜像中，然后发布到 Linux 或 Windows 机器上。

◎ Kubernetes：简称 K8s，是自动化容器操作的开源平台。

◎ 静态代码扫描：使用 SonarQube 扫描提交的代码，检测代码中的错误，帮助研发人员发现常见的问题。

◎ 单元测试：自动化运行单元测试，检测提交的代码是否通过单元测试，并检查单元测试覆盖率是否达到设定的标准。

◎ 环境部署：在通过静态代码扫描和单元测试后，会把代码自动化地部署到服务器上。

◎ 自动化接口测试：自动发起接口测试，确认提交的功能是否对现有接口有影响。

持续集成和持续交付是一种软件开发实践，并不是指的具体使用某种技术。通过容器化方式做持续集成和持续交付，可加速项目的部署和实施。为了能更清晰地理解使用容器的好处，这里首先回顾产品详情页的架构方案：在前端 App 发起请求后，首先通过 Nginx 转发到网关；然后网关通过 RPC 方式调用请求聚合服务；最后由聚合服务并行调用原子服务请求的相关数据，所有服务都被部署到虚拟机上。整体流程如图 8-13 所示。

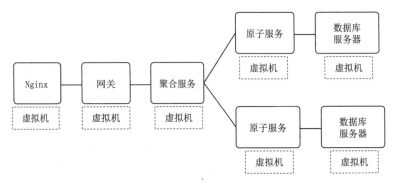

图 8-13

假设需要再搭建一套开发环境，则最少需要 7 台服务器。首先需要向运维人员提出虚拟机需求；运维人员在收到需求后会先准备虚拟机，再配置网络、安装运行环境，最后启动所有服务。整个过程估计需要 2～3 天。如果使用容器方式发布服务，则只需发布相关服务即可，可实现以分钟级别完成整套环境的搭建。

### 1. 重构部署模式

虚拟机的部署模式不利于持续集成和持续交付工作的推进，因此在实施持续集成和持续交付工作前需要把服务虚拟化的部署方式转换为容器化部署方式。具体改造流程如下。

（1）应用分析：目前客户端访问网关采用 HTTP 请求方法，在 Nginx 上配置转发规则，把所有以/api/开头的 URL 请求全部转向网关。网关访问聚合服务及原子服务会采用 RPC

请求方式。

（2）准备应用环境：采用容器化部署的第 1 步就是把 Nginx 放入容器中。需要安装 ingress-nginx，把 Nginx 替换为 Ingress，实现容器化的部署方式。

（3）生成镜像：需要把虚拟机启动的 war 包或者 jar 包转化成镜像文件，方便在容器中运行。

**Ingress 的原理**

在 Kubernetes 中， Service 和 Pod 的 IP 地址仅可以在集群网络内访问，对于集群外的应用是不可见的。为了使集群外的应用能够访问集群内的服务，Kubernetes 目前提供了 NodePort、LoadBalancer 及 Ingress 这 3 种网络映射方案。因 LoadBalancer 是需要付费使用的（具体使用方式可参考各家公有云），本书暂不讨论。从安全性和可扩展性角度考虑，使用 Ingress 会更合适，理由如下。

◎ 服务动态发现：假设按照 NodePort 方式将集群内部的服务暴露到互联网中，则每新增加一个服务，我们就需要在流量入口处增加一个反向代理，指向 Kubernetes 集群中的某台宿主机的某个端口。如果用了 Ingress，则只需要配置好相关服务，当服务启动时 Ingress 会自动感知新接口，无须执行额外的操作。

◎ 减少端口的暴露情况：服务如果以 NodePort 方式映射出去，就会导致宿主机的大量端口被暴露在公网中。这样既不安全，也不方便维护。使用 Ingress 可以解决这个问题，只需将 Ingress 自身的服务映射出去即可。

**Ingress 服务的组成**

Ingress 由 Ingress 服务和 Ingress Controller 组成，其功能如下。

◎ Ingress 服务：将 Nginx 的配置抽象成一个 Ingress 对象。每添加一个新的服务，就写一个新的 Ingress 的 yaml 文件。

◎ Ingress Controller：将新加入的 Ingress 配置信息转成 Nginx 的配置文件，并使之生效。

**Ingress 的工作流程**

具体流程如下。

（1）Ingress Controller 通过和 Kubernetes API 交互，动态感知集群中 Ingress 规则的变化情况。

（2）Kubernetes API 根据查询结果生成一段 Nginx 配置，并写入 nginx-ingress-control 的 Pod 里。该 Pod 实际上运行一个 Nginx 服务，控制器会把生成的 Nginx 配置写入 /etc/nginx.conf 文件中，同时触发 reload 命令，使配置生效，以达到分域名配置和动态更新的效果。

**安装 Ingress**

具体步骤如下。

（1）安装 ingress-nginx 服务。

```
#kubectl apply -f
https://raw.githubusercontent.com/kubernetes/ingress-nginx/nginx-0.30.0/deploy/
static/mandatory.yaml

#kubectl apply -f
https://raw.githubusercontent.com/kubernetes/ingress-nginx/nginx-0.30.0/deploy/
static/provider/baremetal/service-nodeport.yaml

    #验证 Ingress 是否创建成功
    #kubectl get pod -n ingress-nginx
    NAME                                         READY   STATUS    RESTARTS  AGE
    nginx-ingress-controller-7f74f657bd-msrqb    1/1     Running   0         4h4m
    #查看所创建的 Ingress 的配置
    #kubectl -n ingress-nginx describe svc ingress-nginx
    Name:                    ingress-nginx
    Namespace:               ingress-nginx
    Labels:                  app.kubernetes.io/name=ingress-nginx
                             app.kubernetes.io/part-of=ingress-nginx
    Annotations:             kubectl.kubernetes.io/last-applied-configuration:
                             {"apiVersion":"v1","kind":"Service","metadata":
{"annotations":{},"labels":{"app.kubernetes.io/name":"ingress-nginx",
"app.kubernetes.io/par...
    Selector:                app.kubernetes.io/name=ingress-nginx,
app.kubernetes.io/part-of=ingress-nginx
    Type:                    NodePort
    IP:                      10.1.243.135
    Port:                    http 80/TCP
    TargetPort:              80/TCP
    NodePort:                http 31291/TCP
    Endpoints:               10.244.1.8:80
```

```
Port:                      https  443/TCP
TargetPort:                443/TCP
NodePort:                  https  31401/TCP
Endpoints:                 10.244.1.8:443
Session Affinity:          None
External Traffic Policy:   Cluster
Events:                    <none>
```

（2）创建 Ingress 模板文件。创建一个名为 nginx-ingress.yaml 的文件,把域名（如域名为 www.abc.com）下所有以/api 开头的请求都转发到名为 gateway-svc 的 Service 中。代码如下。

```
apiVersion: networking.k8s.io/v1beta1
kind: Ingress
metadata:
  name: nginx-ingress
spec:
  rules:
    - host: www.abc.com
      http:
        paths:
        - path: /api
          backend:
            # This assumes http-svc exists and routes to healthy endpoints
            serviceName: gateway-svc
            servicePort: 80
```

（3）发布 Ingress。使用 kubectl apply 命令发布 nginx-ingress。相关代码如下。

```
kubectl apply -f nginx-ingress.yaml
#验证是否成功创建 Ingress
# kubectl get ingress
NAME            HOSTS          ADDRESS        PORTS      AGE
nginx-ingress   www.abc.com    10.1.243.135   80, 443    54s
```

（4）创建 Service 模板。增加一个 Service 服务,目的是通过标签选择器来选择对应的 Pod。假设创建名称为 gateway-svc.yaml 的 Service,具体代码如下。

```
apiVersion: v1
kind: Service
metadata:
  name: gateway-svc
spec:
```

```
    ports:
     - port: 80
       targetPort: 80
       protocol: TCP
    selector:
      name: gateway
```

（5）发布 Service 模板。使用 kubectl apply 命令发布 Service，内容如下。

```
kubectl apply -f gateway-svc.yaml
#验证 svc 是否创建成功
#kubectl get svc
NAME          TYPE        CLUSTER-IP      EXTERNAL-IP     PORT(S)     AGE
gateway-svc   ClusterIP   10.1.245.200    <none>          80/TCP      9s
```

（6）创建 Dockerfile 文件。

```
FROM openjdk:8-jdk-alpine
LABEL version="1.0" description="gateway"
ADD supergateway.jar /opt/workhome/
ADD lib/  /opt/workhome/lib/
ENTRYPOINT ["sh","-c","java -jar -Dglobal.config.path=/opt/env/
/opt/workhome/supergateway.jar"]
```

（7）制作镜像文件并上传。

```
docker build -t registry.cn-hangzhou.aliyuncs.com/prod/prod:super-gateway.1.0 .
&& docker push registry.cn-hangzhou.aliyuncs.com/prod/prod:super-gateway.1.0
```

（8）部署容器。创建 Deployment 文件，用于部署网关应用。例如，创建名为 gateway-deployment.yaml 的文件。该文件内容如下。

```
apiVersion: apps/v1
kind: Deployment
metadata:
  name: gateway-deploy
  namespace: default
spec:
  replicas: 8
  selector:
    matchLabels:
      app: gateway
  template:
    metadata:
```

```
    labels:
      app: gateway
  spec:
    containers:
    - name: gateway
      image: registry.cn-hangzhou.aliyuncs.com/prod/prod:super-gateway.1.0
      imagePullPolicy: IfNotPresent
      ports:
      - name: http
        containerPort: 80
```

（9）通过 kubectl apply 命令部署服务，代码格式如下。

```
kubectl apply -f gateway-deployment.yaml
```

通过上述 9 个步骤实现了由虚拟机发布转变到容器化发布的过程，核心流程如下：把 Nginx 转换成 Ingress，把 jar 包转成镜像文件，同时还使用了 K8s 中的 Service、Pod 等组件来部署服务。

### 2.　持续集成流水线的配置

本次流水线主要采用了 Jenkins Pipeline 方式部署，整个流水线流程分为获取代码、单元测试，并使用 Jacoco 判断测试覆盖率，使用 SonarQube 做静态代码扫描、项目部署（开发、测试）、API 测试、邮件通知。整个流水线模板的内容如下。

```
pipeline {
    agent any
    // 环境变量
    environment{
    // Git 服务的全系统只读账号为 CRED_ID
    CRED_ID='XXXXXX'
    SONAR_HOST='http://192.168.30.101:9000/'
    SONAR_LOGIN_KEY='b42dbf8e347a84e7dd0bfd6a49a332f028d6f730'
    REPO_URL='http://gitlab.xxx.com/super-gateway.git'
    REPO_BRANCH='master'
    }
    options {
        // 保持构建的最大个数
        buildDiscarder(logRotator(numToKeepStr: '10'))
    }
    // 定期检查所开发代码的更新情况，在工作日凌晨两点做项目编译
```

```
    triggers {
        pollSCM('H 2 * * 1-5')
    }
    post{
        success{
            script {
                wrap([$class: 'BuildUser']) {
                mail to: "${BUILD_USER_EMAIL }",
                subject: "PineLine '${JOB_NAME}' (${BUILD_NUMBER}) result",
                body: "${BUILD_USER}'s pineline '${JOB_NAME}' (${BUILD_NUMBER})
                已构建成功"
                }
            }
        }
        failure{
            script {
                wrap([$class: 'BuildUser']) {
                mail to: "${BUILD_USER_EMAIL }",
                subject: "PineLine '${JOB_NAME}' (${BUILD_NUMBER}) result",
                body: "${BUILD_USER}'s pineline '${JOB_NAME}' (${BUILD_NUMBER})
                构建失败，请检查！"
                }
            }.


        }
        unstable{
            script {
                wrap([$class: 'BuildUser']) {
                mail to: "${BUILD_USER_EMAIL }",
                subject: "PineLine '${JOB_NAME}' (${BUILD_NUMBER})结果",
                body: "${BUILD_USER}'s pineline '${JOB_NAME}' (${BUILD_NUMBER})
                单元测试存在问题！"
                }
            }
        }
    }
    stages {
        stage('代码获取') {
            steps {
                echo "...从 GitLab 仓库拉取代码..."
                git credentialsId:${CRED_ID}, url:${REPO_URL}, branch:${REPO_BRANCH}
```

```
        }
    stage('单元测试') {
        steps {
            echo "...开始执行单元测试..."
            sh "mvn org.jacoco:jacoco-maven-plugin:prepare-agent clean test
            -Dautoconfig.skip=true -Dmaven.test.skip=false
            -Dmaven.test.failure.ignore=true"
            // 单元测试覆盖率需要达到 80%。若单元测试覆盖率未达到要求，那么 Pipeline 将会
            // 返回 fail
            jacoco changeBuildStatus: true, maximumLineCoverage:"80"
        }
    }
    stage('静态检查') {
        steps {
            echo "...开始执行静态代码扫描..."
        withSonarQubeEnv('SonarQube') {
            sh "mvn clean compile sonar:sonar -Dsonar.host.url=${SONAR_HOST}
                -Dsonar.login=${SONAR_LOGIN_KEY}"
        }
        script {
            timeout(10) {
        // 通知流水线本次代码的检测结果。如果检测结果未达到设置的质量阈值，则返回 fail
                def qg = waitForQualityGate()
                    if (qg.status != 'OK') {
                    error "未通过 Sonarqube 的代码质量阈检查，请及时修改! failure:
                    ${qg.status}"
                    }
                }
            }
        }
    }
stage ('项目打包') { //exec mvn cmd
    steps {
        sh "mvn clean package -Dmaven.test.skip=true"
    }
    }
stage('打包上传镜像') {
        steps {
            writeFile file: "${PROJECT_DIR}/Dockerfile", text: """FROM
            openjdk:8-jdk-alpine
```

```
            ADD $JAR_NAME /opt/work_home/
            ADD lib/  /opt/work_home/lib/
            ENTRYPOINT ["sh","-c","java -jar
            -Dglobal.config.path=/opt/work_home/env/
            /opt/work_home/gateway.jar"]"""
            sh "cd '$PROJECT_DIR' && docker build -t
            registry.cn-hangzhou.aliyuncs.com/prod_work/
            prod_work:super-gateway.1.0' .
            && docker push registry.cn-hangzhou.
            aliyuncs.com/prod_work/prod_work:super-gateway.1.0'"
            }
         }
    stage ('镜像发布') {
       steps {
    writeFile file: "/opt/work_home /k8s/deployment-${PROJECT}.yml", text: """
apiVersion: apps/v1
kind: Deployment
metadata:
 name: $PROJECT
 namespace: default
spec:
 replicas: 3
 selector:
   matchLabels:
     app: $PROJECT
     release: stabel
   template:
     metadata:
       labels:
         app: $PROJECT
         release: stabel
         env: test
     spec:
       containers:
       - name: $PROJECT
         image: registry.cn-hangzhou.aliyuncs.com/prod_work/prod_work:
super-gateway.1.0
         imagePullPolicy: IfNotPresent"""
       sh "kubectl apply -f /opt/work_home /k8s/deployment-${PROJECT}.yml"
         }
       }
```

```
        }
    }
```

在整体改造过程中，涉及的相关人员包括架构师、运维人员、开发人员，新知识点涉及 Docker 知识和 Kubernetes 知识。我们发现，这些新技术对于研发人员来说有一定的学习成本。例如，研发人员需要为每个项目都编写 Dockerfile 文件，还需要编写 Kubernetes 发布服务所需的 yaml 文件。若希望成功推动持续集成落地，则其中的一个重要环节就是尽可能降低研发人员的学习成本。因此，需要在流水线阶段，通过脚本根据项目来动态自动生成 Dockerfile 文件和 Deployment 文件，降低研发人员的学习成本，尽量做到技术的无缝切换。最终通过调研，可以使用 Jenkins Pipeline 自带的函数 writeFile 动态生成 Dockerfile 文件和 yaml 文件。writeFile file 的具体语法格式如下。

```
writeFile file: 'file_path', text: 'file_context'
```

### 3. 解决疑难问题

在微服务架构下要求工程和配置文件分离，在使用虚拟机部署应用时，采用 Shell 脚本的方式复制工程编译后的 jar 包文件和程序配置文件，并执行目标机器上的部署脚本，即可完成服务部署。整个部署脚本如下。

```
cd /var/lib/jenkins/workspace/env/project_env
git pull #通过 git 命令拉取配置文件
#把配置文件从 Jenkins 服务器传输到目标服务器的指定目录中
scp -r -P  /var/lib/jenkins/workspace/env/project_env/root@$HOST:/opt/work_home/
#把编译后的 jar 文件传输到目标服务器的指定目录中
scp -P  ${PROJECT_TARGET} root@$HOST:/opt/work_home/
#执行目前机器上的部署脚本
ssh -p  root@$HOST "bash -l -c \"/opt/work_home/deploy.sh"
```

在构建镜像文件时，镜像文件和程序配置文件如何分离是在实施流水线构建过程中必须考虑的问题。如果在制作镜像时把配置文件写入镜像文件中，则在开发环境、测试环境、预发环境及生产环境中都需要制作不同的镜像。这就导致镜像存在多个版本，不便于管理，而且流水线的脚本不统一。这虽然不符合设计要求。理想的方式是把所有配置文件都写入配置中心，但是由于历史原因，有些工程还依赖不同环境的配置文件，因此希望在容器启动时先根据环境变量，使用 git pull 命令拉取配置文件，再启动相应的服务。具体实现过程如下。

（1）构建含有 Git 客户端的镜像。基于 CentOS 的基础镜像编写 Dockerfile 文件，构建一个支持 git 命令的镜像。解决方式是在镜像启动后，通过 RUN 命令行自动安装 Git 客户端。具体代码如下。

```
FROM centos:7
LABEL version="1.0" description="git image" by="jack"
RUN  yum install -y git
```

（2）构建镜像，并将其上传到仓库：

```
#docker build -t registry.cn-hangzhou.aliyuncs.com/prod_work/prod_work:
centos-git1.0 .
#docker push registry.cn-hangzhou.aliyuncs.com/prod_work/prod_work:
centos-git1.0
```

（3）使用初始化容器拉取代码。初始化容器（initContainers）是一种专用容器，其支持所有普通容器的特征，例如资源配额限制、存储卷及安全设置。如果在一个 Pod 中指定了多个 initContainers，则它们会依次启动，并且只有在上一个容器成功启动后，下一个容器才能启动。只有在所有的初始化容器都启动后，Kubernetes 才开始启动普通应用容器。根据 initContainers 的特性，可以在业务 Pod 启动时先启动 initContainers，再通过 git 命令下载配置文件，并将配置文件挂载到指定的目录下。具体代码如下。

```
apiVersion: apps/v1
kind: Deployment
metadata:
  name: $PROJECT
  namespace: default
spec:
  replicas: 1
  selector:
    matchLabels:
      app: $PROJECT
      release: stabel
  template:
    metadata:
      labels:
        app: $PROJECT
        release: stabel
        env: test
    spec:
      containers:
      - name: $PROJECT
```

```
        image: registry.cn-hangzhou.aliyuncs.com/prod_work/prod_work:$PROJECT$TAG
        imagePullPolicy: IfNotPresent
        volumeMounts:
        - mountPath: "/work_home"
          name: envdir
    initContainers:
    - name: pull_env
      image: registry.cn-hangzhou.aliyuncs.com/prod_work/prod_work:
      centos- git1.0
      command:
      - "/bin/sh"
      - "-c"
      - "git clone http://username:password@gitlab.xxx.com/env/test_env.git
        /work_home"
      volumeMounts:
      - mountPath: "/work_home"
        name: envdir
    volumes:
    - name: envdir
      emptyDir: {}
```

上述调整解决了镜像和配置文件不能分离的问题，完成了持续集成和持续交付的整个过程。在此需要注意的是，这里的交付一般指的是到预发环境的交付，进行真正的上线时，还需要实施灰度发布、AB 测试等流程，以确保系统上线后的稳定性。

## 8.2  灰度发布

在互联网软件的灰度发布流程中，通常先检查系统的新版本是否发布成功，再引入线上流量进行验证。其目的是降低上线风险。一旦发现版本发布出现问题，就根据预先设置的回滚方案立刻执行版本回滚操作。若版本发布成功，则选择指定的人群来体验灰度版本，缩小系统的影响范围，做到范围可控，而且在灰度发布阶段必须降低对测试的依赖，减少线下自测的数据构造成本。另外，特定的请求能够指向特定的服务器，方便集中监控日志及跟踪完整的调用链路，最终实现指定特定人群来访问系统，完成对产品需求进行收集，以及完善产品功能并提升产品质量等工作。因此，可以得出安全生产的核心要素如下：可灰度、可观测、可回滚。由此可见，想要系统安全、稳定地在线运行，系统发布过程可灰度是保障安全生产的重要环节。

## 8.2.1 灰度发布介绍

灰度发布指的是在 API 的新、老版本间平滑过渡的一种发布方式。其实现目标是，无论使用哪种发布策略，都要求对现有业务系统的无侵入性，即在实施灰度发布的过程中业务系统无须做任何变更。通常在系统的新版本正式发布前，会根据设定的规则，先挑选一部分用户访问灰度版本的服务，进行小规模验证，目的是将升级带来的影响限定在指定的用户范围内，从而在最大程度上保障线上业务的稳定运行。同时通过收集用户在使用过程中的数据，再对应用新版本的功能、性能、稳定性等指标进行评判，之后进行全量升级。目前灰度发布的策略有蓝绿发布、金丝雀发布、滚动发布，下面分别针对每种灰度策略做相关介绍。

### 1. 蓝绿发布

蓝绿发布指的是通过部署两套环境来解决新老版本的发布问题。如图 8-14 所示，进行蓝绿发布时，并不是先暂停老版本，而是直接部署一套新版本，等新版本运行起来后，再将流量切换到新版本。因此，蓝绿发布要求在升级过程中同时运行两套程序，对硬件的要求就是日常运行要求的 2 倍，比如日常运行时需要 10 台服务器支撑业务，那么进行蓝绿发布需要 20 台服务器。蓝绿发布的优点、缺点如下。

◎ 优点：发布策略简单，用户无感知，平滑过渡，升级/回滚速度快。

◎ 缺点：需要准备正常业务所使用资源的 2 倍以上的服务器，以防在升级期间，单组服务器无法承载业务的突发情况。这样，在短时间内会浪费一定的资源成本。由于发布策略没有对用户分流，一旦新版本在线上运行过程中出现问题，就会瞬间影响全网用户。

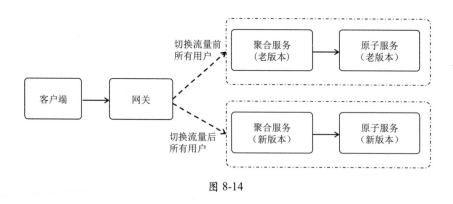

图 8-14

## 2．金丝雀发布

金丝雀发布的定义如下：先启动一个新版本，但是并不直接将流量全部切换过来，而是测试人员对新版本进行线上测试。如果新版本没有问题，那么可以将少量的用户流量导入新版本上，然后观察新版本的运行状态，收集各种运行时数据。对新、老版本做各种数据对比，当确认新版本运行良好后，再逐步将更多的流量导入新版本中。在灰度发布期间，还需要不断地调整新、老两个版本运行的服务器副本数量，以使新版本承受越来越大的流量压力，直到将 100% 的流量都切换到新版本上，再关闭剩下的老版本服务，完成灰度发布。如果在灰度发布过程中发现新版本有问题，则立即将流量切回老版本中，以便将负面影响控制在最小范围内。图 8-15 演示了金丝雀发布的流程，该流程的优点、缺点如下。

◎ 优点：方案灵活、策略可自定义。例如，按照流量或具体的内容进行灰度发布（如账号、设备类型、参数等），如果新版本在灰度发布期间出现问题，则只会影响部分灰度用户，而且在灰度发布期间就可以发现和修复问题，这样就可将影响范围控制到可控范围内。

◎ 缺点：系统自动化要求高。对于灰度发布阶段没有覆盖到的用户，若新版本出现问题，则不方便排查。

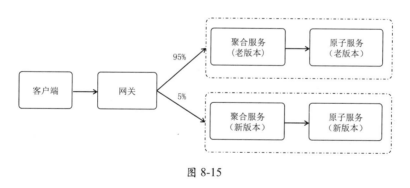

图 8-15

## 3．滚动发布

滚动发布是金丝雀发布的一种变化，指在升级过程中并不一次性发布所有新版本，而是通过分批发布的方式进行多批发布，比如服务一共有 6 个实例，将其分为 3 批，每次发布 2 个实例，如图 8-16 所示。在开始滚动发布后，流量会直接流向已经启动的新版本，但是这时新版本不一定可用，需要进一步测试才能确认。如此一来，在滚动发布期间，整个系统就处于非常不稳定的状态。如果此时发现了问题，难以确定是新、老哪个版本造成的问题。因此，滚动发布的优点、缺点如下。

◎ 优点：出现问题不会影响全网用户，适合大规模应用发布，节约资源。

◎ 缺点：发布和回滚周期较长，出现问题不方便排查。

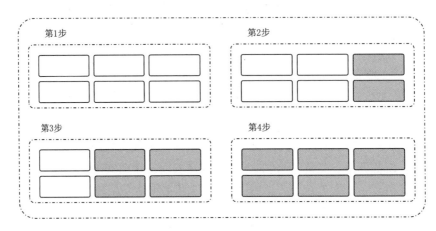

图 8-16

## 8.2.2 灰度发布的流程

对灰度发布的简单理解就是，按照我们设定的规则进行分流，目的是对产品新特性的发布有一个循序渐进的迭代过程，而且风险可控制，影响范围可控。通常灰度发布的流程如下。

（1）定义目标：针对要进行灰度发布的版本定义目标，包含灰度发布哪些功能，所期望的灰度发布效果。

（2）选定策略：设置策略包括需要覆盖多少比例的用户，灰度发布的时间范围、功能的覆盖度及新/老系统的部署策略等。

（3）筛选用户：筛选用户特征、用户范围，比如选择上海区域最近 7 天的活跃用户。

（4）部署系统：部署新系统，部署用户行为跟踪系统，设定分流规则，运营数据分析。

（5）发布总结：给出用户行为分析报告、用户转化效果、软件产品功能改进列表。

（6）产品完善：根据灰度过程中所暴露出来的问题，再对新功能进行迭代和完善。

（7）新一轮灰度发布：设定下一轮灰度发布策略，再次验证新版本是否满足用户需求。

为了方便大家理解，我们把上述 7 个步骤以图形化的方式展示出来，以便描述整个灰度流程，如图 8-17 所示。

图 8-17

灰度发布定义如下：能够按照设定的控制规则进行分流，从而控制发布风险，并对产品特性的发布有一个循序渐进的迭代过程。在定义目标、选定策略、筛选用户阶段，可以参考如下的实战经验。

### 1. 灰度的总体要求

当我们计划在后续版本升级发布时启用灰度发布策略，肯定会涉及灰度规则更新策略、灰度策略配置是否易操作，以及外围系统是否需要针对灰度发布做定制化改动等一系列问题，因此对灰度发布做了如下要求。

◎ 灰度规则热更新：在灰度规则配置后应该立刻生效，无须把所有灰度实例全部重启一遍。

◎ 无侵入性：在改造和重构框架方案时，如果灰度发布对业务有很大的侵入性或破坏性，那么这种灰度发布在落地和推进阶段肯定有很大的困难，因此灰度发布过程应该是对系统无侵入的。

◎ 易操作：提供一个 Web 操作页面，可以为非技术领域的同事提供一个易用的操作界面。尤其是更熟悉业务领域的同事，比如产品经理，他们更了解产品特性和产品用户，可以由他们来控制自己负责的产品的发布节奏。

### 2. 灰度类型

灰度类型根据端的性质，可以分为 Web 页面灰度、客户端灰度、服务器端灰度，不同端的灰度效果也各不相同。

◎ Web 页面灰度：一般按照 IP 地址或者用户 ID 分流控制比例。例如，仅将新功能入口暴露给受控用户，如 UserID<20000 且 UserID%10=0 的用户范围。在灰度发布阶段，若发现新版本有问题，则可快速发布版本来修复出现的问题。

◎ 客户端灰度：比如在新版本的 App 迭代上线前，假设一次性把 App 应用程序包提交到上千个信息流渠道或者所有 App 应用市场，若 App 核心功能存在 Bug，则需要重新更新一次 App 应用程序包。这样不仅发布工作量大，而且应用市场审核时间不可控，影响用户面广。一般在正式发布新版本前，会先挑选部分用户尝试使用新版本，根据埋点数据及业务数据来综合判断 App 是否达到全量更新条件（例如，只针对某个应用市场的特定用户发布）。

◎ 服务器端灰度：在后端发布升级接口时，根据设置的策略，让一部分小流量访问新版本，确认新版本正常后再全部升级。

### 3. 灰度粒度

具体粒度如下。

◎ 实例灰度：以一个实例为粒度进行灰度发布，例如指定某几台固定 IP 地址的服务器为灰度环境。

◎ 服务灰度：将某几个实例上的某几个接口设置为灰度接口。

◎ 用户灰度：根据用户 ID、用户所在区域、设备类型等条件做灰度策略。

### 4. 灰度匹配策略

在灰度发布中需要具备多种条件匹配关系，如精确匹配、包含匹配、存在匹配、正则匹配、匹配范围及比例设置等。

◎ 精确匹配：请求头的内容必须精确等于匹配条件。

◎ 包含匹配：请求头的内容只需包含匹配条件。

◎ 存在匹配：判断指定的 Header 是否存在，不在乎其内容是什么。

◎ 正则匹配：请求头的内容必须满足指定的正则表达式。

◎ 匹配前缀：请求头的内容必须以指定的字符串开头。

◎ 匹配后缀：请求头的内容必须以指定的字符串结尾。

◎ 匹配范围：请求头的内容必须是数字，并且满足匹配条件给出的最小值到最大值的区间，可以为负数。

◎ 比例设置：通过设置流量比例，将用户流量一点一点地导入新版本中。比如，先导
入 10%，观察一下运行情况，再导入 20%，如此累加，直到将流量全部导入新版本，
最后完成升级。如果在此期间发现问题，就立即取消升级，将流量切回到老版本。

## 8.2.3　灰度发布实战

在进行灰度发布之前，首先给需要灰度的服务及灰度用户打上特定标记，然后控制灰
度用户的请求在整个调用链过程中优先访问有灰度标识的服务，最后验证流程和数据是否
符合要求。

假设从 A0 流入的流量需要按如图 8-18 所示的路径流转，即 A0→B0→C0→D0→E0。
现在需要将 B0 和 C0 服务升级为 B1 和 C1。为了控制因升级所引发风险的范围，计划启
动灰度发布，即部分特定用户的访问路径调整为 A0→B1→C1→D0→E1。以 Dubbo 框架
举例说明如何实现灰度流程。首先需要给用户打标，选择符合灰度策略的用户；其次给服
务打标，标识 B1 和 C1 是灰度服务；最后自定义负载均衡器，在自定义的负载均衡策略
中需要过滤出含有灰度标识的服务，并在链路过程中只针对符合灰度规则的服务发起调用。

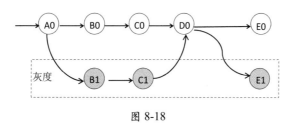

图 8-18

### 1. 用户打标

在灰度调用过程中需要首先设置灰度策略，将用户的请求信息匹配灰度策略系统，将符
合灰度策略的用户打上特定标记，表示该用户是符合灰度策略的用户。其次是进行灰度标记
的透传。如果内部采用 HTTP 方式通信，那么可以在请求的 Header 上增加 "gray_user=true"
参数。如果内部采用 RPC 方式通信，则可以通过隐式传参的方式在请求中传递灰度标识。
最后，这个灰度标识需要一直在整个链路上传递，直到请求结束。以 Dubbo 为例，通过隐
式传参方式增加灰度标记的示例如下。

```
#请求灰度策略系统，确认是否满足灰度策略
boolean match_gray= grayStrategyService.matchRule(requestDTO);
```

```
if(match_gray)
RpcContext.getContext().getAttachments().put("gray_user","true");
```

### 2. 服务打标

在如图 8-18 所示的流程中，有 B1、C1、E1 这些需要进行灰度验证的服务，因此需要给这些特定实例或者特定接口打上标记，这样灰度用户只会访问有灰度标识的实例或者接口。在给服务打标前，首先需要获取已注册到注册中心的所有实例及所有接口名称，然后通过 Dubbo 的 URL 模型给实例增加标识。以 Dubbo 为例，具体实现方式如下。

（1）在程序中以 XML 形式配置消费者 registryService，这样可以拿到注册中心的所有服务，具体配置方式如下。

```
<dubbo:reference id="registryService"
interface="com.alibaba.dubbo.registry.RegistryService" check="false" />
```

（2）创建 RegistryServerSync 对象来订阅注册中心的变动信息，例如服务上线、下线、变更等。相关伪代码如下。

```
public class RegistryServerSync implements InitializingBean, DisposableBean,
 NotifyListener {
private static final Logger logger =
   LoggerFactory.getLogger(RegistryServerSync.class);
  private static final AtomicLong ID = new AtomicLong();
  private RegistryService registryService;
  private final ConcurrentMap<String, ConcurrentMap<String, Map<Long, URL>>>
 registryCache = new ConcurrentHashMap<String, ConcurrentMap<String, Map<Long,
 URL>>>();
  public ConcurrentMap<String, ConcurrentMap<String, Map<Long, URL>>>
 getRegistryCache(){
     return registryCache;
  }
  public void afterPropertiesSet() throws Exception {
     new Thread(new Runnable() {
        @Override
        public void run() {
           registryService.subscribe(SUBSCRIBE, RegistryServerSync.this);
        }
     },"SUBSCRIBE-ADMIN-THREAD").start();
  }
  public void notify(List<URL> urls) {
```

```
    // 处理和解析 URL 的内容
  }
  public void setRegistryService(RegistryService registryService) {
      this.registryService = registryService;
  }
}
```

RegistryServerSync 主要把注册中心的信息同步保存到本地名称为 registryCache 的
HashMap 对象上，内容的值如下。

```
ConcurrentMap<String, ConcurrentMap<String, Map<Long, URL>>> registryCache = new
ConcurrentHashMap<String, ConcurrentMap<String, Map<Long, URL>>>();
```

为了便于说明，对以上代码稍加改动，变成如下代码：

```
ConcurrentMap<String, ConcurrentMap<String, Map<Long, URL>>> registryCache = new
ConcurrentHashMap<Type, ConcurrentMap<InterfaceName, Map<ID, URL>>>();
```

◎ Type：存储的类型，包含 consumers、configurators、routers 和 providers。
◎ InterfaceName：具体暴露的接口名称，如 com.xxx.basic.user.api.read.UserReadService。
◎ ID：每个接口都对应唯一的 ID。
◎ URL：在 Dubbo 的 URL 模型中包括的所有内容，包括服务器的 IP 地址、接口名
　　称、版本号、方法名等。

此时可以根据接口名找到对应的 URL，并给需要进行灰度发布的服务增加
grayService=true 的参数，表示该服务是灰度服务。相关代码如下。

```
URL gray_url=url.addParameter("grayService","true"); // 给指定的服务打标
registryService.unregister(url); // 销毁老地址
registryService.register(gray_url);// 替换新地址
```

### 3. 定义灰度路由

经过调研得知，Dubbo 内置的所有 LoadBalance 均不符合灰度路由策略的要求，因此
需要自定义 LoadBalance 策略。自定义 LoadBalance 的目的是，在进行流量转发时，先筛
选出所有含灰度标记的服务，再调用含有灰度标识的服务，实现特定流量访问特定服务。
我们使用 Dubbo 的 SPI 扩展机制来实现自定义 LoadBalance，控制灰度用户优先访问有灰
度标识的服务。为此增加了 GrayFilter 类和 GrayLoadBalance 类，相关方法和作用如下。

◎ GrayFilter：自定义 Dubbo 的 Filter。目的是将上游通过隐式传参方式传入的值放
　　入本地线程，以便 GrayLoadBalance 能轻松地获取上游传递的参数。相关核心代

码如下。

```
@Activate(group = { Constants.CONSUMER, Constants.PROVIDER })
@Slf4j
public class GrayFilter implements Filter {
    @Override
    public Result invoke(Invoker<?> invoker, Invocation invocation) throws
    RpcException {
        try {
            Map<String, String> userAttachments = invocation.getAttachments();
            UserAttachmentsThreadLocal.putAll(userAttachments);
            return invoker.invoke(invocation);
        }catch (Exception ex){
            return null;
        }finally {
            UserAttachmentsThreadLocal.clear();
        }
    }
}
```

◎ GrayLoadBalance：自定义负载均衡器。目的是，根据设置的灰度条件及当前访问用户是否为灰度用户，过滤出符合条件的服务。相关核心代码如下。

```
public class GrayLoadBalance extends AbstractLoadBalance {
    static final String DEFAULT_GRAY_VALUE = "false";
    static final String IS_GRAY_SERVICE = "true";
    public static final String NAME = "random";
    private final Random random = new Random();
    @Override
    protected <T> Invoker<T> doSelect(List<Invoker<T>> invokers, URL url,
    Invocation invocation) {
        if(isMatchGrayCondition()){// 符合灰度条件
            invokers = doSelectGrayInvoker(invokers);
        }
        return this.randomSelect(invokers, url, invocation);
    }
    private <T> List<Invoker<T>> doSelectGrayInvoker(List<Invoker<T>>
    invokers){
        List<Invoker<T>> newInvokers = new ArrayList<Invoker<T>>();
        for (Invoker<T> invoker : invokers) {
            String grayService = invoker.getUrl().getParameter("grayService",
        DEFAULT_GRAY_VALUE);
```

```
            // 判断当前提供者是否为灰度提供者
            if (Objects.equals(grayService, IS_GRAY_SERVICE)) {
                newInvokers.add(invoker);
            }
        }
        return newInvokers;
    }
    // 重写一遍随机负载策略
    private <T> Invoker<T> randomSelect(List<Invoker<T>> invokers, URL url,
    Invocation invocation) {
        int length = invokers.size(); // 总数量
        int totalWeight = 0; // 总权重
        boolean sameWeight = true;
        for (int i = 0; i < length; i++) {
            int weight = getWeight(invokers.get(i), invocation);
            totalWeight += weight; // 累计总权重
            if (sameWeight && i > 0
                    && weight != getWeight(invokers.get(i - 1), invocation)) {
                sameWeight = false;            }
        }
        if (totalWeight > 0 && ! sameWeight) {
            int offset = random.nextInt(totalWeight);
            // 确定随机值落在哪个片断上
            for (int i = 0; i < length; i++) {
                offset -= getWeight(invokers.get(i), invocation);
                if (offset < 0) {
                    return invokers.get(i);
                }
            }
        }
        return invokers.get(random.nextInt(length));
    }
    // 这里需要根据具体的业务规则来判断
    public boolean isMatchGrayCondition(){
        Map<String, Object> userValues = UserAttachmentsThreadLocal.get();
        // 用户特性
        GrayCondition grayCondition = ConfigService.getGrayCondition();
        // 灰度条件，一般被写入配置中心
        return true;
    }
    public GrayLoadBalance() {
```

```
        }
    }
```

注意，根据 Dubbo SPI 发现机制约定，若需要使自定义 GrayLoadBalance 生效，则需要在项目的 resources/META-INF/dubbo/目录下增加如下文件：

```
src
 |-main
   |-java
      |-com
         |-xxx
            |-GrayLoadBalance.java（继承 AbstractLoadBalance 抽象类）
            |- GrayFilter.java（实现 Filter 接口）
   |-resources
      |-META-INF
         |-dubbo
            |-org.apache.dubbo.rpc.cluster.LoadBalance（纯文本文件，内容为
             grayrandom = com.xxx.loadbalance.GrayLoadBalance）
            |-org.apache.dubbo.rpc.Filter（纯文本文件，内容为 grayFilter =
             com.xxx.filter. GrayFilter）
```

最后，在所有需要调用外部服务之处都指定负载均衡策略 loadbalance="grayrandom"，代码如下。

```
<dubbo:service interface="com.xxx.xxx.order.api.OrderReadService"
ref="orderReadService" loadbalance="grayrandom"/>
```

至此，已经完成灰度的基础框架设计。对于其中的灰度匹配规则，可以根据业务需要做扩展，再同步给业务系统。在该灰度发布过程中涉及客户端、网关、聚合服务、原子服务等关联系统，总体流程如下：网关在接收客户端的请求后首先获取 HTTP 请求头中的所有 Header 信息并放入 Attachment，通过隐式传参的方式把所有参数发送给下游服务。当下游 GrayFilter 收到请求后，首先把 Attachment 里面的内容放入本地线程，之后通过自定义负载均衡器来选择灰度服务提供者。如果没有符合条件的灰度服务提供者，则使用 Dubbo 默认的负载均衡策略。如果下游需要调用其他消费者，GrayFilter 就会把本地线程中的数据放入 Attachment 中继续传递到下游，直到整个调用链结束。

## 8.3 搭建全链路压测平台

使用微服务架构后，整个 IT 基础设施非常复杂，其中网络、服务器、操作系统、中

间件及应用层面都可能出现问题。因此,必须周期性地对线上服务进行一次全方位的检查,以保障业务服务的稳定性,从而为用户提供更优质的服务。全链路压测是基于线上真实环境和实际业务场景进行的,通过模拟海量的用户请求对整个系统进行压力测试(简称"压测"),目的是找到系统的薄弱环节并做优化。

## 8.3.1　实施全链路压测的原则

在真实的高并发业务场景下,每个系统的压力都较大,而系统之间是有相互依赖关系的,单机压测没有考虑到服务依赖的情况,在压测结果中会引入一个不确定的误差。全链路压测指的是基于生产环境,模拟业务高峰时的海量请求对整个系统链路进行压力测试,以及进行有效的容量评估和系统调优。

### 1.　全链路压测的时机

业务处于高速发展阶段时,接口会越来越多,系统会由最初的单体应用调整为分布式应用,业务线内部的模块越来越抽象,业务线跟其他业务线的交互也越来越多,无法单纯地根据某个单独系统的处理能力来评估接口的服务能力;而且在预期的一段时间内,业务会有较快速的发展。因此,线上机器必须要大幅度扩容。另外,如果在生产过程中经常遇到如下问题,则需要考虑实施全链路压测来验证系统的当前容量及扩容需求,通过全方位的压测来解决分布式架构下具体服务的瓶颈:

◎ 高流量下的系统稳定性不足,例如,出现服务容易崩溃、浏览页面经常卡顿、接口响应慢甚至超时等性能问题。

◎ 新代码上线的性能基线不对,例如 RT(Response Time,响应时间)、CPU 负载、数据库性能等都低于基线水平。

◎ 不知该如何合理优化服务器配置和服务器数量,经常出现服务器配置过高或配置过低、服务器数量过多或过少的问题。

◎ 系统运行不稳定,经常出现宕机、服务不可用等情况。

### 2.　全链路压测的目的

全链路压测的目的如下。

(1)找出系统瓶颈。系统独立压测流程会经历 CDN、网关、缓存、中间件、聚合服务、原子服务、数据库等环节,整个交易链路都会面临巨大的访问压力。此时系统服务除了受自身的影响，还受其他关联系统的影响。只要有一个节点出现故障，故障在上下游系统中经过层层累加造成的影响就将难以追溯。全链路压测在真实的生产环境中以设定的访问量去模拟真实的业务操作，并以此来衡量系统的实际承载能力，找出系统的瓶颈，从而保障系统在大流量的冲击下保持稳定。

（2）判定参数调优是否有效。参数调优涉及 JVM 大小、数据库连接池、缓存连接数配置，线程池大小、Nginx 配置等。每项配置都有很多参数需要优化，只有通过线上压测结果，才能判定配置参数优化是否合理。

（3）评估机器扩容的数量。容量规划是一项复杂且有难度的工作，通常是由企业内的资深架构师或者技术专家承担的。负责该工作的人员不仅需要熟悉系统，而且需要具备很强的技术能力，还要熟悉容量规划的方法。在微服务架构下，系统架构和网络变得复杂，导致在生产环境下进行系统容量规划会引入一些不确定性的误差。例如，常规评估容量指的是，根据以往业务的流量估算出未来的流量，并以整体目标流量为基础，估算出每个子系统需要满足的容量大小，然后根据子系统的容量来计算出需要的资源数量，对系统进行适当的扩容。计算公式可以简单表示如下：

$$机器数量 = 预估容量/单机能力$$

（4）验证流量峰值。验证系统整体容量是否能够有效支撑所预估的流量峰值。

（5）对重构项目进行性能验证。因为一些历史原因，对老的项目会做较大的重构工作。若项目上线前仅对重构的工作执行功能测试、性能测试，则其性能远不能满足设计要求。通常重构项目上线会出现接口性能问题，导致业务故障频发、用户投诉频繁。通过全链路压测可以首先解决性能问题，之后通过灰度发布等方式逐步过渡到重构后的项目。

### 3. 全链路压测的前置条件

在准备实施全链路压测前，系统必须具备 3 个原则，以保障在压测过程中线上系统的安全和稳定。

压测原则如下。

◎ 一致性：在当前分布式架构下，影响性能表现的因素很多，比如网络结构、网络带宽、系统参数、软件配置、链路拓扑、数据维度等。因此，压测环境与生产环境必须高度一致是全链路压测的首要条件。

◎ 隔离性：指压测数据的隔离。在整个链路上任何一个节点都可以轻松识别出当前处理的是压测流量还是真实流量，并且可将在压测过程中产生的压测数据（包括数据库、缓存、搜索、消息、日志等）与真实流量的数据进行完全隔离。

◎ 稳定性：指在压测实施过程中要保障业务的可用性，不能因为执行压测而导致在生产环境中出现事故。

在压测过程中需要避免如下事项：

◎ 应隔离的数据被当成正式数据来处理，导致生产环境的数据被污染。
◎ 在压测中产生的消息未被及时消费，导致消息队列的数据积压，影响正常业务。
◎ 在压测过程中，因接口请求压力过大，导致部分服务调用超时，部分框架的重试逻辑导致压测标记丢失。
◎ 对异步线程的处理（如线程池、异步日志打印等）不会自动传递压测标记，导致压测标记丢失。

因此，在进行全链路压测前需要明确压测范围，把压测场景中所涉及的调用链路都梳理出来，形成服务调用链列表，并在列表中标记每个服务对应的负责人。如图 8-19 所示，任何请求从进入链路入口开始，内部关联的所有服务都需要压测。如果有外部依赖的接口，比如支付、发送短信、消息推送、电话外呼等，则全部通过 mock 方式来屏蔽调用外部接口，以免引起用户投诉。

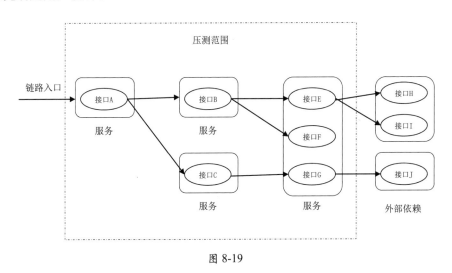

图 8-19

## 8.3.2　流量染色与数据隔离

为了保证压测流量不影响线上用户，不污染线上环境，在压测链路上涉及的每个服务、中间件都需要对压测流量进行识别，将压测流量写入影子库，将正常流量写入生产库。

压测用于模拟流量最高峰时用户的行为，所以综合性的流量模型需要与实际情况相符。具体而言，需要执行如下步骤。

（1）流量染色。在构造压测流量时，将压测标记加入压测流量中进行流量染色。比如，对于压测发起的 HTTP 请求，我们会在 HTTP 请求的消息头中增加压测标记 pt（performance testing）。如果是 RPC 调用，则通过隐式传参的方式传递压测标记，比如加入"pt=true"标识。

（2）压测标记的传递。当压测流量流经业务链路时，会经过聚合服务、缓存、原子服务、消息队列、数据库等环节。此时需要把压测标记依次传递到下游，如图 8-20 所示。

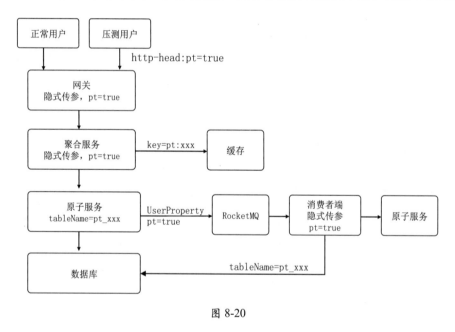

图 8-20

传递压测标记的整体流程如下。

（1）压测平台在构建压测用户时，会在 HTTP 消息头中增加"pt=true"标记。

（2）网关在收到请求后，通过隐式传参方式把消息头里的全部数据都透传给下游聚合服务。

（3）下游聚合服务在收到 RPC 请求后，判定本次调用的是压测请求，当前请求需要查询缓存，因此在缓存 key 的前面增加关键字 pt，同时继续通过隐式传参的方式把压测标记传递给下游原子服务。

（4）下游原子服务在写入数据时，在表名前面增加"pt_"标记。

（5）下游原子服务向消息队列发送消息时，需要在 Message 的 UserProperty 属性中增加"pt=true"标记，标记当前消息是压测所产生的消息，相关代码如下。

```
private RocketMqSendResult send(Message message) {
   try {
      message.putUserProperty("pt","true");
      SendResult sendResult = mqProducer.send(message);
      return createResult(sendResult);
   } catch (Exception e) {
      throw new MqException(e);
   }
}
```

（6）消费者端收到 RocketMQ 消息后会解析 UserProperty 属性，并发现 UserProperty 属性携带了"pt"标记，因此判定当前消息是压测请求所产生的。

## 8.3.3　如何生成压测流量

在日常做单接口压测时，都会提前生成一批符合接口规范的数据备用。但是，这些数据过于单一，并不符合真实的业务场景。较优雅的方式是先由网关抽样保存生产环境中的用户请求数据，对抽样数据进行二次处理后执行流量回放操作，然后分析数据，得出用户在生产环境中各模块的使用占比、各服务的调用占比，以及最终每个服务的调用量配比模型。

### 1. 压测工具

Apache JMeter 最初是由 Apache 开源的项目，是用于负载功能测试和性能测试的开源软件。使用 JMeter，可以对 Web 应用或其他各种服务的性能进行分析和度量。由于 JMeter 是 Java 应用，对于 CPU 和内存的消耗较大，因此当需要模拟大流量并发用户时，如果使用单台机器模拟并发用户，则会引起 Java 内存溢出错误，导致模拟失败。因此，在执行全链路压测时一般通过单个 JMeter 客户端来控制多个远程的 JMeter 服务器，使它们同步地对服务器进行压力测试，如图 8-21 所示。

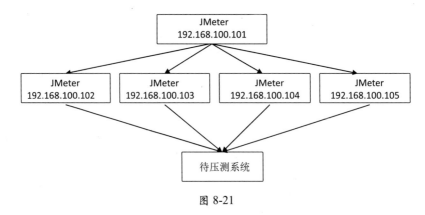

图 8-21

假设有 5 台服务器，IP 地址的范围为 192.168.100.101 ~ 192.168.100.105，具体分工如表 8-8 所示。

表 8-8　各台服务器的具体分工

| 主 机 名 | IP 地址 | 说　　明 |
| --- | --- | --- |
| Master | 192.168.100.101 | JMeter 控制节点 |
| Slave01 | 192.168.100.102 | JMeter 压测 Agent 节点 |
| Slave02 | 192.168.100.103 | JMeter 压测 Agent 节点 |
| Slave03 | 192.168.100.104 | JMeter 压测 Agent 节点 |
| Slave04 | 192.168.100.105 | JMeter 压测 Agent 节点 |

（1）从 Master 节点服务进入 bin 目录下，修改 jmeter.properties 文件，查找 remote_hosts，修改其内容如下。

```
#Remote Hosts - comma delimited
remote_hosts=192.168.100.102:1099, 192.168.100.103:1099, 192.168.100.104:1099,
192.168.100.105:1099,
#remote_hosts=localhost:1099,localhost:2010
```

（2）在 Master 节点上运行 JMeter，在其他压测节点上运行 jmeter-server。

（3）启动 Master 节点上的 JMeter 应用，选择"运行"→"远程启动"菜单，可以分别启动 Agent；也可以直接选择"远程全部启动"菜单，启动所有的 Agent。

## 2. 生成压测流量

全链路压测需要模拟预估的大流量，因此需要构造请求数据，并且使请求数据多样化。

一般采用手动构建和录制回放两种方式来构造请求数据。

（1）手动方式指的是，通过编写 SQL 脚本，从数据库中导出一批线上数据，然后对这批数据进行清洗，去除敏感信息，比如客户的手机号码、住址、账号等，然后根据数据生成压测接口报文。例如，根据网关的请求格式生成 CSV 格式的报文：

```
request_param
{"methodName":"xxx","paramValues":[{"username":"test","mobile":"138xxxxxxxx",
"email":"xx@qq.com"}]}
{"methodName":"xxx","paramValues":[{"username":"test","mobile":"138xxxxxxxx",
"email":"xx@qq.com"}]}
```

在上述代码块中每一行都表示一个请求消息体。其中，request_param 是变量名，表示请求的参数；methodName 是网关对外暴露的 API 名称；paramValues 是 JSON 格式的字符串，代表当次请求实际的参数名称和参数值。使用 JMeter 以参数化方式提交压测请求，同时配置请求消息头增加以下内容：

```
#请求格式
content-type:application/json
#标记此请求是压测请求
pt:true
```

（2）录制回放指的是，先收集某个时间段的正常业务数据，然后清洗敏感信息，再加上压测标记去模拟正式业务场景，确保数据的真实性、多元化，以及场景覆盖的完整性。目前阿里巴巴开源的 jvm-sandbox-repeater 是一款便捷、好用的流量回放工具。它具有无侵入、热插拔的特点，非常适用于有大量历史服务的场景。另外，由于直接作用在 JVM 层，所以其通用性和可扩展性都不错。

## 8.3.4 全链路压测实战

开展全链路压测包括梳理核心链路、创建影子表、观察监控指标、定位问题、优化链路等步骤。

核心链路梳理指的是，首先梳理出为保障业务主流程正常流转所必须稳定运行的服务，再明确这些核心服务对下游服务的依赖。在核心链路中可能会耦合外部服务，但这些外部服务（比如支付系统依赖的第三方渠道、短信、Push 消息推送等）又不能参与压测，可在实践中通过 mock 服务来屏蔽第三方调用，形成全链路交易的闭环，最终得到业务系统的薄弱环节。

压测环境的准备工作涉及压测标记传递、影子表初始化、消息隔离、缓存隔离、日志标记等数据隔离措施。

### 1. 框架选型

因为在入口流量中已经注入约定的标识符用于区分压测流量和真实流量，因此在执行全链路压测的过程中，业务系统必须能识别当前流量是压测流量还是真实流量，并支持持续向下游透传该标识。针对该要求，目前业内有两套方案可选，如下所述。

（1）由架构部门统一封装一套 SDK，该 SDK 包含数据库操作、缓存操作、消息队列操作，通过硬编码方式来判断在请求参数中是否包含压测标记。该方案的优点是技术门槛相对较低，但对业务的侵入性较多。一旦在 SDK 中存在 Bug，则所有使用该 SDK 的服务就必须全部升级一次。

（2）通过 Java Agent 字节码增强方式来增强特定接口，在增强接口中实现压测标记的识别和传递。该方案的优点是对业务无侵入，只需在部署过程中修改启动脚本，在其中加入指定的 SDK 即可。下面重点讲解如何通过 Java Agent 方式来实现压测流量标记。

**如何生成 Agent**

在 JDK 1.5 以后，我们可以使用 Agent 技术构建一个独立于应用程序的代理程序，用于协助监测、运行或替换其他 JVM 上的程序，生成 Agent。具体步骤如下。

*1）手动方式*

（1）新建 Java 工程，在 WEB-INF 目录下再创建一个 META-INF 目录，并在该目录下创建一个 MANIFEST.MF 文件。在该文件中添加 Premain-Class 配置项，内容如下。

```
Manifest-Version: 1.0 // 表示用于定义 MANIFEST 文件的版本
Premain-Class: com.xxx.xxx.agent.PTAgent // 表示在 JVM 启动时指定的代理类名
Can-Redefine-Classes: true // 是否能重定义此代理所需的类
```

（2）创建 Premain-Class 配置项指定的类，并在其中实现 premain 方法，方法签名如下。

```
public class PTAgent{
// agentArgs:-javaagent 命令携带的参数
// inst:提供了操作类定义的相关方法
public static void premain(String agentArgs, Instrumentation inst){
    ..... // 具体代码
  }
}
```

这种手动创建的方式，优点是结构简单，外部插件依赖少；缺点是手动配置内容过多，容易产生错误。

2）插件方式

为减少因手动配置所导致的错误，可以使用 maven-assembly-plugin 插件来打包并自动生成 MANIFEST.MF 文件，只需在工程的 pom.xml 中配置 maven-assembly-plugin 插件，即可实现自动生成 MANIFEST.MF 文件。相关配置信息如下。

```
<plugin>
    <groupId>org.apache.maven.plugins</groupId>
    <artifactId>maven-assembly-plugin</artifactId>
    <version>2.4</version>
    <configuration>
        <appendAssemblyId>false</appendAssemblyId>
        <!-- 将 PTAgent 的所有依赖包都打包到 jar 包中-->
        <descriptorRefs>
            <descriptorRef>jar-with-dependencies</descriptorRef>
        </descriptorRefs>
        <archive>
            <!-- 添加 MANIFEST.MF 中的各项配置-->
            <manifest>
    <addDefaultImplementationEntries>true</addDefaultImplementationEntries>
    <addDefaultSpecificationEntries>true</addDefaultSpecificationEntries>
            </manifest>
            <!-- 将 Premain-Class 配置项设置为 com.xxx.xxx.agent.PTAgent -->
            <manifestEntries>
                <Premain-Class>com.xxx.xxx.agent.PTAgent</Premain-Class>
                <Can-Retransform-Classes>true</Can-Retransform-Classes>
            </manifestEntries>
        </archive>
    </configuration>
    <executions>
        <execution>
            <phase>package</phase>
            <goals>
            <goal>single</goal>
            </goals>
        </execution>
    </executions>
</plugin>
```

运行 maven package 命令，执行打包操作：

```
maven package
```

完成打包之后，解压 target 目录下的 pt-agent-1.0.0-SNAPSHOT.jar 文件，在其 META-INF 目录下可以找到 MANIFEST.MF 文件。其内容如下。

```
Manifest-Version: 1.0
Implementation-Title: demo-agent
Premain-Class: com.xxx.xxx.agent.PTAgent
Implementation-Version: 1.0.0-SNAPSHOT
Archiver-Version: Plexus Archiver
Built-By: Administrator
Specification-Title: demo-agent
Implementation-Vendor-Id: com.xxx.agent
Can-Retransform-Classes: true
Created-By: Apache Maven 3.3.9
Build-Jdk: 1.8.0_91
Specification-Version: 1.0.0-SNAPSHOT
```

### 如何使用 Agent

若要使用该 Agent，则只需在原 jar 包启动命令行中增加-javaagent 参数，然后指定 Agent 打包后的 jar 包路径即可。例如，Agent 包的 pt-agent-1.0.0-SNAPSHOT.jar 文件被放在/home 目录下，可通过如下命令，以字节码增强方式运行程序。

```
java -jar xxx.jar  -javaagent: /home/pt-agent-1.0.0-SNAPSHOT.jar
```

### 2. 字节码增强

在执行全链路压测业务系统时，需要动态修改系统业务中部分方法的实现逻辑，以满足压测的需要。另外，在压测过程中会涉及多种中间件，比如 Dubbo、Redis、RocketMQ、数据库等，需要动态调整代码，以支持压测参数的传递，以及屏蔽对生产环境的数据进行操作。目前支持动态代码生成的工具有 Java Proxy、CGLIB、Javassist、ByteBuddy 等。

由于 ByteBuddy 无须操作任何与字节码相关的内容，实现起来更简单，因此本次使用 Byte Buddy 技术来实现字节码增强的要求。全链路压测平台的整体设计思路如下：以插件化方式进行设计，通过 SPI 方式动态加载预设插件，要求每种类型的插件都必须包含 Advice（切面）和 Plugin（插件）这两部分。在调用过程中涉及线程间的变量传递时，可以使用阿里巴巴开源的 TransmittableThreadLocal 类来保存值。这里需要定义插件的框架，包括插件名称、拦截点及实际拦截的类。相关代码如下。

```
public interface IPlugin {
    // 名称
    String name();
    // 拦截点
    InterceptPoint[] buildInterceptPoint();
    // 具体拦截器实现类
    Class adviceClass();
}
```

### 3. Dubbo 框架增强

Dubbo 框架增强流程如下：首先获取隐式传参中的压测标记，之后写入上下文变量中。其他模块如果需要判断当前请求是否是压测流量，则直接在本地线程中获取标记。通过阅读 Dubbo 源码，可以了解到 MonitorFilter 类会在每次执行 RPC 调用时都被执行，因此针对 Dubbo 框架增加压测标记，只需增强 MonitorFilter 类即可。为了便于读者理解 MonitorFilter 的执行流程，这里回顾一下 MonitorFilter 的原始代码（已屏蔽对增强来说无关紧要的代码）。相关代码如下。

```
public class MonitorFilter extends ListenableFilter {
    // 省略
    public Result invoke(Invoker<?> invoker, Invocation invocation) throws
    RpcException {
        if (invoker.getUrl().hasParameter("monitor")) {
            invocation.setAttachment("monitor_filter_start_time",
            String.valueOf(System.currentTimeMillis()));
            this.getConcurrent(invoker, invocation).incrementAndGet();
        }
        return invoker.invoke(invocation);
    }
    // 省略
}
```

实现 Dubbo 框架字节码增强的方式如下。

◎ 创建 DubboPlugin 对象，用于指定拦截满足条件的类及类的具体方法。

◎ 根据 Dubbo 框架的执行流程，拦截 org.apache.dubbo.monitor.support.MonitorFilter 类的 invoke 方法。

下面通过 DubboPlugin 来设置需要拦截的具体类及方法，相关代码如下。

```java
public class DubboPlugin implements IPlugin {
    @Override
    public String name() {
        return "dubbo-invoker";
    }
    @Override
    public InterceptPoint[] buildInterceptPoint() {
        return new InterceptPoint[]{
                new InterceptPoint() {
                    @Override
                  public ElementMatcher<TypeDescription> buildTypesMatcher() {
                   return ElementMatchers.named("org.apache.dubbo.monitor.
                   support.MonitorFilter");
                  }
                    @Override
                    public ElementMatcher<MethodDescription>
                    buildMethodsMatcher() {
                      return ElementMatchers.isMethod()
                      .and(ElementMatchers.<MethodDescription>named("invoke"));
                    }
                }
        };
    }
    @Override
    public Class adviceClass() {
        return DubboAdvice.class;
    }
}
```

在 MonitorFilter 的 invoke 方法中有两个参数，分别是 invoker 和 invocation。为实现 Dubbo 框架字节码增强，首先获取 invocation 参数，之后通过 invocation 拿到隐式传参传入的参数值，最后结合 ByteBuddy 提供的@Advice.OnMethodEnter 注解完成字节码增强。@Advice.OnMethodEnter 注解表示在进入指定的拦截方法前先执行标记了@Advice.OnMethodEnter 的方法，这样 DubboAdvice 就能通过隐式传参的方式检测在参数中是否有 pt 的值，并将其写入本地线程中。具体代码如下。

```java
public class DubboAdvice {
    @Advice.OnMethodEnter()
    public static void enter(
```

```
@Advice.Origin String method ,
@Advice.AllArguments Object[] allArguments){
#获取第二个参数 invocation
 Invocation invocation = (Invocation) allArguments[1];
 String isPt = invocation.getAttachments().get("pt");
 if(!StringUtils.isEmpty(isPt)){
   LocalContext.setValue(isPt);
 }
   }
}
```

#### 4. Redis 增强

如果框架识别出当前流量是压测流量，那么在操作 Redis 时，需要自动在缓存 key 的前面增加前缀 "pt_" 来表示当前是影子 key。同理，Redis 插件也需要创建 RedisPlugin 和 RedisAdvice 这两个类。

RedisPlugin 对象用于指定拦截满足条件的类及具体的方法，在 RedisPlugin 中只增强了 Jedis 的 get 和 set 方法。具体代码如下。

```
public class RedisPlugin implements IPlugin {
    @Override
    public String name() {
        return "redis-plugin";
    }
    @Override
    public InterceptPoint[] buildInterceptPoint() {
        return new InterceptPoint[]{
            new InterceptPoint() {
                @Override
                public ElementMatcher<TypeDescription> buildTypesMatcher() {
                    return ElementMatchers.nameStartsWith("redis.clients.
                    jedis.Jedis")
                    .and(ElementMatchers.not(ElementMatchers.isInterface()))
                    .and(ElementMatchers.not(ElementMatchers.<TypeDescription>
                    isAbstract()))
                    ));
                }
                @Override
        public ElementMatcher<MethodDescription> buildMethodsMatcher() {
            return ElementMatchers.isMethod()
```

```
                .and(ElementMatchers.named("set")).or(ElementMatchers.named("get"))
                .and(ElementMatchers.<MethodDescription>isPublic()));
            }
        }
    };
}
@Override
public Class adviceClass() {
    return RedisAdvice.class;
}
}
```

RedisAdvice 只会拦截 RedisPlugin 中指定 Redis 的方法，类似于我们在 Jedis 源码中植入 RedisAdvice#enter 中所描述的内容。在运行过程中若判断在本地线程中有 pt 的值，则在 Redis 的 key 前面增加 "pt_" 标记。具体代码如下。

```
public class RedisAdvice {
    @Advice.OnMethodEnter
    public static void enter(
        @Advice.Origin("#t") String className,
        @Advice.Origin("#m") String methodName,
        @Advice.Argument(value = 0, readOnly = false) String argument){
        if("pt".equals(LocalContext.getValue())) {
            argument = "pt_" + argument; // 在真实的 key 前面增加前缀 pt_ 标记
        }
    }
}
```

### 5. 数据库增强

数据库是业务系统的核心组件，存储了业务系统的所有交易数据。在压测过程中如果不能隔离数据库操作，就会容易污染生产环境的数据，导致线上事故的发生。针对全链路压测，业界常用的隔离数据库操作方案有构造影子库和构造影子表。

◎ 构造影子库：指的是创建一个和生产环境完全一样的数据库，并全量导入生产环境的数据。其优点是在压测过程中不会影响生产库的性能，但缺点是会浪费一部分资源。

◎ 构造影子表：指的是在生产数据库上创建一份表结构完全相同但是表名称不同的新表。其优点是节省资源，缺点是在压测过程中会影响生产数据库的性能。

通过权衡构造影子库和构造影子表方案，我们最终选择的方案是构造影子表，即全量复制一份生产数据库表，并在表名上统一增加前缀"pt_"来表示当前表是影子表，比如"sa_user"对应的影子表是"pt_sa_user"。为实现数据库增强插件，需要创建 SqlExecPlugin 和 SqlExecAdvice 这两个 Java 类。

SqlExecPlugin 插件会指定具体拦截的对象和具体方法，注意，java.sql.Connection 实现类 ConnectionImpl#prepareStatement 有多个名称相同但是参数不同的方法，因此在程序中还需要指定 ElementMatchers.takesArguments(1)参数，表示只增强有一个参数的 prepareStatement 方法。相关代码如下。

```java
public class SqlExecPlugin implements IPlugin {
    @Override
    public String name() {
        return "sql-exec-plugin";
    }

    @Override
    public InterceptPoint[] buildInterceptPoint() {
        return new InterceptPoint[]{
                new InterceptPoint() {
                    @Override
                    public ElementMatcher<TypeDescription> buildTypesMatcher() {
                        return ElementMatchers.isSubTypeOf
                        (java.sql.Connection.class)
                        .and(ElementMatchers.not(ElementMatchers.isInterface()))
                        .and(ElementMatchers.not(ElementMatchers.<TypeDescription>
                        isAbstract())));
                    }

                    @Override
         public ElementMatcher<MethodDescription> buildMethodsMatcher() {
             return ElementMatchers.isMethod()
             .and(ElementMatchers.<MethodDescription>named("prepareStatement")
             .and(ElementMatchers.takesArguments(1))
                    );
                }
            }
        };
    }
```

```
    @Override
    public Class adviceClass() {
        return SqlExecAdvice.class;
    }
}
```

若 SqlExecAdvice 判断当前请求有压测标记，则通过提取 SQL 语句中的所有表，并在表前面增加 "pt_" 标记，把增删改查操作转移到影子表中进行：

```
public class SqlExecAdvice {
    @Advice.OnMethodEnter()
    public static void enter(
                    @Advice.Origin("#t") String className,
                    @Advice.Origin("#m") String methodName,
                    @Advice.AllArguments Object[] allarguments,
                    @Advice.Argument(value = 0, readOnly = false) String sql ){
        try {
        if("pt".equals(LocalContext.getValue())) {
            List<String> tableNames = SqlParseUtil.getTableNames(sql);
            for(String tableName:tableNames) {
                sql= sql.replaceAll(tableName,"pt_"+tableName);// 替换表名
            }
        }
        }catch (Exception ex){ }
    }
```

SqlParseUtil 工具类使用 CCJSqlParserManager 来解析 SQL 语句所涉及的所有表名。SqlParseUtil 的代码如下。

```
public class SqlParseUtil {
    private static CCJSqlParserManager pm = new CCJSqlParserManager();
    public static List<String> getTableNames(String sql) throws Exception {
        TablesNamesFinder tablesNamesFinder = new TablesNamesFinder();
        Statement statement = pm.parse(new StringReader(sql));
        if (statement instanceof Select) {
            return null;
        } else if (statement instanceof Update) {
            return tablesNamesFinder.getTableList((Update)statement);
        } else if (statement instanceof Delete) {
            return tablesNamesFinder.getTableList((Delete) statement);
        } else if (statement instanceof Replace) {
            return null;
```

```
        } else if (statement instanceof Insert) {
            return tablesNamesFinder.getTableList((Insert)statement);
        }
        return null;
    }
}
```

需要注意的是在执行全链路压测的过程中，如果遇到 select 语句，则可以直接查询原始表。只有针对数据库执行 insert、update 或 delete 操作时，才需要在表名前面增加 "pt_" 标记。其目的是将当前操作转移到影子表中进行，以免污染业务数据。

### 6. 实战演练

以上介绍了常用组件的增强方法，接下来介绍如何把这些插件串联起来执行。通过 SPI 方式加载所有的插件，再通过 ByteBuddy 的 AgentBuilder 模式组合所有的插件。如果在链路中涉及对表的操作，需要提前创建影子表。

新创建一个工程，其中包括设置常用中间件的增强方式、自定义插件如何通过 SPI 加载，以及这些插件如何通过 builder 方法串联在一起：

```
- src
  -main
   -com.xxx.agent.plugin.plug
   -com.xxx.agent.plugin.impl
     -resources
       - META-INF
         - services
           - com.xxx.pt.plugin
```

com.xxx.pt.IPlugin 文件的内容如下：

```
com.xxx.agent.plugin.impl.DubboPlugin
com.xxx.agent.plugin.impl.RedisPlugin
com.xxx.agent.plugin.impl.SqlExecPlugin
```

在插件组合的过程中，首先通过 Java 自带的 SPI 机制加载每个插件，再通过 ByteBuddy 的 builder 模式组装所有插件，最终形成链式调用。相关流程代码如下。

```
public class PTAgent {
    public static void premain(String agentArgs, Instrumentation inst) {
        AgentBuilder agentBuilder = new AgentBuilder.Default();
        ServiceLoader<IPlugin> plugins = ServiceLoader.load(IPlugin.class);
```

```
        for (IPlugin plugin : plugins) {
            InterceptPoint[] interceptPoints = plugin.buildInterceptPoint();
            for (InterceptPoint point : interceptPoints) {
            AgentBuilder.Transformer transformer =
            (builder, typeDescription, classLoader, javaModule) -> {
            builder = builder.visit(Advice.to(plugin.adviceClass())
            .on(point.buildMethodsMatcher()));
                return builder;
            };
    agentBuilder = agentBuilder.type(point.buildTypesMatcher())
    .transform(transformer).asDecorator();
    }
    }
    AgentBuilder.Listener listener = new AgentBuilder.Listener() {
    @Override
    public void onDiscovery(String s, ClassLoader classLoader, JavaModule
        javaModule, boolean b) {}
        @Override
        public void onTransformation(TypeDescription typeDescription, ClassLoader
        classLoader, JavaModule javaModule, boolean b, DynamicType dynamicType) {
            ClassWeaveLogUtil.log( dynamicType);// 生成植入后的代码
        }
        @Override
        public void onIgnored(TypeDescription typeDescription, ClassLoader
        classLoader, JavaModule javaModule, boolean b) {
        }
        @Override
        public void onError(String s, ClassLoader classLoader, JavaModule
        javaModule, boolean b, Throwable throwable) {
        }
        @Override
        public void onComplete(String s, ClassLoader classLoader, JavaModule
        javaModule, boolean b) {
        }
    };
    agentBuilder.with(listener).installOn(inst);
    }
}
```

对字节码增强方式的简单理解，就是在原方法处植入一段新的代码，再将原方法和增加了新代码的方法重新编译成新的对象，实现在不修改源码的前提下动态修改原代码的执

行逻辑。但植入后的新代码不方便查看，因此可以使用 ByteBuddy 提供的 onTransformation
方法来动态生成植入的代码，再通过反编译 Class 文件的方法来检测植入的代码是否正确。
因此，需要创建一个生成植入代码的工具类 ClassWeaveLogUtil，用于自动保存那些增加
了植入代码的新对象。相关代码如下。

```
public enum ClassWeaveLogUtil{
    INSTANCE;
    private File classWeaveLog;
    public void log(DynamicType dynamicType) {
        synchronized (INSTANCE) {
            if (classWeaveLog == null) {
                try {
                    classWeaveLog = new File("/home/weave-class-path");
                    if (!classWeaveLog.exists()) {
                        classWeaveLog.mkdir();
                    }
                } catch (Exception e) {
                }
            }
            try {
                dynamicType.saveIn(classWeaveLog);
            } catch (Exception e) {
            }
        }
    }
}
```

　　本节的全链路压测实战演练是入门级的内容。其实，在压测过程中需要注意的问题还
有很多，数据隔离问题也不是通过简单增加前缀就可以解决的。这里只是提供一个思路，
大家可以按照这个思路并结合自己公司的技术储备情况去逐步实施，慢慢摸索并总结出一
套合适的全链路压测方案。全链路压测不是一次性的动作，整个过程都在不断迭代、优化
和改进，需要通过长期的循序渐进的压测来不断发现问题、解决问题、优化系统，这样才
能让系统的稳定性和其他性能都得到质的提升。

# 8.4　生产环境容量预估

　　在新系统准备上线前或平台计划举行一次线上大促活动时，我们需要明白本次上线需
要多少台服务器、对服务器的硬件配置要求有哪些、需要多少网络带宽才能满足业务需求

等一系列关于容量预估的问题。

最大容量，即系统处于最大负载状态或某项指标在达到自身所能接受的最大阈值时对请求的最大处理能力。常见的容量评估指标包括 CPU、内存、数据库存储、文件存储、流量、并发量、带宽等。因为系统的处理能力是有限的，所以只有知道系统的实际容量，才能采取有针对性的措施来保障系统的稳定性，并提高服务等级。服务等级列表如图 8-22 所示。

| 状态描述 | 常用叫法 | 可用性级别 | 年度累计宕机时间 | 平均每天宕机时间 |
|---|---|---|---|---|
| 可用 | 1个9 | 90% | 36.5天 | 2.4小时 |
| 基本可用 | 2个9 | 99% | 87.6小时 | 14分钟 |
| 较高可用 | 3个9 | 99.9% | 8.76小时 | 86秒 |
| 具有故障自恢复能力的可用性 | 4个9 | 99.99% | 52.6分钟 | 8.6秒 |
| 具有极高的可用性 | 5个9 | 99.999% | 5.25分钟 | 0.86秒 |

图 8-22

## 8.4.1 容量预估的参考指标

容量规划的目的是，根据微服务部署集群的最大容量和线上系统实际运行的负荷情况，决定各个微服务是否需要弹性扩容/缩容，以及需要扩容/缩容多少台机器。

### 1. 指标分类

指标通常被分为服务类指标和系统类指标：服务类指标指的是业务处理能力，系统类指标主要指的是服务器本身的处理能力。

服务类指标如表 8-9 所示。

表 8-9　服务类指标

| 分　类 | 指标名称 | 全　称 | 定　义 |
|---|---|---|---|
| 服务类指标 | VU | Virtual User | 并发用户数，在性能测试中一般被称为虚拟用户数 |
| | PV | Page View | 页面点击量。用户的每次刷新都被计算为一次页面点击量，一般以天为单位来统计 |

续表

| 分　类 | 指标名称 | 全　　称 | 定　　义 |
|---|---|---|---|
| 服务类指标 | TPS | Transactions Per Second | 每秒处理的事务数。事务指的是客户端向服务器端发送请求，然后服务器端做出响应的过程 |
| | QPS | Query Per Second | 每秒的查询数 |
| | RT | Response Time | 响应时间 |

系统类指标如表 8-10 所示。

表 8-10　系统类指标

| 分　类 | 指　　标 | 定　　义 |
|---|---|---|
| 系统类指标 | CPU 占用率 | 观察系统当前 CPU 的占用率，一般不超过 60% |
| | 内存占用率 | 观察系统当前内存的占用率，一般不超过 70% |
| | 磁盘 I/O 占用率 | 观察系统当前磁盘的占用率，一般不超过 70% |
| | 网卡带宽 | 观察系统当前带宽的占用率，一般不超过 70% |

### 2. 单机的最大容量

集群的容量评估结果通常都是通过线上实际压测数据得出的。在执行压测时一般选取的压测指标主要有两类，如下所述。

◎ 系统类指标，比如机器的 CPU 占用率、内存占用率、磁盘 I/O 占用率及网卡带宽等。

◎ 服务类指标，比如接口响应的平均耗时、TP99 耗时、错误率。

首先通过线上日志回放等方法，模拟线上流量来对单机进行压测，以获取单机的最大容量；然后通过单机的最大容量推导出集群的最大容量。集群的最大容量=单机的最大容量×集群内的机器数量。在压测过程中，不仅需要观察压测中各种指标的变化情况，还需要关注接口的响应时间。假设接口响应时间的最大阈值为 1 秒，则如果压测时接口的响应时间已超过 1 秒，此时就需要停止压测，当前容量就是单机的最大容量。通过压测结果，还可以获取一些具体指标，如下所述。

◎ 并发量：也被称为并发连接数，一般指单台服务器每秒处理的连接数。平均并发连接数的计算公式是(站点 PV×页面平均衍生连接数)/统计时间，其中，衍生连接指的是在一个 PV 中包括多个后端请求。

◎ 并发用户数：指系统可以同时承载的正常使用系统功能的用户数。与吞吐量相比，并发用户数能更直观地反映系统的性能指标。

◎ 响应时间：指系统对请求做出响应的时间。它完整地记录了整个计算机系统处理请求的时间。假设网络的传输时间为 T1，应用服务器的处理时间为 T2，数据库服务的处理时间为 T3，则响应时间=T1+T2+T3+T4。

◎ 吞吐量：指系统在单位时间内处理请求的数量。从业务角度来看，吞吐量可以通过请求数/秒、页面数/秒、人数/天或处理业务数/时等单位来衡量。从网络角度来看，吞吐量可以用字节/秒来衡量。对于交互式应用来说，吞吐量指标反映的是服务器承受的压力，能够说明系统的负载能力。

## 8.4.2　硬件选型

在微服务架构下，一般会采用虚拟化部署方式或容器化部署方式进行部署，这会涉及资源配比。合理的资源配比不仅能节约资源，还能提升系统的稳定性。

### 1. 虚拟化部署

例如，采用虚拟化方式部署微服务，资源配比方式如下。

◎ 1：1 型配比：CPU 与内存资源是同等比例配置的，常见的有 1 核 1GB、2 核 2GB。此种配比方式一般用于低配机器中，适用于个人网站、官网等小型网站的部署。

◎ 1：2 型配比：CPU 与内存资源的配比为 1：2，适用于绝大部分业务场景的部署（常见的配置有 2 核 4GB 或者 4 核 8GB），此种配比也被认为是黄金比例的配比。需要根据不同的业务类型来选择不同的配置。例如，部署服务使用 Tomcat 作为 Web 容器，因为 Tomcat 是单进程多线程的模式，属于轻量级的应用服务器，并且并发请求数最高到 1000 左右，所以可以根据业务规模选择 2 核 4GB 或者 4 核 8GB。如果再用更高规格的配置，则会造成资源浪费。例如，使用 Nginx 做负载均衡，因为 Nginx 是轻量级的高性能中间件，基于 Epoll 网络 I/O 模型，在高并发场景下对性能的消耗很低，所以根据业务规模，可以选择 2 核 4GB 或者 4 核 8GB 的配置。

◎ 1：4 型配比：比如，2 核 8GB、4 核 16GB、8 核 32GB 等。这类配比的配置偏向大内存，特别适合部署数据库类的应用。数据库属于存储类应用，涉及数据持久化，对 I/O 的性能要求高。大内存可有效提升数据库的缓存性能，并在很大程度上提升数据库的性能。在该配比下硬盘优先采用 SSD 硬盘，这样能有效提高 I/O 特性。

◎ 1：8 型配比：CPU 与内存资源的配比为 1：8，比如 2 核 16GB、4 核 32GB、8 核 64GB。这属于大内存资源占比，适合内存类的应用，比如 Redis 等。

### 2. 容器化部署

假设微服务采用容器化部署方式，则应该尽可能选择高配置的硬件服务器，例如 64 核 128GB 或者 96 核 192GB，而且服务器的数量至少在 2 台以上，以保障工作节点的高可用性。例如，业务方总计需要 1000 核 CPU，如果每台服务器仅有 32 核 CPU，则至少需要 32 个工作节点。如果选择 64 核配置，则只需 16 个工作节点。选择高配置硬件服务器的原因可以归纳为以下几点：

◎　工作节点的数量相对减少，控制节点的负担小，调度性能优。
◎　取镜像器的次数减少，带宽占用减少，提高了容器调度效率。
◎　工作节点的数量减少，剩余碎片资源减少，资源利用率佳。
◎　工作节点的数量减少，降低了运维工作量和成本。

## 8.4.3　容量预估实战

假设平台注册用户数约为 7000 万人，每日的 PV 总数约为 2 亿次，为了增强用户黏性，设计了会员权益功能，平台的注册用户可以在线开通会员，享受各种会员权益，如优惠券、低价秒杀资格、优惠充话费等。此时，架构师经常会被问起会员服务上线需要多少硬件资源和多少带宽。其实这是一种系统容量预估需求，面对这样的需求该如何评估呢？首先，7000 万名注册用户、每天 2 亿次的 PV 都是业务数据，需要先把这些运营数据转换为技术指标，再通过可度量的技术指标来精准估算系统容量。注册用户数和 PV 总数都是已知数据，可以按照注册用户数来换算并发用户数，或者用 PV 总数换算并发数的方法来评估系统容量。

### 1. 容量规划方法论

对于分布式系统架构来说，每个业务系统都由一系列不同的服务提供，每个业务系统都被部署到不同的机器上。容量规划的目的在于，让每一个业务系统均能够清晰地知道什么时候应该增加服务节点，什么时候应该减少服务节点；需要扩充到什么数量级的服务，或者缩减几个实例，既能保证系统的可用性、稳定性，又能节约成本。容量规划虽然没有直接的公式可以套用，但是根据历史容量规划经验，可以总结出一些需要注意的点，主要分为业务流量预估阶段、系统容量评估阶段、系统容量测试阶段、流量分配调整阶段，如下所述。

◎ 业务流量预估阶段：通过分析历史数据及实时的线上监控数据，预估未来某个时间点或某个业务可能会有多少流量冲击。

◎ 系统容量评估阶段：根据具体的业务场景，分析每个业务场景的流量配比，然后计算每个业务系统大概需要多少服务节点来提供可靠、稳定的性能支撑。

◎ 系统容量测试阶段：通过全链路压测或 UAT（User Acceptance Test，用户验收测试）环境的压测来模拟真实的业务场景，确定每个服务节点的具体性能表现，再进行有针对性的调整。

◎ 流量分配调整阶段：根据压测的结果，设定限流、服务降级等系统保护措施，预防当实际流量超过系统所能承受的最大流量时，系统无法提供服务的情况发生。

### 2. 将注册用户数换算为并发用户数

目前平台累计有 7000 万名注册用户，注册用户按活跃程度可分为活跃用户、沉默用户两种类型。在估算并发用户数之前，首先需要把注册用户数换算为活跃用户数，之后再将活跃用户数换算为在线用户数，最终推算出并发用户数。另外，将注册用户数换算为活跃用户数时还需要考虑业务因子，因为业务因子直接影响活跃用户数统计的准确性，所以在进行评估时通常需要关注以下内容。

◎ 新增用户数：平台每天新增的用户数。

◎ 活跃用户数：以日活跃用户数为例，即每天打开 App 的用户数。

◎ 留存率：留存率衡量用户对产品的黏性，也反映一段时期内平台获得新用户的情况，比如次日留存率、7 日留存率、30 日留存率。

根据上述维度来推导，业务因子一般按 2%～10%来计算，那么用户分类计算模型如下。

◎ 注册用户数 × 业务因子（2%~10%）=活跃用户数。

◎ 活跃用户数 × 业务因子（2%~10%）=在线用户数。

◎ 在线用户数 × 业务因子（2%~10%）=并发用户数 ≈ 每秒请求数。

通过用户分类模型，我们按业务因子最高 10%来计算，可以得到各维度用户数如下。

◎ 活跃用户数=70 000 000 × 10%=7 000 000。

◎ 在线用户数=7 000 000 × 10%=700 000。

◎ 并发用户数=700 000 × 10%=70 000。

### 3. 测算应用服务器数量

根据用户分类规则和总注册用户量，推算出每秒请求数约 7 万，但这个 7 万并发用户数是针对平台的级别，而并发针对的是会员模块。通过行业数据和运营转化数据来分析，购买会员的用户数约为活跃用户数的 15%。由此可计算出总会员数，再结合业务因子（按10%计算）估算出在线会员数和并发会员数，相关数据如下。

◎ 会员用户数=7 000 000×15%=1 050 000。

◎ 在线会员数=1 050 000×10%=105 000。

◎ 并发会员数=105 000×10%=10 500。

选择 4 核 CPU 和 8GB 内存服务器来运行会员业务对外的聚合服务。在此硬件配置下，聚合服务的每秒请求数最高约 1000 QPS，那么总计需要服务器：10 500/1000≈11 台。聚合服务会调用原子服务，同样按照 1：1 的配比来配置，那么原子服务需要 11 台服务器运行。但是把历史注册用户转化成付费会员需要一个周期，需要通过强运营手段来持续激活用户并持续转化。通过实践来看，整个过程可以按照 20%、30%、50%、100% 的用户转化比例分 4 个阶段逐步做服务器扩容，而不是一次性地以最大量级来申请资源。阶段划分可以参考表 8-11。

表 8-11　阶段划分

| 阶　　段 | 比　　例 | 聚合服务（服务器台数） | 原子服务（服务器台数） | 总计（服务器台数） |
|---|---|---|---|---|
| 第一阶段 | 20% | 11×0.2≈3 | 11×0.2≈3 | 6 |
| 第二阶段 | 30% | 11×0.3≈4 | 11×0.3≈4 | 8 |
| 第三阶段 | 50% | 11×0.5≈6 | 11×0.5≈6 | 12 |
| 第四阶段 | 100% | 11×1=11 | 11×1=11 | 22 |

### 4. 测算数据库服务器

数据库采用 MySQL 5.7 版本，在不同硬件配置经过压测后的性能指标如表 8-12 所示。

表 8-12　性能指标

| CPU | 内　　存 | 最大连接数 | IOPS | 线 程 数 | QPS | TPS |
|---|---|---|---|---|---|---|
| 1 | 1 | 300 | 600 | 64 | 444.53 | 22.23 |
| 1 | 2 | 600 | 1 000 | 64 | 756.29 | 37.81 |
| 2 | 4 | 1 200 | 2 000 | 64 | 1 596.02 | 79.8 |

续表

| CPU | 内　　存 | 最大连接数 | IOPS | 线　程　数 | QPS | TPS |
|---|---|---|---|---|---|---|
| 2 | 8 | 2 000 | 4 000 | 64 | 3 592.29 | 179.61 |
| 4 | 8 | 2 000 | 5 000 | 64 | 4 500.7 | 225.03 |
| 4 | 16 | 4 000 | 7 000 | 64 | 8 120.82 | 406.04 |
| 8 | 16 | 4 000 | 8 000 | 64 | 9 292.33 | 464.62 |
| 8 | 32 | 8 000 | 12 000 | 64 | 29 854.07 | 1 492.7 |
| 16 | 64 | 16 000 | 14 000 | 64 | 123 677.48 | 6 183.87 |
| 16 | 96 | 24 000 | 16 000 | 64 | 131 773.25 | 6 588.66 |

根据 CPU 和内存配比经验，我们选择 8 核 32GB 的硬件配置，此时 QPS 约达到 29 854，满足并发性能要求。

### 5. 测算缓存服务器

缓存服务器使用 Redis，选择 2 核 16GB，压测指标远大于实际的 10 500 并发会员数，因此，将 2 台缓存服务器做成主从模式即可满足性能要求。

### 6. 测算网络带宽配置

在 App 资源请求中，80%的带宽会被静态资源传输占用。采用 CDN 加速，能够有效降低后端服务器的带宽配置。假设每个请求接口的平均传输数据大小是 10KB，那么在每秒 10 500 并发会员数的情况下，带宽的计算方式如下。

◎ 带宽大小（大 B 单位）=10 500 次/s×10KB/次=105 000KB/s。
◎ 带宽大小（小 b 单位）=105 000KB/s×8=840 000Kb/s。
◎ 带宽大小（Mb/s）=840 000Kb/s/1024（约 820Mb/s）。

假设业务线允许用户等待的最初时间为 2s，则带宽 820Mb/s /2≈410Mb/s。

根据实践经验来看，带宽同样按照 20%、30%、50%、100%的比例来逐步调整，如表 8-13 所示。

表 8-13　调整带宽比例

| 阶　　段 | 比　　例 | 带宽/(Mb/s) |
|---|---|---|
| 第 1 阶段 | 20% | 410×0.2=82 |

续表

| 阶　　段 | 比　　例 | 带宽/(Mb/s) |
|---|---|---|
| 第 2 阶段 | 30% | 410×0.3=123 |
| 第 3 阶段 | 50% | 410×0.5=205 |
| 第 4 阶段 | 100% | 410 |

最后，在新业务上线前进行容量预估是需要基于历史数据来做推算的，目的是把业务数据转化为技术指标。其中较关键的一个因素是业务因子，它决定了容量预估结果的准确性。虽然在一般情况下，业务因子可以按 2%～10%这个区间来推算，但具体而言，需要根据业务的具体形式来推算。比如新闻咨询类 App 用户会高频操作，业务因子可能会超出10%；又如银行类 App 的用户活跃度较低，那么业务因子可能低于 2%。因此，在执行容量预估时需要看具体的业务情况。

9

第 9 章

中台架构设计

　　中台的产生，并非完全是自顶向下的战略设计，也并非是为了追随某种行业风口，而是为了解决随着公司业务的高速发展、组织架构不断膨胀所暴露的种种问题，比如大量功能重复建设、人力资源浪费、各业务线之间存在数据孤岛等问题。

# 9.1　什么是中台

　　软件开发领域有前台和后台的划分，前台是企业与客户进行交互的平台，例如用户可直接访问的企业的网站、App 等都是前台；后台是管理企业核心数据的系统，该系统不会和终端用户直接交互。

　　在前台/后台职责划分后，研发人员各司其职。但是，在实际执行过程中，经常出现前台都在等待后台的接口，引发前台/后台运转效率不同的矛盾。这时可以通过中台提供的通用能力来衔接前台和后台，消除二者在效率上的差异，以达到系统整体上的平衡。因此，中台可将业务中具有共性的业务下沉，形成一个可复用的平台，以达到降低研发成本、提高工作效率的目的，并最终为企业带来收益。

## 9.1.1　研发乱象

　　随着业务平台的上线和业务的快速发展，单独的产品线已经无法满足公司的业务发展需求。公司会针对现有的存量用户开展多元化的业务线，多方位、立体化地满足用户的各种需求，最终提高用户的转化率。与此同时，企业整体进入快速扩大阶段，越来越多的人才加入公司来不断地推动业务创新，并希望以最小的试错成本来验证创新型业务是否符合预期。为此，企业会成立多个事业部来配合各种创新型业务，研发人员则根据事业部的人力资源需求加入具体项目中。因此，各业务线的人数规模快速扩大，各业务线的需求数量也急速增加。各业务线的业务功能出现了如图 9-1 所示的情况。

图 9-1

例如，为了降低用户注册的门槛，提高用户的注册率，需要在现有的 App 上增加微信、QQ 等第三方联合登录功能。假设业务线 A 的开发、联调、测试工作累计耗时 6 天，新功能上线后观察运营报表可发现，用户从下载 App 到完成登录这个过程的转化效果很好。此时，业务线 B、C 也需要增加第三方联合登录功能。如果重新开发，那么每条业务线都需要耗时 6 天。因此，业务线 B、C 采取了通过复制业务线 A 代码的方式来缩短开发周期的策略。随着业务的快速发展，类似的问题暴露得越来越多，面临的问题也越来越多，主要表现在以下几方面。

◎ 各业务线相互独立，没有统一的技术规划，相似的功能都是通过复制代码来实现的，甚至有多个团队同时在做类似的功能。
◎ 研发资源不足，各业务线都缺少研发人员的支持。
◎ 项目开发周期长，涉及开发、测试、上线周期长的问题。为了赶进度，导致研发人员加班现象严重，且工作效率提升并不明显。
◎ 项目开发、测试时间不充分，导致项目上线后质量差，同类问题在多个项目中存在。
◎ 服务器的资源浪费严重，项目成本过高。

上述所列举的问题在一个具备多元化业务的公司中非常普遍，主要是由人数多、沟通不畅、没有总体规划所致。总体来说，其原因可归纳为以下两点。

（1）许多业务需求或功能需求高度类似，通用化程度很高，但由于没有专门的团队负责规划和开发，以致大量系统被重复开发、重复建设，功能复用性低、工作效率低、产研资源浪费、用户体验不统一。

（2）在早期的业务发展过程中，为了解决当时的业务问题，垂直的、个性化的业务逻辑与基础系统耦合得太深。另外，由于没有平台性质的规划，横向系统之间、上下游系统之间的交叉逻辑也很多。以上这些问题导致了在新业务、新市场的拓展过程中，系统无法直接复用，甚至无法快速迭代。

## 9.1.2  中台的定义

业界比较认可的中台的定义如下：中台是企业级能力复用平台，其利用互联网技术及行业特性，将企业的核心能力以共享服务的形式进行沉淀，形成"大中台、小前台"的组织架构和业务机制，加快企业开发新业务的交付速度，降低企业在业务创新过程中的试错成本。在该定义中需要关注以下关键点。

◎ 企业级：定义了中台服务的范围是企业级，而单体架构或微服务架构都是项目级的。

◎ 能力：定义了中台主要承载的对象是业务的某种能力，而不是具体的业务逻辑。

◎ 复用：定义了中台的核心价值是，在企业范围内的能力可以被其他业务线复用。在传统的平台化过程中并没有足够关注功能、复用性和前台用户体验。中台的提出和兴起，让人们从可复用性的角度将目光从平台的内部设计，转到平台对前台业务的支撑上。

那么，中台到底能给企业带来怎样的效益呢？我们针对因业务线快速扩张导致的研发乱象问题，引入中台的概念，强调能力复用而不是代码复用，把有共性的需求下沉到中台，把个性化的需求交由前台业务完成，同时把各业务线都需要的基础设施资源交由技术中台统一提供，从而解决资源不足、项目质量差、周期长、成本高的问题。如图 9-2 所示，通过梳理现有业务线的共性需求，再结合公司的战略目标，把用户中心、商品中心、订单中心、支付中心、评价中心从各业务线中剥离，下沉到业务中台，由业务中台团队统一提供服务。为此重新规划了前台业务、业务中台和技术中台的职责，相关职责划分如下。

◎ 前台业务：与用户直接接触，主要包括与业务相关的逻辑及个性化的定制需求，无须考虑通用性，满足业务要求即可。

◎ 业务中台：把各业务线中具备共性的功能，通过抽象方法、剔除业务逻辑等步骤形成通用能力，再通过标准化的接口对前台业务提供服务。

◎ 技术中台：提供基础的技术支撑能力。

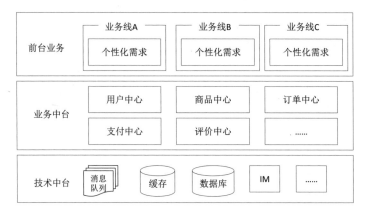

图 9-2

### 9.1.3　中台的分类

不同的岗位、视角对中台的认知和诉求各不相同，下面分别按业务中台、数据中台、技术中台的分类来看中台到底能给企业带来什么。

◎ 业务中台：将企业的核心能力以数字化形式沉淀为各种类型的服务中心，常见的有商品中心、订单中心、会员中心等。比如一家电商类型的公司，客户信息管理、商品信息管理、物流信息管理、支付功能都是各业务线的公共需求。业务中台可将这些公共需求组合成统一的服务中心，供各条业务线使用，尽量避免重复造"轮子"，以使人力资源的利用率最大化。因此，业务中台的最终目标是"构建企业共享服务中心"。

◎ 数据中台：通过数据技术对海量数据进行采集、计算、存储、加工，同时统一字段命名标准和数据统计口径。当数据类型及统计方式统一之后，自然会形成标准数据，再进行存储，形成大数据资产层，进而为客户提供高效的服务。

◎ 技术中台：通常是底层的基础服务，核心工作是面向研发团队提供底层技术服务。底层技术包括安全认证、权限管理、流程引擎、通知、数据存储、缓存等。这些组件或技术通常与业务的关联度不高，属于每个应用都需要使用的基础能力。

业务中台、数据中台及技术中台之间的关系如图 9-3 所示。首先，技术中台是企业数字化的基石，所有业务都运行在技术中台上，由技术中台提供技术支持；其次，业务线源源不断地向业务中台输出业务数据，业务中台把业务实时在线的交易数据进行统一记录和存储，以达到业务数据化的标准；最后，数据中台对业务中台沉淀的数据进行提取、二次加工，制定数据标准及算法，产出分析型数据来服务于业务线，以达到数据的业务化，最终形成业务闭环。

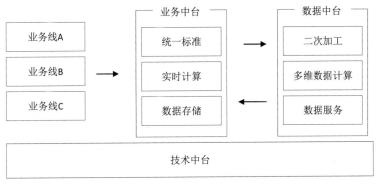

图 9-3

## 9.1.4　企业是否需要中台

中台的优势是将通用的、共性的模块下沉到中台，以各种形式的能力对外输出。当有创新型项目启动或现有产品线迭代升级时，可以复用中台的现有能力，快速推动业务上线。然而，建设中台是需要消耗大量人力、物力和财力的，那么是不是所有企业都需要中台，或者说到底哪些企业需要中台？我们通过以下几点来衡量，如果企业符合以下几种情况，那么可以考虑建设中台，通过中台来调整组织架构，加速业务的发展，以便更快地实现企业的战略目标。

◎ 企业的战略目标：企业的战略目标必须是聚焦并深耕行业，因为中台的核心点是企业级能力复用，如果未来的业务目标和当前聚焦点不一致，建设成的中台就无法发挥作用。

◎ 企业的发展阶段：企业处于高速发展阶段，已经开展了多元化的复杂业务，在核心业务上发展得较成熟且产生了一定规模的价值，在业务开展过程中也有一定量的资产积累（如用户数据、业务流程、运营模式等）。后续计划拓展新的业务线，希望将成功经验复制到这些新业务线中。

◎ 烟囱式系统多：内部系统大量重复建设，缺乏业务核心的固化沉淀，系统和系统之间相互割裂，形成数据孤岛，端到端无法实时协同。

◎ 前端需求冲突：企业的前端业务需要不断响应用户的需求，需要持续创新、快速迭代；与此同时，其与后端支撑系统的冲突也在日益加剧。

## 9.1.5　中台对企业的价值

中台能有效地缩短新业务快速落地的时间，其通用能力也能有效降低业务线的试错成本。对企业的价值可概括为以下几方面。

◎ 激发创新：让企业通过对核心能力的沉淀，找到快速创新的机会，快速上线新业务，降低试错成本。

◎ 高效协同：中台侧重的是跨部门、跨团队的深入合作，可激活组织创新。

◎ 业务在线：服务中心化的构建打破了烟囱式的 IT 架构，实现了核心数据的实时在线，数据格式统一。

◎ 人员提升：业务沉淀中台提升了 IT 人员的能力、业务运营效率及全局意识，使其成为既懂业务又懂技术的核心战略人才。

◎ 提升营销效率：数据资产化，全渠道下沉，打通各业务线数据，补全客户画像，提升精准营销效率。

◎ 智能商业：实现业务数据化及数据业务化的闭环模式，构建商业智能的基础。

## 9.2　业务中台的搭建步骤

各家企业的业务形态与内部的组织架构都是不相同的，这也造成了每家企业对中台的需求不尽相同。例如，一家快速成长的企业需要快速搭建业务中台，会涉及人员、流程和制度这几方面：①人员——必须有能够为项目拍板的一把手加入，同时配备专职产品经理、研发人员；②流程——中台的立项、需求变更、版本发布等都需要完善的流程；③制度——建立中台项目成员必须遵循的制度，如业务线双向汇报制度等。

## 9.2.1　高管的介入决定成败

在一般企业的 IT 组织架构中，通常包括产品部门、研发部门、测试部门和运维部门。在产品部门中，产品经理独立负责相关产品；技术人员、测试人员属于公共资源；技术部门的负责人通常根据当前的人力资源情况及项目自身因素，合理分配研发人员进入对应的产品线。虽然从表面来看人力资源得到了充分利用，然而在实际研发过程中，没有一个团队会思考哪些功能可以抽象、归纳成公共部分。产品线的目标是保障项目按时上线。因此，各产品线在研发过程中可能重复"造轮子"，产品线相互孤立，最终形成数据孤岛。

创建中台项目的一个重要因素是，可减少大量的重复性建设工作。在此，可建立项目评审流程和技术评审机制，在评审阶段把共性需求提取出来，抽象为企业模型并下沉到中台，以减少后续的重复性建设工作。因此，在中台业务的建设过程中必须调整组织架构，为各业务线配备专职开发人员和测试人员，同时协调各业务线的人力资源，要求各个部门主动配合中台建设。在这个过程中，从需求阶段就得从现有需求中剥离出共性的需求，在开发阶段还会涉及中台接入、业务线联调、测试及上线流程，并且还要配合后续因中台升级而导致的业务线被动升级等工作。如果没有高管的介入和推动，那么这些任务很难推进和落地。因此，高管是否介入决定了中台的成败，因为在中台建设过程中会涉及组织架构变更，要求专人专职，同时要确定双线汇报关系，以免重复建设。

### 1. 组织架构的变更

许多公司在创业初期为了便于管理，会按职能划分部门，同时按产品（项目）划分小组，形成矩阵式管理。其中的职能部门是固定的组织，项目小组则是临时的组织，在完成任务之后，项目小组就自动解散，其成员回归原部门工作。这种管理方式可用来解决公司早期人力不足的问题。然而，在这种模式下，研发部门和测试部门都以部门为整体支持各业务线，支持不同的业务线时并没有指定具体的负责人员。因此，这两个部门的人员都可以随时更换所支撑的项目，以实现对人员的灵活调配，保证两个部门的公共人员始终处于满负荷的工作状态。此时，公司的组织架构如图 9-4 所示。

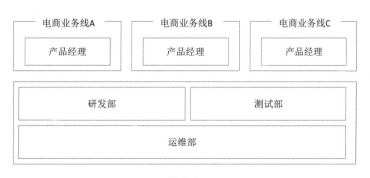

图 9-4

然而，伴随着用户量的增长，业务需求方的需求迭代频率会加快，会出现每周一次发布新版本的情况，各条业务线也会不断地向研发部门和测试部门提出人力资源要求。这就导致开发人员和测试人员在不同的项目上频繁切换。虽然大部分需求都有类似的业务应用场景，但由于缺乏全局统一规划，为了赶进度，研发人员通过复制、粘贴其他项目或者功能的代码来加速项目的研发，以致功能重复开发。另外，频繁切换项目会大大增加人员重新认知的时间成本，导致项目开发质量差、测试进度缓慢。

此时，管理层应该重新调整组织架构，将职能部门重新划归到各条业务线中，让业务线拥有一个完整的产品、开发、测试团队，同时组建中台部门并任命中台产品经理。调整后的组织架构如图 9-5 所示，通过明确业务线研发人员与中台研发人员的分工，将原来通用的公共模块下沉给中台研发人员来研发，由中台提供标准的输入接口和输出接口，避免重复开发；而业务线的研发人员只需响应一线客户的需求，最终实现业务目标。

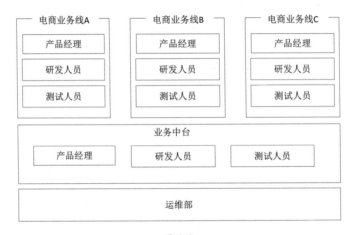

图 9-5

## 2. 双线汇报关系

通过组织架构的调整，中台产品线、业务线都有独立的产品研发团队。为了不让中台研发人员与各条业务线的研发人员再次相互隔离，企业高层要求公司内部的各条业务线都必须与中台建设团队建立起一个高效沟通机制，确保业务线人员提出的高频、共性需求能被及时发现并放入中台需求池，并通过不断更新中台的版本来逐步提高中台所具备的能力，避免因中台团队不满足业务线需求及业务线和中台团队之间的隔离，再次导致重复"造轮子"事件。对此，高层需要重新定义业务线的汇报机制，采用双线汇报方式，即一条实线是按原方式汇报给上级部门的，另一条虚线是汇报给中台业务线的，汇报的内容包括业务线的需求内容、需求评审计划、版本计划、后续的业务发展方向等。同时，业务线进行需求评审时，对于可能存在共性的需求，中台产品经理必须介入，主要目的是把共性需求或中台已经具备的能力，从业务线需求中剥离出来，全部接入中台。

## 9.2.2　独立中台的产品经理

业务线产品经理的职责是为达成企业的某一目标，充分挖掘用户的潜在需求，收集运营需求并组成项目方案，关注单个产品线的运营情况及营收情况。而中台产品经理负责中台业务范围，定义并确定项目演进方向，关注企业级的共性需求。当企业有中台诉求时，肯定有多条业务线在运行，而且需求迭代非常频繁、营收压力非常大，企业希望新的运营方案或功能尽快上线。当中台产品经理面对已经上线运行的多条业务线时，应该如何提取共性需求，将共性需求再进行抽象、归纳，最后下沉到中台并形成通用能力呢？可参考如下流程。

### 1. 整理企业全量业务功能

首先，中台产品经理需要梳理在线运行的现有业务线功能模块列表，形成一份企业全量业务功能清单。然后，依据企业的全量功能列表进行业务抽象化，最终形成通用功能。另外，在关注通用功能下沉到中台并成为通用能力前，还需要重点关注业务在商业上的横向拓展性；同时，通用能力得具备一定的业务前瞻性，要梳理未来还可能有哪些业务场景。如表9-1所示，在业务功能的梳理过程中发现，自营电商业务线和第三方商家入驻业务线中有多个功能的重合度非常高，已经到了必须整合的阶段。

表9-1　企业全量业务功能列表

| 业 务 线 | 功能清单 |
|---|---|
| 自营电商<br>业务线 | 用户管理 |
| | 商品管理 |
| | 订单管理 |
| | 营销管理 |
| | 会员模块 |
| 第三方商家<br>入驻业务线 | 用户管理 |
| | 商品管理 |
| | 订单管理 |
| | 营销管理 |
| | 店铺管理 |

中台产品经理根据各业务线的需求及原始功能特点，把一些核心的且存在重复建设的功能从现有业务线中剥离，将重复的功能抽象为企业级共享服务下沉到业务中台，统一由业务中台提供该服务。后续的其他业务线所提的需求若涉及类似中台的已有功能，则在需求讨论阶段必须有中台产品经理参与需求讨论会，并确认当前需求是个性需求还是共性需求。

### 2. 企业级数据模型的搭建

中台业务数据抽象以企业级数据模型为标准，核心点是共性和通用，而不以产品线或者项目个性化需求为标准。这里所说的企业级数据模型是用实体、属性及其关系，对在企业运营和管理过程中涉及的所有业务概念和逻辑规则进行统一定义、命名和编码的，以避免对同一业务因定义不同而导致大家的理解存在差异。比如，以付费用户的命名方式为例，有的业务线默认用户注册了就是会员，会员可通过付费方式升级为 VIP 用户；有的业务线却认为用户付费之后才能成为会员。总之，不同业务线对会员概念的理解存在很大的差异。搭建企业级数据模型就是为了统一标准，消除各业务线因标准不一致而导致的理解上的偏差。

在中台初期落地时，会出现各业务线数据不对齐的情况。以用户中心为例，任何业务线都涉及用户的注册、登录及个人资料的完善。表 9-2 列举了电商业务线和金融业务线存储用户属性的需求。

表 9-2　电商业务线和金融业务线存储用户属性的需求

| 业务线名称 | 用户属性 |
| --- | --- |
| 电商业务线 | 姓名、用户昵称、手机号码、身份证号码、收货地址、电子邮件、个人主页、个人头像 |
| 金融业务线 | 姓名、手机号码、身份证号码、婚姻状况、居住地址、职业类型、所属公司 |

在构建企业级数据模型时，我们通过分析和对比电商业务线、金融业务线中用户的属性资料，把姓名、手机号码、身份证号码、收货地址、居住地址这些用户资料下沉到业务中台，由业务中台统一提供存储、查询、编辑能力，并为每个用户都提供一个全局唯一的 UID，以识别用户。

然而，当电商业务线根据中台提供的接口标准接入中台时，却发现用户资料中的电子邮件、个人主页、个人头像等无法保存，要求中台增加这几个元素；当金融业务线接入中台时发现，用户资料中的所属公司无法保存，又要求中台加入所属公司的元素。这些都是在业务中台落地的过程中经常出现的问题。实际上，中台的本质在于重构，重构是为了可复用，复用的核心是提高效率。显然，电子邮件、个人主页、个人头像、所属公司等字段都属于个性化需求，不应纳入中台数据模型。为此，可以把数据存储、抽象为通用属性+个性化属性，通用属性由中台负责存储，个性化属性由前台业务线负责存储。最终落地的用户中心方案如图 9-6 所示。

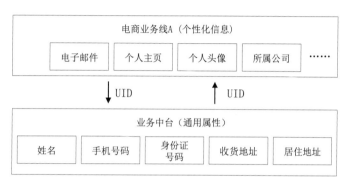

图 9-6

此时对于前台业务来说，当需要用户模块时，只需接入中台的用户中心，并在中台的用户中心数据基础上根据自己的业务来扩充数据字段，就可以完成用户服务的搭建。

### 3. 划分需求优先级

在业务中台的研发过程中，产品人员、研发人员的资源是有限的，然而各业务方的需求是源源不断的。当有多条业务线同时向中台提出需求时，如何做到既不影响业务线的利益，又能满足业务线的迭代需求呢？一般需要根据业务线的优先级和需求重要程度来考虑整体的需求排期及功能开发优先级。

（1）按业务线的优先级进行划分：①需要对中台所服务的业务线进行梯队划分，确定响应优先级，保证中台团队可以为核心业务线赋能。②面对众多的业务线需求，以业务线优先为原则，核心业务线的需求优先级高于非核心业务线的需求优先级。③根据需求的共性程度来划分。如果非核心业务线的需求共性程度较高，那么可以通过对需求进行扩展来满足多条业务线的需求。划分后的流程如图 9-7 所示。我们把业务线划分为三个梯队，如下所述。

◎ 第一梯队业务线的特征是用户规模大、用户活跃度高而且转化率较高。这种业务线一般属于公司的核心产品，能给公司带来较可观的利润。显然，对这种业务线的需求应当优先满足。

◎ 第二梯队业务线的特征是用户量适中，但活跃度一般，需要持续通过运营手段来提高用户活跃度，提高用户转化率。对这种业务线所提的需求需要重点关注和引导，在人力资源条件允许的情况下可以做相关共性需求开发。

◎ 第三梯队业务线中的业务属于创新型业务，处于孵化期，市场情况不明朗，需求变化非常频繁。面对第三梯队业务线，管理层要求该业务线主动接入中台，尽可能复用中台的能力，减少研发资源的投入，对其所提出的新需求做记录即可。

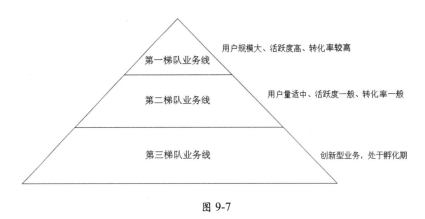

图 9-7

（2）按需求的重要程度进行划分，如下所述。

◎ 核心功能：将用户活跃度高、留存率高及可提升转化率的功能，重点考虑纳入中台建设中。因为这些功能是经过市场验证的，能给公司带来利益的。因此，可将这些功能下沉到中台后形成企业的能力，为其他业务线复用核心能力做准备。

◎ 基础功能：将复用度高、活跃度一般的功能经过抽象后纳入中台建设中。这些功能可被大部分业务线复用，有利于新业务快速迭代、上线。

◎ 个性化功能：一般是前台因业务需要，根据自身的业务特点量身定制的功能。该功能的通用性不强，暂不考虑纳入中台。

### 4. 建设模式选择

企业在准备建设中台时，说明已经有多条业务线在线上运行，而且各业务线的需求也被频繁提出。那么，在建设中台的过程中如何既能满足不断增加的业务需求，又能抽象和归纳共性需求并下沉到中台呢？根据经验来看，我们在选择中台建设模式时可以选择分步替换式建设模式或者完整式建设模式。

◎ 分步替换式建设模式：指对企业内所有业务系统的功能进行全局梳理，识别出那些可以被抽象成通用功能的模块，将这些模块从原有系统中剥离，由中台人员按企业级数据模型的标准进行开发，然后逐个系统地进行替换，最终将所有业务线都实现中台化。这种建设模式的优点是可以不断根据业务的需要进行抽象，其替换风险较小；缺点是整个业务中台的建设周期较长。

◎ 完整式建设模式：指企业单独开始建设业务中台时，先保留原有的业务系统并使其正常运行；再单独启动一个新的项目，逐步沉淀原业务系统中的代码与成熟业务；在完成中台建设以后，保持前台业务不变，将中台作为一个新系统嵌入原有的 IT 架构中，并让原来的前台业务与后台的接口调用关系逐步由中台接替，以实现对整个 IT 系统的改造。这种建设模式的优点是一切从零开始建设，中台研发人员可以快速完成代码的编写工作，而无须梳理其他业务代码；缺点是需要单独用一套系统从零翻新公司的所有项目，并从零理解历史项目需求，其建设成本较高，风险也较大。

## 9.2.3　独立中台的技术团队

在建设中台团队时，不仅仅需要独立的产品经理，而且中台研发团队也必须有独立的编制，这些研发人员最好能从现有业务线中划分过来专门负责中台项目的具体研发工作。在人员的选择和分配上需要关注以下 4 点。

### 1. 杜绝兼职的中台人员

不少企业在中台项目建设过程中发现中台的投入成本较大，短期内又看不到期望的效果。因此，很多公司的中台研发人员没有正式编制，往往由某业务线部门的员工兼任。其在业务线正常迭代的同时，还需要兼顾中台需求迭代的开发。兼职的中台团队成员对需求进行抽象建模时，可能仍习惯按照自己熟悉的产品线思路去建模。这会导致交付后的中台能力不仅不具备复用性，而且交付工期和质量也都无法得到保障。

### 2. 杜绝"拼装"的中台人员

中台技术团队找业务线要人时，业务线派出的人员可能是对业务不熟悉的人员。虽然中台的产品、研发人员都已到位，但是已到位的人员对业务的理解程度及技术水平可能不能满足中台对人员能力的要求。这导致中台技术团队和业务线对接时，发现中台的某些能力并不能满足业务需求，甚至引发了接口响应慢、程序异常、服务宕机等一系列技术问题。

### 3. 专职的独立研发团队

中台的核心价值是将各业务线有共性需求的核心业务功能下沉到中台，成为可复用的能力，使其他业务线能快速复用。中台对稳定性要求高，同时有可扩展、低延时、高响应的特性，需要高管去协调各条业务线，让各条业务线主动配合且愿意适当地放弃部门利益去支持中台建设，包括把核心开发人员及产品经理转到中台产品线。若中台产品经理是从原核心业务线转岗的，则其关注点只是从原来的单独产品线转变为全局业务线，这样不会因原业务线的核心业务下沉至中台而使业务线模式有较大变化，而且还能快速推进中台建设。另外，若中台开发人员是由原业务线专职开发人员组成的，则其不仅能规避之前开发过程中的各种问题，还能提出相对具体的优化方案。

### 4. 微服务化的改造

架构的微服务化是中台建设的基础工作，建成后的业务中台也是以服务方式为各业务线提供服务的。实际上，存在部分业务在初期以单体架构方式快速上线、快速试错，在高频率需求迭代后逐步变成核心业务的现象。这类产品线在面临核心业务剥离并且接入中台时，首先需要组织团队完成业务的微服务化改造，并根据中台定义的输入和输出来集成下沉后的核心业务。

## 9.2.4　需求边界管理

中台的需求大部分来源于业务线，因此在做需求评审时经常会遇到类似的场景化需求和前瞻性需求。中台产品在日常的迭代过程中，如何确定哪些需求属于中台建设范围，哪些需求属于业务建设范围，以免中台成为业务的外包部门呢？为避免此类问题的出现，首先需要了解什么是场景化需求和前瞻性需求。相关定义如下。

◎ 场景化需求：指业务线特定场景中一些非常个性化的流程需求。这些需求的确可以提高现有业务线的日活数（或称为日活跃用户数、日活用户数）及转化率，却与业务中台的核心定位相冲突。

◎ 前瞻性需求：指在业务线中提出的一些试错类、验证类等具有前瞻性的需求。这些需求可能在后期对公司的长远发展有较大帮助，却与中台的本质有冲突。

为避免将中台做成项目，中台的需求范围界定很重要。那么，到底哪种类型的需求需要放入中台呢？实际上具体评判标准需要参考中台的定义：中台是企业级能力复用平台。因此，在做需求评审时重点关注以下 3 方面。

（1）复用化：面对业务线提出的新功能需求，剥离需求中某个具体的业务模块原有的描述信息，保留数据信息，使其变成一个可复用的模块并与具体业务没有任何关系。例如，在用户下单过程中会涉及：①订单信息，包括商品名称、价格、购买数量、收货地址、送货时间等；②描述信息，包括终端设备型号、App 版本、转化方式（如搜索结果、系统推荐、站外广告）等，因此在下单过程中下沉到中台后，仅保留数据信息，而剔除描述信息。

（2）接口化：对剥离出来的模块进行接口化设计，包括约定输入字段及处理完成后的输出字段，所有输入、输出字段全局统一。例如，手机号码字段在各业务线的命名格式不同，有 mobilePhone、phone 等，格式类型有字符串型、数字型，接入中台后，输入、输出字段被统一定义为 mobiePhone，格式类型为字符串型。

（3）能力化：已完成接口化的功能需要与原业务需求进行对接，确认是否满足业务需求。最终，业务线全都正常接入。

## 9.2.5　业务中台的架构设计

业务中台与业务系统在架构设计上有本质的区别：业务中台在架构设计上需要结合系统的整体规划，涉及的范围是企业内部的每个业务系统；业务系统在架构设计上只要满足业务的增长诉求即可。因此，业务中台在架构设计时需要遵循"纵向拆分、横向分层"的思路。

◎ 纵向拆分：指在纵向维度上按业务领域进行拆分，形成"高内聚、低耦合"的能力服务中心。例如，将企业内的业务系统按商品维度拆分成商品中心，按订单维度拆分成订单中心，每个能力服务中心分别支撑对应的业务线。

◎ 横向分层：指将业务中台与具体的业务应用隔离，根据业务领域与上层应用的关系进行模块分层，如接口层、聚合层、存储层等，并通过微服务架构的方式组合各业务领域，形成中台的服务共享思维。

由于业务中台提供了抽象后的通用业务能力，因此在业务中台架构设计的过程中，我们重点关注数据模型、业务能力、业务规则这三部分。

◎ 数据模型：指用实体、属性及其关系，对在企业运营和管理过程中涉及的所有业务概念和逻辑规则，进行统一定义、命名和编码。例如，客户信息、订单信息、商品信息、店铺信息都可被归纳为数据模型。在确定好数据模型后，输入、输出数据就可以被标准化处理，避免因定义不一样而产生歧义。

◎ 业务能力：可理解为对数据模型的操作，将对数据模型的操作抽象成相应的能力。例如在金融行业，客户信息的录入能力如下：保存客户填写的基本信息、身份证的正反面照片及人脸核身信息。

◎ 业务规则：中台产品经理将共性需求或重复建设的功能进行抽象，在形成通用能力前，需要再对业务功能进行业务逻辑定义。例如，金融用户首先要完成基本资料的填写，然后执行身份证 ORC 扫描，最后再执行人脸核身。只有这 3 步全部完成后，该用户才能被定义为有效用户。

业务线在接入中台前的首要问题，是业务线的产品经理如何了解中台有哪些能力。虽然中台的各能力中心在设计、开发阶段都会提供 API 列表，但 API 列表只局限于开发人员在具体开发过程中使用，业务线的产品经理也许不甚了解。实际上，在业务线准备对接业务中台的前期，业务产品经理会先了解中台目前具备的能力，之后结合业务需求来对接相关能力。因此，中台不仅需要提供能力说明，还需要提供一份能力对应的需求说明，包括对应的领域、使用场景、API 描述、接口字段说明等内容的结构化需求文档。这样，业务线的产品经理通过业务线的原始需求可快速匹配可用的业务场景。对于不匹配或不满足的场景，则可以通过提需求的方式提交给中台产品经理来协调处理。

## 9.3 业务中台实战

当一条业务线的用户规模达到千万级时，我们不仅需要关注该业务线的用户增长情况，还需要关注如何提高用户的黏性，整个团队都需要考虑如何提升用户的产品使用体验。在互联网经济模式下，"二八定律"仍然有效。通过分析现有产品线的收入情况，我们发现 80%的利润是由 20%的高价值用户贡献的，而且引导高价值用户重复消费，会降低二次营销的费用。因此，用户会员体系成为一种较流行的商业模式。在各大互联网平台如雨后春笋般出现之际，用户会员体系的搭建目的是让用户更好地使用产品，最大化地挖掘用户价值。在项目的初期阶段，我们在金融平台上搭建了会员体系，用户在付款购买相应等级的会员卡后，就可以升级为付费会员，享受付费会员的各种权益。在会员体系上线后，通过报表分析，发现老用户成为付费会员的转化率较高，而且其活跃度和贡献值相比于历史数据均有大幅度提升。

在业务梳理的过程中，我们发现会员体系不仅符合公司的战略目标，也符合中台的建设要求。经过讨论，中台产品经理决定把会员体系纳入中台建设范围内，方便其他业务线快速搭建会员体系。金融平台搭载的会员权益较简单。会员权益模型如图 9-8 所示。

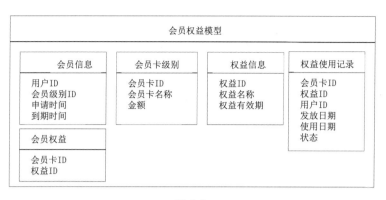

图 9-8

金融平台的会员权益模型包括会员信息、会员卡级别、权益信息、会员权益、权益使用记录等。用户如果购买了相应级别的会员卡（如银卡、金卡、钻石卡），就能获取相应的权益，并在平台上行使自己的权益。例如，每月享受一次话费充值 9.5 折的优惠、1 元购物等。因此，可以计算出假设一个新的业务系统要完成上述会员权益模型，需要做的功能研发工作，如下所述。

◎ 会员体系开发：按需求完成会员信息、会员卡级别、权益使用规则、权益使用记录等模块的开发。
◎ 支付对接通道：用户购买会员卡时可通过微信、支付宝付款，因此需要对接支付通道。
◎ 供应商接入：会员的各种权益发放均需要对接外部供应商，需要做 API 对接。
◎ 定时任务：定时任务查询状态已到期的会员，修改到期的会员状态为已过期。
◎ 报表统计：统计会员付费、权益使用等信息。

在单业务线场景下，这种会员权益模式虽然能满足业务需求，但不具备通用性。例如，电商业务线要求用户的消费次数达到某值，即可免费升级为会员；信用卡业务线要求用户邀请的办卡人数达到某数值，就自动升级为会员。但是，目前的付费购买会员模式并不能满足电商业务线及信用卡业务线的需求。虽然会员付费购买模式在金融业务线验证通过，但金融业务线的会员体系并不能直接下沉到中台并转变成会员权益中心，而是需要基于现有的业务模型及后续的业务发展做适当扩展，使其具备通用性和可扩展性。

## 9.3.1 需求分析

通过分析目前主流的互联网产品，我们可以发现会员赢利的价值点的主要来源可以分为两类：①用户直接投入的金钱购买价值。例如，用户直接付费购买对应级别的会员，享受该级别会员对应的权益；②通过延长使用时间来交换价值，如拉人助力模式或邀请新用户注册。一旦达到平台设定的目标，平台会免费赠送会员服务或发放相关抵扣券。因此，在会员模型中可以参考交易流水或使用时长，将其作为判断用户价值的标准。

### 1. 抽象会员升级模型

目前，互联网平台在会员体系中主流的会员升级模式包括以下 4 种。因此，在设计中台时需要同时支持这 4 种模式。具体使用哪种模式，由具体的业务线指定。

◎ 体验模式：用户零门槛成为试用会员，享受会员的基础权益。其优点是提高了用户的活跃度和参与度，让用户直接体验会员的权益；缺点是若体验会员权益不足以吸引人，则会员转化效果较差。

◎ 付费升级模式：通过购买相应级别的会员卡来直接进行会员升级。这也是最常见的会员模式。其优点是规则简单，能直接创造收益；缺点是成为会员有一定的门槛，如果会员权益没有足够大的吸引力，则会导致会员转化效果较差。

◎ 消费升级模式：通过设置消费额度，鼓励用户在平台上积极消费。若用户在某一时间段内的累计消费金额达到设定的额度，则自动升级为会员。其优点是刺激用户消费，而且会员门槛较低，无须通过额外花钱购买的方式成为会员；缺点是升级需要一定的消费过程，权益的诱惑力低，没有直接的收益。

◎ 行为升级模式：即用户在平台进行了特定的操作之后，达到平台设定的要求，例如，邀请 5 个好友助力，即可自动升级为会员。其优点是提高了用户的活跃度和参与度，让用户完成任务来换取会员升级；缺点是没有直接的收益，规则较复杂，需要消耗较大的运营成本。

### 2. 权益模型

在设计会员权益模型前，还需要对注册的用户进行分层。用户分层是会员体系的基础，可先利用分层来确定高价值用户，再针对不同分层的用户设计不同的权益模型。例如，高价值用户本身就很活跃，如果会员权益仅包括运费券、5 元话费优惠券等，那么这个会员体系就无法触达用户并进行转化。因此会员权益的吸引力，直接决定了用户是否有意愿转化为付费会员。其中涉及权益物料的管理、第三方供应商的对接、权益的发放形式等。因此，在设计时把权益设计为权益池，分为站内权益和站外权益，由业务方根据业务配置的会员级别，自主在权益池中根据会员级别选择相关权益。

◎ 站内权益：由业务系统自身提供权益服务，比如每月定期送优惠券、每月享受一次话费充值折扣、站内 1 元购物、参与秒杀资格等。

◎ 站外权益：和各大视频平台、购物平台、旅游平台、外卖平台联合发放权益数据，用户需要登录第三方平台来享受对应的权益。站外权益需要由中台和第三方供应商完成技术对接。

### 3. 权益规则

权益规则指的是，会员使用对应的权益必须具备某种条件。例如，话费充值满减券，可以设置充值金额必须大于 100 元才可使用。因此，在设计时，把权益规则抽象为条件规则和通用规则两类。

◎ 条件规则：指明确使用权益的一些基本前提，例如，对于优惠券，用户必须消费满多少元才可用，或者优惠券仅支持虚拟物品等。判断权益使用条件因为涉及业务系统的内部逻辑处理，所以由业务系统处理；而权益核销由中台处理。

◎ 通用规则：指对外展示的标准，包括权益文案、可用时间、权益说明等。

### 4. 会员续费

会员续费的方式如下。

◎ 单次付费：单次付费并成为会员，到期后暂停会员权益。

◎ 连续包月：付款后成为连续包月会员，到期后会自动扣费。若扣款成功，则自动续费并成为会员。

### 5. 会员营销

会员营销包括会员到期前的自动续费、自动提醒续费，以及未续费会员的邀请和转化。

## 9.3.2　架构实现

根据上述业务需求，我们把会员身份验证、权益兑换、会员信息查询、会员购买及批量购买会员的功能抽象为服务接口发布到注册中心，由具体的业务聚合层实现。如果涉及业务线的个性化需求（比如，如果连续签到一周，就送体验会员资格，会员可自定义头像、背景色等），则由对应的业务线实现，将相关数据保留在业务线的数据库中。会员体系的业务架构如图 9-9 所示。

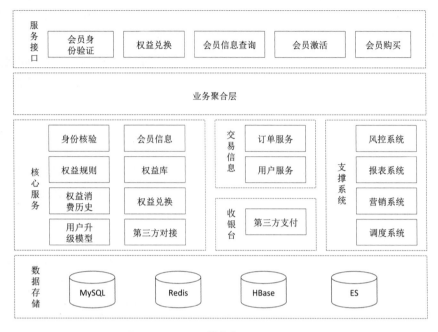

图 9-9

对会员权益中心的整体架构说明如下。

◎ 服务接口：把会员中心所具备的所有能力暴露给业务调用方。

◎ 业务聚合层：组装实现业务接口需要依赖的原子服务信息。

◎ 核心服务：由一系列原子服务组成，实现具体的会员业务信息。

◎ 交易信息：订阅订单服务、用户服务的数据变更事件，以支持多种会员升级方案。

◎ 支撑系统：风控系统完成对用户的身份识别，判定并剔除有"薅羊毛"行为的用户，验证用户是否具有升级会员的资格；报表系统统计各维度的会员数据；营销系统针对已升级为会员的用户做二次营销，提高平台的营收能力；调度系统周期性地检测和修改已到期会员的状态，并进行连续包月会员的批量扣费。

## 9.3.3 业务流程

中台产品经理在设计业务流程时要综合考虑抽象性、概括性及可配置性这三方面，还要剔除业务的个性化流程。因此，在会员转化流程中包含了自动转化和人工转化两种类型：

①自动转化指按预先设定的策略来订阅用户触发的事件。一旦用户在平台累计触发的

事件总数达到业务线设定的阈值，就会触发转化模型。这需要会员中台预置了累计邀请新用户注册人数、申请订单笔数及某一段时间内累计的支付金额这三种维度的用户数据。因此，在架构设计阶段，会员自动转化模型需要订阅用户注册数据、订单数据和支付数据。

②人工转化指的是，用户主动购买对应级别的会员。当用户完成会员费支付动作后，系统自动为该用户开通会员服务。因此在架构设计中，会员中台需要与收银台打通，对接收银台的支付回调结果通知。

### 1．自动转化模型

自动转化模型可被抽象为如下这样：若某种事件在一定范围内达到某种设定的阈值，即可被认为符合转化要求。例如，业务系统约定用户在 3 个月内成功完成 10 笔交易，即可自动升级为会员。自动转化模型的完整流程如图 9-10 所示，其中涉及的内容如下。

（1）数据订阅：订阅 MySQL 的 binLog 日志，获取用户注册数据、订单数据、支付数据，并将其封装为中台需要的标准化入参来调用会员升级模型。

（2）会员模型配置中心：配置会员的各种升级策略和会员权益，并将配置信息下发到会员升级模型。

（3）会员升级模型：会员升级模型消费所订阅的用户注册事件，自动计算事件内容。若达到一定策略，即可自动升级为对应级别的会员。该模型目前内置了以下策略。

◎ 按人数：设置 $N$ 天内邀请 $M$ 个新用户注册，可自动升级为 $K$ 类型的会员。
◎ 按订单：设置 $N$ 天完成 $M$ 笔订单，可自动升级为 $K$ 类型的会员。
◎ 按金额：设置 $N$ 天累计消费满 $M$ 元，可自动升级为 $K$ 类型的会员。

（4）风控模型：所有开通会员的服务都需要通过风控模型验证用户的风险类型，通过风控模型验证后，由风控模型通知会员升级模型的风控结果。

（5）会员服务和权益发放：会员服务收到风控模型开通会员的请求后，开始注册会员信息，设置会员等级，同时调用权益服务来发放相关权益。

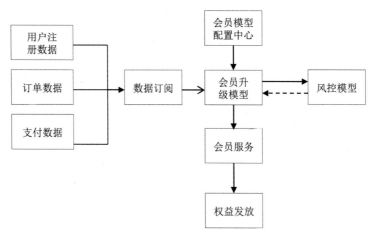

图 9-10

## 2. 人工流程

人工流程指的是，终端用户主动付费升级为会员，或者业务系统主动激活会员，为用户升级。其完整流程如图 9-11 所示。

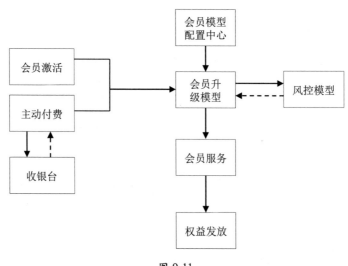

图 9-11

◎ 会员激活：业务线根据业务需要设定相关业务规则，当用户满足该规则后，再由业务线主动调用会员激活服务，完成会员的转化。例如，用户连续签到 7 天，即可赠送 1 个月的体验会员资格。签到统计功能由业务线完成。当用户满足此条件时，由业务线调用会员激活功能。

◎ 主动付费：用户主动付费购买后会成为会员。业务线在收到收银台的回调通知后，调用会员激活功能，为该用户开通会员权益。

## 9.3.4　业务线接入

以会员权益为例，业务线接入会员中台时需要做哪些前期准备呢？首先，中台产品经理需要和业务线团队一起参加需求评审会，了解会员权益需求，并梳理在业务线接入会员中台的需求列表中，中台已经满足了哪些需求，还有哪些需求目前尚未满足，但是这些需求具有共性；其次，明确共性需求，转交中台研发团队开发并形成通用能力，个性化需求由业务团队实现；最后，双方确定联调、上线时间。总的来说，接入会员中台可以分为 4 步：①了解用户业务线接入中台的需求，明确业务线希望通过中台获取哪些能力；②了解业务线所规划的会员权益的具体需求方案，判断中台能满足哪些需求，不能满足哪些需求；③资源排期，确定双方技术人员的具体联调日期；④确定业务线新功能上线的日期和具体方案。

### 1. 需求分析

业务线 A 注册用户的规模已超 500 万人，但是用户的整体活跃度较低，付费转化率较差，企业希望引入会员体系来提升用户的活跃度及利润。在会员需求中包括首页会员曝光功能。当用户登录 App 并进入首页时，系统会判断当前用户是否为会员。若当前用户为非会员用户，则弹窗提示用户，加入会员可享受更多福利。另外，把部分热门商品设置为会员专享。当非付费用户点击购买商品时，提示用户需要开通会员功能后才能购买。还可以增加每日签到功能来提升系统用户的活跃度，设置用户连续签到 7 天，即可获赠一个月的会员使用期。同时，业务线 A 还希望借助会员体系做拉新活动，规则设定如下：若老用户邀请 10 个新用户注册，即可免费赠送一个月的会员使用期。

### 2. 权益方案

运营团队设计了三种会员类型，分别为银卡会员、金卡会员、钻石卡会员（见表 9-3），设置不同类型的会员享受不同的会员权益。这样既满足了业务发展阶段对每日新增用户的要求，也能满足企业营收的要求。例如，设置银卡级别的会员主要用来做新用户拉新奖励。如果老用户邀请 3 个新用户成功注册后，便给该老户发放一张银卡会员作为奖励。已注册用户也可以通过直接付费的方式升级为金卡会员或钻石卡会员。

表 9-3　三种会员类型的权益及要求

| 会员级别 | 权　益 | 要　求 |
|---|---|---|
| 银卡会员 | 满额立减优惠券、免运费券等 | 邀请 3 人注册，即可免费升级为银卡会员 |
| 金卡会员 | 10 元话费充值券、购物折扣卡、第三方视频联合会员等 | 单次付费方式，支付 59 元可购买金卡会员资格；使用连续包月方式，每个月自动扣款 39 元可成为金卡会员 |
| 钻石卡会员 | 20 元话费充值券、购物折扣卡、第三方视频联合会员、每月一次好货秒杀资格等 | 单次付费方式，支付 99 元可购买钻石卡会员资格；使用连续包月方式，每个月自动扣款 69 元可成为钻石卡会员 |

### 3. 能力验证

中台产品经理根据业务线的需求，逐个核对每个需求所对应中台的能力。如果中台不具备该能力，就需要考虑该需求是由中台研发的还是由业务线研发的，同时要挖掘会员需求中的隐性需求。针对在业务线需求中未被提及的隐性需求，中台产品经理需要给予提示，以免业务线所提交的会员业务需求有考虑不周的地方。例如，表 9-4 展示了中台是否满足业务线需求的列表。

表 9-4　中台是否满足业务线需求的列表

| 序　号 | 需求列表 | 是否满足需求 |
|---|---|---|
| 1 | 根据手机号码或 UID 返回给调用方，当前用户是否为会员 | 是 |
| 2 | 自定义会员级别 | 是 |
| 3 | 针对不同的会员级别设置不同的会员权益 | 是 |
| 4 | 会员主动付费升级为会员 | 是 |
| 5 | 根据 UID 和会员级别自动激活会员 | 是 |
| 6 | 在会员到期时，自动关闭会员权益 | 是 |
| 7 | 自动触发会员到期续费提醒短信 | 是 |
| 8 | 连续签到 N 天，即可获赠某种会员权益 | 否 |
| 9 | 老用户邀请 N 个新用户，可获赠某种会员权益 | 是 |
| 10 | 多维度统计付费会员转化情况（按日期、位置、渠道） | 是 |
| 11 | 多维度统计会员权益的使用情况 | 是 |

| 序　号 | 需求列表 | 是否满足需求 |
| --- | --- | --- |
| 12 | 第三方视频联合会员 | 否 |
| 13 | 每月一次好货秒杀资格 | 否 |
| 14 | 话费充值券 | 是 |

针对上述需求列表所罗列的需求，中台不能满足的需求包括连续签到 $N$ 天可获赠某种会员权益、每月一次好货秒杀资格等。这些属于业务的个性化需求，和业务特性强相关，因此该需求由业务线团队自行开发。第三方视频联合会员则属于某种权益，与具体的业务无关，由中台团队开发。

### 4．资源排期

资源排期阶段主要由中台开发人员和业务开发人员一起参与，并且主要确定新增接口的联调时间和现有接口的联调时间。

### 5．上线计划

因为在本次需求中有部分需求是由中台技术团队开发的，因此项目上线有先后关系。一般来说，中台新增功能先上线，验证通过后再确定业务线的具体上线时间和计划。

## 9.4　中台的绩效考核标准

管理大师德鲁克曾说过："如果不能衡量，就无法管理。"绩效考核是绩效管理的基础和依据，是所有工作的出发点。那么，我们在建设中台时，该如何衡量和考核中台建设的效果呢？例如，阿里巴巴针对中台建设，会从稳定性、业务创新、服务接入量及客户满意度这4个维度来考核，同时会给每个考核项都设置不同的权重来综合考核中台建设的成效。能否直接套用阿里巴巴对中台的考核维度呢？答案是否定的。由于企业规模不一样、业务发展阶段不一样，创建中台的愿景也不一样，因此考核方式也会不一样。可以分初期、中期、后期这三个不同阶段来描述如何在不同阶段考核中台。

在中台建设初期，愿景是中台能够支持业务转型和业务创新；因此，在初期就无须针对系统的稳定性和业务系统接入中台的数量做考核，而是针对业务线能否快速接入中台及针对中台服务的满意度做考核。

在中台建设中期，已经有多条业务线接入中台了。此时考核的应该是中台的稳定性、接口响应时间、接入成本及输出规范是否标准。

在中台建设后期，业务接入数量、接入规范都已达到要求。此时就需要考核中台业务的创新能力了；因为中台在建设过程中必须具备一定的业务前瞻性，要避免中台直接掠夺其他业务线的创新、对其他业务线的创新进行直接复用。

因此，建议在不同的阶段选择不同的考核项来考核中台建设效果，最终的目的是中台能够发挥预期的效果。这里归纳了如表 9-5 所示的考核指标以供参考。

表 9-5　中台建设的考核指标

| 中台建设的阶段 | 考核指标 | 说　明 | 权　重 |
| --- | --- | --- | --- |
| 初期 | 客户满意度 | 前台团队对中台服务团队进行满意度打分 | 20%～30% |
| 中期 | 服务接入量 | 前台业务接入中台的服务数量 | 15%～30% |
| | 服务稳定性 | 业务中台对外提供服务的稳定性。考核服务故障的等级及故障次数 | 30% |
| | 接口响应时间 | 每一个对外服务接口的响应时间 | 10% |
| | 标准规范输出 | 输出的标准规范数量 | 10%～15% |
| | 数据迁移效率 | 完成数据迁移的周期 | 10%～15% |
| | 成本节省 | 消耗成本=对接联调成本+运维成本 | 20%～30% |
| 后期 | 业务创新 | 业务的创新点数量 | 20%～30% |

在中台建设过程中，我们在初期、中期、后期可以设置不同的考核项来考核中台建设效果。中台服务在本质上可促进人力成本的节省和工作效率的提升。在企业内部中台向多条业务线提供服务，意味着接入中台的业务线越多，整体节省的成本越大。因此，从企业角度来看，中台总的节省成本的计算方式如下。

（1）业务线接入中台节省的成本（人天）=业务线自研此服务的成本+业务运维成本−业务产品接入中台服务的对接成本。

（2）中台服务的开发成本=中台自研此服务的成本+运维成本。

（3）总的节省成本=业务线 A 节省的成本+业务线 B 节省的成本+业务线 C 节省的成本−中台的研发成本。

## 9.5　中台的弊端

中台的最终目标是，当业务线有共性需求时，通过复用中台提供的能力来加速业务落地。但是，这看似完美的理念在实际执行过程中也有一些弊端。

### 9.5.1　不同业务线的需求不具备共性

中台的需求来源于各业务线在业务开展过程中所遇到的各类需求，可能是特定节假日的大促需求、为增加平台流量所策划的活动等。中台产品经理针对各业务线提出的所有需求，通过整理、分析、归纳、抽象等步骤梳理出共性需求，并将共性需求下沉到中台，由中台专职研发人员完成开发工作，最终形成中台可对外输出的能力。倘若业务线所提的需求被中台产品经理认定为不具备共性，该需求就只能由业务线的研发人员来开发。

因此在需求分析过程中，产品经理会把那些目前不具备共性的需求先从需求列表中剔除。那么，到底什么样的需求才具备共性呢？例如，对于处于孵化期的产品线或处于缓慢成长期的产品线所提交的需求，由于这些需求具有用户量少、业务规模小，而且商业模式还在验证等特点，因此，中台产品经理通常会以该产品线的需求不具备共性，而不将其纳入中台需求范围。相反，对于有一定用户规模且处于赢利状态的产品线所提交的需求，如果该需求处于具备共性和不具备共性的状态之间，则其通常会被中台产品经理纳入共性需求范围。导致出现这种情况的主要原因如下。

◎ 用户量有一定规模且商业模式成熟，在中台产品经理的潜意识中认定该共性需求可被其他产品线复用。

◎ 针对中台部门的绩效考核，会参考中台给业务线带来的实际效果。例如，迭代周期缩短，业务量提升，利润提高等。

通常来说，业绩平平的产品线或处于试验期的产品线，基本上都会复用现有中台提供的能力。例如，即使处于孵化期的业务线所提交的需求确实具备共性，也会被中台产品经理以暂时不具备共性为由而延迟或淘汰。

### 9.5.2　需求的优先级被降低

当一个企业处于高速发展阶段时，企业所经营的业务肯定会呈现出多元化，而且在核心业务上发展得较好，并且产生了一定的规模效应。此时，企业才会考虑创建中台。由此得出，中台的需求是，基于高速发展的业务线并整合其他业务线的通用能力而衍生出共享服务。所以，在开发中台时所收集的需求通常以有规模、有赢利能力的业务线为主。事实上，中台的开发人员数量有限，不可能快速响应所有业务线提出的需求。因此，中台产品经理会把所有业务线提交给中台的所有需求都按优先级排序，优先级高的需求会以高优先级安排开发，满足业务线的进度要求。

那么，什么是高优先级需求，什么是低优先级需求呢？优先级判断标准只能由中台产品经理来确定。通常来说，产品经理排列需求优先级的主要依据是业务线规模及赢利情况，毕竟中台要为业务线赋能并产生价值。由此可见，处于孵化期或者赢利情况较差的业务线所提出的需求，其优先级通常被降低，最终只能由业务线人员自己研发。

## 9.5.3　项目组沟通难

在构建中台时要求企业内部的各条业务线必须与中台建设团队建立起一个高效的沟通机制，确保业务线人员所提出的高频且有共性的需求被及时发现，避免因业务线和中台团队之间的沟通障碍导致重复"造轮子"情况的出现。因此，中台产品经理会被频繁地邀请去参加每条业务线的需求讨论会。通常，在第 1 次召开需求讨论会时，业务线的产品经理会从业务背景开始介绍业务，直到最终实际的业务需求。在需求讨论过程中，中台产品经理和业务线的产品经理会在该业务需求是否是共性需求上进行多次博弈，因为业务线的产品经理希望中台部门能做更多的业务个性化需求，这样业务线的人力投入资源少，而且需求实现较快。而中台产品经理认为这些需求目前不具备共性，应该由业务线人员自己开发。最终中台产品经理会针对共性需求做记录，再邀请中台相关系统的研发负责人、业务线的产品经理及业务线的相关技术人员再次针对共性需求进行讨论。

在第 2 次召开需求讨论会时，业务线的产品经理会再次从业务需求的背景开始介绍，直到最终的具体业务需求；同时，中台产品经理会针对会议中可能存在的共性需求做详细说明。另外，因为在会议中需要界定需求边界，明确所列出的需求哪些由中台人员来做、哪些由业务线人员来做，并且可能还会涉及中台其他子系统的相关研发人员，所以会再次发起会议邀请，邀请具体子系统的技术负责人参会。

当企业上了中台项目之后，业务线的任何需求迭代所涉及的人员不仅包括原有业务线的产品经理和研发人员，还会涉及中台的产品经理及中台子系统的研发人员，而且在业务需求迭代过程中需要频繁地与中台的相关人员进行沟通、确认。因此，业务线在复用中台提供的能力后，看似开发量少了，但是沟通成本和项目的联调成本均大幅增加。

## 9.5.4　业务线被动升级

　　例如在现有业务线中，电商业务线、广告业务线、金融业务线等都对用户资料管理及第三方支付有频繁的需求，因此在中台规划阶段会把用户服务、支付服务下沉到中台，形成通用能力，对其他业务线提供服务。其他业务线在做需求评审时，若遇到用户信息或者与支付相关的需求，则都被要求接入中台，避免重复造轮子，减少业务线的开发工作量。电商业务线、广告业务线、金融业务线属于用户量大、活跃度高且具备较强赢利能力的业务线，目前这些业务聚焦于用户精细化运营。业务线接入中台的目的是，希望利用中台提供的服务能力来缩短需求迭代时间，同时提升核心模块的稳定性。此时，公司成立了创新事业部，其职能是紧跟互联网的热门话题，通过开发不同类型的 App 来邀请更多的用户参与体验新业务。因此，创新事业部的当前工作重点是快速交付及验证商业模式，希望复用中台的用户服务能力来完成用户体系的落地，复用中台提供的支付能力实现在线支付功能；而业务线的研发人员只需关注业务特有的功能。这样，新项目就能快速落地。

　　由于电商业务线、广告业务线在用户精细化运营的过程中对用户服务提出了很多需求，这些需求经过中台产品经理分析和评估后，确认部分需求具备共性，可以下沉到中台并形成通用能力。因此，中台的能力会随着需求的迭代和自身功能的完善而持续更新，同时要求中台接口在迭代过程中具备向下兼容的特性。例如，新的 1.0.1 版本必须完全兼容 1.0.0 版本，因此，中台开发人员在设计和开发过程中需要做版本兼容规划；另外，测试团队不仅要测试 1.0.1 版本，还需要验证新版本是否兼容 1.0.0 版本。中台在经过多次版本迭代后，开发、测试的周期拉长，因为开发人员在设计阶段需要做兼容性考虑，而测试人员会消耗大量的时间做版本接口回归测试。一般来说，在发布 2～3 个版本后，中台开始要求业务线配合做版本升级。以中台提供的用户服务能力为例，电商业务线、广告业务线不仅用户规模大，而且用户活跃度高，所以对用户服务提交需求的频率比较高。因此，电商业务线、广告业务线会和中台发布的新版本一起升级。对于创新型业务线来说，中台提供的用户服务能力已经完全满足其业务需求了，业务线的研发人员可仅聚焦于业务个性化需求的开发和新版本迭代升级过程。但是，由于中台频繁升级，也要求该业务线必须配合中台做接口升级，否则会导致用户服务的能力不可用。其实，类似的创新型业务线，因为研发人员数量少，所以该业务线负责人原本希望尽可能复用中台的能力，以便让项目尽快落地。但是，在实际对接过程中其发现，复用中台的能力越多，被动升级的频率就越高，在业务开展的过程中会消耗大量的时间来配合中台升级接口。

## 9.6　实战总结

中台建设是一个自顶向下的过程，高层领导是否参与直接决定了中台的成败。但这并不是说高层领导参与后，中台建设就一定能够成功，因为中台建设的目的是将通用的能力进行抽象和共享，将成功的经验固化，将有限的人力投入创新中。

在理想情况下，中台上线一个子系统，将各条业务线的产品直接接入子系统，就能直接复用子系统的能力。但在实际情况下，没有产品经理和研发人员具备这样的抽象能力；面对抽象后的需求，经常出现反复修改甚至推倒重来的情况，需要已经接入中台的产品线配合升级。由于人力资源的问题，中台功能的排期往往不能满足业务线的上线计划；而业务线为了尽快上线新功能，需求迭代的内容只能由项目组成员完成，导致该业务线人员在后期以各种理由拒绝接入中台。

在中台建设过程中，经常会出现需求不够抽象、需求不具备共性、上线计划双方不匹配等诸多问题，而且这些问题难以规避。因此，中台项目在开发过程中始终要以数据为中心，建设企业标准的数据模型。这是因为数据模型不仅能剔除业务的个性化流程，还能够促进业务与技术的有效沟通。在建立模型时可以参考 One Data 方法论，即 One Data=One Model+One ID+ One Service。

◎ One Model：统一数据模型，规范指标、标签，消除歧义性。
◎ One ID：统一实体（如消费者、企业、商品、设备等）ID 的唯一性，通过 ID 的唯一性将各业务系统的数据打通，将数据从孤立状态变为融通状态。
◎ One Service：统一数据服务能力而不是复制数据，数据服务可被外部业务系统多次复用。

总之，为了成功实现中台战略，无论是在产品设计阶段还是在研发阶段，我们都要关注业务抽象、强调界面配置化，以及重视标准化（如接入标准、输入标准、输出标准）、功能插件化、模块隔离化等设计技巧。中台建设不是一蹴而就的，需要和各业务线多次磨合。